本书获
华南师范大学"广东省高水平大学建设"
科研经费资助

史传与文学

邓裕华◎著

中国社会科学出版社

图书在版编目（CIP）数据

史传与文学/邓裕华著. —北京：中国社会科学
出版社，2016.8
　ISBN 978 - 7 - 5161 - 8773 - 9

　Ⅰ.①史…　Ⅱ.①邓…　Ⅲ.①史记文学—文学研究—
中国　Ⅳ.①I207.5

中国版本图书馆 CIP 数据核字（2016）第 196892 号

出 版 人　赵剑英
责任编辑　郭晓鸿
特约编辑　席建海
责任校对　冯英爽
责任印制　戴　宽

出　　　版　中国社会科学出版社
社　　　址　北京鼓楼西大街甲 158 号
邮　　　编　100720
网　　　址　http://www.csspw.cn
发 行 部　010 - 84083685
门 市 部　010 - 84029450
经　　　销　新华书店及其他书店

印　　　刷　北京君升印刷有限公司
装　　　订　廊坊市广阳区广增装订厂
版　　　次　2016 年 8 月第 1 版
印　　　次　2016 年 8 月第 1 次印刷

开　　　本　710 × 1000　1/16
印　　　张　23.75
插　　　页　2
字　　　数　339 千字
定　　　价　88.00 元

目　　录

绪　　论

　　我国是个历史悠久的文明古国，中华民族最重视历史，又最善于记载历史。史官文化是中国传统文化中的一个古老、重要的组成部分，它伴随着我们这个民族走过了漫长、曲折的历程，记载、见证了中华民族的成长和发展，也为中华文化、思想的培育做出了巨大贡献。

一　史

　　"史"字有三义：历史；史官（史家）；史书（史册）。

　　1. 历史

　　广义的历史，泛指一切事物的发展过程，包括自然史和社会史，但在通常的语境下，历史仅指人类社会的发展过程，即人类社会实践活动的足迹，社会文化、文明的进程。有了人，就开始有了历史。历史涵括了已往人类生活、生产的一切活动，是先人的经历、体验、智慧、情感、信仰、习俗等的总和，它的厚度和深度，是一个民族进化程度、文明程度的反映。

传统文化是一个民族的根本，深厚的历史底蕴是一个民族立于世界民族之林的底气。没有历史的民族是浅薄的，而忘记历史的民族是没有未来的。如果说未来是将来时，充满未知和变数，那么历史则是过去时，已往的史事虽然已经盖棺定论、不可改变，但"前事不忘，后事之师"①。对于一个永远进取、自强不息的民族来说，总结、吸取历史的经验教训，发扬优良传统，继承前人的思想文化精华，继往开来，科学地把握历史的走势，从而创造更加辉煌的未来，使这个民族永远兴旺发达而至无穷，就极为重要，这也是我们重视历史、学习历史的意义所在。

2. 史官（史家）

史官或史家，这是"史"字的本义。《说文解字》："史，记事者也，从又持中。中，正也。""又"实际上就是手，"史"字的形象意义为双手持中的人。"中"乃指简册。章炳麟《章氏丛书·文始》："中，本册之类。"所以"史"就是掌管典册的人，亦即掌史之官，简称史官。

《汉书·艺文志》："左史记言，右史记事。事为《春秋》，言为《尚书》。帝王靡不同之。"

《文心雕龙·史传》："《曲礼》曰：'史载笔。'史者，使也。执笔左右，使之记也。"

这些地方所称的"史"，指的显然都是史官或史家。

中国古代的史官由来已久，早在远古的黄帝时期，就已经有了史官。刘知几《史通·史官建置》："史官之作，肇自黄帝。"

传说黄帝的史官有二人：一为沮诵；二为仓颉。《世本·作篇》："黄帝之世始立史官，仓颉、沮诵居其职矣。"晋人卫恒《四体书势》云："黄帝之史，沮诵、仓颉。"《文心雕龙·史传》："轩辕之世，史有仓颉，主文之职，其来久矣。"这二人可能是历史上最早的史官。

---

① （东汉）高诱注：《战国策·赵策一》，上海书店出版社 1987 年版，第 46 页。

　　黄帝乃华夏民族的先祖，大约活动在原始社会的晚期，所处仍是比较蒙昧的神话时代，但此时已经设立了史官，史官文化也就随之产生。中国的史官文化源远流长，历史悠久，实非虚言。

　　史源于巫，最初的史官是由巫来充任的。巫可谓中国古代最早的知识分子和专业人员，这些人掌握早期社会几乎全部的科技、文化知识，包括天文、地理、数术、历法、军事、历史、乐舞、医药、技艺等，他们参与主持祭祀、占卜、祈禳，以及驱鬼避邪、婚丧庆生、求医问药等活动，在社会上有很高的声望和地位。他们当中的拔尖人物进入朝廷，便成为朝廷中的巫官。《曲礼》云："天子建天官，先六大：曰大宰、大宗、大史、大祝、大士、大卜。"这里的大史、大祝、大卜都是由巫来充任。

　　由于巫官具有各种专业知识和技能，实际上直接参与了朝廷的政治、军事、宗教等活动，成为统治集团中的重要角色，在负责解释天象、龟筮占卜、预测国运兴衰和军政大事成败等之外，还要为朝廷起草文书，发布文告，记录与国君有关的事件和言论，即《汉书》"左史记言，右史记事，事为《春秋》，言为《尚书》"之谓。巫官所记录的相关事件和言论，涉及政治、军事、外交、人事、宗教及自然界的重大变化，这些便是后来史书的基本素材。担任这类工作的巫，事实上就成为史官。史官通巫，巫官通史；巫即史官，史官即巫，这种现象大概一直延续到西周初年。

　　中国是个史学的国度。近代大学者梁启超曾说："中国于各种学问中，惟史学最为发达。史学在世界各国中，惟中国为最发达。"（《中国历史研究法》）对于这最为发达的史学，居功至伟者显然非史官莫属。史官在中国文化史上扮演着重要角色，尤其在早期，史官实际上是文化的主要掌管者。他们又是古代精神产品的主要生产者，许多著名的文史典籍，如《尚书》《春秋》《左传》《国语》《战国策》《史记》《汉书》……都出自史官之手，在思想、文化领域有着巨大的贡献。《隋书·总序》曰："史官既立，经籍由是兴焉。"《新唐书·艺文志序》也云："传记、小说、外暨方言、地理、职官、氏族，皆出于史官之流也。"这些对于史官的创作及其贡献的评价，都揭示了史官在文化产品的生产方面所做出的贡献。

史书堪称古代的百科全书，所记涉及社会活动的方方面面，内容包罗万象，一应俱全，因此史官也必定是通晓百科的专家和学者。《隋书·经籍志》"史部"总序："夫史官者，必求博闻强识，疏通知远之士，使居其位。百官众职，咸所二焉。是故前言往行，无不识也；天文地理，无不察也；人事之纪，无不达也。"由于我国古代文史之间的天然联系，史官与文学结缘最深，古代许多史官都是大文豪，如司马迁、班固、干宝、范晔、房玄龄、魏徵、欧阳修、司马光等，不仅是雄视千古的史学家，而且是声名卓著的文学家。司马迁、班固、魏徵、欧阳修等人，甚至还是著名的思想家、历史上的思想巨子，他们许多有价值的思想、理论，千百年来一直影响着后人。

总而言之，古代史官在文化史上的地位、贡献非常独特而且非常重要，史官文化源远流长、博大精深。他们的著述保存和创造了大笔的精神财富，为我们这个民族留下了丰富而珍贵的历史文化遗产。

3. 史书（史册）

《汉书·艺文志》："古之王者世有史官，君举必书，所以慎言行，昭法式也。""书"者，写也、记也。《史通·史官建置》："古者人君，外朝则有国史，内朝则有女史。"无论军国大事、外交会盟、宫廷生活，甚至房中之事、床笫之私，史官都必须记录。史官所写、所记的这些内容的书面形式，便是史册或史书，即前面《说文解字》中"史，记事者也，从又持中"的"中"——简册之类，也就是本书的题目"史传与文学"所要讨论的"史"的文本。

上古没有文字时，先民结绳记事。《庄子·胠箧》篇云："昔者容成氏、大庭氏、伯皇氏、中央氏、栗陆氏、骊畜氏、轩辕氏、赫胥氏、尊卢氏、祝融氏、伏羲氏、神农氏，当是时也，民结绳而用之。"可见轩辕黄帝的史官仓颉，起初也是结绳记事、记史的。在文字产生之前，显然没有书写性质的"史"，也就没有一般意义的史书或史册。书写性质的史册，当产生在文字使用之后。

结绳而记的"史"不仅粗陋，而且年久月深，难于辨识，这对部族的内部治理十分不利。相传仓颉有感于此，便辞官出游，遍访智者，寻求记事的好方法。《吕氏春秋·君守》："奚仲作车，仓颉作书，后稷作稼，皋陶作刑，昆吾作陶，夏鲧作城。此六人者，所作当矣。"《说文解字序》也载："黄帝之史仓颉，见鸟兽蹄远之迹，知分理之可相别异也，初造书契，百工以义，万品以察。"他独居村西深沟之中，仰观奎星环曲走势，俯看龟背纹理、鸟兽爪痕、山川形貌和手掌指纹，从中受到启迪，终于依照事物的形状创造了象形文字。

《易传·系辞传下》云："上古结绳以治，后世圣人易之以书契，百官以治，万民以察。"晋人皇甫谧《帝王世纪》："仓颉造文字，然后书契始作，则其始也。"

从结绳记事到文字记事，不仅方便了族群的治理，而且为先民的记事、交流提供了更加便利、准确、高效的工具和手段，也是史册、史书产生的前提和基础，实乃华夏民族文明进程的一大飞跃。因此，如果相关传说属实的话，那么，仓颉就不仅是中国文字的始祖、最早的史官，也是最早以文字记史的人。

翦伯赞说："文字的记录，始于记事，故中国古代，文史不分，举凡一切文字的记录，皆可称之为史。"[①] 清代章学诚也说"六经皆史"（《文史通义》），认为《诗》《书》《礼》《乐》《易》同《春秋》一样，都属于"史"的范畴，所以古人心目中"史书"的含义是很宽泛的。按此说法，中国古代的史书简直浩如烟海，它们面貌多样，名目各异。但这些宽泛意义上的或者说是带有"史"的性质的书籍，并不是我们要讨论的对象，此处只讨论历朝官方或正统史官编修的、今人公认的纯粹的史书。

我国古代的史书，素有"正史""野史"之分。

---

① 翦伯赞：《中国史纲要》，人民出版社 1995 年版，第 17 页。

　　"正史"之名，始见于《隋书·经籍志》："世有著述，皆拟班、马，以为正史。""正史"所指，有两种说法：一是指从《史记》《汉书》起直至《明史》共 24 部以帝王传记为纲领的正统纪传体史书，亦即"二十四史"，在清代乾隆年间朝廷组织编修的《四库全书》中被确定；二是以纪传、编年二体合称正史，这个提法见于《明史·艺文志》。通常以前一种说法更为流行。

　　《四库全书》规定，正史类史书"凡未经宸断者，则悉不滥登。盖正史体尊，义与经配，非悬诸令典，莫敢私增"，即非经皇帝批准，不得列入正史。可见，二十四史是由皇帝钦定的。其实，编年体史书如《春秋》《左传》《资治通鉴》等，还有国别体史书如《国语》等，都是官修的正统史书，但都被《四库全书》排除在正史之外，而《史记》是司马迁的私人撰述，却居二十四正史之首，这表明清统治者对于正史的确定，看重的并非其官修的身份，而是纪传体以帝王为中心、突出统治者在历史上地位的撰史特征。

　　所谓"野史"是指私人撰述的史书。如《唐书·艺文志》所载的《大和野史》，宋代郑樵《通志》所载的龙衮的《江南野史》之类。由于中国古代小说与史传的关系很密切，历史上也有人称小说为野史。野史之"野"有两层含义，一是"朝野"之"野"，与"朝"相对，即在野，表明野史作者的非朝廷、非官方身份，乃民间自主、自由的著述者；二是粗鄙，指野史的内容、体例较为杂乱，记述较为随意散漫，街谈巷议、道听途说的成分较多，可靠、可信的程度低。

　　总体而言，历代史官多是学界权威、文坛巨子，史学、文学的修养都比较高，著述态度严肃、条件优越，虽然因身份、地位和思想所限，修史主要体现统治者的意志，为官方服务，有为统治者歌功颂德、文过饰非的现象，但不能否认正史的体例规范，著述严谨，内容丰富充实，也经过严格过滤和筛选，可靠、可信的程度比之于野史更高。当然，也不排除在某些史实，或者对待某些问题上面，野史能记人之不能记，言人之不敢言，记述更加接近事实真相，持论更加客观、独到、深刻、犀利的情况。

对于古代的史书，有所谓"二十四史""前四史"之说，这是不同时期的人们，对这些历朝正史的总括性称呼。

"二十四史"是我国古代二十四部纪传体正史的总称。具体是：

《史记》（汉司马迁）、《汉书》（汉班固）、《后汉书》（南朝宋范晔）、《三国志》（晋陈寿）、《晋书》（唐房玄龄等）、《宋书》（南朝梁沈约）、《南齐书》（南朝梁萧子显）、《梁书》（唐姚思廉）、《陈书》（唐姚思廉）、《魏书》（北齐魏收）、《北齐书》（唐李百药）、《周书》（唐令狐德棻等）、《隋书》（唐魏徵等）、《南史》（唐李延寿）、《北史》（唐李延寿）、《旧唐书》（后晋刘昫等）、《新唐书》（宋欧阳修、宋祁）、《旧五代史》（宋薛居正等）、《新五代史》（宋欧阳修）、《宋史》（元脱脱等）、《辽史》（元脱脱等）、《金史》（元脱脱等）、《元史》（明宋濂等）、《明史》（清张廷玉等）。

"二十四史"中的前四部史书，即《史记》《汉书》《三国志》和《后汉书》，又被称作"前四史"，实际上是晋前的几部纪传体史书。

以上这些历朝的正史中，文学性较强，文学成就得到公认，能被后人称之为"史传文学"的首先是《史记》，其次是《汉书》《三国志》《后汉书》等，其他正史在文学史上则很少被人提及。换言之，这4部之外的二十多部，并未被人们列入文学的范畴，只是在史学研究中备受重视，而鲜有学者从文学的角度对之进行观照和研究，在文学的殿堂里已经没有了它们的席位。

二 史传

"史传"之名，最早见于《文心雕龙·史传》：

> 开辟草昧，岁纪绵邈，居今识古，其载籍乎！轩辕之世，史有仓颉，主文之职，其来久矣。《曲礼》曰："史载笔。"史者，

使也。执笔左右，使之记也。古者，左史记事，右史记言，言经则《尚书》，事经则《春秋》。……传者，转也。转受经旨，以授于后，实圣文之羽翮，记籍之冠冕也。①

刘勰在这里说了三层意思：一是史官的产生。黄帝轩辕氏时代，就有了史官仓颉。用史官主持记录政事的职务，这个事实已经很早就存在；二是阐述史官和史册的功能。史的意思，就是"使"，使史官拿着笔站在朝廷的两旁，替帝王记事。左史记述帝王行动，右史记述帝王语言，记述语言的经书就是《尚书》，记述行动的经书就是《春秋》；三是阐述"史"和"传"的关系。传的意思，就是"转"。把经书的意旨转述出来，把它传授给后代，《左传》就是圣经的羽翼，史传的代表作品。

刘勰把解释经文的文字叫作"传"，《左传》就是用来解释《春秋》的，所以是"传"。《春秋》是"经"，是史书；《左传》是"传"，也是史书。这样，就把史和传联系起来，合称"史传"。由此可见，"史传"其实是一个集合词，包含了"史（经）"和"传"两个对象。既然两者都是"史"，两者之间在记载人类社会实践活动这一点上完全一致，所以两个对象的内涵、性质在某种程度上是共同的，也就是说，此处"史"和"传"两个词的词义是相通的。与此同时，刘勰在篇中还论述了其他许多既不是"经"，也不是"传"的著作，比如《国语》《国策》《史记》《汉书》《三国志》《后汉书》《晋纪》等，将之与"经""传"相提并论，这其实是刘勰对于"史传"这个概念的外延的进一步扩展。由此可知，刘勰所谓的"史传"，实际包括"经""传""史"各类史著，亦即东晋以前的各体史书，史传文学中的"史传"二字的含义，就是据此而得。

刘勰只论到东晋的史书，而且将之当作一种文学体裁来看待，一

① （南朝·梁）刘勰撰，范文澜注：《文心雕龙注》，人民文学出版社1962年版，第283—284页。

是因为他主要活动在南朝（齐），可能只看到东晋之前的史书（其实南朝的刘宋时期也有范晔《后汉书》等著名史著，刘勰不曾提及，可能是没看到，也可能是疏忽）；二是在此之前，文史尚未有明确的分野，文学与史学关系密切，他的意识中仍然持早期的传统的大文学观念，视文史为一家。当然，他并没有从文学的角度来研究史传，而是从史学的角度来衡量。在论述过程中，刘勰分别对东晋以前各种史书的性质、特点及其高下优劣逐一评论，而对于史著撰述的原则和要求，经、传、史并无特别的区分，都主张"务信弃奇""实录无隐""按实而书"等。篇中不仅反映出刘勰文史不分的观念，也反映了他经、传一家，史、传一炉的史学观念。这种文和史、史和传之间互相混融的事实，正是我们"史传与文学"立论的基础，也是本书讨论对象、范围确定的依据。

三　史传与文学

史传与文学的关系，可以从两个层面来理解：

其一，史传本身就是文学。史传是文学，首先是一种观念的认同，也就是早期人们对史学与文学同类、同体关系的一种认知。这种认知其实是先秦文史不分的现实状况的一种反映，是特定历史背景、条件的产物。其次，将史传认定为文学也有事实上的依据。史传在本质上虽然是记史述往的文本，但其确实蕴含文学的性质、特点和韵味，其叙事的形式、手法和格调，即历史事件的叙述、历史人物形象的刻画塑造、篇章结构的谋划安排、语言的表达、细节的描写、情感的抒发与表达等，都堪与文学作品相比肩，可以被文学引为同调。所以，视史传为文学的观点，在观念上和事实上都是有所依傍的，有双重的支撑。

其二，史传作为文学，其本身与各个种类、体裁的文学如民间文学、诗歌、散文、小说、戏剧都有千丝万缕的联系，有很大的关联性。可以说，史传与这些文学种类、体裁之间的关系是血肉相连、割舍不断的，对史传与各体（种）文学稍加考察，就可以发现这一点。如题材上的共生共荣、互为来源；体裁上的互通互用；表现手法上的互相借鉴；以及史传对于各体文学文本的插入、兼容；对于各体文学史料的收载、评论等，都是很常见、很普遍的现象。这种现象既反映了史传与各体文学之间的交流和融合、依存和促进，也表明史传在古代文学发展中所担任的重要角色。因此，探讨史传与各体文学之间的这种关系，就显得很有意义。本书所进行的研究正是在这方面的一些初步尝试。

本书以后一种关系为基本框架，在论述过程中融入前一种关系的内容。以文学成就较高的《左传》《国语》《战国策》《史记》《汉书》《三国志》《后汉书》等为主要研究对象，试图较全面地探讨史传与民间文学、古代诗歌、古代散文、古代小说、古代戏剧等各体文学的关系，揭示史传与文学之间的互动与共生现象。

第一章

史传与民间文学

　　民间文学是人民群众的口头文学，也是人类最早的文学形式。在还没有产生文字的远古时代，人们便通过口头创作了原始歌谣、神话、传说等文学作品，用以反映原始先民的劳动、生活、愿望和情感，这也是最早的历史记载。寓言的产生比歌谣、神话、传说都晚，是人类社会进入比较高级的阶段，人们的语言、思维能力、价值判断达到了一定的高度以后才创作出来的作品。寓言以形象的故事来说理，反映了早期人们对社会事物的理性思考和认知。

　　原始歌谣、神话、传说及寓言，既是文学艺术的早期形态、后世各体文学艺术的源头、文人作家精神和艺术营养的源泉，也是早期社会生活和自然现象的反映，后世史书的重要素材。因此，以歌谣、神话、传说及寓言为代表的民间文学，对后世的文学、艺术、史学等，都起到一种哺乳的作用，对于具有文学和史学双重性质，在诞生时间上与早期民间文学更接近的史传来说，这种作用更加直接，也更加明显和重要。

第一节　史传与民间谣谚

一　史传中的民间歌谣

（一）歌谣说略

歌谣是民歌和民谣的合称，是劳动人民创作的可以歌唱和吟诵的韵语。《诗经·魏风·园有桃》："心有忧矣，我歌且谣。"可见，古人的"歌"和"谣"是有区别的。《毛传》注曰："曲合乐曰歌，徒歌曰谣。"也就是说，合乐可唱的叫民歌，不歌而诵的叫民谣。在民间文艺学中，通常把民歌的歌词部分和民谣合起来统称为民间歌谣。

歌、谣合称，其实也是歌、谣合流，人们观念发展变化的现实反映。歌、谣本来是根据是否合乐来区分的，但随着歌、谣音乐属性的混淆、模糊（如谣配上乐即可转变成歌）及消亡，两者之间的界限就变得越来越不清晰，久而久之，歌、谣便渐渐被人们视为一体。

古籍中就常见对同一个作品既称歌又称谣的现象，如《汉书·淮南衡山王济北王传》云："十二年，民有作歌歌淮南王曰：'一尺布，尚可缝，一斗粟，尚可舂，兄弟二人，不能相容。'"这首"歌"在后来的不少典籍里都被称作"谣"，如《世说新语》"方正"篇云："（王）武子曰：'尺布斗粟之谣，常为陛下耻之！他人能令疏亲，臣不能令亲疏。以此愧陛下。'"唐《艺文类聚》卷八十五也称此"歌"为"民谣"："《汉书》曰：'文帝徙淮南王长，道死，时民谣曰……'"李白《上留田行》也云："尺布之谣，塞耳不能听。"

由此可见，长期以来，在一般人心目中，歌和谣两个概念常常是混淆的，事实上两者的关系也非常密切，"歌谣"这个名称平常用在学术上与"民歌"是同一意义。钟敬文先生主编的《民间文学概论》

虽然将两者做了简单的概念上的区分，但在实际研究中却将两者合起来一起讨论。本书所说的民间歌谣，也沿用上述这种习惯，暂且把歌和谣视为一体，不做严格的界定，这样既有歌、谣发展变化的现实依据，又照顾到长期以来约定俗成的习惯。

歌谣是人类历史上最早产生的语言艺术，早在生产力极为低下的原始社会就产生了歌谣。相传为黄帝时代的《弹歌》："断竹，续竹，飞土，逐宍（肉）。"（《吴越春秋》）就以简短的二言形式，形象地反映了原始先民削竹为弓，泥丸作弹逐击鸟兽的狩猎活动。神农氏部落的《蜡辞》："土反其宅，水归其壑，昆虫毋作，草木归其泽。"祈祷水、土、昆虫、草木之灵各归其位，不要危害人和庄稼，四言之中夹杂五言，乃原始社会时期的祭典之歌。原始歌谣是先民表达思想、抒发感情、促进生产的口头创作，也是一切文学艺术的源头，对后代文学艺术的发展、壮大影响极大。

进入阶级社会以后，民间歌谣的创作从未衰竭，作品的产生仍然绵绵不绝，从而成为历代统治者"观风俗，知得失，自考正"[①]的重要工具，也是文人作家、诗人学习和汲取营养的对象，文人诗的直接哺乳者。

在古代，民间歌谣可谓最大众、最高产的艺术创作，因此，历代的民间歌谣很多。"孟春之月，群居者将散，行人振木铎徇于路，以采诗，献之大师，比其音律，以闻天子。故曰王者不窥牖户而知天下。"[②] 民间歌谣中的一部分通过这种途径进入朝廷，呈送于天子面前，这部分进入朝廷的民间歌谣，往往会被使用于各种政治、社交及娱乐的场合，从而进入史家的视野。因此，在史传文本中，民间歌谣作品也常常见诸历史叙事。这些民谣伴随着史事，为我们展示了许多社会现实、历史变迁和民心向背，鲜明而深入浅出地揭示了一些深奥的道理，具有很强的生命力和表现力，千百年来为人们广为传诵。

---

① （汉）班固：《汉书·艺文志》，中华书局 2007 年版，第 326 页。
② （汉）班固：《汉书·食货志》，中华书局 2007 年版，第 158 页。

歌谣的内容丰富，品种繁多。

朱自清先生的《中国歌谣》（在清华大学授课的讲义）将国内外的分类标准归纳为 15 种：音乐、题材、形式、风格、创作手法、母题、语言特色、歌者身份、韵脚、地域、时代、职业、民族、歌唱人数、效用。

刘守华、陈建宪主编的《民间文学教程》（华中师范大学出版社 2002 年版）则将之分为劳动歌、时政歌、仪式歌、情歌、生活歌、历史传说故事歌、儿歌等 7 种。

段宝林主编的《民间文学教程》（高等教育出版社 2006 年版）则把歌谣分为 9 种：引歌（民间诗论性质的歌）、古歌（神话歌）、劳动歌、时政歌、仪式歌、情歌、生活歌、历史传说故事歌、儿歌。

朱自清先生提出的虽是分类的标准而不是种类，但按此分类，民间歌谣就应该有 15 种，这种划分太过烦琐，不易操作，不论也罢。另外两个《民间文学教程》中，段宝林本与刘守华、陈建宪本的分歧只在于多了"引歌""古歌"两种。其实，段宝林本所说的"引歌"可以根据具体内容分别列入"仪式歌"或"生活歌""情歌"等类别，而"古歌"则可列入"历史传说故事歌"一类。因此，笔者倾向于刘守华、陈建宪本的分类法，亦即把民间歌谣分为劳动歌、时政歌、仪式歌、情歌、生活歌、历史传说故事歌、儿歌等七大类别。本书对史传中民间歌谣的认定和分类便以此为据。

《诗经》中的很多作品本来也是民间歌谣，但被采集以后，经过了朝廷的加工、润色，已被奉为经典，官方的色彩已经非常浓厚，与作品的原始面貌已经有较大的不同，所以此处不将《诗经》作为民谣来讨论，而是在他处另作讨论。这里所讨论的民间歌谣，主要是指那些"矢口成言，绝无文饰，故浑朴真至，独擅古今"①，即《诗经》之外那些仍保持本来面貌的作品。

---

① （明）胡应麟：《诗薮·内篇卷六》，上海古籍出版社 1979 年版，第 105 页。

（二）史传中歌谣的收录

在历代的史著中，几乎每一部都有民间歌谣的身影，《左传》《国语》《战国策》《史记》《汉书》《三国志》《后汉书》等先唐史书，都有不同数量的载录，这也是先唐史传文学性较强的一种表现。

逯钦立先生（1911—1973）在明人冯惟讷所辑《诗记》、近人丁福保所辑《全汉三国晋南北朝诗》的基础上，编成《先秦汉魏晋南北朝诗》（上、中、下三册，共 135 卷，中华书局 1983 年出版）这部百卷巨帙。该书引用了近三百种子史文集，囊括了千余年的诗歌篇什，隋代以前的作品，除《诗经》《楚辞》外，凡歌诗谣谚，悉数编入。且每诗必注明出处，即或片辞只韵，无一例外。该书可以说是目前收录先唐诗歌最全的书籍，所以此处所论史传之歌谣、谚语，也主要以该书为依据。

逯钦立先生称："歌谣谚语，多出民间，片辞只语，厥惟珍宝。故广搜博采，期于全备。"① 有必要说明的是，逯钦立先生在书中有把民间歌谣和谚语混为一谈，又把俗话（语）等同于歌谣、谚语的现象，因此，此处歌谣、谚语收集、讨论的标准，与之略有不同。

现把当中见于史传的民间歌谣制成表（见表 1-1），以飨读者。为了更方便读者深入了解这些作品的思想内涵和具体使用情况，列表也简要附带摘录史传中的相关文字，以还原民谣出现的具体语境。

表 1-1　史传中的民间歌谣

载录史籍	篇　目	作品及其出处	种　类
《左传》	晋童谣	"僖公五年"：八月甲午，晋侯围上阳，问于卜偃曰："吾其济乎？"对曰："克之。"公曰："何时？"对曰："童谣云：'丙之晨，龙尾伏辰。均服振振，取虢之旂。鹑之贲贲，天策焞焞，火中取军，虢公其奔。'其九月、十月之交乎！丙子旦，日在尾，月在策，鹑火中，必是时也。"	儿歌

① 逯钦立：《先秦汉魏晋南北朝诗·凡例》，中华书局 1983 年版，第 2 页。

载录史籍	篇 目	作品及其出处	种 类
《左传》	舆人诵	"僖公二十八年"：楚师背鄨而舍，晋侯患之。听舆人之诵曰："原田每每，舍其旧而新是谋。"公疑焉。子犯曰："战也！战而捷，必得诸侯，若其不捷，表里山河，必无害也。"	生活歌
	宋城者讴	"宣公二年"：二年春，郑公子归生受命于楚，伐宋。宋华元、乐吕御之。二月壬子，战于大棘，宋师败绩，囚华元，获乐吕……华元逃归。……宋城，华元为植，巡功。城者讴曰："睅其目，皤其腹，弃甲而复，于思于思，弃甲复来！"	时政歌
	侏儒诵	"襄公四年"：冬十月，邾人、莒人伐鄫，臧纥救鄫、侵邾，败于狐骀。国人逆丧者皆髽，鲁于是乎始髽，国人诵之曰："臧之狐裘，败我于狐骀。我君小子，朱儒是使。朱儒朱儒！使我败于邾。"	时政歌
	泽门之皙讴	"襄公十七年"：宋皇国父为大宰，为平公筑台，妨于农功。子罕请俟农功之毕，公弗许。筑者讴曰："泽门之皙，实兴我役。邑中之黔，实慰我心。"	时政歌
	子产歌	"襄公三十年"：（子产）从政一年，舆人诵之，曰："取我衣冠而褚之，取我田畴而伍之。孰杀子产，吾其与之！"及三年，又诵之，曰："我有子弟，子产诲之。我有田畴，子产殖之。子产而死，谁其嗣？"	时政歌
	南蒯歌	"昭公十二年"：（南蒯）将适费，饮乡人酒。乡人或歌之曰："我有圃，生之杞乎！从我者子乎，去我子鄙乎！倍其邻者耻乎！已乎已乎，非吾党之士乎！"	时政歌
	鸲鹆谣	"昭公二十五年"："有鸲鹆来巢"，书所无也。师已曰："异哉！吾闻文、成之世，童谣有之，曰：'鸲之鹆之，公出辱之。鸲鹆之羽，公在外野，往馈之马。鸲鹆跦跦，公在乾侯，征褰与襦。鸲鹆之巢，远在遥遥；稠父丧劳，宋父以骄。鸲鹆鸲鹆，往歌来哭！'童谣有是，今鸲鹆来巢，其将及乎？"（又见《汉书·五行志》）	时政歌

载录史籍	篇 目	作品及其出处	种 类
《左传》	野人歌	"定公十四年"：卫侯为夫人南子召宋朝，会于洮。大子蒯聩献盂于齐，过宋野。野人歌之曰："既定尔娄猪，盍归吾艾豭？"	时政歌
	莱人歌	"哀公五年"：秋，齐景公卒，冬十月，公子嘉、公子驹、公子黔奔卫，公子锄、公子阳生来奔。莱人歌之，曰："景公死乎不与埋，三军之事乎不与谋；师乎师乎，何党之乎？"（又见《史记·齐太公世家》）	时政歌
	齐人歌	"哀公二十一年"：秋八月，公及齐侯、邾子盟于顾。齐有责稽首，因歌之，曰："鲁人之皋，数年不觉，使我高踣。惟其儒书，以为二国忧。"	时政歌
《国语》	周宣王时童谣	《郑语》：宣王之时有童谣曰："檿弧箕服，实亡周国。"于是宣王闻之，有夫妇鬻是器者，王使执而戮之。（又见《史记·周本纪》《汉书·五行志》）	时政歌
	舆人诵	《晋语》三：惠公入而背外内之赂。舆人诵之曰："佞之见佞，果丧其田。诈之见诈，果丧其赂。得国而狃，终逢其咎。丧田不惩，或乱其兴。"	时政歌
	恭世子诵	《晋语》三：惠公即位，出共世子而改葬之，臭达于外。国人诵之曰："贞之无报也。孰是人斯，而有是臭也？贞为不听，信为不诚。国斯无刑，偷居幸生。不更厥贞，大命其倾。威兮怀兮，各聚尔有，以待所归兮。猗兮违兮，心之哀兮。岁之二七，其靡有征兮。若狄公子，吾是之依兮。镇抚国家，为王妃兮。"	时政歌
《战国策》	攻狄谣	《齐策》六：田单将攻狄……三月而不克之也。齐婴儿谣曰："大冠若箕，修剑拄颐，攻狄不能，下垒枯丘。"	时政歌
	齐人谣	《齐策》六：秦使陈驰诱齐王内之，约与五百里之地。齐王不听即墨大夫而听陈驰，遂入秦，处之共松柏之间，饿而死。先是齐为之歌曰："松邪！柏邪！住建共者客耶？"	时政歌

载录史籍	篇 目	作品及其出处	种 类
《史记》	周宣王时童谣	《周本纪》:"檿弧箕服,实亡周国。"(又见《国语·郑语》及《汉书·五行志》)	时政歌
	晋儿谣	《晋世家》:晋君改葬恭太子申生。……儿乃谣曰:"恭太子更葬矣,后十四年,晋亦不昌,昌乃在兄。"(又见《汉书·五行志》)	时政歌
	赵民谣	《赵世家》:(赵幽穆王)六年,大饥,民讹言曰:"赵为号,秦为笑。以为不信,视地之生毛。"	时政歌
	采芑歌	《田敬仲完世家》:田常成子与监止俱为左右相,相简公。田常心害监止,监止幸于简公,权弗能去。于是田常复修釐子之政,以大斗出贷,以小斗收。齐人歌之曰:"妪乎采芑,归乎田成子!"	时政歌
	天下为卫子夫歌	《外戚世家》:卫子夫立为皇后……其三弟皆封为侯,各千三百户,一曰阴安侯,二曰发干侯,三曰宜春侯,贵震天下。天下歌之曰:"生男无喜,生女无怒,独不见卫子夫霸天下!"	时政歌
	画一歌	《曹相国世家》:参为汉相国,出入三年。卒,谥曰懿侯。子窋代侯。百姓歌之曰:"萧何为法,讲若画一;曹参代之,守而勿失。载其清净,民以宁一。"(又见《汉书·萧何曹参传》)	时政歌
	齐人颂	《孟子荀卿列传》:荀卿,赵人。年五十始来游学于齐。驺衍之术迂大而闳辩;奭也文具难施;淳于髡久与处,时有得善言。故齐人颂曰:"谈天衍,雕龙奭,炙毂过髡。"	时政歌
	楚人谣	《项羽本纪》:居鄛人范增,年七十,素居家,好奇计,往说项梁曰:"陈胜败固当。夫秦灭六国,楚最无罪。自怀王入秦不反,楚人怜之至今,故楚南公曰'楚虽三户,亡秦必楚'也。"	时政歌

载录史籍	篇 目	作品及其出处	种 类
《史记》	民为淮南厉王歌	《淮南衡山列传》：孝文十二年，民有作歌歌淮南厉王曰："一尺布，尚可缝，一斗米，尚可舂，兄弟二人不能相容。"（又见《汉书·淮南厉王传》）	时政歌
	颍川儿歌	《魏其武安侯列传》：（灌）夫不喜文学，好任侠，已然诺。诸所与交通，无非豪桀大猾。家累数千万，食客日数十百人。陂池田园，宗族宾客为权利，横于颍川。颍川儿乃歌之曰："颍水清，灌氏宁；颍水浊，灌氏族。"（又见《汉书·灌夫传》）	时政歌
	关东为宁成号	《义纵传》：宁成家居，上欲以为郡守。御史大夫弘曰："臣居山东为小吏时，宁成为济南都尉，其治如狼牧羊。成不可使治民。"上乃拜成为关都尉。岁余，关东吏隶郡国出入关者，号曰："宁见乳虎，无值宁成之怒。"（又见《汉书·义纵传》）	时政歌
《汉书》	周宣王时童谣	《五行志》："檿弧箕服，实亡周国。"（又见《国语·郑语》《史记·周本纪》）	时政歌
	颍川儿歌	《灌夫传》："颍水清，灌氏宁；颍水浊，灌氏族。"（又见《史记·魏其武安侯列传》）	时政歌
	平城歌	《匈奴传上》：时匈奴围高帝于平城，哈不能解围。天下歌之曰："平城之下亦诚苦！七日不食，不能彀弩。"	时政歌
	画一歌	《曹参传》："萧何为法，讲若画一；曹参代之，守而勿失。载其清净，民以宁一。"（又见《史记·曹相国世家》）	时政歌
	民为淮南厉王歌	《淮南厉王传》："一尺布，尚可缝，一斗米，尚可舂，兄弟二人不能相容。"（又见《史记·淮南衡山列传》）	时政歌
	邺民歌	《沟洫志》：于是以史起为邺令，遂引漳水溉邺，以富魏之河内。民歌之曰："邺有贤令兮为史公，决漳水兮灌邺旁，终古潟卤兮生稻粱。"	时政歌

载录史籍	篇 目	作品及其出处	种 类
《汉书》	郑白渠歌	《沟洫志》：后十六岁，太始二年，赵中大夫白公复奏穿渠。引泾水，首起谷口，尾入栎阳，注渭中，袤二百里，溉田四千五百余顷，因名曰白渠。民得其饶，歌之曰："田于何所？池阳、谷口。郑国在前，白渠起后。举臿为云，决渠为雨。泾水一石，其泥数斗。且溉且粪，长我禾黍。衣食京师，亿万之口。"言此两渠饶也。	时政歌
	牢石歌	《佞幸传》：（石）显与中书仆射牢梁、少府五鹿充宗结为党友，诸附倚者皆得宠位。民歌之曰："牢邪石邪，五鹿客邪！印何累累，绶若若邪！"言其兼官据势也。	时政歌
	上郡吏民为冯氏兄弟歌	《冯野王传》：吏民嘉美野王、立相代为太守，歌之曰："大冯君，小冯君，兄弟继踵相因循，聪明贤知惠吏民，政如鲁、卫德化钧，周公、康叔犹二君。"	时政歌
	长安为尹赏歌	《尹赏传》：赏一朝会长安吏，车数百两，分行收捕，皆劾以为通行饮食群盗。赏亲阅，见十置一，其余尽以次内虎穴中，百人为辈，覆以大石。数日壹发视，皆相枕藉死，便舆出，瘗寺门桓东，楬著其姓名，百日后，乃令死者家各自发取其尸。亲属号哭，道路皆唏嘘。长安中歌之曰："安所求子死？桓东少年场。生时谅不谨，枯骨后何葬？"	时政歌
	长安百姓为王氏五侯歌	《元后传》：（成帝）以凤为大司马大将军领尚书事……自是公卿见凤，侧目而视，郡国守相刺史皆出其门。又以侍中太仆音为御史大夫，列于三公。而五侯群弟，争为奢侈……百姓歌之曰："五侯初起，曲阳最怒，坏决高都，连竟外杜，土山渐台西白虎。"	时政歌
	闾里为楼护歌	《楼护传》：（楼护）为人短小精辩，论议常依名节，听之者皆竦。与谷永俱为五侯上客，长安号曰"谷子云笔札，楼君卿唇舌"，言其见信用也。	时政歌

续　表

载录史籍	篇　目	作品及其出处	种　类
《汉书》	间里为楼护歌	《楼护传》：（楼护）母死，送葬者致车二三千两，间里歌之曰："五侯治丧楼君卿。"	时政歌
	元帝时童谣	《五行志》：元帝时童谣曰："井水溢，灭灶烟，灌玉堂，流金门。"至成帝建始二年三月戊子，北宫中井泉稍上，溢出南流，象春秋时先有鸲鹆之谣，而后有来巢之验。井水，阴也；灶烟，阳也；玉堂、金门，至尊之居：象阴盛而灭阳，窃有宫室之应也。王莽生于元帝初元四年，至成帝封侯，为三公辅政，因以篡位。	儿　歌
	长安谣	《佞幸传》（石显传）：显与妻子徙归故都，忧懑不食，道病死。诸所交结，以显为官，皆罢废。少府五鹿充宗左迁玄菟太守，御史中丞伊嘉为雁门都尉。长安谣曰："伊徙雁，鹿徙菟，去牢与陈实无贾。"	时政歌
	成帝时童谣	《五行志》：成帝时童谣曰："燕燕尾，张公子，时相见。木门仓琅根，燕飞来，啄皇孙，皇孙死，燕啄矢。"其后帝为微行出游，常与富平侯张放俱称富平侯家人，过（河阳）[阳阿]主作乐，见舞者赵飞燕而幸之，故曰"燕燕尾"，美好貌也。张公子谓富平侯也。"木门仓琅根"，谓宫门铜锾，言将尊贵也。后遂立为皇后。弟昭仪贼害后宫皇子，卒皆伏辜，所谓"燕飞来，啄皇孙，皇孙死，燕啄矢"者也。（又见《外戚传》）	时政歌
	成帝时歌谣	《五行志》：成帝时歌谣又曰："邪径败良田，谗口乱善人。桂树华不实，黄爵巢其颠。故为人所羡，今为人所怜。"桂，赤色，汉家象。华不实，无继嗣也。王莽自谓黄，象黄爵巢其颠也。	时政歌
	汝南鸿隙陂童谣	《翟方进传》：初，汝南旧有鸿隙大陂，郡以为饶，成帝时，关东数水，陂溢为害。方进为相，与御史大夫孔光共遣掾行视，以为决去陂水，其地肥美，省堤防费而无水忧，遂奏罢之。及翟氏灭，乡里归恶，言方进请陂下良田不得而奏罢陂云。王莽时常枯旱，郡中追怨方进。童谣曰："坏陂谁？翟子威。饭我豆食羹芋魁。反乎覆，陂当复。谁云者？两黄鹄。"（又见《后汉书·许杨传》）	时政歌

载录史籍	篇 目	作品及其出处	种 类
《汉书》	长安为王吉语	《王吉传》：始吉少时学问，居长安，东家有大枣树垂吉庭中，吉妇取枣以啖吉。吉后知之，乃去妇。东家闻而欲伐其树，邻里共止之，因固请吉令还妇。里中为之语曰："东家有树，王阳妇去；东家枣完，去妇复还。"其励志如此。	生活歌
	长安为萧朱王贡语	《萧育传》：育为人严猛尚威，居官数免，稀迁。少与陈咸、朱博为友，著闻当世。往者有王阳、贡公，故长安语曰"萧、朱结绶，王、贡弹冠"，言其相荐达也。	时政歌
	京师为扬雄语	《扬雄传》：莽诛丰父子，投四裔，辞所连及，便收不请。时，雄校书天禄阁上，治狱使者来，欲收雄，雄恐不能自免，乃从阁上自投下，几死。莽闻之曰："雄素不与事，何故在此？"间请问其故，乃刘棻尝从雄学作奇字，雄不知情。有诏勿问。然京师为之语曰："惟寂寞，自投阁；爰清静，作符命。"	时政歌
	关东为宁成号	《义纵传》："宁见乳虎，无值宁成之怒。"（又见《史记·义纵传》）	时政歌
	周宣王时童谣	《五行志》："檿弧箕服，实亡周国。"（又见《史记·周本纪》《国语·郑语》）	时政歌
	晋儿谣	《五行志》：儿乃谣曰："恭太子更葬矣，后十四年，晋亦不昌，昌乃在兄。"（又见《史记·晋世家》）	时政歌
《后汉书》	蜀中童谣	《隗嚣公孙述列传》：是时，述废铜钱，置铁官钱，百姓货币不行。蜀中童谣言曰："黄牛白腹，五铢当复。"好事者窃言王莽称"黄"，述自号"白"，五铢钱，汉货也，言天下并还刘氏。述亦好为符命鬼神瑞应之事，妄引谶记。（又见《五行志》）	时政歌
	汝南鸿隙陂童谣	《许杨传》："坏陂谁？翟子威。饭我豆食羹芋魁。反乎覆，陂当复。谁云者？两黄鹄。"（又见《汉书·翟方进传》）	时政歌

续　表

载录史籍	篇　目	作品及其出处	种　类
《后汉书》	马廖引长安语	《马援传》（附马廖传）：马廖奏肃宗："夫改政移风，必有其本。传曰：'吴王好剑客，百姓多创瘢；楚王好细腰，宫中多饿死。'长安语曰：'城中好高髻，四方高一尺；城中好广眉，四方且半额；城中好大袖，四方全匹帛。'斯言如戏，有切事实。前下制度未几，后稍不行。虽或吏不奉法，良由慢起京师。今陛下躬服厚缯，斥去华饰，素简所安，发自圣性。此诚上合天心，下顺民望，浩大之福，莫尚于此。"	时政歌
	更始时长安中语	《刘玄传》：时李轶、朱鲔擅命山东，王匡、张卬横暴三辅。其所授官爵者，皆群小贾竖，或有膳夫庖人，多着绣面衣、锦裤、襜褕、诸于，骂詈道中。长安为之语曰："灶下养，中郎将。烂羊胃，骑都尉。烂羊头，关内侯。"	时政歌
	渔阳民为张堪歌	《张堪传》：匈奴尝以万骑入渔阳，堪率数千骑奔击，大破之，郡界以静。乃于狐奴开稻田八千余顷，劝民耕种，以致殷富。百姓歌曰："桑无附枝，麦穗两岐。张君为政，乐不可支。"视事八年，匈奴不敢犯塞。	时政歌
	临淮吏人为宋晖歌	《朱晖传》：晖好节概，有所拔用，皆厉行士。其诸报怨，以义犯率，皆为求其理，多得生济。其不义之囚，实时僵仆。吏人畏爱，为之歌曰："强直自遂，南阳朱季。吏畏其威，人怀其惠。"数年，坐法免。	时政歌
	凉州民为樊晔歌	《樊晔传》：隗嚣灭后，陇右不安，乃拜晔为天水太守。政严猛，好申、韩法，善恶立断。人有犯其禁者，率不生出狱，吏人及羌胡畏之。道不拾遗，行旅至夜，聚衣装道傍，曰"以付樊公"。凉州为之歌曰："游子常苦贫，力子天所富。宁见乳虎穴，不入冀府寺。大笑期必死，忿怒或见置。嗟我樊府君，安可再遭值！"	时政歌
	董少平歌	《董宣传》：（董宣为洛阳令）搏击豪强，莫不震栗。京师号为"卧虎"。歌之曰："枹鼓不鸣董少平。"	时政歌

载录史籍	篇　目	作品及其出处	种　类
《后汉书》	郭乔卿歌	《蔡茂传》：（郭）贺字乔卿……拜荆州刺史，引见赏赐，恩宠隆异。及到官，有殊政。百姓便之，歌曰："厥德仁明郭乔卿，忠正朝廷上下平。"	时政歌
	通博南歌	《西南夷传》：西南去洛阳七千里，显宗以其地置哀牢、博南二县，割益州郡西部都尉所领六县，合为永昌郡。始通博南山，渡兰仓水。行者苦之。歌曰："汉德广，开不宾。渡博南，越兰津。渡兰仓，为他人。"	生活歌
	蜀郡民为廉范歌	《廉范传》：成都民物丰盛，邑宇逼侧，旧制禁民夜作，以防火灾，而更相隐蔽，烧者日属。范乃毁削先令，但严使储水而已。百姓为便，乃歌之曰："廉叔度，来何暮？不禁火，民安作。平生无襦今五绔。"	时政歌
	魏郡舆人歌	《岑彭传》：（岑彭）子熙嗣……迁魏郡太守，招聘隐逸，与参政事，无为而化。视事二年，众人歌之曰："我有枳棘，岑君伐之。我有蟊贼，岑君遏之。"	时政歌
	范史云歌	《范冉传》：范冉，字史云，陈留外黄人也。好违时绝俗，为激诡之行。……遁身逃命于梁沛之间。推鹿车，载妻子，捃拾自资，或寓息客庐，或依宿树荫。如此十余年，乃结草室而居焉。所止单陋，有时粮粒尽，穷居自若，言貌无改。闾里歌之曰："甑中生尘范史云，釜中生鱼范莱芜。"	时政歌
	顺阳吏民为刘陶歌	《刘陶传》：陶举孝廉，除顺阳长。县多奸猾，陶到官，宣募吏民有气力勇猛、能以死易生者，不拘亡命奸臧，于是剽轻剑客之徒过晏等十余人，皆来应募。陶责其先过，要以后效，使各结所厚少年，得数百人，皆严兵待命。于是复案奸轨，所发若神。以病免，吏民思而歌之曰："邑然不乐，思我刘君。何时复来，安此下民。"	时政歌

载录史籍	篇　目	作品及其出处	种　类
《后汉书》	更始南阳童谣	《五行志》：更始时，南阳有童谣曰："谐不谐，在赤眉。得不得，在河北。"是时，更始在长安，世祖为大司马平定河北。更始大臣并借专权，故谣妖作也。后更始遂为赤眉所杀，是更始之不谐在赤眉也。世祖自河北兴。	时政歌
	王莽末天水童谣	《五行志》：王莽末，天水童谣曰："出吴门，望缇群。见一蹇人，言欲上天；令天可上，地上安得民！"时，隗嚣初起兵于天水，后意稍广，欲为天子，遂破灭，嚣少病蹇。吴门，冀郭门名也。缇群，山名也。	时政歌
	顺帝末京都童谣	《五行志》：顺帝之末，京都童谣曰："直如弦，死道边。曲如钩，反封侯。"案：顺帝即世，孝质短祚，大将军梁冀贪树疏幼，以为己功，专国号令，以赡其私。太尉李固以为清河王雅性聪明，敦诗悦礼，加又属亲，立长则顺，置善则固。而冀建白太后，策免固，征蠡吾侯，遂即至尊。固是日幽毙于狱，暴尸道路，而太尉胡广封安乐乡侯、司徒赵戒厨亭侯、司空袁汤安国亭侯云。	时政歌
	桓帝初天下童谣	《五行志》：桓帝之初，天下童谣曰："小麦青青大麦枯，谁当获者妇与姑。丈人何在西击胡，吏买马，君具车，请为诸君鼓咙胡。"案：元嘉中凉州诸羌一时俱反，南入蜀、汉，东抄三辅，延及并、冀，大为民害。命将出众，每战常负，中国益发甲卒，麦多委弃，但有妇女获刈之也。吏买马，君具车者，言调发重及有秩者也。请为诸君鼓咙胡者，不敢公言，私咽语。	时政歌
	桓帝初城上乌童谣	《五行志》：桓帝之初，京都童谣曰："城上乌，尾毕逋，公为吏，子为徒。一徒死，百乘车。车班班，入河间。河间姹女工数钱，以钱为室金为堂。石上慊慊春黄粱。粱下有悬鼓，我欲击之丞卿怒。"案：此皆谓为政贪也。	时政歌

载录史籍	篇　目	作品及其出处	种　类
《后汉书》	桓帝初京都童谣	《五行志》：桓帝之初，京都童谣曰："游平卖印自有平，不辟豪贤及大姓。"案：到延熹之末，邓皇后以谴自杀，乃以窦贵人代之，其父名武字游平，拜城门校尉。及太后摄政，为大将军，与太傅陈蕃合心戮力，惟德是建，印绶所加，咸得其人，豪贤大姓，皆绝望矣。	时政歌
	桓帝末京都童谣	《五行志》：桓帝之末，京都童谣曰："茅田一顷中有井，四方纤纤不可整。嚼复嚼，今年尚可后年铙。"案：《易》曰："拔茅茹以其汇，征吉。"茅喻群贤也。井者，法也。于时中常侍管霸、苏康憎疾海内英哲，与长乐少府刘器、太常许咏、尚书柳分、寻穆、史佟、司隶唐珍等，代作唇齿。	时政歌
	桓帝末京都童谣	《五行志》：桓帝之末，京都童谣曰："白盖小车何延延。河间来合谐，河间来合谐！"案：解犊亭属饶阳河间县也。	时政歌
	灵帝末京都童谣	《五行志》：灵帝之末，京都童谣曰："侯非侯，王非王，千乘万骑上北芒。"案：到中平六年，史侯登蹑至尊，献帝未有爵号，为中常侍段珪等数十人所执，公卿百官皆随其后，到河上，乃得来还。此为非侯非王上北芒者也。	时政歌
	董逃歌	《五行志》：灵帝中平中，京都歌曰："承乐世董逃，游四郭董逃，蒙天恩董逃，带金紫董逃，行谢恩董逃，整车骑董逃，垂欲发董逃，与中辞董逃，出西门董逃，瞻宫殿董逃，望京城董逃，日夜绝董逃，心摧伤董逃。"案："董"谓董卓也，言虽跋扈，纵其残暴，终归逃窜，至于灭族也。	时政歌
	献帝初京都童谣	《五行志》：献帝践祚之初，京都童谣曰："千里草，何青青。十日卜，不得生。"案：千里草为董，十日卜为卓。凡别字之体，皆从上起，左右离合，无有从下发端者也。今二字如此者，天意若曰：卓自下摩上，以臣陵君也。青青者，暴盛之貌也。不得生者，亦旋破亡。	时政歌

载录史籍	篇　目	作品及其出处	种　类
《后汉书》	建安初荆州童谣	《五行志》：建安初，荆州童谣曰："八九年间始欲衰，至十三年无孑遗。"言自中兴以来，荆州无破乱，及刘表为牧，民又丰乐，至此逮八九年。当始衰者，谓刘表妻当死，诸将并零落也。十三年无孑遗者，言十三年表又当死，民当移诣冀州也。	时政歌
	交趾兵民为贾琮歌	《贾琮传》：有司举琮为交趾刺史。琮到部，讯其反状，咸言赋敛过重，百姓莫不空单，京师遥远，告冤无所，民不聊生，故聚为盗贼。琮即移书告示，各使安其资业，招抚荒散，蠲复徭役，诛斩渠帅为大害者，简选良吏试守诸县，岁间荡定，百姓以安。巷路为之歌曰："贾父来晚，使我先反；今见清平，吏不敢犯。"	时政歌
	皇甫嵩歌	《皇甫嵩传》：以黄巾既平，故改年为中平。嵩奏请冀州一年田租，以赡饥民，帝从之。百姓歌曰："天下大乱兮市为墟，母不保子兮妻失夫，赖得皇甫兮复安居。"	时政歌
	会稽童谣	《张霸传》：霸始到越，贼未解，郡界不宁，乃移书开购，明用信赏，贼遂束手归附，不烦士卒之力。童谣曰："弃我戟，捐我矛，盗贼尽，吏皆休。"	时政歌
	乡人谣	《党锢传·序》：初，桓帝为蠡吾侯，受学于甘陵周福，及即帝位，擢福为尚书。时同郡河南尹房植有名当朝，乡人为之谣曰："天下规矩房伯武，因师获印周仲进。"	时政歌
	二郡谣	《党锢传·序》：后汝南太守宗资任功曹范滂，南阳太守成瑨亦委功曹岑晊，二郡又为谣曰："汝南太守范孟博，南阳宗资主画诺。南阳太守岑公孝，弘农成瑨但坐啸。"因此流言转入太学，诸生三万余人，郭林宗、贾伟节为其冠，并与李膺、陈蕃、王畅更相褒重。	时政歌

载录史籍	篇　目	作品及其出处	种　类
《后汉书》	献帝初童谣	《公孙瓒传》：是岁，瓒破禽刘虞，尽有幽州之地，猛志益盛。前此有童谣言："燕南垂，赵北际，中央不合大如砺，惟有此中可避世。"瓒自以为易地当之，遂徙镇焉。乃盛修营垒、楼观数十，临易河，通辽海。	儿　歌
	京师为光禄茂才谣	《黄琬传》：时陈蕃为光禄勋……旧制，光禄举三署郎，以功高久次才德尤异者为茂才四行。时权富子弟多以人事得举，而贫约守志者以穷退见遗，京师为之谣曰："欲得不能，光禄茂才。"	时政歌
	光武述时人语	《郭宪传》：时，匈奴数犯塞，帝患之，乃召百僚廷议。宪以为天下疲敝，不宜动众。谏争不合，乃伏地称眩瞀，不复言。帝令两郎扶下殿，宪亦不拜。帝曰："常闻'关东觥觥郭子横'，竟不虚也。"	时政歌
	时人为桓典语	《桓荣传》（附《桓典传》）：是时宦官秉权，典执政无所回避。常乘骢马，京师畏惮，为之语曰："行行且止，避骢马御史。"	时政歌
	益都为任文公语	《任文公传》：公孙述时，蜀武担石折。文公曰："噫！西州智士死，我乃当之。"自是常会聚子孙设酒食。后三月果卒。故益都为之语曰："任文公，智无双。"	时政歌
	天下为四侯语	《单超传》：桓帝初，（单）超、（徐）璜、（具）瑗为中常侍，（左）悺、（唐）衡为小黄门史。……世谓之"五侯"。（超薨）其后四侯转横，天下为之语曰："左回天，具独坐，徐卧虎，唐两堕。"	时政歌
	三府为朱震语	《陈蕃传》：（朱）震字伯厚，初为州从事，奏济阴太守单匡臧罪，并连匡兄中常侍车骑将军超。桓帝收匡下廷尉，以谴超，超诣狱谢。三府谚曰："车如鸡栖马如狗，疾恶如风朱伯厚。"	时政歌

载录史籍	篇　目	作品及其出处	种　类
《后汉书》	考城为仇览谚	《仇览传》：览初到亭，人有陈元者，独与母居，而母诣览告元不孝。……览乃亲到元家，与母子饮，因为陈人伦孝行，譬以祸福之言。元卒成孝子。乡邑为之谚曰："父母何在在我庭，化我鸱枭哺所生。"	生活歌
	京师为胡广语	《胡广传》：（胡广）性温柔谨素，常逊言恭色。达练事体，明解朝章。虽无謇直之风，屡有补阙之益。故京师谚曰："万事不理问伯始，天下中庸有胡公。"	时政歌
《三国志》	兴平中吴中童谣	《孙权传》：黄龙元年春，公卿百司皆劝权正尊号。夏四月，夏口、武昌并言黄龙、凤凰见。丙申，南郊即皇帝位。……初，兴平中，吴中童谣曰："黄金车，班兰耳，闿昌门，出天子。"昌门，吴西郭门，夫差所作。	儿　歌

　　表1-1所列民谣共92首（其中有一些作品在不同的史书，或同一部史书中不同的篇目被重复收载），各史著收录的数量分别是：《左传》11首、《国语》3首、《战国策》2首、《史记》11首、《汉书》24首、《后汉书》40首、《三国志》1首。由此可见，史传中以《汉书》《后汉书》收录的数量为最多，而《三国志》的数量为最少。

　　两"汉书"收集民谣相对较多，主要原因大约有两个：一是两汉乐府机构健全，且因社会稳定，乐府的运作得以常态化，收集歌谣的渠道较为通畅，即如班固所云："自孝武立乐府而采歌谣，于是有代赵之讴，秦楚之风，皆感于哀乐，缘事而发，亦可以观风俗，知薄厚云。"[①] 二是两者都有比较多的袭用前代史书的素材，因而也随之带来较多的民谣。如《汉书》中的《鹳鹆谣》乃承袭《左传》，《晋儿谣》《周宣王时童谣》《颍川儿歌》《平城歌》《画一歌》《民为淮南厉王歌》

---

① （汉）班固：《汉书·艺文志》，中华书局2007年版，第342页。

等作品则是承袭《史记》；《后汉书》除了袭用《汉书》的录载（如《汝南鸿隙陂童谣》）之外，还因为它是在东汉《东观汉记》①、汉末谢承的《后汉书》、晋代司马彪的《续汉书》以及华峤、谢沈、袁山松等人分别所作的《后汉书》等史著的基础上写成，取材面广，袭用的民谣亦有可能随之增多，比如在《五行志》之一便专辟"谣"之栏目，单此一处就集合了民谣十几首。

而同样是写汉代历史的《三国志》，则因其所述乃是汉末的历史，一方面是其时军阀割据，战乱频仍，朝廷摇摇欲坠，乐府的运作几近瘫痪，采集诗歌的活动显然难以为继；另一方面则是《三国志》所载的历史时段较短，史事也叙述得较为简略，史料并没有《汉书》和《后汉书》那么充足。这两种原因，使得书中的民谣自然就要少得多。前面的《战国策》载录民谣也较少，原因应该与此大致相同。

表中反映的另一个事实是：史传中收录的民谣绝大部分都是时政歌，只有个别的儿歌和生活歌。统治者采集民谣，主要是政治上的需要，即所谓"观风俗，知厚薄""考见得失"，史传中的民谣以时政歌为主，也反映并证实了这种意图。而史传以政治、军事、外交活动为主体内容，多收录时政歌，也与史书的内容及其性质、功能相吻合。

这些时政歌主要有两部分内容，一部分是对社会时事的评论，如《左传·襄公十七年》中的《泽门之皙讴》："泽门之皙，实兴我役；邑中之黔，实慰我心。"反映的就是人民对宋平公不顾农事而建筑平台，肆意奴役百姓，又影响农作物收割的不满；《史记·淮南衡山列传》和《汉书·淮南厉王传》收录的《民为淮南厉王歌》则是批评统治者争权夺利、骨肉相残的现象："一尺布，尚可缝，一斗米，尚可舂，兄弟二人不能相容。"这类民谣大多都能针砭时弊，点出事件的性质和弊端，反映了百姓的心声和见解。如果统治者能够虚心倾听，对修正自己的弊政或错误绝对是一剂良药，如汉文帝听了《民为淮南

---

① 《东观汉记》为东汉官修本朝纪传体史书，明帝时开始编写，以后累朝增修，到桓帝时，共修143卷，作者有班固、刘珍、李尤、崔寔、马日、蔡邕等。

厉王歌》之后，"乃叹曰：'尧舜放逐骨肉，周公杀管、蔡，天下称圣。何者？不以私害公。天下岂以我为贪淮南王地邪？'乃徙城阳王王淮南故地，而追尊谥淮南王为厉王，置园复如诸侯仪。"表现了一代明主的睿智和胸怀。

另一部分是对人物（主要是政治人物）的歌颂或批判，如《邺民歌》（《汉书·沟洫志》）是老百姓对史起修渠引漳河水灌溉邺地，造福一方、惠泽子孙后代的由衷歌颂："邺有贤令兮为史公，决漳水兮灌邺旁，终古潟卤兮生稻粱。"《献帝初京都童谣》（《后汉书·五行志》）是人们诅咒犯上作乱、祸国殃民的董卓："千里草，何青青。十日卜，不得生。"这类民谣的爱憎态度非常鲜明，倾向性很明显，表现的情感朴素而真挚，反映了人们的真实思想和感受。

从上表也可以看到，史家在叙事过程中，大多数都是将民谣作为与史实互证的材料来使用。这当中又有两种情形：其一是用在叙事之前，先引出民谣，将之作为某种社会事象的预言或先兆，之后再加以具体叙述，这种情况可称为"以事证谣"。"以事证谣"的情形在《后汉书》里表现得最为突出，如《五行志》之一的"谣"部分，总共收集了民谣12首，几乎全都是作为谶谣来使用，如述《灵帝末京都童谣》云："灵帝之末，京都童谣曰：'侯非侯，王非王，千乘万骑上北芒。'案，到中平六年，史侯登蹑至尊，献帝未有爵号，为中常侍段珪等数十人所执，公卿百官皆随其后，到河上，乃得来还。此为'非侯非王上北芒'者也。"述《建安初荆州童谣》："建安初，荆州童谣曰：'八九年间始欲衰，至十三年无孑遗。'言自中兴以来，荆州无破乱，及刘表为牧，民又丰乐，至此逮八九年。当始衰者，谓刘表妻当死，诸将并零落也。十三年无孑遗者，言十三年表又当死，民当移诣冀州也。"史家把民谣当成谶言，虽然将之纳入了方术的范畴，涂上了神秘和迷信的色彩，但也反映出普通百姓对社会现实洞若观火般深入、细致的观察，以及准确预见历史走向的非凡洞察力。

其二是用在叙事之后，作为叙述的佐证或补充，这可谓"以谣证事"。如《史记·孟子荀卿列传》述驺衍、驺奭、淳于髡等人的行为及特征之后，引《齐人颂》加以佐证："驺衍之术迂大而闳辩；奭也文具难施；淳于髡久与处，时有得善言。故齐人颂曰：'谈天衍，雕龙奭，炙毂过髡。'"《汉书·元后传》述王氏五侯得宠，骄奢不可一世："元帝崩，太子立，是为孝成帝。尊皇后为皇太后，以凤（王凤——笔者注）为大司马大将军领尚书事，益封五千户。王氏之兴自凤始。又封太后同母弟崇为安成侯，食邑万户。凤庶弟谭等皆赐爵关内侯，食邑。……自是公卿见凤，侧目而视，郡国守相刺史皆出其门。又以侍中太仆音为御史大夫，列于三公。而五侯群弟，争为奢侈……百姓歌之曰：'五侯初起，曲阳最怒，坏决高都，连竞外杜，土山渐台西白虎。'"以民谣证实王氏五侯恃宠骄奢的事实，在民间也家喻户晓，人尽皆知，可见王氏五侯在当时是多么炙手可热。

民谣是老百姓思想感情最真实、最直接的表露。老百姓最公正、最朴实，也最不会矫情，因此，老百姓的这些口头创作，其实又是对社会事物、现象的一种客观反映。尤其是时政歌，可称得上是社会的"晴雨表"，它臧否时事和人物，或一往情深，由衷讴歌，或尖锐犀利，嬉笑怒骂，皆有许多可取之处，既给史家提供了许多真实、可靠的史料，又为史家判断是非曲直提供了参考。史家之引用民谣，表明他们对于民谣的认可和倚仗，在很大程度上表明他们与广大人民群众有着比较一致的观点和立场，从而在史事的叙述、评论上面，表现出更多的平民意识和更大的平民视角。因此，民谣的使用，使史传体现出相当强的人民性。

史传中引用的这些民谣都来自里巷乡野，是一种原生态的作品，带有浓厚的乡土气息和生活气息。它的出现，令史传保留更多原汁原味的内容，在更大程度上保证史事的本始性和真实性，从而使史著变得更加质朴、亲近和厚重。与此同时，新鲜活泼、质朴通俗和抒情色彩浓厚的民谣，也给史书带来一股清新之气，为之注入更多的激情，使本来沉闷、板滞的历史叙述变得更加灵动、鲜活，也更有生气和人情味。总之，民谣的使用，无论是在思想内容上，还是在表述形式上，都令史传增色不少。

二　史传中的民间谚语

（一）谚语概说

谚语是劳动人民创作的、流传于民间的简练通俗而富有意义的固定语句。谚语短小精悍，通常用简单的话语反映出某种生活经验和深刻道理。

谚语也是民间文学中的一种古老形式，早在远古时期就已经产生，人们习惯以"俗话""俗语""常言""古人言"等称之。《礼记·大学》篇："故好而知其恶，恶而知其美者，天下鲜矣。故谚有之曰：'人莫知其子之恶，莫知其苗之硕。'"郑玄注："谚，俗语也。"著名语言学家吕叔湘先生也说："俗语，或者俗话，是一种广泛的名称，典型的俗语是所谓谚语，这是各国语言都有的一种东西，英语里的名称是 Proverb。"[①]

在一些古代的典籍中，则以俚语、俗言、直语、俚谚、俗谚、鄙谚、野谚、口谚、鄙语等称之。如《尚书·无逸》："俚语曰谚。"《左传·隐公十一年》释文："谚，俗言也。"《文心雕龙·书记》："谚者，直语也。夫文辞鄙俚，莫过于谚。"从这众多的名称也可知，谚语出现的场合很多，使用的范围也很广。

谚语和歌谣在内容、形式上都有一些近似，谚、谣混淆的现象在古代也很常见。如：

　　　　而"湖广熟，天下足"之谣，天下信之，地盖有余利也。[②]

　　　　南江水口，有浮沉石在江中。舟人谣曰："要知风雨至，但视石沉浮。"[③]

---

① 吕叔湘：《中国俗语大词典·序》，转引自《语文近著》，上海教育出版社 1987 年版，第 244 页。

② 《中华野史·明朝卷·野史文存·余冬序录》，三秦出版社 2000 年版，第 6179 页。

③ 欧初、王贵忱主编：《屈大均全集》（四），人民文学出版社 1996 年版，第 157 页。

以上两则"谣"在今人看来其实都是"谚"。谚、谣不分的原因在于两者的许多作品往往都是某个地方人们经过长期观察和归纳，从而得出的总结性概括，都用短小精悍的语言形式表达出来。但仔细考察，两者还是有差别的。概而言之，两者的差别主要表现在以下两个方面。

一是"民谣带有鲜明的时间性或者暂时性，一般民谣反映出民众一时一地对一事一物的叙述或看法，随着时事的变化，时过境迁，人们会对具体的人事淡忘，当时流传一时的民谣，也会被人们渐渐遗忘"[①]；而谚语，时间性不如民谣那么强，但相对来说更具有长效性甚至是永久性。由于谚语反映的自然知识和经验可能是真理或接近真理，为世人所遵从奉行，而关于社会知识的谚语则能够透析人性，直面世态，影响人的心态和行为，因而都能够传诵久远。

二是谚语揭示一种道理或规律，思辨性、哲理性较突出；民谣则表述一种现象或事实，写实性、抒情性较为明显。"谚语以睿智聪慧、奇境新锐而擅场，民谣则以形象鲜明、质朴浅近而取胜。"[②]

基于这两点，在一般情况下，我们还是能够明确区分谚语和民谣的。

谚语的内容庞杂，数量繁多，种类的划分也比较困难。武占坤、马国凡所著的《谚语》一书，将之分为八类：（1）讽颂谚；（2）规诫谚；（3）事理谚；（4）生产谚；（5）天气谚；（6）风土谚；（7）常识谚；（8）修辞谚。[③] 前七类谚语的含义都比较容易理解，唯修辞谚需稍加说明。"修辞谚是指那些无法分属在上述各类的谚语，主要是对事物的特点、性质、程度等的描绘或渲染，如'按下葫芦起来瓢''吃着碗里的，看着锅里的''糖霜嘴，砒霜心'等。"[④] 这个划分比较

---

① 吕肖奂：《中国古代民谣研究》，巴蜀书社 2006 年版，第 18 页。
② 同上书，第 19 页。
③ 参见武占坤、马国凡《谚语》，内蒙古人民出版社 1997 年版，第 156—242 页。
④ 段宝林主编：《民间文学教程》，高等教育出版社 2006 年版，第 184 页。

全面、细致，也比较客观地反映谚语的实际情况，对于专门的学术研究很有帮助，但对于一般读者来说，就显得较为复杂。

段宝林主编的《民间文学教程》按内容将谚语归为三大类：第一类是讲述自然界运行规律和适应自然、改造自然（包括各行各业生产活动）的经验的谚语，这部分谚语不仅包括了上述"生产谚""天气谚""风土谚"三大类，还包括了部分"常识谚"；第二类是讲述社会运行规律、社会状况和社会活动经验的谚语，上述"讽颂谚""规诫谚""事理谚"大都属于此类；第三类是讲述日常生活知识和经验的谚语，上述"常识谚""规诫谚"的部分作品属于这一类。①

这两种分法都各有长处。除此以外，其他的分类法也还有许多，读者大可以见仁见智，根据自己的实际情况，各取所需。

由于谚语在形式上具有口语性、精练性、定型性和艺术性等特点，具有实用性、俗传性、奉劝性或训诫性等功能，其喻事明理、辨别是非、为人处世、认识自我和环境等丰富的生活知识和人生智慧，配上简朴自然、机智风趣、意味深长的表述形式，千百年来都为人们所喜闻乐见，在各种场合被广泛称引、使用。如在《左传》中，就有许多使用谚语的记载，"隐公十一年"写滕侯和薛侯来朝，二人互争行礼的先后，各不相让，羽父就以周谚巧加化解：

> 公使羽父请于薛侯曰："君与滕君辱在寡人。周谚有之曰：'山有木，工则度之。宾有礼，主则择之。'周之宗盟，异性为后。寡人若朝于薛，不敢与诸任齿。君若辱贶寡人，则愿以滕君为请。"薛侯许之，乃长滕侯。②

"桓公十年"写虞叔拒绝向哥哥虞公献出宝玉，但之后又以谚语说服自己，把宝玉交给了虞公：

---

① 参见段宝林主编《民间文学教程》，高等教育出版社 2006 年版，第 184 页。
② （清）洪亮吉：《春秋左传诂》，李解民点校，中华书局 1987 年版，第 204 页。

初，虞叔有玉，虞公求旃，弗献。既而悔之，曰："周谚有之：'匹夫无罪，怀璧其罪。'吾焉用此，其以贾害也？"乃献之。①

寥寥数语，言简意赅，很轻易地化解了矛盾，解决了问题，谚语的功用、效力可见一斑。事实上，谚语既是劳动人民智慧的结晶，也是哲人贤达、智者辩士的语言利器，它适用于日常生活的方方面面。即如郭绍虞先生所说："谚是人的实际经验之结果，而用美的言词以表现者，于日常谈话可以公然使用，而规定人的行为之言语。"（《谚语的研究》）因此，它也和民间歌谣一样，是历代统治者广泛收集，以资处事、修身、治国的重要工具。

（二）史传中收录的谚语

谚语进入朝廷、被收录于史传的方式和途径，与民间歌谣大体一致，此处不再赘述。兹依照前面介绍史传中民谣的形式，将史传中的谚语列表如下（见表 1-2）。

表 1-2 史传中的谚语

载录史籍	作品及其出处	种 类
《左传》	"隐公十一年"：公使羽父请于薛侯曰："君与滕君辱在寡人。周谚有之曰：'山有木，工则度之。宾有礼，主则择之。'周之宗盟，异姓为后。寡人若朝于薛，不敢与诸任齿。君若辱贶寡人，则愿以滕君为请。"薛侯许之，乃长滕侯。	事理谚
	"桓公十年"：初，虞叔有玉，虞公求旃，弗献。既而悔之，曰："周谚有之：'匹夫无罪，怀璧其罪。'吾为用此，其以贾害也？"乃献之。	事理谚
	"闵公元年"：士蒍曰："大子不得立矣，分之都城而位以卿，先为之极，又焉得立。不如逃之，无使罪至。为吴大伯，不亦可乎？犹有令名，与其及也。且谚曰：'心苟无瑕，何恤乎无家。'天若祚大子，其无晋乎？"	事理谚

① （清）洪亮吉：《春秋左传诂》，李解民点校，中华书局1987年版，第224页。

载录史籍	作品及其出处	种　类
《左传》	"僖公五年"：晋侯复假道于虞以伐虢。宫之奇谏曰："虢，虞之表也。虢亡，虞必从之。晋不可启，寇不可玩，一之谓甚，其可再乎？谚所谓'辅车相依，唇亡齿寒'者，其虞、虢之谓也。"	事理谚
	"僖公七年"：七年春，齐人伐郑。孔叔言于郑伯曰："谚有之曰：'心则不竞，何惮于病。'既不能强，又不能弱，所以毙也。国危矣，请下齐以救国。"	事理谚
	"文公十七年"：古人有言曰："畏首畏尾，身其余几。"又曰："鹿死不择音。"小国之事大国也，德，则其人也；不德，则其鹿也，铤而走险，急何能择？命之罔极，亦知亡矣。将悉敝赋以待于鯈，唯执事命之。	事理谚
	"宣公四年"：初，楚司马子良生子越椒，子文曰："必杀之。是子也，熊虎之状，而豺狼之声，弗杀，必灭若敖氏矣。谚曰：'狼子野心。'是乃狼也，其可畜乎？"子良不可。	修辞谚
	"宣公十五年"：宋人使乐婴告急于晋，晋侯欲救之。伯宗曰："不可，古人有言曰：'虽鞭之长，不及马腹。'天方授楚，未可与争。"	修辞谚
	"宣公十五年"：宋人使乐婴告急于晋，晋侯欲救之。伯宗曰："……虽晋之强，能违天乎？谚曰：'高下在心。'川泽纳污，山薮藏疾，瑾瑜匿瑕，国君含垢，天之道也。君其待之。"	事理谚
	"宣公十六年"：三月，献狄俘。晋侯请于王。戊申，以黻冕命士会将中军，且为太傅。于是晋国之盗逃奔于秦。羊舌职曰："吾闻之，'禹称善人，不善人远'，此之谓也夫。《诗》曰：'战战兢兢，如临深渊，如履薄冰。'善人在上也。善人在上，则国无幸民。谚曰：'民之多幸，国之不幸也。'是无善人之谓也。"	事理谚
	"成公十七年"：公游于匠丽氏，栾书、中行偃遂执公焉。召士匄，士匄辞。召韩厥，韩厥辞，曰："昔吾畜于赵氏，孟姬之谗，吾能违兵。古人有言曰：'杀老牛，莫之敢尸。'而况君乎？二三子不能事君，焉用厥也！"	修辞谚

载录史籍	作品及其出处	种　类
《左传》	"昭公元年"：天王使刘定公劳赵孟于颖，馆于洛汭。……刘子归，以语王曰："谚所谓'老将知而耄及之'者，其赵孟之谓乎！为晋正卿，以主诸侯，而侪于隶人，朝不谋夕，弃神人矣。神怒民叛，何以能久？赵孟不复年矣。神怒，不歆其祀；民叛，不即其事。祀事不从，又何以年？"	修辞谚
	"昭公三年"：及宴子如晋，公更其宅，反，则成矣。既拜，乃毁之，而为里室，皆如其旧。则使宅人反之，曰："谚曰：'非宅是卜，唯邻是卜。'二三子先卜邻矣，违卜不祥。君子不犯非礼，小人不犯不祥，古之制也。吾敢违诸乎？"卒复其旧宅。公弗许，因陈桓子以请，乃许之。	规诫谚
	"昭公七年"：晋人来治杞田，季孙将以成与之。谢息为孟孙守，不可。曰："人有言曰：'虽有挈瓶之知，守不假器，礼也。'夫子从君，而守臣丧邑，虽吾子亦有猜焉。"	规诫谚
	"昭公十三年"：季孙犹在晋，子服惠伯私于中行穆子曰："鲁事晋，何以不如夷之小国？鲁，兄弟也，土地犹大，所命能具。若为夷弃之，使事齐、楚，其何瘳于晋？亲亲，与大，赏共，罚否，所以为盟主也。子其图之。谚曰：'臣一主二。'吾岂无大国？"	事理谚
	"昭公十九年"：大夫谋对，子产不待而对客曰："……谚曰：'无过乱门。'民有兵乱，犹惮过之，而况敢知天之所乱？今大夫将问其故，抑寡君实不敢知，其谁实知？平丘之会，君寻旧盟：'无或失职。'若寡君之二三臣，其即世者，晋大夫而专制其位，是晋之县鄙也，何国之为？"辞客币而报其使。晋人舍之。（又见《国语·周语下》）	事理谚
	"昭公十九年"：令尹子瑕言蹶由于楚子，曰："彼何罪？谚所谓'室于怒，市于色'者，楚之谓矣。舍前之忿可也。"乃归蹶由。	讽颂谚
	"昭公二十七年"：吴子欲因楚丧而伐之，使公子掩余、公子烛庸帅师围潜，使延州来季子聘于上国，遂聘于晋，以观诸侯。……吴公子光曰："此时也，弗可失也。"告设诸曰："上国有言曰：'不索，何获？'我，王嗣也，吾欲求之。事若克，季子虽至，不吾废也。"	事理谚

载录史籍	作品及其出处	种 类
《左传》	"昭公二十八年"：冬，梗阳人有狱，魏戊不能断，以狱上。其大宗赂以女乐，魏子将受之。魏戊谓阎没、女宽曰："主以不贿闻于诸侯，若受梗阳人，贿莫甚焉。吾子必谏。"皆许诺。退朝，待于庭。馈入，召之。比置，三叹。既食，使坐。魏子曰："吾闻诸伯叔，谚曰：'唯食忘忧。'吾子置食之间三叹，何也？"同辞而对曰："或赐二小人酒，不夕食。馈之始至，恐其不足，是以叹。中置，自咎曰：'岂将军食之，而有不足？'是以再叹。及馈之毕，愿以小人之腹为君子之心，属厌而已。"献子辞梗阳人。	事理谚
	"定公十五年"：大子告人曰："戏阳速祸余。"戏阳速告人曰："大子则祸余。大子无道，使余杀其母。余不许，将戕于余；若杀夫人，将以余说。余是故许而弗为，以纾余死。谚曰：'民保于信。'吾以信义也。"	事理谚
《国语》	《周语》中：襄王十三年，郑人伐滑。王使游孙伯请滑，郑人执之。王怒，将以狄伐郑。富辰谏曰："不可。古人有言曰：'兄弟谗阋，侮人百里。'周文公之诗曰：'兄弟阋于墙，外御其侮。'若是则阋乃内侮，而虽阋不败亲也。	修辞谚
	《周语》中：襄公曰："人有言曰：'兵在其颈。'其郤至之谓乎！君子不自称也，非以让也，恶其盖人也。夫人性，陵上者也，不可盖也。求盖人，其抑下滋甚，故圣人贵让。"	修辞谚
	《周语》中：襄公曰："……且谚曰：'兽恶其网，民恶其上。'《书》曰：'民可近也，而不可上也。'《诗》曰：'恺悌君子，求福不回。'在礼，敌必三让，是则圣人知民之不可加也。故王天下者必先诸民，然后庇焉，则能长利。"	修辞谚
	《周语》下：灵王二十二年，谷、洛斗，将毁王宫。王欲壅之，太子晋谏曰："不可……人有言曰：'无过乱人之门。'……《诗》曰：'四牡骙骙，旟旐有翩，乱生不夷，靡国不泯。'又曰：'民之贪乱，宁为荼毒。'夫见乱而不惕，所残必多，其饰弥章。民有怨乱，犹不可遏，而况神乎？"（又见《左传·昭公十九年》）	规诫谚
	《周语》下：太子晋谏曰："……又曰：'佐雍者尝焉，佐斗者伤焉。'"	事理谚

续 表

载录史籍	作品及其出处	种 类
《国语》	《周语》下：太子晋谏曰："……又曰：'祸不好，不能为祸。'"	规诫谚
	《周语》下：二十四年，钟成，伶人告和。王谓伶州鸠曰："钟果和矣。"对曰："未可知也。"王曰："何故？"对曰："上作器，民备乐之，则为和。今财亡民罢，莫不怨恨，臣不知其和也。且民所曹好，鲜其不济也。其所曹恶，鲜其不废也。故谚曰：'众心成城，众口铄金。'三年之中，而害金再兴焉，惧一之废也。"	事理谚
	《周语》下：敬王十年，刘文公与苌弘欲城周，为之告晋。魏献子为政，说苌弘而与之。将合诸侯。卫彪傒适周，闻之，见单穆公曰："……谚曰：'从善如登，从恶如崩。'昔孔甲乱夏，四世而陨；玄王勤商，十有四世而兴。帝甲乱之，七世而陨。后稷勤周，十有五世而兴，幽王乱之，十有四世矣。"	规诫谚
	《晋语》四：叔詹曰："若不礼焉，则请杀之。谚曰：'黍稷无成，不能为荣。黍不为黍，不能蕃庑。稷不为稷，不能蕃殖。所生不疑，唯德之基。'"公弗听。	事理谚
	《吴语》：越王许诺，乃命诸稽郢行成于吴，曰："……夫谚曰：'狐埋之而狐搰之，是以无成功。'今天王既封植越国，以明闻于天下，而又刘亡之，是天王之无成劳也。虽四方之诸侯，则何实以事吴？敢使下臣尽辞，唯天王秉利度义焉！"	修辞谚
	《越语》下：至于玄月，王召范蠡而问焉，曰："谚有之曰：'觥饭不及壶飧。'今岁晚矣，子将奈何？"对曰："微君王之言，臣故将谒之。臣闻从时者，犹救火、追亡人也，蹶而趋之，惟恐弗及。"王曰："诺。"遂兴师伐吴，至于五湖。	事理谚
《战国策》	《齐策》五：苏秦说齐闵王曰："……语曰：'骐骥之衰也，驽马先之；孟贲之倦也，女子胜之。'夫驽马、女子，筋骨力劲，非贤于骐骥、孟贲也。何则，后起之藉也。今天下之相与也，不并灭有，而案兵而后起，寄怨而诛不直，微用兵而寄于义，则王天下，可蹻足而须也。"	事理谚

载录史籍	作品及其出处	种　类
《战国策》	《楚策》四：或谓黄齐曰："人皆以谓公不善于富挚。公不闻老莱子之教孔子事君乎？示之其齿之坚也，六十而尽相靡也。今富挚能，而公重不相善也，是两尽也。谚曰：'见君之乘，下之；见杖，起之。'今也王爱富挚，而公不善也，是不臣也。"	规诫谚
	《楚策》四：庄辛对曰："臣闻鄙语曰：'见兔而顾犬，未为晚也；亡羊而补牢，未为迟也。'臣闻昔汤、武以百里昌，桀、纣以天下亡。今楚国虽小，绝长续短，犹以数千里，岂特百里哉？"	规诫谚
	《赵策》一：赵王封孟尝君以武城。孟尝君择舍人以为武城吏，而遣之曰："鄙语岂不曰：'借车者驰之，借衣者被之'哉？"皆对曰："有之。"孟尝君曰："文甚不取也。夫所借衣车者，非亲友，则兄弟也。夫驰亲友之车，被兄弟之衣，文以为不可。今赵王不知文不肖，而封之以武城，愿大夫之往也，毋伐树木，毋发屋室，訾然使赵王悟而知文也。谨使可全而归之。"	修辞谚
	《赵策》二："是以圣人利身之谓服，便事之谓教，进退之谓节，衣服之制，所以齐常民，非所以论贤者也。故圣与俗流，贤与变俱。谚曰：'以书为御者，不尽于马之情。以古制今者，不达于事之变。'故循法之功，不足以高世；法古之学，不足以制今。"	事理谚
	《赵策》二：秦攻赵，苏子为谓秦王曰："……语曰：'战胜而国危者，物不断也。功大而权轻者，地不入也。'故过任之事，父不得于子；无已之求，君不得于臣。故微之为著者强，察乎息民之用者伯，明乎轻之为重者王。"	规诫谚
	《赵策》三：虞卿谏赵王："语曰：'强者善攻，而弱者不能自守。'今坐而听秦，秦兵不敝，而多得地，是强秦而弱赵也。以益愈强之秦，而割愈弱之赵，其计固不止矣。且秦虎狼之国也，无礼义之心。其求无已，而王之地有尽。以有尽之地，给无已之求，其势必无赵矣。故曰：'此饰说也。'王必勿与。"王曰："诺。"	事理谚

载录史籍	作品及其出处	种　类
《战国策》	《韩策》一："臣闻鄙语曰：'宁为鸡口，无为牛后。'今大王西面交臂而臣事秦，何以异于牛后乎？夫大王之贤，挟强韩之兵，而有牛后之名，臣窃为大王羞之。"韩王忿然作色，攘臂按剑，仰天太息曰："寡人虽死，必不能事秦。今主君以楚王之教诏之，敬奉社稷以从。"	规诫谚
	《燕策》三：谚曰："厚者不毁人以自益也，仁者不危人以要名。"以故掩人之邪者，厚人之行也；救人之过者，仁者之道也。世有掩寡人之邪，救寡人之过，非君心所望之？今君厚受位于先王以成尊，轻弃寡人以快心，则掩邪以救过，难得于君矣。	规诫谚
	《燕策》三：燕王以书且谢焉，曰："寡人不佞，不能奉顺君意，故君捐国而去，则寡人之不肖明矣。敢端其愿，而君不肯听，故使使者陈愚意，君试论之。语曰：'仁不轻绝，智不轻怨。'君之于先王也，世之所明知也。寡人望有非则君掩盖之，不虞君之明罪之也；望有过则君教诲之，不虞君之明罪之也。且寡人之罪，国人莫不知，天下莫不闻，君微出明怨以弃寡人，寡人必有罪矣。"	规诫谚
	《燕策》三：燕王以书且谢焉，曰："……语曰：'论不修心，议不累物，仁不轻绝，智不简功。'弃大功者，辍也；轻绝厚利者，怨也。辍而弃之，怨而累之，宜在远者，不望之乎君也。今以寡人无罪，君岂怨之乎？愿君捐怨，追惟先王，复以教寡人。"	规诫谚
《史记》	《赵世家》：李兑谓肥义曰："……谚曰：'死者复生，生者不愧。'吾言已在前矣，吾欲全吾言，安得全吾身！且夫贞臣也难至而节见，忠臣也累至而行明。子则有赐而忠我矣，虽然，吾有语在前者也，终不敢失。"李兑曰："诺，子勉之矣！吾见子已今年耳。"涕泣而出。	规诫谚
	《三王世家》：楚王宣言曰："我先元王，高帝少弟也，封三十二城。今地邑益少，我欲与广陵王共发兵云。广陵王为上，我复王楚三十二城，如元王时。"事发觉，公卿有司请行罚诛。天子以骨肉之故，不忍致法于胥，下书无治广陵王，独诛首恶楚王。传曰"蓬生麻中，不扶自直；白沙在泥中，与之皆黑"者，土地教化使之然也。	事理谚

续　表

载录史籍	作品及其出处	种　类
《史记》	《樗里子传》：樗里子滑稽多智，秦人号曰"智囊"。……昭王七年，樗里子卒，葬于渭南章台之东。曰："后百岁，是当有天子之宫夹我墓。"樗里子疾室在于昭王庙西渭南阴乡樗里，故俗谓之樗里子。至汉兴，长乐宫在其东，未央宫在其西，武库正直其墓。秦人谚曰："力则任鄙，智则樗里。"	讽颂谚
	《淮阴侯列传》：（钟离）眛曰："汉所以不击取楚，以眛在公所。若欲捕我以自媚于汉，吾今日死，公亦随手亡矣。"乃骂信曰："公非长者！"卒自刭。信持其首，谒高祖于陈。上令武士缚信，载后车。信曰："果若人言，'狡兔死，良狗烹；高鸟尽，良弓藏；敌国破，谋臣亡'。天下已定，我固当亨！"（又见《汉书·蒯通传》）	讽颂谚
	《季布传》：曹丘至，即揖季布曰："楚人谚曰'得黄金百（斤），不如得季布一诺'，足下何以得此声于梁楚间哉？且仆楚人，足下亦楚人也。仆游扬足下之名于天下，顾不重邪？何足下距仆之深也！"季布乃大说，引入，留数月，为上客，厚送之。季布名所以益闻者，曹丘扬之也。（又见《汉书·季布传》）	讽颂谚
	《韩长孺传》：安国入见王而泣曰："……语曰：'虽有亲父，安知其不为虎？虽有亲兄，安知其不为狼？'今大王列在诸侯，悦一邪臣浮说，犯上禁，桡明法。天子以太后故，不忍致法于王。太后日夜涕泣，幸大王自改，而大王终不觉寤。有如太后宫车即晏驾，大王尚谁攀乎？"语未卒，孝王泣数行下，谢安国曰："吾今出诡、胜。"诡、胜自杀。汉使还报，梁事皆得释，安国之力也。（又见《汉书·韩安国传》）	修辞谚
	《邹阳传》：（邹阳）乃从狱中上书曰："……谚曰：'有白头如新，倾盖如故。'何则？知与不知也。故昔樊于期逃秦之燕，借荆轲首以奉丹之事；王奢去齐之魏，临城自刭以却齐而存魏。夫王奢、樊于期非新于齐、秦而故于燕、魏也，所以去二国死两君者，行合于志而慕义无穷也。是以苏秦不信于天下，而为燕尾生；白圭战亡六城，为魏取中山。何则？诚有以相知也。"（又见《汉书·邹阳传》）	讽颂谚

载录史籍	作品及其出处	种　类
《史记》	《司马相如传》：是时天子方好自击熊彘，驰逐野兽，相如上疏谏之。其辞曰："……盖明者远见于未萌，而智者避危于无形。祸固多藏于隐微而发于人之所忽者也。故鄙谚曰：'家累千金，坐不垂堂。'此言虽小，可以喻大。臣愿陛下之留意幸察。"（又见《汉书·司马相如传》）	规诫谚
	《李将军列传》：太史公曰："传曰：'其身正，不令而行；其身不正，虽令不从。'其李将军之谓也。余睹李将军，悛悛如鄙人，口不能道辞。及死之日，天下知与不知，皆为尽哀。彼其忠实心诚信于士大夫也。谚曰：'桃李不言，下自成蹊。'此言虽小，可以谕大也。"（又见《汉书·李广传》）	讽颂谚
	《货殖列传》：故君子富，好行其德；小人富，以适其力。渊深而鱼生之，山深而兽往之，人富而仁义附焉。富者得势益彰，失势则客无所之，以而不乐。夷狄益甚。谚曰："千金之子，不死于市。"此非空言也。故曰："天下熙熙，皆为利来；天下攘攘，皆为利往。"夫千乘之王，万家之侯，百室之君，尚犹患贫，而况匹夫编户之民乎！	修辞谚
	《佞幸传》：谚曰"力田不如逢年，善仕不如遇合"，固无虚言。非独女以色媚，而仕宦亦有之。	修辞谚
	《白起王翦传》：太史公曰："鄙语云：'尺有所短，寸有所长。'白起料敌合变，出奇无穷，声震天下，然不能救患于应侯。王翦为秦将，夷六国，当是时，翦为宿将，始皇师之，然不能辅秦建德，固其根本，偷合取容，以至筊身。及孙王离为项羽所虏，不亦宜乎！彼各有所短也。"	事理谚
	《外戚世家》：尹夫人与邢夫人同时并幸，有诏不得相见。尹夫人自请武帝，愿望见邢夫人，帝许之。……于是帝乃诏使邢夫人衣故衣，独身来前。尹夫人望见之，曰："此真是也。"于是乃低头俯而泣，自痛其不如也。谚曰："美女入室，恶女之仇。"	修辞谚
	《滑稽列传》：（东郭先生）荣华道路，立名当世。此所谓衣褐怀宝者也。当其贫困时，人莫省视；至其贵也，乃争附之。谚曰："相马失之瘦，相士失之贫。"其此之谓邪？	讽颂谚

载录史籍	作品及其出处	种　类
《汉书》	《温舒传》：宣帝初即位，温舒上书，言宜尚德缓刑。其辞曰："……狱吏专为深刻，残贼而亡极，偷为一切，不顾国患，此世之大贼也。故俗语曰：画地为狱，议不入；刻木为吏，期不对。"此皆疾吏之风，悲痛之辞也。故天下之患，莫深于狱；败法乱正，离亲塞道，莫甚乎治狱之吏。	讽颂谚
	《邹阳传》：谚曰："有白头如新，倾盖如故。"（又见《史记·邹阳传》）	讽颂谚
	《蒯通传》："狡兔死，良狗烹；高鸟尽，良弓藏；敌国破，谋臣亡。"（又见《史记·淮阴侯列传》）	讽颂谚
	《司马相如传》：鄙谚曰：'家累千金，坐不垂堂。'（又见《史记·司马相如传》）	规诫谚
	《季布传》：楚人谚曰："得黄金百，不如得季布一诺。"（又见《史记·季布传》）	讽颂谚
	《李广传》：谚曰："桃李不言，下自成蹊。"（又见《史记·李将军列传》）	讽颂谚
	《薛宣传》：薛宣上疏成帝："殆吏多苛政，政教烦碎……夫人道不通，则阴阳否鬲，和气不兴，未必不由此也。《诗》云：'民之失德，干糇以愆。'鄙语曰：'苛政不亲，烦苦伤恩。'方刺史奏事时，宜明申救，使昭然知本朝之要务。臣愚不知治道，唯明主察焉。"	规诫谚
	《韩安国传》：语曰："虽有亲父，安知其不为虎？虽有亲兄，安知其不为狼？"（又见《史记·韩长孺传》）	修辞谚
	《刘辅传》：成帝欲立赵婕妤为皇后，先下诏封婕妤父临为列侯。辅上书言："……今乃触情纵欲，倾于卑贱之女，欲以母天下，不畏于天，不愧于人，惑莫大焉。里语曰：'腐木不可以为柱，卑人不可以为主。'天人之所予，必有祸而无福，市道皆共知之，朝廷莫肯一言，臣窃伤心。自念得以同姓拔擢，尸禄不忠，污辱谏争之官，不敢不尽死，惟陛下深察。"	事理谚

载录史籍	作品及其出处	种 类
《汉书》	《王嘉传》：王嘉谏成帝疏："今贤（侍中董贤）散公赋以施私惠，一家至受千金，往古以来贵臣未尝有此，流闻四方，皆同怨之。里谚曰：'千人所指，无病而死。'臣常为之寒心。今太皇太后以永信太后遗诏，诏丞相御史益贤户，赐三侯国，臣嘉窃惑。"	事理谚
	《韦贤传》：贤四子，长子方山为高寝令，早终；次子弘，至东海太守；次子舜，留鲁守坟墓；少子玄成，复以明经历位至丞相。故邹鲁谚曰："遗子黄金满籝，不如一经。"	事理谚
	《艺文志》：经方者，本草石之寒温，量疾病之浅深，假药味之滋，因气感之宜，辨五苦六辛，致水火之齐，以通闭解结，反之于平。及失其宜者，以热益热，以寒增寒，精气内伤，不见于外，是所独失也。故谚曰："有病不治，常得中医。"	事理谚
《后汉书》	《宋弘传》：时帝姊湖阳公主新寡，帝与共论朝臣，微观其意。主曰："宋公威容德器，群臣莫及。"帝曰："方且图之。"后弘被引见，帝令主坐屏风后，因谓弘曰："谚言'贵易交，富易妻'，人情乎？"	讽颂谚
	《宋弘传》：（接上）弘曰："臣闻'贫贱之知不可忘，糟糠之妻不下堂'。"帝顾谓主曰："事不谐矣。"	规诚谚
	《曹褒传》：诏召玄武司马班固，问改定礼制之宜。固曰："京师诸儒，多能说礼，宜广招集，共议得失。"帝曰："谚言：'作舍道边，三年不成。'会礼之家，名为聚讼，互生疑异，笔不得下。昔尧作《大章》，一夔足矣。"	事理谚
	《曹世叔妻传》：《女诫·敬慎第三》：阴阳殊性，男女异行。阳以刚为德，女以柔为用；男以强为贵，女以弱为美。故鄙谚曰："生男如狼，犹恐其凉；生女如鼠，犹恐其虎。"	修辞谚
	《虞诩传》：永初四年，羌胡反乱，残破并、凉，大将军邓骘以军役方费，事不相赡，欲弃凉州，并力北边乃会公卿集议。……诩闻之，乃说李（太尉）曰："……谚曰：'关西出将，关东出相。'观其习兵壮勇，实过余州。今羌胡所以不敢入据三辅，为心腹之害者，以凉州在后故也。"	讽颂谚

续 表

载录史籍	作品及其出处	种 类
《后汉书》	《王龚传》：龚深疾宦官专权，志在匡正，乃上书极言其状，请加放斥。诸黄门恐惧。各使宾客诬奏龚罪，顺帝命遽自实。前掾李固时为大将军梁商从事中郎，乃奏记于商曰："……今将军内倚至尊，外典国柄，言重信著，指捴无违，宜加表救，济王公之艰难。语曰：'善人在患，饥不及餐。'斯其时也。"	规诫谚
	《南蛮传》：(永和二年，帝欲发兵讨日南、象林蛮夷)李固谏阻："前中郎将尹就讨益州叛羌，益州谚曰：'虏来尚可，尹来杀我。'后就征还，以兵付刺史张乔。乔因其将吏，旬月之间，破殄寇虏。此发将无益之效，州郡可任之验也。宜更选有勇略仁惠任将帅者，以为刺史、太守，悉使共住交趾。"	讽颂谚

表 1-2 所列谚语共 75 则，除《三国志》未见收录之外，其余史传都有所收录，各书收录的数量分别为：《左传》20 则、《国语》11 则、《战国策》11 则、《史记》14 则、《汉书》12 则、《后汉书》7 则。其中只是《左传》略多、《后汉书》略少，其余相互间的悬殊并不太大，这表明先唐各时期人们对谚语创作、运用的重视程度大体相当，各时期史家对于谚语的收录态度也都颇为一致。

从表 1-2 可以看出，与史传中收录民谣唯时政歌一枝独秀的情形不同，史传中谚语的种类更多，分布也更趋于均衡，有讽颂谚（15 则）、规诫谚（17 则）、事理谚（27 则）和修辞谚（16 则）等四种。显而易见，这四种都是属于说理、议论性质的谚语，而属于生产或生活经验性质的生产谚、天气谚、风土谚、常识谚等其余种类的谚语，则未见收录。

史传中主要收录说理、议论性质的谚语，其原因与史传收录民谣以时政歌居多的原因相似，这从谚语使用的具体环境也可以看得出来。正如列表所示，这几种谚语都是在各种政治、外交场合使用，多关乎社会时政，是历史人物议论时政、分析事体、辩论说理的时候，为支持、佐证自己的观点和主张而援引。这些谚语本身未必具有政治意味，但一旦与具体的社会事象相联系，便有了"时政歌"的色彩，起了相当于"时政歌"的作用。

史传收录谚语与民谣另一个不同的地方是，民谣多是史家直接引用，而谚语则多由历史人物引用，史家因载录人物的言论而载入之，这是一种间接引用。前者是因为心有所感而引用，乃借民谣来表达，或强调自己的观点和见解，基本上就是史家自己思想、感情的真实流露，但后者并非自己所引，所表达的思想观点就未必被史家所认同。如《后汉书·宋弘传》中光武帝的姐姐湖阳公主新寡，意属"威容德器，群臣莫及"的宋弘，光武帝引谚语"贵易交，富易妻"来试探宋弘，宋弘却以"贫贱之知不可忘，糟糠之妻不下堂"的谚语回复之。可见，对于"贵易交，富易妻"所表达的市井小人俗相、势利情怀，宋弘并不认同，而史家对宋弘的人品甚为欣赏和赞许，显然也不认同"贵易交，富易享"。因此，谚语"贵易交，富易妻"并非史家的思想观点，只不过是因事随录而已。

从上面列表中可以看到，史传中收录的谚语，虽然多出现在历史人物的言论当中，由人物的言论带出，但先秦史传中的谚语和两汉史传中的谚语，两者出现的场合也有所不同：前者主要出现在君臣、宾主的对答或辩论当中，后者则既见于君臣、宾主的对答或辩论，又见于臣下的疏奏策记。

如《左传》《国语》《战国策》诸书中的谚语，大部分是在君臣、宾主对答或辩论的场合出现。如"辅车相依，唇亡齿寒"便是宫之奇谏阻晋侯借虞道以伐虢时所用：

> 晋侯复假道于虞以伐虢。宫之奇谏曰："虢，虞之表也。虢亡，虞必从之。晋不可启，寇不可玩，一之谓甚，其可再乎？谚所谓'辅车相依，唇亡齿寒者'，其虞、虢之谓也。"
>
> （《左传》"僖公五年"）①

---

① （清）洪亮吉：《春秋左传诂》，李解民点校，中华书局1987年版，第278—279页。

又如谚语"心则不竞，何惮于病"，强调的是自信心，是心理层面的自我帮助，该谚语也是齐国伐郑之际，孔叔劝说郑伯放下思想包袱、当机立断时所用：

> 七年春，齐人伐郑。孔叔言于郑伯曰："谚有之曰：'心则不竞，何惮于病。'既不能强，又不能弱，所以毙也。国危矣，请下齐以救国。"
>
> （《左传》"僖公七年"）①

《史记》《汉书》《后汉书》中的谚语，其出现的场合也有一部分与此相同，如前述"贵易交，富易妻""贫贱之知不可忘，糟糠之妻不下堂"（《后汉书·宋弘传》）等谚语，便是光武帝和宋弘交谈时所引。除此之外，两汉的谚语也较多见于历史人物的书面文本中，如"有白头如新，倾盖如故""画地为狱，议不入；刻木为吏，期不对"等谚语都是在臣下给君王、上司的奏疏当中：

> 胜等嫉邹阳，恶之梁孝王。孝王怒，下之吏，将欲杀之。邹阳客游，以谗见禽，恐死而负累，乃从狱中上书曰："……谚曰：'有白头如新，倾盖如故。'何则？知与不知也。"
>
> （《史记·邹阳传》）②

> 宣帝初即位，温舒上书，言宜尚德缓刑。其辞曰："……狱吏专为深刻，残贼而亡极，偷为一切，不顾国患，此世之大贼也。故俗语曰：'画地为狱，议不入；刻木为吏，期不对。'"
>
> （《汉书·路温舒传》）③

---

① （清）洪亮吉：《春秋左传诂》，李解民点校，中华书局1987年版，第282页。
② （汉）司马迁：《史记》，岳麓书社1988年版，第623页。
③ （汉）班固：《汉书》，中华书局2007年版，第525页。

两汉以后谚语使用场合的这些变化，与两汉朝廷、官府政务制度健全、公牍文体更加完备、使用更加普遍有关。先秦早期，臣下向君主陈述意见，主要是口头表达，不用文字，即所谓"陈辞帝庭，匪假书翰"（《文心雕龙·章表》）。春秋战国以后，公务文书的使用才逐渐增多，到了汉代，已臻于佳境，蔚为大观。《文心雕龙·章表》就描述了汉代公牍兴起、使用的盛况："汉定礼仪，则有四品：一曰章，二曰奏，三曰表，四曰驳议。章以谢恩，奏以按劾，表以陈请，议以执异。……后汉察举，必试章表。左雄奏议，台阁为式；胡广章表，天下第一，并当时之杰笔也。观伯始谒陵之章，足见其典文之美焉。"

公牍文体齐备、流行的同时，对于其创作也有明确的要求，《文心雕龙》概括为："章式炳贲，志在《典》《谟》，使要而非略，明而不浅。表体多包，情伪屡迁，必雅义以扇其风，清文以驰其丽。"（《章表》）章的形式必须华彩鲜明，内容合于《典》《谟》，文字简要而不是疏略，显赫而不是浅薄；表必须用高雅的情感鼓荡鲜明的倾向，用流畅的语言表现出辞藻的华丽；而奏则要求"理既切至，辞亦通畅"（《奏启》），即说理深切周密，言辞流利通畅；议要求"文以辨洁为能，不以繁缛为巧；事以明核为美，不以环隐为奇，此纲领之大要也"（《议对》）。文章要干净利落，不要繁文缛藻，事义明白扼要，不尚曲折隐晦，这是写"议"的纲领性要求。

为了满足这些要求，章、表、奏、议的作者必须用心经营自己的作品，既要把道理、事实讲得清楚、明白，让人易于接受，又要讲得巧妙、艺术，让人乐于接受，同时还要显得自己博学、睿智，增加言说的分量，于是引类譬喻、旁征博引等手段必不可少。谚语是一种现成、简练、通俗、生动活泼的韵语或短句，它所具有的口碑性、经验性、哲理性等特征，都对应且在很大程度上满足公牍文本的上述要求，对于公牍文本的创作来说，实在是一种弥足珍贵、不可多得的资源，因此为官宦士人们所青睐、珍视，从而导致了两汉公牍文书中比较普遍引用谚语的现象。事实上，随着书面文书在人们交际生活中的使用日益广泛，谚语在书面上流传的机会也日益增多，两汉以后公牍引用谚语增多，正是引领而且反映了这种趋势，这对于谚语的保存和流传，意义非同一般。

谚语的引用从口头到书面，虽然只是场合、载体的一种变化，在本质上没有太大区别，都是用于言事说理，增强言说的力度，但对于使用的效果来说，还是有些许差异。概而言之，在君臣、宾主对答或辩论的场合引用谚语，由于有具体环境、氛围、人物言行举止的交代，具有口头性、即时性和现场性等特点，因而要比公牍文书的书面引用表现出更强的亲近感和感染力，对于表现人物的思想感情、精神状态有更多、更大的帮助。而公牍是书面性的议论，构思缜密，分析、阐述周详透彻，其中引用的谚语，都经过深思熟虑才择善而用，这就使其引用的谚语比临时、即席所引用的谚语具有更强的准确性和适用性；又由于公牍文书中引用的谚语与论述的文字融为一体，相辅相成，也令这些谚语获得了理论的、书面的包装，从而有了更多理论的色彩。理论的色彩和民间智慧、人情世俗熔为一炉，大大增强了言说的力度，尤其是在对道理、事物做比较详尽的分析、阐述之后，适时插入谚语，更有画龙点睛、一字千金的效果。

史传中出现谚语，还有一个突出的现象，也就是谚语的引用常常与《诗》《书》等经典语句的引用同时进行，互相呼应，这种情况无论在先秦的史传里，还是在两汉的史传里都比比皆是，如：

> 三月，献狄俘。晋侯请于王。戊申，以黻冕命士会将中军，且为太傅。于是晋国之盗逃奔于秦。羊舌职曰："吾闻之，'禹称善人，不善人远'，此之谓也夫。《诗》曰：'战战兢兢，如临深渊，如履薄冰。'善人在上也。善人在上，则国无幸民。谚曰：'民之多幸，国之不幸也。'是无善人之谓也。"
>
> （《左传·宣公十六年》）[1]

襄公曰："……且谚曰：'兽恶其网，民恶其上。'《书》曰：

---

[1] （清）洪亮吉：《春秋左传诂》，李解民点校，中华书局1987年版，第431页。

'民可近也，而不可上也。'《诗》曰：'恺悌君子，求福不回。'在礼，敌必三让，是则圣人知民之不可加也。故王天下者必先诸民，然后庇焉，则能长利。"

（《国语·周语中》）①

成帝初即位，宣为中丞，执法殿中，外总部刺史，上疏曰："……《诗》云：'民之失德，干糇以愆。'鄙语曰：'苛政不亲，烦苦伤恩。'方刺史奏事时，宜明申敕，使昭然知本朝之要务。臣愚不知治道，唯明主察焉。"

（《汉书·薛宣传》）②

与《诗》《书》相提并论，交替引用，表明在人们心目中，谚语有着很高的地位和权威，堪与经典相媲美。的确，自古以来，谚语都是人们日常生活中的重要精神营养，为人们所喜闻乐道，人们对于谚语的重视和信服程度，并不比经典逊色。这也恰恰诠释了历史人物为何如此热衷于使用谚语，史传又为何如此多地收录了谚语。

如此多地收录民间的谚语，对于史传而言，重要意义在于，此举真实记录了古人言事说理的音容笑貌和生动场景，留下许多古人机智、风趣的言辞和卓越的论说技巧，使历史人物形象活灵活现，栩栩如生，增强了史传的文学色彩。史传在收录谚语的同时，也连带收录了使用者的言论，这其实是保存古人的思想和智慧，是把古人在社会实践中积累的知识、经验和技巧，以文字的形式固定下来，传授千秋万代。民间有云："阳光照亮世界，谚语启示人生。"西方亦有言："谚语是一个民族思想的精华。"史传将如此多的思想精华和生活智慧集中在一起，为后人留下珍贵的文化遗产，也具有文化史方面的重大意义。

① 上海师范大学古籍整理组校点：《国语》，上海古籍出版社1978年版，第84页。
② （汉）班固：《汉书》，中华书局2007年版，第818页。

第二节　史传与神话、传说

神话是远古时代的人民所创造的反映自然界、人与自然的关系以及社会形态的具有高度幻想性的故事。马克思指出，神话是"在人们幻想中经过不自觉的艺术加工过的自然界和社会形态"，"任何神话都是用想象和借助想象以征服自然力，支配自然力，把自然力加以形象化"。①

新石器时代，是神话发生、发展的重要时期。由于各民族文化启蒙、进化的进程不一，进入新石器时代的时间也相距甚大。最早的埃及大约在 1.5 万年之前，就已经进入了新石器时代，而最晚的是被称为"世界尽头"的塔斯马尼亚岛（Tasmania），该岛土著居民直到 18 世纪欧洲殖民者到达之前，仍停留在旧石器时代。华夏民族进入新石器时代的时间，大约在 8000 年前，约在 6000 年前的仰韶时代，新石器文化已经相当成熟。也就是说，我国远古神话的产生，距今大约已有 6000—8000 年的漫长历史。

神话是人类"野蛮时期的低级阶段"②的产物，是人类童年时代的作品。生活在新石器时代的原始人类，受万物有灵观念的支配，认为宇宙万物都像人类一样具有生命甚至灵魂。人们以这种观念去观察、解释天地万物的起源、发展、原因、后果，相关的言说便逐渐演变成了神话。

传说是劳动人民创作的与一定的历史人物、历史事件和地方古迹、自然风物、社会习俗有关的故事。传说也产生在远古时代，但与

---

① 马克思：《〈政治经济学批判〉导言》，《马克思恩格斯选集》第 2 卷，人民出版社 1979 年版，第 113 页。

② 马克思：《路易斯·亨·摩尔根〈古代社会〉一书摘要》，《马克思恩格斯全集》第 45 卷，人民出版社 1983 年版，第 547 页。

神话相比，出现的时间相对较晚。

传说和神话所表现的内容、反映的方式方法都很接近，都是远古社会生活和自然现象的幻想、曲折反映，而且两者也确实存在交叉、重叠的现象，所以后人往往将两者相提并论，甚至视为一类。其实，两者产生的社会基础、社会条件与神话很不相同，品格上也有明显差异。比之于神话，传说的人物形象更加接近现实，反映生活也更加趋于理性、客观。此处将两者合在一起讨论，并非认同将神话、传说混为一谈的观点，而是基于它们之间性质近似、关系密切，以及我中有你、你中有我的事实，为了便于讨论而暂时采取的一种做法。

一 神话传说在史传中的投影

公元 4 世纪的古希腊哲学家尤赫墨洛斯（Euhemerus）提出了著名的"神话即历史"的论断，并形成了著名的"神话历史学派"。他认为，神话中的诸神都是神化了的历史人物，古代的君王或者自封为神，或者被尊奉为神，并因此而建立了宗教仪式。因此，神话中必然包含史迹，甚至就是某些历史事件的反映。虽然他对大多数的神话未能给出完满的、令人信服的解释，尤其是对各种宗教仪式无法提供有力、可靠的说明，论断也过于绝对，但神话中含有史迹的论断却是值得肯定的。马克思也曾经说过："古代民族是在神话幻想中经历了自己的史前时期。"[①] 在这些"幻想"中，实际上包含他们史前时期的生活和精神活动，关于这些活动的种种描述，就是神话。因此，历史和神话是互相交织、渗透的。中国古代的神话，亦不例外，尤其是原始社会末期的神话，确实具有历史的影子。

"由于传说往往和历史的、实有的事物相联系，所以包含了某些历史的、实有的因素，具有一定的历史性的特点。……传说往往直接讲述一定的当前事物或历史事物，有时并采取溯源和说明等狭义的历史表述形式，人民通过传说，述说历史发展中的现象、事件和人物，

---

① 马克思：《马克思恩格斯选集》第 1 卷，人民出版社 1979 年版，第 6 页。

表达人民的观点和愿望。从这个意义上讲，民间传说可以说是劳动人民'口传的历史'。"①

确实，无论神话还是传说，都或多或少含有历史的成分，反映某些历史事实的蛛丝马迹，透露出以往社会文化和历史的一些信息。这些在后人的生活习俗、行为中还可以找到它们的影子，在历代的史传记载中也保留许多相关的历史陈迹。这里略举数例。

（一）"天子"——感生神话的投影

所谓感生神话，或称贞洁受孕神话、图腾受孕传说，是原始先民讲述本民族始祖感神（天）而生的一种神话类型。

我国的原始神话里头，感生神话非常多，华夏民族的许多先祖，其实都是感生神话中的主人公。

如黄帝，是其母附宝感北斗星神而生：一天，天将要黑了，附宝还在野外摘野果，突然间大地一片光明，原来是北斗星被炽烈的电光所包围，附宝感到身上有了触动，回去就怀孕了。"附宝见大电光绕北斗权星，照耀郊野，感而孕，二十五月，生黄帝轩辕于青邱。"②

华夏民族的另一个始祖炎帝，则是其母女登感神龙而生。唐代司马贞《史记·补三皇本纪》："炎帝，神农氏，姜姓，母曰女登，有娲氏之女，为少典妃。感神龙而生炎帝，人身牛首，长于姜水，因以为姓。"

伏羲是他的母亲华胥踩了雷神的脚印怀孕而生："大迹出雷泽，华胥履之，生宓牺（即伏羲）。"③ "大人迹出雷泽，华胥履之，生伏羲。"④ 迹：脚印；雷泽：雷神所居之所。

同样是因为踩了神的脚印怀孕而生的，还有周部族的始祖后稷。

---

① 钟敬文主编：《民间文学概论》，上海文艺出版社 1980 年版，第 183 页。

② （清）马国翰：《玉函山房辑佚书·河图稽命征》，转引自袁珂编著《中国神话传说词典》，北京联合出版公司 2013 年版，第 286 页。

③ （宋）李昉等：《太平御览》卷 78《诗纬含神雾》，转引自李剑平主编《中国神话人物辞典》，陕西人民出版社 1998 年版，第 246 页。

④ （汉）王符：《潜夫论校正·五德志篇》，（清）汪继培笺，彭铎校正，中华书局 1985 年版，第 384 页。

后稷的母亲姜嫄是帝喾的第一个妻子，《诗经·大雅·生民》载，她在郊外踩了巨人的足迹，受了感应，生下了后稷。

帝喾的另一个妻子简狄，在河中沐浴时，见玄鸟（燕子）从空中堕下一蛋，简狄捡来吃了，随后怀孕生下了商族的始祖契，契因此被子孙们尊称为玄王。这个故事就是《诗经·商颂·玄鸟》的创作原型。

《诗经》所载后稷、契的感生故事，也被《史记》所收录。这些感生神话，可以说是先民们对母系氏族社会末期、父系氏族初期本部族源起的形象而神秘的描述。这些故事中，部族始祖的母亲，都是遭遇神迹、神力而致怀孕。如此描述，一方面固然是为了神化自己部族的祖先，另一方面其实也反映了原始时代，男女性关系比较混乱的事实。那个时候，男女都可能同时有多个性对象，女性所生的孩子不能确定跟哪一个男子有血缘关系，即如《庄子·盗跖》篇所云："神农之世，卧则居居，起则于于。民知其母，不知其父。"所以人们在观念上并没有"父亲"这种概念，故而产生了那么多上天或神灵赐子的故事。

这类始祖感天神而生的叙述，也被后世一些统治者所效法和沿袭。统治者此举当然不是要表明自己母亲的性乱，自己血缘的不纯，而是为了证明自己血统的高贵、身世的神秘不凡，从而证明自己统治的合理性和神圣性。所以，后世统治者皆称"天子"。"天子"这个称呼其实就蕴含感生神话的成分，有感生神话的影子。

所谓天子，就是天之子、上帝之子，是统治天下的帝王。《礼记·曲礼下》："君天下曰天子。"《说文解字》："古之神圣母感天而生子，故称天子。"历代统治者为了证明自己"受命于天，天意所予"，具有上帝的高贵血统，是名副其实的天之子，演出了一幕又一幕的闹剧。

汉高祖刘邦乃一介村夫，纯粹的草根农民，祖先几代都与高贵毫不沾边，为了帮他找到上帝的血统，汉儒花了近二百年的努力，终于证明他有黄帝的血统。之后的许多皇帝，亦都有类似的举动。如此牵强附会、胡乱编造的血缘关系，别说他人不信，恐怕连自己也不信。

再说，由于众所周知的原因，证明自己是黄帝、炎帝的后代，有炎黄的血统，这样的结论意义也不大。于是，模仿上古的感生神话，为统治者杜撰身世神奇的故事也就应运而生，而且层出不穷，这在历代的史书中可谓屡见不鲜。

《史记·高祖本纪》：

> 高祖，沛丰邑中阳里人，姓刘氏，字季。父曰太公，母曰刘媪。其先刘媪尝息大泽之陂，梦与神遇。是时雷电晦暝，太公往视，则见蛟龙于其上。已而有身，遂产高祖。[1]

龙是华夏民族的图腾，后人常把天子视作龙。这里叙述刘邦的母亲遇龙而孕，也就是说刘邦是"龙种"，或是龙的化身。此处显然是模仿图腾受孕的感生神话。

又如《后汉书·孝安帝纪》：

> 恭宗孝安皇帝讳祜，肃宗孙也。父清河孝王庆，母左姬。帝自在邸第，数有神光照室，又有赤蛇盘于床笫之间。[2]

这里范晔虽不明说汉安帝刘祜是感神（龙）而生，但其邸第"数有神光照室，又有赤蛇盘于床笫之间"，言下之意，安帝也是蛇（蛇亦龙）的化身。

由于龙在古人思想意识中的这种特殊意义，历史上感龙而生的帝王很多，如南朝齐武帝萧赜、唐太宗李世民、宋英宗赵曙等，简直不胜枚举，历代史书也一一记载，乐此不疲：

> 世祖武皇帝讳赜，字宣远，太祖长子也，小讳龙儿。生于建康青溪宅。其夜陈孝后、刘昭后同梦龙据屋上，故字上焉。
>
> （《南齐书·武帝本纪》）[3]

---

① （汉）司马迁：《史记》，中华书局1959年版，第341页。
② （南朝·宋）范晔：《后汉书》，中华书局2007年版，第56页。
③ （南朝·梁）萧子显：《南齐书》，周国林等校点，岳麓书社1998年版，第23页。

太宗文武大圣孝皇帝讳世民……隋开皇十八年十二月戊午，生于武功别馆。时有二龙戏于馆门之外，三日而云。

（《旧唐书·太宗本纪》）①

王梦两龙与日并堕，以衣承之。及帝生，赤光满室，或见黄龙游光中。

（《宋史·英宗本纪》）②

明太祖朱元璋的身世，则是另一种类型。《明史·太祖本纪》云：

太祖……母陈氏，方娠，梦神授药一丸，置掌中发光。吞之，寤，口余香气。及产，红光满室。自是夜数有光起，邻里望见，惊以为火，辄奔救，至则无有。比长，姿貌雄杰，奇骨贯顶。③

春秋以前，在人们的观念中，天上只有一个昊天上帝，简称上帝。到了战国时期，天人感应的思想逐渐流行，人们往往将世间的事物附会为天象、天意。在这种思想的主导下，星相家把位于二十八宿翼宿北边的五颗星附会于"五行"（木、火、土、金、水）学说，成为天上的"五帝"，再以人间的"五帝"相配。而与"五行"中"火"相对应的天上帝是"赤帝"（赤熛怒），人间帝是炎帝。朱元璋母怀孕"梦神授药一丸，置掌中发光"，出生后又屡现红光，光即"火"也；"赤"和"炎"都是"火"之意。显然，这个传说意在表明，明太祖朱元璋具有赤帝、炎帝的血统。关于朱元璋身世的说法与前面几位皇帝虽然不尽相同，但在本质上是一样的。

---

① （后晋）刘昫等：《旧唐书》，中华书局 2000 年版，第 15 页。
② （元）脱脱等：《宋史》，中华书局 2000 年版，第 169 页。
③ （清）张廷玉等纂修：《明史》，李克和等校点，岳麓书社 1996 年版，第 1 页。

历史上，诸如此类的例子还有很多。封建统治者不遗余力地与天神攀亲，以"天子"自居，无非都是宣扬"君权神授"，为自己统治的合法性、合理性寻找依据，这种自欺欺人的举动虽然在今天看来荒唐可笑，但它发散着原始感生神话的意味，统治者利用古人对神话的崇信，模仿原始感生神话为自己编造了这些谎言，这既是神话对后世的影响，也是统治者对神话的利用。

（二）兄妹婚配——人类血缘婚神话的投影

伏羲与女娲的兄妹婚配，是我国古代最著名、流传最广的神话之一，在民间可谓家喻户晓。

相传伏羲、女娲以兄妹配为夫妇，是人类的始祖。关于他们的故事，在历代都有许多记载，如"女娲，伏（希）羲之妹"（东汉应劭《风俗通义》）；"女娲本是伏羲妇"（唐卢仝《与马异结交诗》）。而记载得最为完整的，是唐代末年李冗的《独异记》：

> 昔宇宙初开之时，有女娲兄妹二人，在昆仑山下，而天下未有民。议以为夫妇，又自羞耻。兄即与妹上昆仑山，咒曰："若天遣，我二人为夫妻，而烟悉合，若不，使烟散。"于烟即合。其妹记来就兄，乃结草为扇，以障其面。今时取执扇，象其事也。[1]

在早期的文献记载中，伏羲、女娲的形象乃人首蛇身。王逸《楚辞·天问》注："女娲人头蛇身。"王延寿《鲁灵光殿赋》："伏羲鳞身，女娲蛇躯。"曹植《女娲画赞》："或云二皇，人首蛇形。"……汉代有许多石刻和绢画，上面的图像皆作人首蛇身的男女二人的交尾之状，据清代及近代中外考古学家的考证，确是伏羲和女娲二人，两尾相交正是夫妇的象征。

此外，在一些少数民族中，伏羲和女娲以兄妹为夫妇而作为人类

---

① 转引自吴泽顺《无学斋文存》，岳麓书社1999年版，第31页。

始祖的传说，也非常流行。① 在这些少数民族的传说中，伏羲、女娲的名字、故事都与文献中的记载大致相合，这都表明，伏羲、女娲兄妹婚配的故事，不仅在汉族中广为人知，而且也在许多少数民族当中广泛流传。

在其他一些地方，也有许多兄妹婚的记载。如《搜神记》340则："昔高阳氏，有同产而为夫妇"；341则写高辛氏，即黄帝的曾孙帝喾，把自己的小女儿嫁给了有功的五色神犬盘瓠，生下三男三女，"盘瓠死后，自相婚配，因为夫妇"。

其实，兄妹婚配，反映的是人类最早的婚俗——血缘婚。人类最早的婚姻形式是血缘家族，这种婚姻形式排除了父母和子女之间的性交关系，是一种同胞兄妹、姐弟间的血缘婚。这种血缘婚俗，不仅存在于我国原始社会，亦存在于在世界其他民族，古埃及、古希腊、西伯利亚等地区，都有许多类似的兄弟姐妹婚配传说。其中最著名的是古希腊的天地雷电之神宙斯（Zeus）和女神赫拉（Hera），他俩本是姐弟，后结为夫妻，并生下战神阿瑞斯（Ares）和工业神赫费斯托斯（Hephaistos）。我国的台湾、海南（黎族）也有许多兄妹婚恋的传说。传说是人类口传的历史，这些故事无疑是原始血缘婚俗形态的一种叙述。毋庸讳言，兄妹（或姐弟）婚恋，是我们的祖先在远古时代曾经有过的一种婚俗形态，正如马克思所说："在原始时代，姊妹曾经是妻子，而这是符合道德的。"②

这种原始的兄妹婚恋的遗风旧俗，在我国的春秋时代并未绝迹，尤其是一些贵族或特殊的阶层，仍有部分人固守着血缘婚（又有人称内婚）的旧俗，兄妹间的性关系比较常见。在早期的史传里，我们也可以看到这些原始习俗的陈迹，在《左传》《史记》及《管子》《列女传》等典籍里，都有关于兄妹（或姐弟）相恋的记载。如齐襄公与同

---

① 参见闻一多《伏羲考》，《神话与诗》，华东师范大学出版社1997年版，第5—10页。

② 马克思：《家庭、私有制和国家的起源》，《马克思恩格斯全集》第4卷，人民出版社1972年版，第32页。

父异母的妹妹文姜长期同居，后来文姜嫁给鲁桓公，桓公和文姜回齐国，襄公仍然与文姜私会。桓公为此责备文姜，文姜竟将此告诉了襄公。襄公为了能够与文姜长期私通，竟指使公子彭生杀掉了桓公。

> 十八年春，公将有行，遂与姜氏如齐。申繻曰："女有家，男有室，无相渎也，谓之有礼。易此，必败。"公会齐侯于泺，遂及文姜如齐。齐侯通焉。公谪之，以告。夏，四月丙子，享公。使公子彭生乘公，公薨于车。①

《史记·齐太公世家》亦有相关记载：

> （襄公）四年，鲁桓公与夫人如齐。齐襄公故尝私通鲁夫人。鲁夫人者，襄公女弟也，自釐公时嫁为鲁桓公妇，及桓公来而襄公复通焉。鲁桓公知之，怒夫人，夫人以告齐襄公。齐襄公与鲁君饮，醉之，使力士彭生抱上鲁君车，因拉杀鲁桓公，桓公下车则死矣。鲁人以为让，而齐襄公杀彭生以谢鲁。②

两处的叙述大体相同，只是《史记》叙述得更加具体、细致一些。这里特别值得注意的是《左传》中申繻的一段话："女有家，男有室，无相渎也，谓之有礼。易之，必败。"这是作者借申繻之口对文姜回齐、鲁桓公因这段三角恋情遇害做的评论，也是《左传》中对此事的唯一评论。论者认为"有家""有室"的男女不应互相亵渎违礼，否则，必定会坏事。这里强调的是双方已婚的身份，强调婚姻对男女行为的约束。可见，其矛头所指是有违礼制的夫妻出轨而非兄妹旧情。换言之，《左传》批评、鞭笞的是文姜兄妹对配偶的不忠和对礼制的践踏，而不是兄妹间的私情和藕断丝连。这表明《左传》的作者对兄妹恋情并不介意，不介意也就意味着对这种现象的默认。古代

---

① （清）洪亮吉：《春秋左传诂》，李解民点校，中华书局1987年版，第232页。
② （汉）司马迁：《史记》，中华书局1959年版，第1483页。

史官的言论有极强的权威性，史家这一评论无疑代表了当时社会的主流观点。

《诗经》"齐风"中的《南山》《敝笱》《载驱》等篇，据说就是"刺"襄公和文姜的兄妹恋情的：

> 南山崔崔，雄狐绥绥。鲁道有荡，齐子由归。既曰归止，曷又怀止？葛屦五两，冠緌双止。鲁道有荡，齐子庸止。既曰庸止，曷又从止？艺麻如之何？衡从其亩。取妻如之何？必告父母。既曰告止，曷又鞠止？析薪如之何？匪斧不克。取妻如之何？匪媒不得。既曰得止，曷又极止？
>
> （《南山》）①

> 敝笱在梁，其鱼鲂鳏。齐子归止，其从如云。敝笱在梁，其鱼鲂鱮。齐子归止，其从如雨。敝笱在梁，其鱼唯唯。齐子归止，其从如水。
>
> （《敝笱》）②

> 载驱薄薄，簟茀朱鞹。鲁道有荡，齐子发夕。四骊济济，垂辔沵沵。鲁道有荡，齐子岂弟。汶水汤汤，行人彭彭。鲁道有荡，齐子翱翔。汶水滔滔，行人儦儦。鲁道有荡，齐子游遨。
>
> （《载驱》）③

这三首诗或许是对襄公和文姜有所谴责，但批评的着眼点乃是两人对于婚姻的背叛和对礼制的践踏，以及文姜的排场、张扬和鲁桓公的不加管束，而非兄妹恋情，这与《左传》作者的立场如出一辙。

在齐国，除了齐襄公之外，他的弟弟，一代名君齐桓公也和众姊妹有恋情。《管子·小匡》称他"好色，姑姊有不嫁者"。《汉书·五

① 向熹译注：《诗经译注》，商务印书馆2013年版，第136页。
② 周振甫译注：《诗经译注》，中华书局2002年版，第143页。
③ 向熹译注：《诗经译注》，商务印书馆2013年版，第140页。

行志》亦云："齐桓姊妹不嫁者七人。"《新语·无为篇》说得更加直接："齐桓公好妇人之色，妻姑姊妹，而国中多淫于骨肉。"这些记载表明齐国普遍存在血缘婚恋的遗俗，并不仅仅限于襄公、桓公兄弟，而且也是众所周知的事实。当然，所谓"淫"者，是记载者基于后世伦理、道德的一种认识和评论。

其他如楚国，贵族阶层也有娶妹的习俗。《公羊传》"桓公二年"载楚成王册立妹妹江芈为夫人："若楚王之妻媦。"媦者，楚人称妹也。《史记·楚世家》亦称江芈为成王"宠姬"，可知楚人以妹为妻的说法绝非讹传。此外，楚成王和他的另一个妹妹文芈（嫁郑文公）也有私情（见《左传》"僖公二十二年"）。这些记载表明，兄妹婚恋在楚国也是存在的。

在普遍采行外婚制的两周时期，齐、楚等地仍然遗存兄妹间的血缘婚恋旧俗，与社会文化发展的不平衡有关。齐人本是西方东迁的羌族①，而楚国在当时是南方蛮夷，两族人都生活在周王朝的边远地带，社会相对闭塞、保守，文明化的进程落后于其他中原部族，因此，蛮荒时代的野性和习俗，也就保留得更多，持续得更长久。妹妹可以成为公开的妻子、宠姬或情人，表明兄妹恋情在此时此地并不是被诟病、谴责的行为，而是一种原始旧俗的遗存，这些远古遗风旧习的残余，与后世的乱伦、有伤风化不应混为一谈。在史传的这些相关记载中，都有神话中伏羲和女娲兄妹婚配故事的影子，这使我们对远古先人的婚恋习俗及其变迁有更多、更深入的认知。

（三）方术——巫术神话的投影

所谓方术，"是'数术'和'方技'的统称"②。数术、方技是古人研究自然和人的专门知识或手段。数术（又称"术数"）以研究天道或者天地之道为主，内容涉及天文、地理、历法、气象、算术等学科。《汉书·艺文志》"数术"类记载各类数术著作190家，共计2528

<hr>

① 参见闻一多《神仙考》，《神话与诗》，华东师范大学出版社1997年版，第168页。
② 李零：《中国方术续考》，东方出版社2000年版，第5页。

卷，分天文、历谱、五行、蓍龟、杂占、形法六类；"方技"则以研究生命、人道为主，内容涉及医学、药学、性学、营养学，以及与药学有关的动物学、植物学、矿物学和化学等学科。《汉书·艺文志》收录方技 36 家，868 卷，有医经、医方、房中、神仙四大类。总而言之，方术的内容非常庞杂，种类、形式也十分繁多，常见的有占卜术、命相术、房中术、长生术、炼丹术、堪舆术、巫蛊术等。

方术是一种很古老的文化，其源头可以追溯到原始社会的巫术。在远古时代，为了生存和发展，原始人不得不与自然界抗争，巫术就是人类企图有效地控制外部自然界的一种手段，它产生于原始人类对客观世界的控制意识。由于认识能力的低下，原始人对自己本身及其周边的自然界，认识极其肤浅，对许多自然现象如风、雨、水、火、雷电，以及人的生、老、病、死等，都无法做客观、正确的解释，对自然灾害和日常生活、生产中的一些意外当然也就无从控制。随着"万物有灵"、自然神信仰等意识观念的形成，初民们相信，所有的自然现象背后都有一种超自然的力量在起作用，人们幻想通过施法唤醒、借助于附在某个对象身上的超自然力量，就可以对之施加影响，甚至可以加以控制。于是，企图借以趋吉避凶，具有特定的咒语、物件和行为的施法活动便逐渐产生，当这种活动成了常态，具备了相对固定的程式，便形成了巫术。

巫术与人们的日常生活息息相关，所以在神话传说中，对于巫术的叙述是很多的。如《山海经》是我国古代保存神话最多的一部古籍，在它的神话故事里就包含许多巫术的内容，所以鲁迅称它"所载祠神之物多用糈（精米），与巫术合，盖古之巫书也"[1]。

"一般地说，巫术大致都属于鼓舞祠醮一类，是相当原始的。如果巫术能够略加精到一点，就是说巫本身的知识略高一点，能用更多的迷惑来得到人的信仰，这便成了方术。"[2] 也就是说，巫术就是早期

① 鲁迅：《中国小说史略》，上海古籍出版社 1998 年版，第 7—8 页。
② 王瑶：《小说与方术》，《中古文学史论》，商务印书馆 2011 年版，第 116 页。

的方术。随着时代的推移，巫术逐渐演变、发展成为各种专门种类和形式的方术，应用或流行于不同的时代、场合和事体。这种古老的文化与先人简直是如影随形，直接参与、干预着人们的日常生活，因此，古代有关巫（方）术的神话和传说简直是层出不穷。史传中有关方术活动的记载也很多，从中可以看到巫术神话的投影。

1. 长生术

长生不老，甚至永生不死，早在原始时代就是人类的梦想，所以神话传说中也有许多这类的内容。

《山海经·海外西经》："轩辕之国在此穷山之际，其不寿者八百岁。在女子国北，人面蛇身，尾交首上"；"白民之国在龙鱼北，白身披发。有乘黄，其状如狐，其背上有角，乘之寿二千岁"。

《山海经·海内西经》："开明北有视肉、珠树、文玉树、玕琪树、不死树"；"开明东有巫彭、巫抵、巫阳、巫履、巫凡、巫相，夹窫窳之尸，皆操不死之药以距之。窫窳者，蛇身人面，贰负臣所杀也"。

《淮南子·览冥训》："羿请长生不死之药于西王母，姮娥窃以奔月，怅然有丧，无以续之。"

《庄子·逍遥游》："彭祖乃今以久特闻，众人匹之，不亦悲乎？"

《搜神记》："彭祖者，殷时大夫也，姓钱，名铿，帝颛顼之孙，陆终氏之中子，历夏而商末，号七百岁。常食桂、芝。"

屈原《天问》："彭铿斟雉帝何飨，受寿永多夫何长。"是说彭祖亲自做了许多野鸡的鸡汤，奉献给天帝享用，天帝赐予他长寿。

这些都是神话、传说中著名的长生故事。后世很多人受这一类传说故事的影响，也对长生不老（死）之说深信不疑，特别是封建帝王们，出于对至高无上的权力和享受不尽的荣华富贵的贪婪和迷恋，对获得长生更加梦寐以求，长生不死的欲望比普通人更加强烈，做出了许多匪夷所思的荒唐举动，成为后人的笑柄。

《史记·秦始皇本纪》有多处关于秦始皇求长生不死药、入海求仙的记录：

齐人徐市等上书，言海中有三神山，名曰蓬莱、方丈、瀛洲，仙人居之。请得斋戒，与童男女求之。于是遣发徐市发童男女数千人，入海求仙人。

为了实现自己不死的梦想，秦始皇派方士徐市率领上千名童男童女，去东海为他寻求不死仙药。结果，不死仙药没有取得，徐市等人也消失得无影无踪。后来，有方士说要炼制不死丹药，居所、行踪必须不让外人知晓，丹药不为他物所害，方可成功。秦始皇信以为真，按方士的说法，花了大量人力物力在咸阳周边二百里内，建二百多处离宫别馆。结果，秦始皇被骗，方士逃亡：

三十二年，始皇之碣石，使燕人卢生求羡门高誓……使韩终、侯公、石生求仙人不死之药。

……

卢生说始皇曰："臣等求芝奇药仙者，常弗遇，类物有害之者。方中人主时为微行以辟恶鬼，恶鬼辟，真人至。人主所居人臣知之，则害于神。真人者，入水不濡，入火不蓺，凌云气，与天地久长。今上治天下，未能恬惔。愿上所居宫毋令人知，然后不死之药殆可得也。"于是始皇曰："吾慕真人。"自谓"真人"，不称"朕"。乃令咸阳之旁二百里内，宫观二百七十，复道甬道相连，帷帐、钟鼓、美人充之，各案署不移徙。行所幸，有言其处者，罪死。

……

侯生、卢生相与谋曰："始皇为人，天性刚戾自用，起诸侯，并天下，意得欲从，以为自古莫及己……未可为求仙药。"于是乃亡去。始皇闻亡，乃大怒曰："吾前收天下书不中用者尽去之，悉召文学方术士甚众，欲以兴太平，方士欲炼以求奇药，今闻韩众去不报，徐市等费以巨万计，终不得药，徒奸利相告日闻。卢生等吾尊赐之甚厚，今乃诽谤我，以重吾不德也。诸生在咸阳者，吾使人廉问，或为妖言以乱黔首。"于是使御史悉案问诸生，诸生传相告引，乃自除犯禁者四百六十余人，皆坑于咸阳，使天下知之，以惩后。益发谪徙边。①

秦始皇追求长生虽然最终以失败告终，方士也多被处死，可见长生不死之药并不存在，但后世的帝王仍然亦步亦趋，争相效法，乐此不疲。

如一代雄主汉武帝，一生中也有许多炼丹服药、妄图长生不死的荒唐举动。他先是听信方士李少君关于"祠灶则致物，致物而丹砂可化为黄金，黄金成以为饮食器则益寿，益寿而海中蓬莱仙者可见，见之以封禅则不死"的游说，"亲祠灶，而遣方士入海求蓬莱安期生之属，而事化丹砂诸药剂为黄金矣"（《史记·孝武本纪》）。后又听方士说将承露盘接收来的承露混合玉屑服用可以长生，便派人用铜修建了高三十丈，周长为一丈七的承露盘，来接收高空中的露水。毫无例外，汉武帝也以失败而告终。

自秦始皇起，因听信长生不老药的传说，一再重蹈覆辙，最终为此所累、所害的帝王简直不胜枚举，如东晋哀帝司马丕、隋炀帝杨广、唐太宗李世民、唐宪宗李纯、唐穆宗李恒、唐武宗李炎、唐宣宗李忱、明仁宗朱高炽、明世宗朱厚熜、明光宗朱常洛、明熹宗朱由校等一大帮人，皆因服用所谓的长生不老药——"金丹"中毒，或致死或致残。

2. 求雨术

中国自古以来就是一个农业的国度，所以古人的生产、生活与雨水的关系非常密切，因而祈求风调雨顺是很频繁的一种活动。古人认为风雨都是由天上的神在掌管、支配的，如果发生了大旱，就需要向天神祈求下雨。古代求雨的方式、活动有很多，而在史书中记载较多、最令人震撼的是"以人祠雨"。所谓以人祠雨，就是以活人为祭品来祭神，以求得神灵的谅解和开恩，降雨驱旱。

---

① （汉）司马迁：《史记》，中华书局 1959 年版，第 247—258 页。

《左传》中载，僖公二十一年夏鲁国大旱，僖公要烧死"巫尪"来求雨，被臧文仲劝阻而罢：

> 夏，大旱。公欲焚巫尪，臧文仲曰："非旱备也！修城郭，贬食省用，务穑劝分，此其务也。巫尪何为？天欲杀之，则如勿生。若能为旱，焚之滋甚！"公从之。是岁也，饥而不害。①

"巫尪"，一说即巫师；另一说"巫"是巫师，而"尪"是仰面朝天的畸形人，天帝因怜悯他们，不使雨水流进他们的鼻孔里，所以就不降雨，从而造成旱灾。臧文仲认为，旱天与巫尪没有什么关系，如果上天欲其死，就不会让他们来到这个世界上；如果旱灾是他们造成的话，烧死他们只会使旱灾更加严重。僖公听从了他的建议，没有使用这种祠雨方式，而是修理城墙，致力于农事，劝人施舍，开源节流，渡过难关。

《左传》所载僖公"焚杀巫尪"祈雨的举动（未实施），其实是缘自先民驱杀旱魃求雨的巫术。魃是神话中引起旱灾的神，据说是黄帝时天女，《山海经·大荒北经》"黄帝杀蚩尤"云：

> 有人衣青衣，名曰黄帝女魃。蚩尤作兵伐黄帝，黄帝乃令应龙攻之冀州之野。应龙蓄水。蚩尤请风伯雨师，纵大风雨。黄帝乃下天女曰魃，雨止，遂杀蚩尤。魃不得复上，所居不雨。叔均言之帝，后置之赤水之北。叔均乃为田祖。魃时亡之，所欲逐之者，令曰："神北行！"②

魃受黄帝之命，助应龙打败了蚩尤及风伯雨师，因用尽了神力，不能再回天上，因而所居之地都会遭遇旱灾。因其"置之赤水之北"，故此北方雨水稀少。

---

① （清）洪亮吉：《春秋左传诂》，李解民点校，中华书局1987年版，第304页。
② 张耘点校：《山海经·穆天子传》，岳麓书社2006年版，第178页。

《诗·大雅·云汉》：也有"旱魃为虐，如惔如焚"之说。孔颖达疏："《神异经》曰：'南方有人，长二三尺，袒身，而目在顶上，走行如风，名曰魃，所见之国大旱，赤地千里，一名旱母。'"

古人关于旱魃的传说很多。人们认为天不降雨乃旱魃作祟，所以大旱之时，民间有驱杀旱魃祈雨之俗，即上述《山海经》中所谓"所欲逐之者，令曰：'神北行'"之类。

《山海经·大荒北经》对这种巫术的叙述更具体：

> 女丑之尸，生而十日炙杀之。在丈夫北。以右手鄣其面。十日居之，女丑居山之山。①

这是说有一具"女丑"之尸，横卧在丈夫国的北面。她生前是被十个太阳的热气烤死的。死时用右手遮住她的脸。十个太阳高高挂在天上，女丑的尸体横卧在山顶上。袁珂对此解释云："所谓'炙杀'，疑为暴（曝）巫之象，女丑疑即女巫也。古天旱，求雨有暴巫焚巫之举……暴巫焚巫者，非暴巫焚巫也，乃以女巫师为旱魃而暴之焚之以禳灾也，暴巫即暴魃也。"② 其时天上有十个太阳，这种驱杀旱魃祈雨的习俗，显然存在于神话思维中的远古时期。

这种暴魃的求雨巫术，就是把扮演旱魃的女巫拖到烈日下暴晒甚至焚烧。之所以要暴晒或烧杀女巫，是因为人们认为她们施术不当，未能感动上天，未获得人们预期的效果，因而一遇旱灾，女巫便往往被当作施术不当的牺牲品。到了春秋战国时代，人们对这种以焚烧活人来求雨的方式产生了怀疑，所以才有了臧文仲劝阻鲁僖公烧杀巫尪的举动。虽然僖公没有烧杀巫尪，但从他的意识、举动都可以看到巫术神话的影响。

再往后，这种驱杀旱魃的方式发生了变化：在空地上搭一戏台，上置纸扎的旱魃王像，地方官员上台向天祝祷后，先向旱魃劝诫，然

---

① 张耘点校：《山海经·穆天子传》，岳麓书社 2006 年版，第 122 页。
② 袁珂：《山海经校注》，巴蜀书社 1993 年版，第 263 页。

后拔出刀剑，将旱魃王像砍为两节，众人于是大呼"旱魃杀了，雨要来了！"仪式遂告完成。① 由暴晒焚烧女巫充当的旱魃，到"砍杀"纸扎的旱魃，从活人到道具，虽然性质不变，效果想必也差不多，但残暴和血腥的色彩淡了许多，野蛮的巫术演变成了一种更加符合人道的习俗，无疑也是一种进步。

"以人祠雨"还有另一种君主自虐的方式。《晏子春秋·内篇谏上第一》载，齐国大旱，齐景公听信卜者之言，欲祭祀灵山、河伯以除灾，晏子以天旱不雨对灵山、河伯同样有害为据，说明此举于事无补，劝齐景公"避宫殿暴露，与灵山、河伯共忧"，"于是景公出，野居暴露。三日，天果大雨，民尽得种时"。

这种君主自虐的求雨方式，生发于触犯天条、上帝，被上天神灵惩罚而降祸的神话思维，带有自责，向上天、上帝谢罪的意味。春秋战国以后，每逢旱灾，君主便屡有这种"出野暴露"或是"暴晒三天""积薪待燃"的举动。虽然统治者并非个个都是情真意切，真的去实行，更多的是做个样子而已，但以此来表达自己对于祈求上天降雨的诚心，显示对于臣民的担当，以博得人们的赞赏。因此，历代帝王君主甚至有些地方官员也争相效法。如《后汉书·独行列传》就有关于后汉谅辅自焚求雨的记载：

> 谅辅字汉儒，广汉新都人也。仕郡为五官掾。时夏大旱，太守自出祈祷山川，连日而无所降。辅乃自暴庭中，慷慨呪曰："辅为股肱，不能进谏纳忠，荐贤退恶，和调阴阳，承顺天意，至令天地否隔，万物焦枯，百姓喁喁，无所诉告，咎尽在辅。今郡太守改服责己，为民祈福，精诚恳到，未有感彻。辅今敢自祈请，若至日中不雨，乞以身塞无状。"于是积薪柴聚茭茅以自环，构火其傍，将自焚焉。未及日中时，而天云晦合，须臾澍雨，一

郡沾润。世以此称其至诚。①

谅辅最终也以他的诚心感动了上天，求得一场大雨，他的积薪自焚的举动，比之齐景公的暴晒三天更具有赌博意味，也更加惊心动魄，震撼人心。这种祈雨方式，其实也是模仿神话传说中部族首领或君主以自身为牺牲祭天求雨的巫术。如《吕氏春秋》中就有这样的故事：

> 昔者，汤克夏而正天下，天大旱，五年不收。汤乃以身祷于桑林曰："余一人有罪无及万夫；万夫有罪在余一人。无以一人之不敏，使上帝鬼神伤民之命。"于是剪其发，以身为牺牲，用祈福于上帝。民乃甚说，雨乃大至。②

齐景公出郊野暴晒三天、谅辅积薪欲自焚的举动，与商汤"剪其发，以身为牺牲，用祈福于上帝"的传说几乎如出一辙，只是表现得比商汤更加极端、激烈。这可能是当事者的性格使然，也可能是后世统治者更加黔驴技穷、孤注一掷的表现。

3. 占卜

占卜是一种预测吉凶祸福的巫术，反映先民欲探知未来、命运的心理渴求，和在未知世界面前的生存焦虑，在民间使用得最为广泛。占卜的种类很多，在神话传说中也有很多的叙述。

最早的占卜是象占。象占乃根据自然事物的特异现象来推测未来吉凶，是先民测知未来的最原始的方法，其产生应早于各种占卜。古人把不常见的自然物象与人间祸福吉凶、社会变迁等相联系，从而产生了象占。

《山海经》中就有许多与象占相关的记录，如：

---

① （南朝·宋）范晔：《后汉书》，中华书局 2007 年版，第 790 页。
② 杨坚点校：《吕氏春秋·淮南子》，岳麓书社 2006 年版，第 52 页。

> 丹穴之山，其上多金玉。丹水出焉，而南流注于渤海。有鸟焉，其状如鸡，五采而文，名曰凤凰……是鸟也，饮食自然，自歌自舞，见则天下安宁。[①]

凤凰本就是神话中的神鸟，民间关于凤凰的传说很多，此处称凤凰显现，天下就会太平。有着同样象征意义的，还有女床山的鸾鸟："女床之山……有鸟焉，其状如翟，而五采文，名曰鸾鸟，见则天下安宁。"（《西山经》）显然，先人们都认为凤凰、鸾鸟是吉祥鸟，它们的出现是一种征兆，预示着太平和吉祥，所以深受人们喜爱。而泰器山水溪中的文鳐鱼、玉山中的狡兽，"见则天下大穰"，即庄稼丰收，也是人们期盼的对象。

象征着不祥或灾祸的鸟兽，在《山海经》中也有许多，如鸡山之鳟（鱼）、令丘山之颙（鸟）、太华山之蛇等，"见则天下大旱"；鹿台山之凫徯、小次山之朱厌（猿兽）、钟山之大鹗等，"见则有大兵（大战乱）"；崇吾山的蛮蛮（鸟）、玉山的胜遇（鸟），"见则天下大水"等。

自然物象的显现预示吉凶祸福，先民认为这是天意神旨的宣示。由这种思维方式发展而来的原始占巫术，一直到后世都有很大的市场。每当有特异的自然现象、物象突然出现，人们都会自然而然地充满联想和不安，试图探究其与人间祸福、社会事态的联系，及早找到应对之策。后人的这一类活动，在史传中也屡见不鲜。

《史记·屈原贾生列传》：

> 贾生为长沙王太傅三年，有鸮飞入贾生舍，止于坐隅。楚人命鸮曰"服"。贾生既已谪居长沙，长沙卑湿，自以为寿不得长，伤悼之，乃为赋以自广。其辞曰："单阏之岁兮，四月孟夏，庚子日施兮，服集予舍，止于坐隅。貌甚闲暇。异物来集兮，私怪其故，

---

① 袁珂：《山海经校注》，北京联合出版公司2014年版，第14页。

发书占之兮，策言其度。曰：'野鸟入处兮，主人将去。'请问于服兮：'予去何之？吉乎告我，凶言其灾。淹数之度兮，语予其期。'服乃叹息，举首奋翼。口不能言，请对以臆。"①

"服"通鵩，即猫头鹰，长沙人以猫头鹰为凶鸟，民间有猫头鹰入室，主人将死之说。这显然是物占思维的延续。贾谊任职长沙王太傅期间，恰遇此事，于是"发书占之"，并作著名的《鵩鸟赋》，以道家"齐生死，等荣辱"的观念自我宽慰，认为生死祸福乃自然之事，不足介意。

在《汉书》《后汉书》中，都有专门的篇目记载方术，因而诸如此类与物占相关的记载甚多，这些记载大多都有方术神话的影子。如：

> 景帝三年十一月，有白颈乌与黑乌群斗楚国吕县。白颈不胜，堕泗水中，死者数千。刘向以为近白黑祥也。时楚王戊暴逆无道，刑辱申公，与吴王谋反。乌群斗者，师战之象也。白颈者小，明小者败也。堕于水者，将死水地。王戊不悟，遂举兵应吴，与汉大战，兵败而走，至于丹徒，为越人所斩，堕死于水之效也。京房《易传》曰："逆亲亲，厥妖白黑乌斗国中。"
>
> （《汉书·五行志》中之下）②

> 惠帝二年正月癸酉旦，有两龙现于兰陵廷东里温陵井中，至乙亥夜去。刘向以为龙贵象而困于庶人井中，象诸侯将有幽执之祸。其后，吕太后幽杀三赵王，诸吕亦终诛灭。京房《易传》曰："有德遭害，厥妖龙见井中。"又曰："行刑暴恶，黑龙从井出。"
>
> （《汉书·五行志》下之上）③

---

① （汉）司马迁：《史记》，中华书局 1959 年版，第 2496—2497 页。
② （汉）班固：《汉书》，中华书局 2007 年版，第 245 页。
③ 同上书，第 260 页。

《山海经》中关于象占的叙述，只是一句简单、空泛的断言，将某种物象与相应后果相挂钩，而在《汉书》的叙述里，不仅有特异的物象，而且有方士的解说和易卜书籍的引证，最后还有具体、相应的事件验证，这表明原始神话中的象占巫术，已经上升到了程序化的、有一定理论色彩的高级方术阶段。

占卜术中另一种被广为熟知和使用的是占梦术——民间又叫"圆梦"。在原始神话时代，初民认为梦是由神控制的，梦境、梦象都是神旨的表现。如王嘉《拾遗记》中就收录有帝喾的妃子按神的旨意，在梦中吞日生子的神话故事："帝喾之妃，邹屠氏之女也。……妃常梦吞日，则生一子，凡经八梦，则生八子，世谓八神。"按梦的内容来释梦，以了解神的旨意，推断未来、吉凶，便形成了占梦巫术。

占梦的最早文字记载，见于殷墟卜辞，如"壬午卜，王日贞，又梦"；"庚辰卜，贞：多鬼梦，不至祸"。这都表明在殷商时代，梦兆是朝廷里占卜的重要对象。

到了周代，占梦术进一步完备，朝廷设立了梦官，并逐渐形成一套解析梦兆的理论。《汉书·艺文志》载："众占非一，而梦为大，故周有其官。"此后，占梦成为占卜活动中最活跃的一种，相关叙述充斥着各种史著和文学作品。

《诗经》中就有许多反映因梦得兆的篇目，如"小雅"的《斯干》："下莞上簟，乃安斯寝。乃寝乃兴，乃占我梦。吉梦维何？维熊维罴，维虺维蛇。大人占之，维熊维罴，男子之祥；维虺维蛇，女子之祥。"诗中说占梦的结果是，梦见熊罴是生男的征兆，梦见蜥蜴和蛇是生女的征兆。

又如《无羊》载："牧人乃梦，众维鱼矣！旐维旟矣！大人占之，众维鱼矣，实为丰年；旐维旟矣，室家溱溱。""众"同"螽"，蝗虫。梦见蝗虫变为鱼，将遇丰年，如梦龟旗变鸟旗，则是子孙众多。

据说最早占梦的人是黄帝。晋人皇甫谧的《帝王世纪》载："黄帝梦大风吹天下之尘垢皆去，有梦人执千钧之弩驱羊万群。"醒后黄帝占曰："风为号令，执政者也；垢去土，后在也。天下岂有姓风名后者哉？夫千钧之弩，异力者也；驱羊万群，能牧民为善者也。天下岂有姓力名牧者哉？"黄帝依二占而求索之，果得风后、力牧两位名臣。

这显然是一个远古的神话传说，因为黄帝时代，顶多只有象形文字或图画文字，运用析文解字的方式来占梦是不大可能的。但类似黄帝因梦而得贤臣的"佳话"，却屡屡在后世的帝王、君主身上反复发生。

殷高宗（武丁）梦遇神明，得良臣傅说的史事，简直就是黄帝梦得风后、力牧神话的翻版。此事《尚书·说命上》《国语·楚语上》《史记·殷本纪》等史著中均有记载，其中又以《史记·殷本纪》的记载最详：

> 帝武丁即位，思复兴殷，而未得其佐。三年不言，政事决于冢宰，以观国风。武丁夜梦得圣人，名曰说。以梦所见视群臣百吏，皆非也。于是乃使百工营求之野，得说于傅险中。是时说为胥靡，筑于傅险。见于武丁，武丁曰是也。得而与之语，果圣人。举以为相，殷国大治。故遂以傅险姓之，号曰傅说。[①]

武丁乃盘庚之侄，继承其父小乙而为殷王。即位之后，立志复兴殷商，但苦于没有贤臣辅佐，竟然三年不愿说一句话。他梦见上帝赐给他良臣，便命人按照梦中人的相貌到处去寻找，终于在傅岩（今山西平陆东）那个地方，发现一个名叫"说"的囚徒，正是梦中所见的那个人。武丁与之交谈，对方果然谈吐不俗，才学非凡，于是任命他为宰相，他也不负众望，帮助武丁实现了复兴殷商的梦想。这个人就是傅说，因他在傅岩那个地方被找到，故以傅为姓。

这个史事除了在史传中广被记载之外，《孟子》《庄子》《楚辞》《离骚》《远游》等也多有提及，是历史上最著名的一起占梦，有"史上第一梦"之称。

---

① （汉）司马迁：《史记》，中华书局1959年版，第102页。

历史上这类君主因梦得贤臣的例子很多，如周文王梦神赐太公，也是一个很著名的例子。晋代石刻文《太公吕望表》载：周文王梦见天帝穿着黑袍子站在令狐津的渡头，声称要把吕望赐予他。文王拜谢，天帝身后一位须眉皓白的老者也一同下拜，但梦到此就醒了："文王梦天帝服玄禳以立令狐之津，帝曰：'昌，赐汝望。'文王再拜稽首，太公于后亦再拜稽首。"后来文王出猎，"卜之，曰：'所获非龙非彨（螭），非虎非罴，所获霸王之辅。'于是周伯猎，果遇太公于渭之阳"（《史记·齐太公世家》）。太公即吕望，周文王与吕望的君臣遇合，亦系史上佳话。

《史记》中所载春秋时赵武灵王梦得惠后、汉文帝梦得邓通的史事，也与武丁得傅说、文王得吕望之说异曲同工：

> （武灵）王梦见处女鼓瑟而歌诗曰："美人荧荧兮，颜若苕之荣。命乎命乎，曾无我嬴！"异日，王饮酒乐，数言所梦，想见其状。吴广闻之，因夫人而内其女娃嬴。……是为惠后。
>
> （《赵世家》）①

> 孝文帝梦欲上天，不能，有一黄头郎从后推之上天，顾见其衣裻带后穿。觉而之渐台，以梦中阴自求推者郎，即见邓通，其衣后穿，梦中所见也。
>
> （《佞幸列传》）②

这些史书中占梦的史事都有神话传说的影子，甚至极有可能就是当事人刻意编造出来的"当代神话"，真实性很值得怀疑。盖因占梦在古代政治生活中有特殊的意义，占梦者对于梦的占释，完全是服务于政治斗争，故而因梦得贤臣、良臣之说，与统治者感神而生的谎言性质、意图恐无二致。比如对于武丁梦得傅说之说，明代学者杨慎就

---

① （汉）司马迁：《史记》，中华书局 1959 年版，第 1804 页。
② 同上书，第 3192 页。

认为是武丁玩的政治把戏：他即位前曾隐避乡野，已知傅说之贤能，但要举为宰辅，恐人不服，故以占梦以告天下，以此表明任用傅说的合理性（杨慎《丹铅总录》卷十《傅说》）。如此看来，神话传说之于古代君主，确实是另有一番特殊的功用和价值。

二 《史记》中的神话传说

《史记》是我国第一部纪传体通史，记事始于传说中的黄帝，止于司马迁所生活的汉武帝年间。由于远古的历史，是与神话、传说杂糅在一起的，所以《史记》对于早期历史的叙述，其实间杂有许多神话的成分；加上司马迁游历很广，在访问名山大川，考察各地历史和现实的过程中，也收集了许多来自民间的材料，当中也有相当多传说的内容，这些内容也被《史记》所借用。因此，《史记》可以说是史著中使用神话、传说材料最多的一部。

（一）"五帝"神话

《五帝本纪》是《史记》的第一篇，该篇其实就是华夏民族上古五帝的历史神话。司马迁所谓"五帝"，是指黄帝、颛顼、帝喾、尧、舜。

在司马迁之前，关于上古五帝的说法简直是五花八门：《易·系辞》《战国策·赵策》指伏羲、神农、黄帝、尧、舜等为五帝，《庄子》《淮南子》等承此说；《吕氏春秋·十二纪》则以太昊、炎帝、黄帝、少昊、颛顼为五帝，《礼记·月令》亦同此说；《大戴礼记》中的《五帝德》和《帝系姓》以黄帝、颛顼、帝喾、尧、舜为五帝……司马迁取《五帝德》和《帝系姓》之说，再糅合《尚书·尧典》，写成了《五帝本纪》。

在司马迁的时代，区分神话和历史的科学标准尚未确立，辨别史料的真伪极为不易。司马迁在《五帝本纪》中论赞也感叹说："学者多称五帝，尚矣。然《尚书》独载尧以来，而百家言黄帝，其文不雅驯，荐绅先生难言之。"司马迁对其他说法一概不取，独取《大戴礼记》及《尚书》之说，并非随意、轻率之举，而是他广泛考察各家异说，深思熟虑之后，秉承坚定的考信原则所做出的抉择，这个原则就是"考信于六艺，折中于夫子"。

《史记·伯夷列传》：

> 夫学者载籍极博，犹考信于六艺。诗书虽缺乏，然虞夏之文可知也。①

《史记·孔子世家》：

> 孔子布衣，传十余世，学者宗之。自天子王侯，中国言六艺者，折中于夫子，可谓至圣矣！②

六艺即六经，是孔子整理的儒家经典，它的真实性、科学性是比较强的。明代王守仁说："以事言曰史，以道言曰经。事即道，道即事。《春秋》亦经，五经亦史。"（《传习录》卷一）王守仁的"五经亦史论"虽未引起人们的注意，但之后清代顾炎武、章学诚提出的"六经皆史"论，却得到了思想界、史学界的高度认同。确实，在司马迁所接触的古史资料中，六艺是比较可信的。司马迁以六艺为考信史料的主要依据，从客观上来说是因为六艺确实具有较高的真实性，从主观上来说则是取决于他自己的史观、史识，和对孔子的高度信任和尊崇。"折中于夫子"的大意是评判史事、人物，以孔子的评判为准则。司马迁称："自天子王侯，中国言六艺者，折中于夫子。"在此之前，此言恐或过当，但自西汉武帝"罢黜百家，独尊儒术"，确立儒学的权威地位以后，孔子的地位、声望也日益显赫，成为名副其实的儒学教主，之后两千年封建社会自天子王侯至庶民百姓的万世师表，却是不争的事实。因此，以孔子的准则为准则，在特定的历史背景、条件下，有其一定的必然性和合理性。司马迁以儒家经典的史料为依据，

---

① （汉）司马迁：《史记》，中华书局1959年版，第2121页。
② 同上书，第1947页。

考察、吸收其他一些比较真实、可信的史料所确立的上古五帝谱系，正是他尊崇孔子、认可孔子的思想方法、学术观点的产物。

事实上，孔子是较早把神话历史化的学者。《太平御览》卷七十九引《尸子》载：

> 子贡问于孔子曰："古者黄帝四面，信乎？"孔子曰："黄帝取合己者四人使治四方，不谋而亲，不约而成，大有成功，此之谓'四面'也。"[①]

孔子把"黄帝四面"的神话，解释为黄帝有四位分治四方的助手，与他配合得就像一个人那样和谐、默契，因此就像一个人有四张面孔一样，将虚幻的传说做了现实的解释。

又比如关于夔的神话，孔子也是做类似的解释。夔是神话中状似牛、独脚的神兽，《山海经·大荒东经》云："东海中有流波山，入海七千里。其上有兽，状如牛，苍身而无角，一足，出入水则必风雨。其光如日月，其声如雷，其名曰夔。黄帝得之，以其皮为鼓，橛以雷兽之骨，声闻五百里，以威天下。"之后，这个神话经过多年演变，夔变成了舜的乐官，《尚书·舜典》载："帝（舜）曰：'夔！命汝典乐，教胄子……'夔曰：'于予击石拊石，百兽率舞。'"关于"夔一足"的说法，《吕氏春秋》载有孔子和鲁哀公的一段对话：

> 鲁哀公问于孔子曰："乐正夔一足，信乎？"孔子曰："昔者舜欲以乐传教于天下，乃令重黎举夔于草莽之中而进之，舜以为乐正。夔于是正六律，和五声，以通八风而天下大服。重黎又欲益求人，舜曰：'夫乐，天地之精也，得失之节也，故唯圣人为能和。和，乐之本也。夔能和之，以平天下，若夔者，一而足矣。'故曰'夔一足'，非'一足'也。"[②]

---

① （宋）李昉等：《太平御览》，中华书局 1960 年影印本，第 369 页。
② （汉）高诱注：《吕氏春秋·察传》，上海古籍出版社 2014 年版，第 545 页。

孔子把"夔一足"解释为"像夔这样的乐官,一个就足够了"。这与对"黄帝四面"的解释一样,都是抹去神话的幻想色彩,把它现实化,当成历史上确实曾经发生过的故事。这种把神话故事现实化、历史化的做法,为司马迁所取法。事实上,《史记》中的上古五帝历史、夏商周三代历史,大部分都是被历史化的神话故事。这些历史化的神话故事得到后人的认同,司马迁的上古五帝说比之其他的说法也为更多人所接受,与司马迁取法孔子,而孔子的声望、影响及其儒学家思想在封建社会中居主导地位,恐怕不无关系。

在《五帝本纪》中,华夏民族的另一个始祖炎帝,是与黄帝同时期的一个部族首领,为黄帝所败,于是,炎、黄两个部族统一、融合,成为华夏民族的主要构成。按照司马迁的观点,上古五帝的血缘关系是这样的:

> 黄帝(轩辕)——颛顼帝(高阳,黄帝孙)——帝喾(高辛,颛顼侄)——帝尧(放勋,帝喾子)——帝舜(重华,尧侄玄孙,颛顼六世孙)

这种血缘关系未必可信,但司马迁通过对古代史料、传说的整理,描绘出自黄帝开始的一个有血缘继承关系的帝统,使中华民族有一个共同的祖先,有一个血脉相承的发展历史,令中华儿女有一种同种同根、血浓于水的民族认同感。这种关系的描述,对于维护民族团结,增强民族凝聚力,都有极深远的意义。

司马迁所记的上古五帝,既是历史人物,也是神话人物,他们的事迹便以神话故事居多。如黄帝擒蚩尤的神话,就非常著名:

> 蚩尤作乱,不用帝命。于是黄帝乃征师诸侯,与蚩尤战于涿鹿之野,遂擒蚩尤。①

---

① (汉)司马迁:《史记》,中华书局 1959 年版,第 3 页。

相近的记载也出现在《山海经·大荒北经》中："蚩尤作兵，伐黄帝，黄帝乃令应龙攻冀州之野。应龙蓄水。蚩尤请风伯、雨师，纵大风雨。黄帝乃下天女曰'魃'，雨止，遂杀蚩尤。"《史记》的记载显然有《山海经》的影子，但比《山海经》的记载简略，没有记及应龙、风伯、雨师诸神助阵黄帝的细节。少了许多神话的成分，黄帝形象"神"的意味也明显少了许多，很显然，司马迁是把黄帝当成一个历史人物而不是神话人物来刻画。把神话的内容做了现实化、历史化的处理，这才符合史书的性质和功能，由此可见太史公对于神话材料的使用，是既有沿袭又有所改造的，这也是他的高明和过人之处。

又如舜屡遭家人谋害，却得神助而逃过劫难，也是一个流传很广的故事：舜母早死，父亲娶了继母而生弟弟象，受继母及弟弟的鼓惑，一家人"皆欲杀舜"。舜两次死里逃生，一次是从仓库顶"以两笠自扞而下"，另一次是从深井"匿空出"。《五帝本纪》中也有较详尽的记载：

> 舜父瞽叟顽，母嚚，弟象傲，皆欲杀舜。……使舜上涂廪，瞽叟从下纵火焚廪。舜乃以两笠自扞而下，去，不得死。后，瞽叟又使舜穿井，舜穿井为匿空旁出。舜既入深，瞽叟与象共下土实井，舜从匿空出，去。瞽叟、象喜，以舜为已死。[1]

这个神话故事还有许多另外的版本，其中一个著名的说法是，舜妻为之缝制的衣裳分别化作老鹰和龙，在舜遭遇前一个陷害时，老鹰载着舜从火场浓烟中飞出；而在后一个绝境中，龙则钻洞使舜从井底逃生。但司马迁并没有沿用这些内容，而是写舜分别"以两笠自扞而下""从匿空出"这样比较现实的办法，逃过了劫难，显然也是有意摒弃了神异的色彩，把舜写成一个人而不是一个神，神话故事便自然而然地成为史事。

---

[1]　（汉）司马迁：《史记》，中华书局1959年版，第32—34页。

尽管家人如此不堪，舜仍然以德报怨，"顺事父及后母与弟，日以笃谨，匪有懈"。因此，舜成为后来儒家学者心目中的圣人贤君，德、孝的楷模。

（二）三代神话

夏、商、周三代，我国已由原始社会进入了阶级社会，《史记》的《夏本纪》《殷本纪》《周本纪》分别记载了这三代的历史。在三代本纪中，司马迁寻绎出三代与五帝的关系：夏的开国帝王大禹是"黄帝之玄孙而颛顼之孙"；殷人先祖契的母亲简狄"为帝喾次妃"；周人先祖后稷的母亲姜嫄"为帝喾元妃"。可知大禹、契、后稷三人同世并辈，都是黄帝玄孙。这样，司马迁完成了五帝三王始自黄帝、一脉相承的古史帝系建构。

三代的历史，仍然有许多神话传说的成分。如鲧禹治水；大禹为早日完成治水大业，"居外十三年，过家门不敢入"；禹娶涂山氏等。在《夏本纪》里虽然记载比较简略，但显然都采自神话传说，有浓重的神话传说的底色。

三代神话中最令人瞩目的是，它有不少出自儒家经典的故事，由于它以经典做依据，相关的叙述比之五帝神话更加具体、丰富。如《周本纪》中关于周部族始祖后稷的事迹，基本上就是依据《诗经·大雅·生民》的内容写成。《生民》共八章，是一首富有神话色彩的周部族的史诗，尤其是前三章，就是一个纯粹的神话故事：

> 厥初生民，时维姜嫄。生民如何？克禋克祀，以弗无子。履帝武敏歆，攸介攸止，载震载夙。载生载育，时维后稷。
>
> 诞弥厥月，先生如达。不坼不副，无灾无害，以赫厥灵。上帝不宁，不康禋祀，居然生子。
>
> 诞置之隘巷，牛羊腓字之。诞置之平林，会伐平林。诞置之寒冰，鸟覆翼之。鸟乃去矣，后稷呱矣。实覃实讦，厥声载路。①

---

① 周振甫：《诗经译注》，江苏教育出版社 2006 年版，第 389 页。

首章写后稷的母亲姜嫄在郊外踩了巨人的足迹，受了感应，怀了孕；第二章写后稷生下后，像羊的胞胎，又裂不开；第三章写后稷被人们当作不祥之物而遭遗弃，乃鸟兽为他蔽寒、哺乳，才免于饥寒而死。司马迁几乎是把这个神话照搬到《周本纪》中：

> 周后稷，名弃。其母有邰氏女，曰姜嫄。姜嫄为帝喾元妃。姜嫄出野，见巨人迹，心忻然说，欲践之，践之而身动如孕者。居期而生子，以为不祥，弃之隘巷，马牛过者皆避不践。徙置之林中，适会山林多人，迁之。而弃渠中冰上，飞鸟以其翼覆荐之。姜嫄以为神，遂收养之。初欲弃之，因名曰"弃"。①

《殷本纪》则记载了简狄因吃了燕子蛋而怀孕生契的神话：

> 殷契，母曰简狄，有娀氏之女，为帝喾次妃。三人行浴，见玄鸟堕其卵，简狄取而吞之，因孕，生契。②

这个神奇的故事，《诗经》中也有记载。《诗经·商颂·玄鸟》载："天命玄鸟，降而生商，宅殷土芒芒。"《诗经·商颂·长发》载："有娀方将，帝立子生商。"可见，《殷本纪》的相关叙述，也有《诗经》的叙述为依傍。

《史记》中对于三代神话的叙述，显然是综合了《诗经》以及其他各种传说的材料而成。由于有了经典史诗的支撑，也由于人们对于儒家经典的接受和认同，这些神话故事长期以来都被人们当作真实的史事而津津乐道。

（三）其他传说

五帝、三代神话以外，《史记》中还有许多其他的神话传说。神话的内容前面已有较多涉及，此处单论传说。

---

① （汉）司马迁：《史记》，中华书局 1959 年版，第 111 页。
② 同上书，第 91 页。

如果说五帝、三代的神话传说是为了中华民族寻根溯源，从而梳理和补足历史的产物，那么，在后神话时代的历史叙述中夹带一些传说故事，则是刻画、塑造历史人物形象，丰富历史叙事的一种手段。司马迁述史，实录精神和文学手法完美结合，在充分尊重历史真实的前提下，往往以一些传说材料作为必要、合理的补充，使得历史叙事更加生动活泼、趣味盎然，历史人物形象也有血有肉、栩栩如生。

如《留侯世家》：

> 良尝闲从容步游下邳圯上。有一老父，衣褐，至良所，直堕其履圯下，顾谓良曰："孺子，下取履！"良愕然，欲殴之。为其老，强忍，下取履。父曰："履我！"良业为取履，因长跪履之。父以足受，笑而去。良殊大惊，随目之。父去里所，复还，曰："孺子可教矣。后五日平明，与我会此。"良因怪之，跪曰："诺。"五日平明，良往，父已先在，怒曰："与老人期，后，何也？"去，曰："后五日复早会。"五日鸡鸣，良往，父又先在，复怒曰："后，何也？"去，曰："后五日复早来。"五日，良夜未半往。有顷，父亦来，喜曰："当如是。"出一编书，曰："读此则为王者师矣。后十年兴。十三年孺子见我济北，谷城山下黄石即我矣。"遂去，无他言，不复见。旦日视其书，乃《太公兵法》也。……后十三年，从高帝过济北，果见谷城山下黄石，取而葆祠之。①

这显然是一个传说故事，神秘莫测，自称"谷城山下黄石"的奇怪老头，一再以"刁难"的方式考验张良，继而赠《太公兵法》，期待他成为"王者师"，并预言他"后十年兴"，十三年后将在济北再度相逢。后果然如其所言，张良也在谷城山下见到了一块大黄石。张良是一个充满神秘色彩的人物，他与黄石公的奇遇，为他"天降大任"

---

① （汉）司马迁：《史记》，中华书局 1959 年版，第 2034、2048 页。

的神奇角色添上浓重的一笔，更加凸显他的不凡。

再如《淮阴侯列传》：

> 淮阴屠中少年有侮信者，曰："若虽长大，好带剑，中情怯耳。"众辱之，曰："信能死，刺我；不能死，出我胯下。"于是信孰视之，俯出胯下，蒲伏。一市人皆笑信，以为怯。[1]

这就是著名的韩信受"胯下之辱"的故事。这个故事的真实性无从考究，传说的成分居多。后来的韩信功高震主，被刘邦以种种理由打压，夺兵权、徙封、诈捕、降爵等，都能逆来顺受，所谓忍小怨而图大谋者也，"胯下之辱"这个传说故事，为他的这种思想性格做了非常巧妙的铺垫和诠释。明代董份赞司马迁对韩信的这段刻画实在是"形容如画"。面对奇耻大辱，韩信只能对一众施辱者"孰视之"，司马迁抓住这一神态，生动展示了韩信内心对受辱的本能反抗与理性的克制，内心的痛苦和挣扎尽在不言中。

《史记》中诸如此类的传说故事很多，司马迁使用这些材料，并没有削弱历史的真实性，却使人物的性格更加鲜明，形象更加丰满、生动，叙述也饶有趣味，文学色彩浓厚。

三　其他史传中的神话传说

《史记》以外的其他几部史传，如《尚书》《左传》《国语》《战国策》《汉书》《后汉书》等，神话传说虽然不及《史记》多，但也都分别有数量不等的收载。下面略举数例。

《左传·昭公十七年》：

> 秋，郯子来朝，公与之宴，昭子问焉，曰："少皞氏鸟名官，何故也？"郯子曰："吾祖也，我知之……我高祖少皞挚之立也，凤鸟适至，故纪于鸟，为鸟师而鸟名。凤鸟氏，历正也；玄鸟

---

① （汉）司马迁：《史记》，中华书局 1959 年版，第 2610 页。

氏，司分者也；伯赵氏，司至者也；青鸟氏，司启者也；丹鸟氏，司闭者也；祝鸠氏，司徒也；鴡鸠氏，司马也；鸤鸠氏，司空也；爽鸠氏，司寇也；鹘鸠氏，司事也。"①

这是郯子和鲁昭公交谈时所讲的一个故事。远古部族少皞氏用鸟记事，设置各部门的长官都用鸟来命名：凤凰，就是掌管天文历法的官；燕子，是掌管春分、秋分的官；伯劳鸟，是掌管夏至、冬至的官；青鸟，是掌管立春、立夏的官；丹鸟，是掌管立秋、立冬的官；祝鸠鸟，是掌管教育的司徒；鴡鸠，是主管法制的司马；鸤鸠，是主管水利土地的司空；爽鸠，是主管平定盗贼的司寇；鹘鸠，是主管农事的司事……这是一则很典型的古史神话传说，这个鸟国，其实就是远古时代奉行鸟崇拜、以鸟为图腾的东方部落。这么完备的官员体制、名称和职能，显然是叙述者按照后世的模式套上去的，神话故事已经被历史化、现实化。

《后汉书·南蛮西南蛮列传》记南方、西南少数民族历史，也颇多神话传说，如神犬槃瓠的神话：

> 昔高辛氏有犬戎之寇，帝患其侵暴，而征伐不克。乃访募天下，又能得犬戎之将吴将军头者，购黄金千镒，邑万家，又妻以少女。时帝有畜狗，其毛五采，名曰槃瓠。下令之后，槃瓠遂衔人头造阙下，群臣怪而诊之，乃吴将军首也。帝大喜，而计槃瓠不可妻之以女，又无封爵之道，议欲有报而未知所宜。女闻之，以为皇帝下令，不可违信，因请行。帝不得已，乃以女配槃瓠。槃瓠得女，负而走入南山，止石室中，所处险绝，人迹不至。……经三年，生子一十二人，六男六女。槃瓠死后，因自相夫妻。……其后滋蔓，号曰蛮夷。外痴内黠，安土重旧。②

---

① （清）洪亮吉：《春秋左传诂》，李解民点校，中华书局 1987 年版，第 726—727 页。
② （南朝·宋）范晔：《后汉书》，中华书局 2007 年版，第 833 页。

该故事交代了长沙武陵蛮族人的渊源，其实出自《搜神记》的341则《槃瓠》。故事有两大核心内容：一是人犬婚配；二是兄妹（或姐弟）婚配。原始时期，各部族都有自己的图腾崇拜，如华夏民族的图腾是龙，至今华人仍自称龙的传人。将南方蛮夷族说成是人犬通婚的后代，显然是基于该少数民族的犬图腾；而兄妹（或姐弟）婚配，反映的则是原始时代的血缘婚俗。故事中的两大内核，本身都是远古的神话，但演绎得曲折、细腻，娓娓道来，引人入胜，应该是流传长久、广泛，被不断加工、充实的结果。

其他史传中的神话传说，还有许多，这里不再一一赘述。

四　神话传说对于史传的意义

通过以上的讨论，我们可以知道，我们这个民族的历史，尤其是早期的历史，其构成其实包含大量的神话传说，或者说我们的史传，保留了大量口耳相传的内容。对于史传而言，这些内容的存在，有其不可忽视的意义。

（一）填补、充实了历史

由于历史的原因，我们的历史记载，尤其是对于远古先人的记载是不完整的。神话传说的特质，使它具有许多历史的真实因素，可以填补、充实我们的古代历史，尤其是远古时代的历史。

尽管各种各样的原因，我国古代神话的记载比较零散，没有记载神话的专书，注重纪实的史学传统，也令许多史官对于神话要么敬而远之，要么予以曲解。但神话和传说，毕竟是我们祖先生活踪迹的一种反映，是民族"历史"的一部分，所以史官、史著不可能回避。以《史记》为代表的史传收录神话传说的材料，既是对历史的尊重，也是对自己叙述的补充和丰富。尽管后世有人对这些口传"历史"的真实性、可靠性提出质疑，但经过千百年世代相传，这些口传历史的内容大部分已经融入了国人的骨髓，成为民族的集体意识。

一方面，不忘本根，是人类区别于野兽的美德和本性之一，所以一般人都有寻根问祖、追本溯源的心理。由于客观的原因，我们祖先的许多活动、事迹并未能很好地保存下来，只有一鳞半爪保留在口耳相传的神话传说之中，这对于很多的人来说，不能不说是一种遗憾。因此，通过载录早期的神话传说，对先人那些没有被记载的或者残缺的生活内容，尽可能做一些必要的补足，可以在很大程度上满足人们的这种心理，令无数人在心灵上获得慰藉。另一方面，通过对口传"历史"与现实历史的整合，也可以使我们民族的历史更趋完整、更显悠久和厚重，从而增强民族的自豪感、自信心和凝聚力。可以说，先唐史传在这方面做了大量的工作，贡献巨大。

（二）为史传注入生气和活力

历史都是陈年旧事，越是往前的历史，就越是如此。先唐史传所叙述的都是尘封数千年的往事，但在这些陈年旧事的叙述当中，并不显得枯燥和沉闷，这与添加了神话传说的内容很有关系。

神话传说在民间长久流传，经过了历代的千锤百炼，不断加工、完善，新鲜活泼，趣味盎然，脍炙人口，无论是内容还是形式，都为人们所喜闻乐见，有些甚至到了家喻户晓、老少皆知的地步。如前述各种神话的投影、《史记》中的五帝三王神话，关于刘邦、韩信、张良等人的传说，以及《汉书》《后汉书》中的方术故事，都很有生活气息和文学意味。由于史传收入了这些内容，给史事的叙述注入了生气和活力，令枯燥、沉闷的史事具体而细腻，血肉丰满而有生机，变得多姿多彩，活泼可爱，增强了史书的魅力和可读性。如果没有这些内容，史传必将是僵硬和干瘪的，那样，无论是史学的价值，还是文学的价值，显然都要大打折扣。

（三）使史传充满想象和浪漫特色

神话传说都以虚构和想象的成分为主，都具有虚幻色彩、浪漫精神，加入了这些内容，也使得史传虚实相间，真幻难辨，充满浪漫情调。神话传说故事想象丰富、奇特，其神奇诡谲的故事情节，瑰丽多姿、兼具神话和历史双重特质的人物形象，让人充满好奇和遐想。虚幻的神话传说进入史传，被史家做了现实化、历史化的处理之后，虚幻与真实、口传的内容与现实的内容有机地统一，不仅大大扩展了历史叙事的空间，而且使之充满想象和浪漫气息。后世文学创作无论是思想内容还是艺术形式都从史传中汲取甚多，史传的这一浪漫特色，也深刻影响了后世的文学创作。

第三节　史传与寓言

一　寓言概说

除了谣谚、神话和传说之外，史传著作中也保存了大量的寓言故事。

"寓言"一词，最早见于《庄子》，其《寓言》篇云："寓言十九，藉外论之。"《天下》篇亦云："以天下为沉浊，不可与庄语，以卮言为曼衍，以重言为真，以寓言为广。"庄子所说的寓言，与我们今天所说的寓言含义不尽相同，但亦可看作寓言中的一个种类。

先秦两汉寓言是民间故事中的一个重要种类，它是由民众集体创作并流传的带有明显教训意义的短小故事，是民众智慧、经验和知识的结晶。它的特点是篇幅短小，文字经济，富有哲理，说理含蓄委婉，形象生动，往往截取生活的一个片段或截面、故事主人公的几个简单动作或几句话，来进行形象化、通俗化的寓意说理。《佛本生经》中有云："如阿伽陀药，树叶而裹之，取药涂毒竟，树叶还弃之，戏笑如叶裹，实义在其中。"以故事为胶囊，将药材裹在其中，让人不太艰难、痛苦地服下去，以达到治病的目的，这个比喻很贴切地道出了寓言的本质和特征。

神话产生在远古的原始社会，现有的材料表明，寓言的产生要比神话晚很多。如果说，神话是人类童年的作品，那么，寓言则是人类进入较高级的阶段，对社会的认识逐步深化，是非观念、价值观念和道德伦理观念比较成熟以后才产生的。寓言主要反映的不再是人同自然的斗争，而是人类社会中的矛盾，即人与人的冲突和斗争；它不再是对自然界的不自觉的艺术加工，而是对社会的种种现象、形态的自觉加工。公元前七八世纪，在古希腊、古印度才创作出寓言文学。

至于中国什么时候产生了寓言，比较有代表性的说法有三种：一是陈蒲清的公元前 6 世纪说（姑且称"《左传》时代说"）[①]；二是朱俊芳、严北溟的公元前 11 世纪说（姑且称"《周易》时代说"）[②]；三是白本松的公元前 13 世纪说（姑且称"《尚书》时代说"）[③]。比较而言，陈蒲清的观点更符合寓言发展的实际，笔者比较认同，也就是说，中国真正的寓言文学应该是从《左传》所载的寓言故事算起，亦即是从春秋时代算起。事实上，从《左传》的寓言开始，我国的寓言才具有文学的意味，符合寓言以故事寄寓思想、形象化议论说理的特征，之前的《周易》《尚书》中的一些具有寓言性质的文字，只能说是其有寓言的意味，或者是萌芽状态的寓言。这么说来，中国寓言出现的时代，也与古希腊、古印度相近。

春秋时代寓言兴起，战国时代进入它的繁盛时期，在《左传》《国语》《战国策》等史传散文和《孟子》《庄子》《韩非子》等诸子散文当中，寓言故事都屡见不鲜。甚者如《庄子》，就曾自称"寓言十九"，几乎通篇都是寓言，司马迁也说庄子"著书十余万言，大抵率寓言也"（《史记·老子韩非列传》）。虽然《庄子》寓言的含义、功能与一般的寓言有所不同，但两者性质、手法相近，使用的数量多，却

---

① 参见陈蒲清《中国古代寓言选》，湖南教育出版社 1983 年版，第 7 页。
② 参见朱俊芳《说〈周易〉寓言》，《沈阳师范学院学报》1982 年第 4 期；参见严北溟《中国古代寓言故事选》，上海人民出版社 1980 年版，第 6 页。
③ 白本松：《试论中国寓言的产生及其早期的发展》，《河南师范大学学报》（社会科学版）1983 年第 2 期。

是不争的事实。

　　春秋、战国时期寓言的创作（使用）如此之多，大抵有以下几个方面的原因：

　　（1）游说诸侯、驰骋思辨的需要。春秋、战国时期，是一个社会大变革、大动荡的历史阶段，新兴地主阶级与奴隶主阶级之间的矛盾、各诸侯国之间的矛盾错综复杂，冲突异常激烈，"士"阶层适时而生。当时的"士"，大体上可分为四种类型，一是学士，如儒、墨、道、法各派的思想家，他们有着不同的社会理想和学术主张，思想异常活跃，是不同利益集团的代言人，百家争鸣的主力军；二是策士，即所谓的纵横家、说客，这些人长于辩论，洞达事务，但朝秦暮楚，多谋善变；三是方士或术士；四是有些许小技艺巧术的食客，即王安石所称的"鸡鸣狗盗之徒"（《读孟尝君传》）。

　　学士、纵横家和说客们为宣传、推销自己的主张，实现政治目的，常常需要互相辩论，游说诸侯或达官贵人，以求得到赏识、重用，因此很重视语言技巧的研究和运用，在游说、论辩的过程中，需要驰骋思辨，大量使用比喻、夸张、排比、映衬等修辞手段。而寓言具有言简意赅、说理透彻精辟、使用方便的特点，故此成为他们的语言利器而常常被使用。唐人刘知几云："战国虎争，驰说云涌。人持弄丸之辩，家挟飞钳之术。剧谈者以谲诳为宗，利口者以寓言为主。"（《史通·言语》）即此之谓也。由此可见，寓言的兴起与"士"阶层特别是学士、策士的崛起和活动有很大的关联。这就是《孟子》《庄子》《韩非子》等诸子文章，及以记载纵横家言行为主要内容的《战国策》（又称《纵横家书》）寓言特别多的原因。

　　（2）君主凶残——迂回进言、委婉避祸的需要。无论是新兴的地主阶级，还是垂死的奴隶主阶级，当中都不乏极其凶残、暴戾之辈。卞和献璧而被两次截腿、孙膑被处以膑刑（挖膝盖骨）、商鞅和苏秦被五马分尸，便是明证。为了避免冒犯和惹怒君主或达官贵人，招来横祸，士人必须在言谈中小心谨慎，注意方式方法，斟酌内容和措辞，迂回进言，委婉避祸。这就是像前面所说的，把"苦药"用胶囊包裹起来，让吃药的人不觉得太过痛苦、太过难受，那样就不至于反应过激。寓言不仅说理含蓄委婉，而且故事风趣诙谐，使气氛、心情变得轻松，这些特点正适合士人进言的处境和需要，因此很受士人们的青睐。用一个故事作为药囊，包裹着一个道理、一种意见呈送给君主或达官贵人，对方能欣然接受，"药到病除"是最好的结果，即使对方不接受，或达不到期望的"疗效"，献药者一般也都能全身而退，不惹来麻烦。

（3）"君德浅薄"，君臣愚蠢——说理形象浅显、易于接受的需要。春秋、战国时代，贵族出身的统治集团逐渐走向没落，君主、大臣大多都是因为世袭或裙带关系而获得权力、地位，不仅品德低下，文化水平也不高，有真才实学者不多，而平庸、愚蠢者却比比皆是。例如被毛泽东公开称为"蠢猪式"（见《论持久战》）的宋襄公，玩物（鹤）丧志的卫懿公，荒淫无道、从高台上以弹弓射人取乐的晋灵公等，都是历史上著名的既顽固又愚不可及的君主。面对这些愚蠢的君主及达官贵人，跟他们讲复杂、深奥、抽象的道理无异于对牛弹琴。游士为了说服他们，不仅要引譬设喻，而且还要特别浅显、通俗、形象，才能使他们容易明白、接受。这样一来，以形象化、通俗化、浅显化的寓言来游说诸侯、辅助言事说理，便是游士们必不可少的手段，否则，便会事倍功半甚至无功而还。

以上几点原因，促使士人们广泛收集、学习民间寓言，以备不时之需，这样，大量的寓言便进入了士人的言论、文章当中，也有相当部分随着政治、外交活动史事的记载，进入了各种史传，成了史传的一道风景。

二　史传中的寓言

先唐史传中，寓言收录最多的是《战国策》，除此之外，《左传》《史记》和《汉书》等，也收录了数量不等的寓言。《战国策》中的寓言后面单独讨论，此处先看一下其他史传收录寓言的情况。

（一）《左传》中的寓言

我国古代真正的寓言以《左传》的寓言为起点。据不完全统计，《左传》中收录的寓言达二十多则。仇春霖主编的《古代中国寓言大系》（山西教育出版社 1994 年版）可谓目前国内规模最大的寓言集，单是该书从《左传》中选辑的寓言就有 19 则。

《左传》中最著名的寓言是"宣公十五年"（前594）中的"魏颗嫁父妾"和"昭公二十二年"（前520）中的"雄鸡断尾"两篇。

"魏颗嫁父妾"：

> 初，魏武子有嬖妾，无子。武子疾，命颗曰："必嫁是。"疾病则曰："必以为殉。"及卒，颗嫁之，曰："疾病则乱，吾从其治也。"及辅氏之役，颗见老人结草以亢杜回，杜回踬而颠，故获之。夜梦之曰："余，而所嫁妇人之父也。尔用先人之治命，余是以报。"①

"魏颗嫁父妾"被认为是中国最早的寓言。② 魏武子病重，头脑尚清醒时命儿子魏颗准许爱妾再嫁，糊涂以后又让爱妾为他殉葬。魏颗从"治命"而不从"乱命"，在辅氏之役中，该爱妾亡父的鬼魂帮助他俘获了秦国的力士杜回，从而取得了胜利。这则故事的寓意是，懂得分辨是非对错，不盲从，自然会有好的回报。

"雄鸡断尾"：

> 宾孟适郊，见雄鸡自断其尾。问之，侍者曰："自惮其牺也。"遂归告王，且曰："鸡其惮为人用乎？人异于是。牺者，实用人，人牺实难，己牺何害？"王弗应。③

---

① （清）洪亮吉：《春秋左传诂》，李解民点校，中华书局 1987 年版，第 430 页。
② 参见陈蒲清《中国古代寓言史》，湖南教育出版社 1983 年版，第 7 页。
③ （清）洪亮吉：《春秋左传诂》，李解民点校，中华书局 1987 年版，第 754 页。

这则寓言的背景是：周景王的太子死了，为再立太子之事，景王颇为踌躇。按次序应立子猛，按宠爱应立子朝。子朝的老师宾孟为帮子朝登上太子之位，煞费苦心。某日，宾孟在郊外见公鸡自断其尾，大为不解。养鸡人告诉他，这是公鸡怕自己的尾巴长得好看，有被杀当作祭品的危险（于是便有了自断其尾的举动）。宾孟由此受到启发，赶快回来劝说景王应像公鸡自断尾巴一样，当机立断，尽快立子朝为太子，否则子朝会成为别人的祭品，或者因害怕成为祭品而自暴自弃。"雄鸡断尾"后来指因害怕被别人杀害而自残的行为，是后世颇为人熟知的一个成语。

这两则寓言当中或许有虚构的内容，其实都是历史故事，是历史叙述的有机组成部分，这与《战国策》及《孟子》《韩非子》等战国寓言有明显的不同。战国时期的寓言多在士人策士的言论当中出现，作为一个信手拈来的独立片段插入叙事或说理之中，外加的痕迹比较明显，具有较强的相对独立性。由上可见，《左传》的寓言并未独立于史事之外，而是与史事合为一体，而且寓言故事的指向性、针对性也不及战国寓言那样清晰、明确，这些都反映出春秋时期，寓言在起步阶段的特点。

（二）《史记》《汉书》《后汉书》等书中的寓言

在先秦寓言的比照下，两汉的寓言显得数量少，也不如先秦寓言那样丰富多彩、生动活泼。原因是汉承秦制，实行了高度的中央集权，在文化上实行"罢黜百家，独尊儒术"的政策，政治上的争鸣和学术上的论辩都很少，缺乏春秋战国那样活跃、自由的学术氛围和条件，作为论辩说理武器的寓言自然就较少机会派上用场。

两汉的寓言主要集中在刘向所辑的历史故事集《说苑》《新序》及陆贾的《新语》、贾谊的《新书》、刘安的《淮南子》等一些理论著作中，史传著作《史记》《汉书》及其他一些杂史，也收有一些寓言。这些史传中的寓言主要以两种方式存在：一是作为历史叙事的片段——当中的一些情节具有寓言的性质、意味；二是作为引证的依据或例证。

前一种类型的寓言在史传中数量不算太多，"夜郎自大"一则在后世最为著名：

> 滇王与汉使言："汉孰与我大？"乃夜郎侯亦然。各自以一州王，不知汉广大。

（《汉书·西南夷传》）①

"夜郎自大"在后世可说是一个家喻户晓的故事，与《庄子》中的"井底之蛙"（《秋水》篇）可谓异曲同工，都讽刺人见识狭窄但又狂妄自大。两寓言在后世都演变为成语，在日常生活中使用的频率非常高。

作为引证的依据或例证的后一种类型寓言，多在人们的言论当中被引用，只是两汉直接进行思想论辩、学术交流的场面较少，所以除了《史记》因记载先秦史事而有一些即席引述的寓言故事之外，其余多在时人的奏疏或书信之中。这种情况与前面史传引用谚语的情况相似。"持狭欲奢""卞庄子刺虎""曲突徙薪"和"白头豕"等作品，是这一类寓言中的名篇。

"持狭欲奢"：

> 威王八年，楚大发兵加齐。齐王使淳于髡之赵请救兵，赍金百斤，车马十驷。淳于髡仰天大笑，冠缨索绝。王曰："先生少之乎？"髡曰："何敢！"王曰："笑岂有说乎？"髡曰："今者臣从东方来，见道旁有禳田者，操一豚蹄，酒一盂，祝曰：'瓯窭满篝，污邪满车，五谷蕃熟，穰穰满家。'臣见其所持者狭而所欲者奢，故笑之。"于是齐威王乃益赍黄金千镒，白璧十双，车马百驷。髡辞而行，至赵。赵王与之精兵十万，革车千乘。楚闻之，夜引兵而去。

（《史记·滑稽列传》）②

---

①　（汉）班固：《汉书》，中华书局 2007 年版，第 952 页。

②　（汉）司马迁：《史记》，中华书局 1959 年版，第 3198 页。

　　"持狭欲奢"的寓言是想说明"所持"和"所欲",即付出与回报要相当的道理:楚国进攻齐国,齐威王用很少一点礼物让淳于髡去赵国求救兵,于是淳于髡便讲了一个故事——一个农夫用一只猪蹄和一碗酒,祈求神灵赐他满屋的粮食。故事嘲笑齐威王付出的东西那么少,但企求得到的竟那么多。

　　"卞庄子刺虎":

　　　　韩、魏相攻,期年不解,秦惠王欲救之,问于左右。左右或曰救之便,或曰勿救便,惠王未能为之决。……陈轸对曰:"亦尝有以夫卞庄子刺虎闻于王者乎?卞庄子欲刺虎,馆竖子止之,曰:'两虎方且食牛,食甘必争,争则必斗,斗则大者伤,小者死。从伤而刺之,一举必有双虎之名。'卞庄子以为然,立须之。有顷,两虎果斗,大者伤,小者死。庄子从伤者而刺之,一举果有双虎之功。今韩、魏相攻,期年不解,是则大国伤,小国亡。从伤而伐之,一举必有两实。此犹庄子刺虎之类也。"

　　　　　　　　　　　　　　　　　　　　　　　　(《史记·张仪列传》)[1]

　　战国时韩、魏相攻,陈轸引卞庄子刺虎的故事,游说秦惠王坐山观虎斗,先待韩、魏交战,乘其两败俱伤时进兵,坐收渔人之利。后以"刺虎"为一举两得之典实。该寓言亦见《战国策·秦策二》,文字与此略有不同,韩、魏相攻也作齐、楚之战:

　　　　有两虎争,人而斗者。管庄子将刺之,管与止之曰:"虎者,戾虫;人者,甘饵也。今两虎争人而斗,小者必死,大者必伤。子待伤虎而刺之,则是一举而兼两虎也。无刺一虎之劳,而有刺两虎之名。"齐楚今战,战必败,败,王起兵救之,有救齐之利,而无伐楚之害。[2]

---

①　(汉)司马迁:《史记》,中华书局1959年版,第2301—2302页。
②　(汉)刘向集录:《战国策》,上海古籍出版社1985年版,第140页。

《汉书》中的"曲突徙薪"也是一个广为流传的寓言。汉宣帝时，权臣霍光家族的势力很大，气焰太盛，骄奢无两，茂陵徐福上书宣帝，希望他加以节制，以免霍家肆无忌惮，在歧路上越走越远而踏上不归路。后来，霍光的子孙果然谋反被诛，许多告发的人都得到了重赏，但最初上书宣帝提请管束霍光家族的徐福却没得到任何奖赏。于是有人上书宣帝讲了这个故事，为徐福请赏：

> 初，霍氏奢侈，茂陵徐生曰："霍氏必亡。夫奢则不逊，不逊必侮上。侮上者，逆道也。在人之右，必众害之。霍氏秉权日久，害之者多矣。天下害之，而又行以逆道，不亡何待！"乃上疏言："霍氏泰盛，陛下即爱厚之，宜以时抑制，无使至亡。"书三上，辄报闻。其后霍氏诛灭，而告霍氏者皆封。人为徐生上书曰："臣闻客有过主人者，见其灶直突，旁有积薪。客谓主人：'更为曲突，远徙其薪；不者且有火患。'主人嘿然不应。俄而家果失火，邻里共救之，幸而得息。于是杀牛置酒，谢其邻人，灼烂者在于上行，余各以功次坐，而不录言曲突者。人谓主人曰：'向使听客之言，不费牛酒，终亡火患。今论功而请宾，曲突徙薪亡恩泽，焦头烂额为上客耶？'主人乃寤而请之。今茂陵徐福数上书言霍氏且有变，宜防绝之。乡使弗说得行，则国亡裂土出爵之费，臣亡逆乱诛灭之败。往事既已，而福独不蒙其功，惟陛下察之，贵徙薪曲突之策，使居焦发灼烂之右。"上乃赐福帛十四，后以为郎。

（《汉书·霍光传》）①

有客人对主人说，你家直的烟囱要改成弯曲的，且要把柴草搬开，否则将会有火灾。主人不信，不久果然发生了火灾。众邻里帮他扑灭了火，他杀牛设宴答谢众邻里，唯独忘了请那个告诫他防范火灾

---

① （汉）班固：《汉书》，中华书局 2007 年版，第 683 页。

的客人。引用者以这个寓言故事类比宣帝对于霍氏事件始末的错误行为，针对性很强，也很贴切，显然也被宣帝欣然接受。

《后汉书》中的"白头豕"，说辽东有头猪生了个白猪崽，主人以为奇异而珍贵，准备当宝贝献给皇上，谁知一到河东，见到白猪到处都是，羞愧不已：

> 往时，辽东有豕，生子白头，异而献之。行至河东，见群豕皆白，怀惭而还。
>
> （《后汉书·朱浮传》）[1]

该寓言故事是东汉大将军、幽州牧朱浮给渔阳太守彭宠的书信中所引用。彭宠自恃有功于朝廷，拥兵自重，"不从其令"，"又受货贿，杀害友人，多聚兵谷，意计难量"，最后竟然举兵进攻朱浮，朱浮以书信斥责之。对于彭宠的自以为是，朱浮直言不讳地指出，于朝廷而言，他只不过像辽东满地走的白头猪，并不像他自以为的那么稀奇和了不得："若以子之功论于朝廷，则以为辽东豕也。……奈何以区区渔阳而结怨天子？此犹河滨之人捧土以塞孟津，多见其不知量也！"彭宠一意孤行，果然自败。朱浮以白头猪喻彭宠，本意是嘲讽"猪"的自以为是，但今人多以其嘲讽猪主人见识贫乏，少见多怪，解读有了变化。

上述史传中的第一种寓言，与《左传》中的寓言近似，保留着春秋时代早期寓言的特征和状态；而第二种寓言，则沿袭了战国寓言的品格，是一种比较成熟、定型的寓言。相对成熟的作品居多，且成为史传中寓言的主流，反映出寓言发展和进步的轨迹。

三 《战国策》中的寓言

《战国策》主要通过记载谋臣策士、说客游士的言行，来反映战国时期的历史。战国时代诸侯割据，列国纷争，学术环境较为宽松，

---

[1] （南朝·宋）范晔：《后汉书》，中华书局 2007 年版，第 337 页。

为士人提供了很多自由言说、互相论辩的机会，在言谈中使用寓言来喻事说理的现象很普遍，因此，《战国策》《孟子》《韩非子》等反映战国历史、思想的著作，出现寓言较多便是很自然的事。

《战国策》的寓言不仅数量多，而且丰富多彩。据研究者统计，全书除去重复的篇目之外，共有寓言70则。在《战国策》的11策中，寓言数量最多的是《秦策》，计有13则；其余的分布为：《楚策》《魏策》各有11则；《齐策》《赵策》《燕策》各9则；《韩策》4则；《宋策》《卫策》各3则；《西周策》《中山策》各2则；《东周策》1则。[1]

按故事的性质和功能划分，《战国策》的寓言有以下几种类型。

(一) 讽刺寓言

讽刺性寓言，是对社会上的某种不良的人或事，直接进行辛辣的讽刺，从而达到批判、否定的目的。

如《楚策一》中的"狐假虎威"：

> 荆宣王问群臣曰："吾闻北方之畏昭奚恤也，果诚何如？"群臣莫对。江一对曰："虎求百兽而食之，得狐。狐曰：'子无敢食我也。天帝使我长百兽，今子食我，是逆天帝命也。子以我为不信，吾为子先行，子随我后，观百兽之见我而敢不走乎？'虎以为然，故遂与之行。兽见之皆走，虎不知兽畏己而走也，以为畏狐也。今王之地方五千里，带甲百万，而专属之于昭奚恤；故北方之畏昭奚恤也，其实畏王之甲兵也，犹百兽之畏虎也。"[2]

狡猾的狐狸先是欺骗了老虎，继而借助老虎的淫威，吓跑了山中的百兽，老虎竟然真的相信狐狸是天帝派来的"百兽之王"而不敢吃它。江一（又作江乙）素来与昭奚恤不和，借这个寓言故事讽刺昭奚

---

① 参见熊宪光《〈战国策〉研究与选译》，重庆出版社1988年版。

② （汉）刘向集录：《战国策》，上海古籍出版社1985年版，第482页。

恤专权，依恃楚宣王的权威来沽名钓誉，作威作福，说明诸侯之所以害怕昭奚恤，是因为他背后有楚王的强大力量。这个寓言故事后来引申成为一个成语，讽刺豪奴恶少倚仗主子、亲属的权势欺凌别人的丑恶行径。

下面一则"恶狗"同样出自《楚策一》：

> 江乙恶昭奚恤，谓楚王曰："人有以其狗为有执而爱之。其狗尝溺井，其邻人见狗之溺井也，欲入言之。狗恶之，当门而噬之。邻人惮之，遂不得入言。邯郸之难，楚进兵大梁，取矣。昭奚恤取魏之宝器，以居魏知之，故昭奚恤常恶臣之见王。"①

江乙嫉恨昭奚恤阻止他见楚王，认为对方心里有鬼，即曾经接受过魏国的贿赂——"取魏之宝器"，出卖楚国的国家利益——怕被人揭发。于是给楚王讲了一条恶狗堵门，不让邻居揭发它做坏事的寓言。"昭奚恤取魏之宝器"一事虽然难辨真假，但后人确实把那些把持朝政、蒙蔽君主的权臣、佞臣，都比作这一类堵门吠人的恶狗。

其他如"画蛇添足"（《齐策三》）、"宋某氏子"（《魏策三》）等，都是讽刺性寓言中的名篇，在后世非常著名。

（二）劝诫寓言

劝谏性寓言通常用一个类比的故事，来劝阻他人取消、停止某种不智、不当的行动。

如《燕策二》中"鹬蚌相持"就是一个非常著名的寓言：

> 赵且伐燕，苏代为燕谓惠王曰："今者臣来，过易水，蚌方出曝，而鹬啄其肉，蚌合而拑其喙。鹬曰：'今日不雨，明日不雨，即有死蚌。'蚌亦谓鹬曰：'今日不出，明日不出，即有死鹬。'两者不肯相舍，渔者得而并禽之。今赵且伐燕，燕赵久相

---

① （汉）刘向集录：《战国策》，上海古籍出版社1985年版，第486页。

支，以弊大众，臣恐强秦之为渔父也。故愿王之熟计之也。"惠
王曰："善。"乃止。①

苏代为苏秦之弟，齐湣王末年游说于燕、齐两国之间，曾劝说燕
昭王联秦伐齐。寓言说一只蚌张开两壳晒太阳，鹬鸟飞来啄食它的
肉，蚌急忙并起两壳，紧紧夹住鹬鸟的长嘴，两者相持不下，最后被
老渔夫一起并获。赵国欲攻打燕国，苏代以这个故事劝阻惠王，认为
赵伐燕，结果将是燕、赵两败俱伤，而被第三者秦国坐收其利。惠王
也欣然接受了他的意见，取消了伐燕的计划。这个寓言故事，就是成
语"鹬蚌相争，渔翁得利"的出处。故事告诫人们，在错综复杂的矛
盾斗争中，要警惕共同的敌人，不要因自相争执，让第三者坐收渔
利。讲述者让鹬和蚌互相纠缠而且对骂，双方都不顾后果，最终同归
于尽。这种拟人化的手法，形象、生动、有趣，经验教训也深刻警
醒、耐人寻味。

《战国策》中有用寓言"一理多说"的现象。所谓"一理多说"，
就是同一个道理会在不同的地方、有多个不同的寓言故事来述说，这
些故事的基本内容、情节都不相同，但表达的思想、阐述的道理却一
样。与此篇"鹬蚌相持"思想、道理相类，但具体故事内容不同的寓
言作品也见于其他篇目，就是一个突出例子。

如《齐策三》"犬兔相逐"：

齐欲伐魏，淳于髡谓齐王曰："韩子卢者，天下之疾犬也；
东郭逡者，海内之狡兔也。韩子卢逐东郭逡，环山者三，腾山者
五，兔极于前，犬废于后，犬兔俱罢，各死其处。田父见之，无
劳倦之苦，而擅其功。今齐魏久持，以顿其兵，弊其众，臣恐强
秦大楚承其后，有田父之功。"齐王惧，谢将休士也。②

① （汉）刘向集录：《战国策》，上海古籍出版社1985年版，第1115页。
② 同上书，第390页。

又如《赵策一》"禽兽相斗":

> （陈轸）谓赵王曰："三晋合而秦弱，三晋离而秦强，此天下之所明也。秦之有燕而伐赵，有赵而伐燕；有梁而伐赵，有赵而伐梁；有楚而伐韩，有韩而伐楚；此天下之所明见也。然山东不能易其路，兵弱也。弱而不能相壹，是何楚之知，山东之愚也？是臣所为山东之忧也。虎将即禽，禽不知虎之即己也，而相斗，两罢而归其死于虎。故使禽知虎之即己，决不相斗矣。今山东之主，不知秦之即己也，而尚相斗，两敝而归其国于秦，知不如禽远矣。愿王熟虑之也。"①

这两个寓言所要讲的道理都和"鹬蚌相持"一样，但两败俱伤的双方一为犬和兔，另一为禽和禽；而坐收渔利者，一为田父，另一为老虎。这几个寓言故事都是从一般动物的竞争中，抽象出可供人类借鉴的深刻经验教训，非常形象和生动，又非常警醒。当然，后两个作品的讲述者仅仅指出一种现象，并未将寓言主人公进一步人格化，情节具体化，在思想上、艺术上都比"鹬蚌相持"逊色许多，所以远没有"鹬蚌相持"那样流传广泛，影响深远。这种"一理多说"的现象，反映出民间智慧的趋同性、寓言创作的多样性和士人采择寓言的多渠道性，这也是战国时代寓言兴盛的一种表现。

（三）说理性寓言

说理性寓言的主要用意并非批评、讽刺和嘲讽，而着重于正面说理，以一个简单故事寄寓某一种深刻道理。方法往往是以小见大，以此喻彼，以近喻远，发人深省。

《战国策》中的说理性寓言很多，如《燕策一》"忠信者得罪"：

> 臣邻家有远为吏者，其妻私人。其夫且归，其私之者忧之。

---

① （汉）刘向集录：《战国策》，上海古籍出版社1985年版，第628—629页。

其妻曰："公勿忧也，吾已为药酒以待之矣。"后二日，夫至。妻使妾奉卮酒进之。妾知其药酒也，进之则杀主父，言之则逐主母，乃阳僵弃酒。主父大怒而笞之。故妾一僵而弃酒，上以活主父，下以存主母也。忠至于此，然不免于笞，此以忠信得罪者也。[1]

有人在燕易王面前诋毁苏秦，说他是一个不忠不信之人，告诫燕易王疏远之。苏秦为燕王讲此故事，虽然目的是为自己辩护，但也说明这样一个道理：有些事情的真相往往被假象掩盖，忠者获罪，信者见疑，一时是非难辨，好人反被误会而遭殃。

又如《秦策一》"楚人两妻"：

楚人有两妻者，人诜其长者，长者詈之；诜其少者，少者报之。居无几何，有两妻者死。客谓诜者曰："汝取长者乎？少者乎？"曰："取长者。"客曰："长者詈汝，少者报汝，汝何为取长者？"曰："居彼人之所，则欲其报我也；为我妻，则欲其为我詈人也。"[2]

陈珍讲这个故事是为了证明自己对秦国忠诚，对楚国无私，但它包含了两层意思：一是不忠诚的人是不会得到别人信任的，顶多是被人利用，利用完了就弃如敝屣；二是一个人身份、环境改变，他的观点和立场往往也会随之变化。故事把两个道理都讲得很深刻，也颇有戏剧性。

齐国孟尝君打算到秦国去做官，数千人劝阻都不听从，苏秦就给他讲了一个"土偶与桃梗"的寓言故事：

有土偶人与桃梗相与语。桃梗谓土偶人曰："子，西岸之土也，挺子以为人。至岁八月，降雨下，淄水至，则汝残矣！"土

---

① （汉）刘向集录：《战国策》，上海古籍出版社1985年版，第1049页。
② 同上书，第129页。

偶曰："不然！吾西岸之土也，残则复西岸耳。今子东国之桃梗
也，刻削子以为人。降雨下，淄水至，流子而去，则子漂漂者将
何如耳？"

（《齐策三》）①

　　故事通过泥人与木偶的对话构成。木偶认为对方不过是一团泥巴
捏成的，一遇水浸，便立刻变回原形，成为一摊烂泥。而泥人说，我
即使变成一摊烂泥，那也是回归我原来的处所。你不是树根而是树
枝，狂风骤雨袭来，你就会被冲下漳河，流入大海，漂泊起来没有归
宿。孟尝君离开齐国到一个遥远的国度去，犹如寓言中的桃梗离开了
本土，失去了本根，那必将会成为一个没有根基、无所依归的人，前
景着实令人担忧。苏秦就是用这则寓言，令孟尝君放弃了入秦的想
法。按现代社会的观念，离开本土出去闯荡，未尝不是一件好事，但
古代社会离乡背井，确实有许多难处，也有许多不确定的因素，无怪
乎民间有"在家千日好，出门半朝难"的说法。

　　《战国策》中的士人使用寓言故事，又有"一事多用"的现象。
所谓"一事多用"，就是相同（或类似）的一个寓言故事，在不同的
场合被多次引用。比如《齐策三》中苏秦所讲的这个"土偶与桃梗"
的寓言，在《赵策一》中苏秦也用来游说李兑：

　　　　土偶与木梗斗曰："汝不如我，我者乃土也，使我逢疾风淋
　　雨，坏沮，乃复归途。今汝非木之根，则木之枝耳。汝逢疾风淋
　　雨，漂入漳河，东流至海，泛滥无所止。"②

　　这次苏秦游说李兑并不算成功，虽然李兑给了他一笔钱，但并不
接受他的意见和主张，更未能在政治上重用他，这是战国纵横家游说
诸侯屡遭挫折的一种真实写照，也表明寓言并非能"包治百病"，屡

---

① （汉）刘向集录：《战国策》，上海古籍出版社 1985 年版，第 374 页。
② 同上书，第 603 页。

· 104 ·

试不爽。此前，李兑并不愿见苏秦："先生以鬼言见我则可，若以人之事，兑尽知之矣。"苏秦曰："臣固以鬼之言见君，非以人之言也。"苏秦讲这两个"鬼"的故事，其实仅是作为求见李兑的噱头，与其游说李兑的主题并非紧密关联。因此，这个寓言用则是用了，苏秦也达到了他的目的，但并未讲出什么深刻道理来，从言事说理的层面上来说，作用并不明显。寓言故事"一事多用"的现象，一方面固然表明寓言适用的广泛性，但另一方面也不得不承认苏秦有点"江郎才尽"的事实，这多多少少反映了战国纵横家的困境。

四　史传中寓言的价值

（一）历史和文化价值

除了个别由史实演化而来的作品之外，史传中的寓言大部分是虚构的。这些本来不是史实的寓言故事，经过历史人物的讲述并由史传的记载而成为"历史"——这可以说是历史的副产品，一种"亚历史"。如果说历史是一条长河，那么这些插入的寓言就是外加、漂流在一江春水上面的一片片落叶，它们虽然不是历史长河的主流，不构成历史大厦的主体内容，但透过这些寓言故事及其依附的言论、文章，可以窥见历史的一鳞半爪，探求历史事件的蛛丝马迹，了解历史人物（引述者）的精神状态和心理诉求，感受不同历史时期的时代风云。因此，史传中的寓言，有其独特的历史价值，不可忽视。

相比于历史价值，史传中寓言的文化价值更加突出和厚重。春秋战国是中国历史文化的"轴心时代"①，这个时期是华夏文明取得重大突破、国人"人文觉醒"的时期，出现了孔子、老子、墨子、孟子、庄子、荀子等一大批哲学家、思想家和精神导师，他们的学说奠定了

---

① 德国哲学家雅斯贝尔斯把公元前800年至公元前200年这段时间，称为人类文明的"轴心时代"（《历史的起源与目标》），这个时期"人类的精神基础同时或独立地在中国、印度、波斯、巴勒斯坦和古希腊开始奠定，而且直到今天，人类仍然附着在这种基础之上"。各个文明都出现了伟大的精神导师，如古希腊的苏格拉底、柏拉图，印度的释迦牟尼，中国的孔子、老子等。

中国文化的基本品格，思想、智慧惠泽华夏大地千百年。先秦诸子著作中的寓言也是哲学家、思想家思想、智慧的一部分，有着很高的文化价值。史传（特别是《战国策》）中的寓言，多出自纵横家之口，纵横家们自身的素养和所处的环境，使得他们不可能像哲学家那样过多地进行抽象的思辨，表现出哲学家般的深邃和远见，因而所用寓言不如诸子那样寓意深厚，对社会、人生没有那么深入、理性的哲学层面的思考。但纵横家们用生动有趣、通俗形象的故事喻事明理，大多能够折服别人，解决不少现实问题，这些都给后人提供许多洞明世事、认清方向、解决困惑的社会经验和思想方法，也闪烁着思想和智慧的光辉。

比如说"魏颗嫁父妾"的寓言，教会人们要懂得尊重生命，学会判断是非曲直和不盲从；"卞庄子刺虎"教人如何坐观虎斗，静候两败俱伤，伺机出手，一举两得；"曲突徙薪"既告诫人们要防患于未然，又要感激曾经对你好言相劝的好心人；"鹬蚌相持""犬兔相逐""禽兽相斗"等寓言，提醒人们要认清谁是自己最危险的敌人，千万不要有意气用事、两相争斗，被第三者坐收渔利的愚蠢举动；"楚人两妻"告诉人们，忠诚、本分才会被人真正赏识；再就是一个人的观点立场往往是由其自身的利益来决定的，思想观念会随着身份、环境的变化而变化，决不能以一成不变的眼光去看人；"土偶与桃梗"的寓言则让人明白，立足根本才能使人有所依托，更好地施展你的才能和抱负等。这些寓言作品当中，固然不乏庸俗政治学、庸俗伦理学的成分，但教人在纷乱的世界当中，如何认识社会和自我，把握时代脉搏和历史机遇；如何判别利害、是非、得失，从而世事洞明，人情练达，在风云变幻当中立于不败之地，对后人无疑有许多启发，都很有参考和借鉴的价值。

（二）文学价值

寓言有道理简易化、思想形象化的特点。一般情况下，寓言都有一个极其精练但构思巧妙的故事情节，有一个或几个生动活泼、个性鲜明的人物形象。即使是异类的主人公，如飞禽、走兽、虫鱼、土偶、木梗等，也都将其拟人化，赋予人的思想感情和行为，使之活灵活现、惟妙惟肖。如"狐假虎威"中，狐狸的狡猾与善变，老虎的威猛与鲁莽；"鹬蚌相持"中，鹬和蚌的愚昧和固执，互相斗气而不顾后果等，都将特定对象的自然属性、生物特征和某些人的社会角色、思想、行为有机结合，个性化的语言和典型性的行动相结合，十分自然贴切，饶有趣味，讲述者的思想也尽显其中。尽管在春秋战国时期，寓言只是诸子或史传著作中的插入片段，还不是独立的文体，但由于这些情节、形象及其思想感情、精妙叙述的存在，使得寓言具有很强的文学性，有较高的文学价值。

史传记载寓言故事，必然如实再现寓言故事被引述的具体场合、语境。因此，除了描述、刻画如上所述的寓言中的人物形象之外，还要记述寓言讲述者、倾听者此时此刻的神情、动作及相互间的互动，描述具体的环境和气氛。这样，史传的叙述便有了双重的功效：既叙述真实的历史人物形象，又叙述虚构的寓言形象；既叙述史事，又突出思辨和道理。虚实结合、事理相益，使历史叙事一方面更加具体丰满、有血有肉，故事性、趣味性更加突出，叙述的文字也显得自如、从容；另一方面又富有思想和理性，反映出轴心时代人们（士人和史家）的人文思考。由于这样的原因，史传的文学性不仅得到了增强，而且文学性的品格也得到了提升，在历史叙事向历史文学转变的过程中，发挥了重要的作用。

和其他先秦诸子寓言一样，史传中的寓言来源主要也是民间的创作，但一经士人的引用，便或多或少地会按自己的需求，做一些取舍和加工，因而自然而然地带上一些文人的色彩，文字更加精练、准确，主旨更加鲜明、突出。史传记载了士人的言论，从而收录了寓言，使相当大部分的口头性作品，变成书面化的作品，这其实是对民间寓言的进一步整理和保存。史传中寓言作品，及其对于寓言使用过程、场景的描述，对于后来文人作家学习和创作寓言，对于其他叙事文学的创作，都有很高的借鉴价值。

第二章

史传与诗歌

诗歌是最早的文学样式，诗歌的最早形态——原始歌谣，是在生产劳动中产生，伴随着人类思维、语言的发展而进步、成熟的。人类早期的生产和生活状况，都由口耳相传的原始歌谣来描述和记录。从这个意义上来说，最早反映、记载历史的文体是诗歌，史传与诗歌的渊源最为久远。

第一节　诗史情缘

中国是一个诗的国度，早在西周至春秋时代，中国诗歌就已经相当辉煌，其突出的标志是《诗经》。按《史记·孔子世家》的说法，到孔子的时候，单是朝廷里收集、累积的各地民歌就已达三千余篇，孔子从中筛选出三百多篇，编成了《诗经》。先秦时期民间诗歌创作的盛况，由此可见一斑。此后历朝历代，诗词歌赋的创作长盛不衰，作品可谓汗牛充栋。如清代彭定求等人编的《全唐诗》就收录诗作 48900 多首，加上《全唐诗外编》（中华书局 1982 年版）、陈尚君《全唐诗补编》所辑录的诗作，目前能确认的唐诗达 5.5 万多首。《全宋词》收录词作也有 2 万多首，而宋代诗人之数量远远超过了唐代。

我国又是一个善于记史、善于总结历史经验教训的国度，史学的传统非常悠久，历代的史学著作层出不穷，各体皆备。相传早在黄帝时代，就已经设立了史官。早期诗、史不分，诗歌即史，即使是诗、史分流之后，仍有相当多的诗歌是由史官所创作，如《诗经》"大雅"中的《生民》《公刘》《绵》《皇矣》《大明》等 5 首，就是出自史官之手，用以记述从始祖后稷的出生到武王灭商的周部族历史。

诗、史之间深远的渊源关系，加上诗歌与史著两者的高度发达，诗、史之间的深厚情缘更加引人瞩目。

一　诗史同源与诗史互通

这里所说的诗史互通，主要是指诗歌和史书两种文体的形式、功能和特性相通、交融，也就是诗歌承担了纪实叙史的功能，具有史书的特质，而史书则显示出诗歌的情思和韵味，两者表现出我中有你、你中有我的形态。这种现象有着很深的渊源和原因。

在我国，诗和史最初是合为一体的。闻一多先生曾经深入考证过"诗"与"志"的关系，证明"诗"与"志"原来是一个字。而"志有三个意义：一记忆；二记录；三怀抱。这三个意义正代表诗的发展途径上的三个主要阶段"①。也就是说，在第一、第二个阶段的诗是记事的，诗就是史，承担史的职能，"古代诗所管领的乃是后世史的疆域"②，只有到了第三个阶段才兼有抒发怀抱即抒情的功能。

我们在古书里也常可以看到称"诗"为"志"的现象。如《左传·昭公十六年》载郑国的六位卿在郊外为韩宣子饯行，席间，宣子建议诸位大臣各赋诗一首，以便让他了解郑国的意图。于是子蠁赋

---

① 闻一多：《歌与诗》，《神话与诗》，华东师范大学出版社 1997 年版，第 201 页。
② 同上书，第 204 页。

《野有蔓草》，子产赋《羔裘》，子太叔赋《褰裳》，子游赋《风雨》，子期赋《有女同车》，子柳赋《萚兮》。赋诗毕，宣子高兴地说："郑其庶乎！二三君以君命贶起，赋不出《郑志》，皆昵燕好也。"六卿所赋的诗都出自《诗经》中的"郑风"，宣子则说是"赋不出《郑志》"，由此可见，宣子所称《郑志》即是《郑风》，也就是《郑诗》。这说明在春秋时代，诗、志合一的观念、称谓仍然存在，为人们所熟知和接受。

而称史一类的书为"志"，这种情况就更多了。如《周礼·小史》载："掌邦国之志。"司农《注》："志谓记也，《春秋》所谓《周志》，《国语》所谓《郑书》之属也。"又《周礼·外史》："掌四方之志。"郑《注》："志，记也，谓若鲁之《春秋》、晋之《乘》、楚之《梼杌》。"

的确，在我国早期，诗是志，史也是志，诗、史是不分的。这种诗、史不分，诗、史互通的现象，即使在后来很长的时间里也仍然持续。因此，在相当长的时期内，诗与史之间的界限并不是那么泾渭分明，两者之间的性质、功用和手法都彼此通融互用。这些事实在后世的许多学者哲人那里，也一再得到认同并且加以论证。

孟子曰："王者之迹熄而《诗》亡，《诗》亡然后《春秋》作。晋之《乘》、楚之《梼杌》、鲁之《春秋》，一也：其事则齐桓晋文，其文则史。孔子曰：'其义则丘窃取之矣。'"（《孟子·离娄章句下》）意思是说由于周王室的衰微而导致采诗制度的废止，《诗》也就没有了；《诗》没有了，孔子便创作了《春秋》。孔子说他修《春秋》时，也"窃取"了《诗》的义理。这里将《诗》与《春秋》等史书相提并论，而且称《春秋》是代《诗》而兴，两者是一种相承、递补的关系，也就说明了《诗》与《春秋》在记事立意上具有共通性，既揭示"诗"与"史"之间的天然联系，又反映了古人诗、史同质的意识。而孔子坦然承认在撰写或修订《春秋》时汲取、借用了《诗》的义理精髓，也进一步证实了《诗》史互通的事实。

孟子的这个意思，后代学者做了许多的阐述和发挥。

如隋代大儒王通干脆把《诗》《书》和《春秋》同归于"史"：

"昔圣人述史三焉。其述《书》也，帝王之制备矣，故索焉而皆获。其述《诗》也，兴衰之由显，故究焉而皆得。其述《春秋》也，邪正之迹明，故考焉而皆当。"①

清人钱谦益的说法如出一辙："孟子曰：'《诗》亡然后《春秋》作。'《春秋》未作以前之诗，皆国史也。人知夫子删《诗》，不知其为定史；人知夫子作《春秋》，不知其为续《诗》。《诗》也，《书》也，《春秋》也，首尾为一书，离而三之者也。"②

基于这种诗、史互通的事实，清代章学诚提出了"六经皆史"③的著名论断。这个论断以"经"为史，不仅扩大了"史"的范围，而且由于"六经"中也包括了《诗经》，这也是对以诗为史观点的进一步阐述。

诗、史之间的这种渊源，注定了两者永远有割舍不断的情缘。因此，诗、史之间互通、同质的关系，不仅存在于早期的诗歌那里，即使在后世诗、史的文体特征、分野已经比较清晰，各自承担的功能已经相当明确以后，仍然有很突出的体现。这种事实，在古代诗歌、史传作品中随处可见。

《诗经》就是一个诗、史结缘的突出例子。作为中国最早诗歌总集的《诗经》，曾担当着重要的记史职能，反映了由西周初至春秋中叶五百多年广阔的社会历史风貌，可谓一部民族的史诗，纪实的特质、成分都非常突出。如"大雅"中的《生民》《公刘》《绵》《皇矣》《大明》5 首诗，便被后世公认为周部族的史诗：《生民》记述周族始祖后稷的神奇出生及其事迹；《公刘》主要写公刘（后稷第三代）带领周人由邰迁豳的壮举；《绵》记述古公亶父由豳迁至岐山，建筑庙宇、城邑，奠定州民族的基础；《皇矣》《大明》两篇写文王伐崇、伐

---

① （隋）王通：《文中子》卷一《王道篇》（二十二子），上海古籍出版社 1986 年版，第 1310 页。

② （清）钱谦益：《胡致果诗序》，《牧斋有学集》，上海古籍出版社 1996 年版，第 800—801 页。

③ （清）章学诚：《文史通义校注》，中华书局 1985 年版，第 1 页。

密，武王伐纣等事件，歌颂文王、武王的文德武功。这些作品具有历史的真实性和很高的史学价值，被学者们认为是最早的传记。陆侃如、冯沅君《中国诗史》干脆就分别称这几篇为"后稷传""公刘传""文王传""武王传"等。这几篇作品，以诗的形式、手法记载史实，诗的韵味、情致与史的叙述功能相得益彰，诗、史情缘融合无间，"诗史"之谓，实至名归。

其实，《诗经》中不仅仅是这几篇有史的性质，其他许多作品也都有纪实叙史的成分。周王朝建立以后的盛衰历史，如周厉王的残暴、周宣王的中兴、周幽王的昏庸等，在《诗经》中都有许多具体的反映。《诗大序》云："至于王道衰，礼仪废，政教失，国异政，家殊俗，而'变风''变雅'作矣。国史明乎得失之迹，伤人伦之废，哀刑政之苛，吟咏性情，以风其上，达于事变，而怀其旧俗者也。"所谓"变风""变雅"是风诗、雅诗中的一些反映乱世的作品，三百篇中叙写周王朝衰落、伤时哀世的诗篇，便属于这一类。这些诗作未必都是史官所作，但《诗大序》的作者却视之如同国史，这就表明《诗经》中非唯史官之作才具有叙史的性质和功能。基于这种事实，当今有学者称"'变风''变雅'乃'诗史'大传统的精神所在"①。《诗大序》从大面积的作品来阐述《诗经》的叙史现象，注意到了《诗经》纪实叙史的普遍性，其实也揭示了诗的初始特性和功能，这对于诗与史关系的认识，无疑更深入了一层。《诗序》的作者喜欢以《春秋》时的史迹来解释《国风》，虽然大多比较牵强，但正是受这种诗、史互通的认识所支使和支持。其对史实的选择、认定未必都妥当，但以史读诗、以史解诗的观点、方法，却有着深厚的历史背景及事实依据。

以上从诗歌方面讨论了诗史的互通，接下来我们再从史传的方面来讨论之。如果说《诗经》是诗歌当中体现诗史互通的突出代表，那么《史记》就是史传中的典型。鲁迅先生的精辟论断"史家之绝唱，

---

① 韩经太：《诗学美论与诗词美境》，北京语言文化大学出版社 2000 年版，第 131 页。

无韵之离骚"(《汉文学史纲要》),便道出了《史记》诗史互通的事实和诗史浑融的特质,这一论断也得到了学界的广泛认同。

　　《史记》是我国第一部纪传体史书,记述了自传说中的黄帝到汉武帝太初年间三千多年的历史。《史记》的问世,奠定了中国史学独立的基础,规范了中国封建史学的研究对象、范围,对中国史学产生了巨大、深远的影响,其"史"的特质和成就毋庸置疑,也无须赘言,因此,如同前面只讨论诗中"史"的功能、特质一样,此处也只讨论其"诗"性的特质和表现。当然,这里的"诗"性,乃指前述闻一多先生所言的第三阶段以后的"诗"之特性,亦即以抒情言志为本质旨归的诗性。

　　《史记》的诗性,大致从形式和内涵两个层面来体现,形式上的体现是叙述过程中大量诗歌辞赋的引入,以及富有节奏感、韵律感的语言;内涵方面的体现则是在叙史当中饱含丰富的个人情感和远大的理想追求,使其叙述文字有着强烈的抒情色彩,字里行间洋溢着诗一样的情韵,即钱锺书先生"史蕴诗心"①之谓。前者在后面另作专门讨论,此处单论后者。

　　的确,《史记》有很强的抒情性和情感感染力,很有诗的特质。早在明代,就有学者注意到了《史记》的这一特质,如茅坤云:"读游侠传即欲轻生,读屈原、贾谊传即欲流涕,读庄周、鲁仲连传即欲遗世,读李广传即欲立斗,读石建传即欲俯躬,读信陵、平原君传即欲养士。若此者何哉?盖各得其物之情,而肆于心故也,而非区区句字之激射者也。"(《茅鹿门集》卷三《史记钞》)此言形象地道出了《史记》对于读者的情感感染。

　　《史记》之所以有如此强烈的抒情意味和情感感染力,这是因为,一方面,传统的教育、特殊的经历遭遇和个人气质,使司马迁蕴藏了无比充沛的正气和激情,这股正气和激情是他创作《史记》的原动力之一,也是他同情、讴歌正人君子、英雄豪杰,揭露、鞭挞独夫民

———————
　　①　钱锺书:《谈艺录》(补订本),中华书局1984年版,第363页。

贼、卑鄙小人的精神源泉。而另一方面，按司马迁的理解，《春秋》主要不是一部史书，而是一部表现孔子的社会、政治理想，并用以惩恶扬善，为改造社会开药方、画蓝图的政治、哲学著作。"上明三王之道，下辨人事之纪，别嫌疑，明是非，定犹豫，善善恶恶，贤贤贱不肖，存亡国，继绝世，补敝起废，王道之大者也。"（《太史公自序》）由此可见，继承孔子之志，效法《春秋》，是司马迁著《史记》的重要情感归属和渴求，因此，在叙史的过程中渗透了他的情感，也寄托了他的理想和追求。由于这种原因，《史记》就不再是一部单纯的叙事性的作品，还是一部抒情性的、表情述志的、有诗一样品格的史传作品。

梁启超对《史记》有一个很独特、新颖的观点，就是将之视与子书性质相类："迁著书最大目的，乃在发表司马氏一家之言，与荀况著《荀子》、董生著《春秋繁露》性质正同，不过其一家之言乃借史的形式以发表耳。故仅以近世史的观念读《史记》，非能知《史记》者也。"（《要籍解题及其读法》）梁启超此处指出《史记》言志的特点及其主观性，强调其情感意识对于历史的观照与介入，即如茅坤所谓"得其物之情，而肆于心"。其实，这又何尝不是诗性的体现！因此，司马迁在传述逝去的历史人物、情事时，总是带着自己的生活体验、思想感情和审美理想，在行文当中表现出诗人一般的情怀和气度，笔底吐出诗一般境界高远、韵律优美的文字。

且看《屈原列传》：

> 屈平疾王听之不聪也，谗谄之蔽明也，邪曲之害公也，方正之不容也，故忧愁幽思而作《离骚》。离骚者，犹离忧也。夫天者，人之始也；父母者，人之本也。人穷则反本，故劳苦倦极，未尝不呼天也；疾痛惨怛，未尝不呼父母也。屈平正道直行，竭忠尽智以事其君，谗人间之，可谓穷矣。信而见疑，忠而被谤，能无怨乎？屈平之作《离骚》，盖自怨生也。《国风》好色而不淫，《小雅》怨诽而不乱，若《离骚》者，可谓兼之矣。上称帝

营，下道齐桓，中述汤武，以刺世事。明道德之广崇，治乱之条贯，靡不毕见。其文约，其辞微，其志洁，其行廉，其称文小而其指极大，举类迩而见义远。其志洁，故其称物芳；其行廉，故死而不容。自疏濯淖污泥之中，蝉蜕于浊秽，以浮游尘埃之外，不获世之滋垢，皭然泥而不滓者也。推其志也，虽与日月争光可也。

……

屈原至于江滨，被发行吟泽畔，颜色憔悴，形容枯槁。渔父见而问之曰："子非三闾大夫欤？何故而至此？"屈原曰："举世混浊而我独清，众人皆醉而我独醒，是以见放。"渔父曰："夫圣人者，不凝滞于物而能与世推移。举世混浊，何不随其流而扬其波？众人皆醉，何不餔其糟而啜其醨？何故怀瑾握瑜而自令见放为？"屈原曰："吾闻之，新沐者必弹冠，新浴者必振衣。人又谁能以身之察察，受物之汶汶者乎！宁赴常流而葬乎江鱼腹中耳。又安能以皓皓之白而蒙世之温蠖乎！"①

前一段文字表现了司马迁对屈原其人、其诗的推崇备至之情，对屈原及其《离骚》高洁品格、博大内涵的评价，达到了前所未有的高度。与此同时，字里行间又充满对屈原遭遇的愤愤不平、惋惜和悲哀之情。明代杨慎称："太史公作《屈原传》，其文便似《离骚》。其论《离骚》一节，婉雅凄怆，真得《离骚》之旨趣也。"② 的确，这一段文字写得哀怨凄恻，激情饱满，给读者以深深的感染和强烈的震撼。

后一段写屈原被放逐途中与渔父的对话、交流，一方面赞扬了屈原坚持自己的理想和节操，绝不与黑恶势力同流合污的高贵品质，另一方面又对人们不理解屈原表现出深深的惋惜和无奈。这段文字如泣如诉，对人在窘途但矢志不渝的屈原此时此地的心境、形象刻画得惟

① （汉）司马迁：《史记》，中华书局1959年版，第2482—2486页。
② （明）凌稚隆辑录：《史记评林》卷八十四，光绪十年佩兰堂重刻本，第1页。

妙惟肖，怨愤之情溢于言表。

近代学者李景星称《屈原贾生列传》"通篇多用虚笔，以抑郁难遏之情，写怀才不遇之感，岂独屈、贾二人合传，直作屈、贾、司马三人合传读可也"[①]。确实，司马迁虽然是论屈原，品《离骚》，其实也是以之比况自己和《史记》，通过写屈原来自明心迹，抒情言志，当中有许多对于自己人生况味的感慨和不平。因此，《屈原列传》虽然是叙史记人，其实也是一种个人情感的表达，甚至是一种情绪的宣泄。

郭沫若说："诗之精神在其内在的韵律……内在的韵律便是情绪的自然消涨。"[②] 事实上，《屈原列传》乃至整部《史记》，都随处可见"情绪的自然消涨"，涌动着理想和追求，激情满怀，忧愤无边。司马迁把《离骚》的激情与特质赋予了《史记》，加之抑扬顿挫，富有节奏感、韵律感的语言，使之成为一部爱恨交织、饱含热血的壮烈诗篇，一部不是诗歌但胜似诗歌的鸿篇巨制。

其他篇目如《赵世家》写程婴、公孙杵臼的忠勇智信，为赵氏遗孤舍生取义；《信陵君列传》歌颂侯嬴的士为知己者死；《刺客列传》肯定"自曹沫至荆轲五人，此其义或成或不成，然其立意较然，不欺其志"的大无畏精神；《游侠列传》歌颂朱家、郭解等人"其言必信，其行必果，已诺必诚，不爱其躯，赴士之厄困，既已存亡死生矣，而不矜其能，羞伐其德"的侠义品格等，都写得如歌如泣、情真意切，对这些历史人物毫不吝啬赞美之辞、仰慕之情，读来令人回肠荡气、热血沸腾。虽然以历史唯物主义的观点来审视，这些人和事未必都是进步、积极的，但从客观的社会效果来看，还是正面的价值居主流。因此，司马迁讴歌的对象，其倾注、寄托之情感，值得肯定。

再如《吕太后本纪》叙述吕后残害戚夫人，手段之毒辣、残忍，令人发指；《酷吏列传》写一班无良官吏滥用公权、妄发淫威，对百姓实行高压统治，以致民不聊生，百姓不寒而栗；《平津侯列传》怒

---

① 李景星：《四史评议·史记评议》，陆永品点校，东北师范大学出版社 1985 年版，第 56 页。

② 郭沫若：《给李石岑的信》，《时事新报·学灯》1921 年 1 月 15 日。

斥一群趋炎附势、见风使舵之徒：名士主父偃深得汉武帝宠信之时，数千宾客争附其门，后主父偃因事获罪，众宾客一哄而散，唯恐避之不及。司马迁对此愤愤不平："主父偃当路，诸公皆誉之，及名败身诛，士争言其恶。悲夫！"无限感慨，尽在言中……司马迁对这些暴行、丑行都极尽揭露、鞭挞之能事，表达出无比痛恨、无比愤怒之情，表现出一个正直史学家的浩然正气，和诗人般的一腔热血，笔端纸上俨然是一首首控诉与声讨的悲愤诗篇！

清代刘鹗曾说："《离骚》为屈大夫之哭泣，《史记》为太史公之哭泣。"（《老残游记自序》）这其实表明了《史记》与《离骚》的同质性，强调《史记》的诗性特质，从以上的讨论可知，这一评价实不为过。确实，《史记》以诗一般的韵律叙述了三千多年的华夏历史，寄托了司马迁的理想和情怀，抒写了他的哀怨情仇，从而成为诗、史互通的典范，千百年来为人们所津津乐道。

二　史官与诗人

这里的"史官"乃泛指所有撰"史"的作者。这些人大部分都有史官之职，是名副其实的史官，但也有个别例外，并无史官之名，却行史官之实，从事私人史著的撰写，故此亦以史官称之。"诗史互通"表现的是诗歌与史书在文体性质、功能上的兼容关系，而"史官与诗人"则想讨论两者身份上的融通关系。这两种关系形成的原因、背景大体上相类，两种关系也互为因果。

在诗、史同源、同质的情况下，史官和诗人是两位一体的。远古时代诗、史同体，诗即是史，管子云："诗所以记物也。"（《管子·山权数》）诗在彼时就是记载事物（史事）的，史官便是当然的诗人。诗、史分流以后，由于诗、史之间的历史渊源和现实情缘，史官和诗人的关系仍然非常密切，两者的身份、职业即使不完全等同，在气质、创作态度上也仍然有颇多相通之处。在这种情况下，后世史官和诗人的关系便表现为两种情形：一种是两者合二为一，即史官同时又是诗人，史官本人既有史著又有诗作传世或者被载录；另一种是史官有史著传世而没有诗作存录，但在其史著中洋溢着诗情、诗味，诗人的气质昭然。诗、史同体的远古时期不再讨论，此处单论诗、史分流以后，两大创作主体即史官和诗人之间的关系。

（一）两位一体的史官

《诗经》"大雅"中被称为周部族史诗的《生民》《公刘》《绵》《皇矣》《大明》等五首诗的作者，他们的作品既是史，又是诗，他们属于两位一体的史官是没有疑问的。

其实，除了这几个作品之外，"雅"和"颂"中的作品，也大多有史诗的性质，郭绍虞先生就说："旧时把《诗经》分成风、雅、颂三类，我们若从大体上观察，则雅似近于史诗。"① "商颂"中的《玄鸟》《长发》等篇叙述玄鸟生商、玄王创业、成汤征服四方、武丁振兴国家等商朝史事，史诗的意味也是非常浓厚的。顾颉刚先生认为这些作品都是瞽史所作，而瞽史在早期其实是一身二任的，既是诗的传人，又是史的传人："《楚辞》之《天问》，《荀子》之《成相》，《大、小雅》及《三颂》记事之篇章，诗也，而皆史也，非瞽取于史而作诗，则史袭瞽之声调、句法而为之者也。观于《洪范》之'无偏、无党'，《墨子·兼爱下》引之作《周诗》，《小雅》之'如临深渊'，《吕览·慎大》引之作《周书》，则史与瞽之所为辄被人视同一体，不细加分别可知也。"② 史与瞽"被人视同一体"，即表明这些诗作的作者也是史官。

这种史官与诗人两位一体的现象，在后世仍然很突出。

《汉书》的作者班固，出身于史学和文学世家，历史上的班氏家族出现了许多文化名人，班婕妤、班彪、班超、班昭等，或文或史都颇有建树，彪炳史册。班固本人"九岁，能属文诵诗赋"（《后汉书·班固传》），不仅是东汉著名的史学家，还是著名的文学家。班固是汉

① 郭绍虞：《中国文学演化概述》，《照隅室语言文字论集》，上海古籍出版社1985年版，第15页。
② 顾颉刚：《左丘失明》，《史林杂识》，中华书局1963年版，第224—225页。

代散体大赋的代表作家之一，他的《两都赋》被萧统的《文选》列为第一篇，可见其在汉魏六朝文人心目中的地位。《后汉书》本传云："固所著《典引》《宾戏》《应玑》、诗、赋、铭、诔、颂、书、文、记、论、议、六言，在者凡四十一篇。"可见诗歌也是他的主要创作文体之一，只是存留的作品很少。其五言诗《咏史》，咏唱缇萦救父，汉文帝废除肉刑之事，是现存最早的文人五言诗，反映了文人初学五言新体诗时的样貌：

> 三王德弥薄，惟后用肉刑。太仓令有罪，就逮长安城。自恨身无子，困急独茕茕。小女痛父言，死者不可生。上书旨阙下，思古歌鸡鸣。忧心摧折裂，晨风扬激声。圣汉孝文帝，恻然感至情。百男何愦愦，不如一缇萦。①

干宝为晋元帝朝史官，曾撰《晋记》20卷，记西晋53年史事，有"良史"之称，《隋书》著录其《百志诗》9卷，可惜今不存。

《后汉书》的作者范晔是南朝宋代史学家。范晔行文，十分讲究文采，其《后汉书》文辞优美，简洁流畅，不仅大量使用对句、整句，而且出现了四六相间的标准骈体句式，整齐化、骈俪化的倾向比较明显。范晔还致力于追求语言的声韵美，运用音韵的规律来润色绪论的创作，其序和论赞，文辞精美、音节和谐、铿锵响亮，富有音律美。范晔一生著述甚丰，但存世仅有《后汉书》《双鹤诗序》《乐游应诏诗》等。《乐游应诏诗》被萧统《文选》卷二收录，可见其在古代文学家心目中的地位。

尽管班固、范晔存诗不多，干宝作诗九卷而不存，但三者诗人的身份应无可疑。

居于齐梁文宗地位的沈约，写过《晋书》110卷、《宋书》100卷、《齐纪》20卷等，现在留存的只有《宋书》。与此同时，他还是南

---

① 逯钦立：《先秦汉魏晋南北朝诗》，中华书局1983年版，第170页。

齐著名的诗人和诗歌理论家，"永明体"的代表诗人。"永明体"是南朝齐代一种讲究对偶、声律的新体诗，为唐代格律诗的形成、发展奠定了形式上的基础，在这个过程中，沈约居功至伟。他倡导声律说，强调诗歌要协调音律，注重诗歌的音调美和形象美，对一代诗风有深刻、重大的影响。沈约有诗文百卷，但大多散佚。钟嵘《诗品》评其诗以五言为最优，云："不闲于经纶，而长于清怨。"表示他缺乏重大意义的作品，但有些流露出对时代不满的"清怨"之作，其诗以描写景物和抒发哀伤之情的作品为佳。

如《石塘濑听猿》一首，整篇不假雕琢，诗思如流水流泻，把猿拟人化，颇有情趣：

> 噭噭夜猿啼，溶溶晨雾合。不知声远近，唯见山重沓。既欢东岭唱，复伫西岩答。①

又如《伤谢朓》：

> 吏部信才杰，文峰振奇响。调与金石谐，思逐风云上。岂言陵霜质，忽随人事往。尺璧尔何冤，一旦同丘壤。②

沈约和谢朓同是"永明体"的创造者，本诗对谢朓的诗歌、为人做了诚挚的评价，情真意切，凄楚动人。

欧阳修，字永叔，号"醉翁"，晚年又号"六一居士"，是北宋的文坛领袖、一代文宗，在诗、词、散文、史传诸方面独取得了令人瞩目的成就。欧阳修既是一位大诗人，又是一位大史学家，在文学、史学两个领域的成就都如此辉煌，历史上无人能出其右。

欧阳修一生著述繁复，史著有《新五代史》74 卷、《新唐书》75 卷，传世的《欧阳文忠公文集》153 卷（另附录 5 卷）中，除了收入

---

① 逯钦立：《先秦汉魏晋南北朝诗》，中华书局 1983 年版，第 1661 页。
② 同上书，第 1653 页。

各种杂著以外，还保存古、近体诗 850 多首，词 170 多首，散文（包括赋作）500 余篇，以及诗话 30 多则。

欧阳修是北宋诗文革新运动的领导者，他的诗歌受韩愈"以文为诗"的影响较深，质朴平易，不喜使用生僻的典故，不堆砌华丽的辞藻，不讲究奇巧的对仗，喜欢讲道理，发议论，再就是常用散文手法将所见、所想完整地叙述。欧阳修的诗歌以"平易"为特色，情真意切，缺点是形象性不足。魏泰曾与王安石讨论欧阳修的诗歌，认为"永叔之诗，才力敏迈，句亦清健，但恨其少余味尔"（《临汉隐居诗话》），此论颇为中肯。

欧阳修的诗虽有缺点，但以他的才情和文学功力，也不乏佳作。下面略举两例。

《戏答元珍》：

> 春风疑不到天涯，二月山城未见花。残雪压枝犹有桔，冻雷惊笋欲抽芽。夜闻归雁生思乡，病入新年感物华。曾是洛阳花下客，野芳虽晚不须嗟。[1]

这是欧阳修被贬峡州夷陵（今湖北宜昌市）期间，酬答朋友丁宝臣（字元珍）之作。诗题冠以"戏"字，声明是游戏之笔，但其实是掩饰之辞。诗歌以旷达的文字抒发内心的抑郁，在料峭春寒中呈现出一派盎然生机，寂寞愁怨中不失积极向上的精神，诗人的艺术手法和政治家的气质、襟怀融合无间。

《题滁州醉翁亭》：

> 但爱亭下水，来自乱峰间。声如自空落，泻向两檐前。流入岩下溪，幽泉助涓涓。响不乱人语，其清非管弦。[2]

---

[1] （宋）欧阳永叔：《欧阳修全集》，中国书店出版社 1986 年版，第 74 页。
[2] 同上书，第 367 页。

这是一首写自然景物的诗，写出了眼之所见、耳之所闻，质朴平易，自然流畅，仿佛信手拈来，很亲切、清新。

无论如何，欧阳修的诗歌在北宋、在整个古代文学史上，都有很重要的影响和地位。他显然是史上诗歌数量最多、成就最大的史官，也是史官和诗人两种身份结合得最完美、成就最显著的典型代表。

（二）有诗人气质的史官

上述两位一体的史官当然都是具有诗人气质者，但此处之谓，乃特指另外一部分人：他们身为史官，也具有诗人的特质，却没有诗作存录，欲称之为诗人但无法拿出足够的证据，恐难以服人，故姑且以此称呼之。

没有诗作存录又有两种可能：一是本来就没有诗歌的创作；二是本来有之但已经佚失。第二种情况的史官其实可以归入前面一类，但由于确证太难，此处暂且将其当作为没有诗歌创作的一类来讨论。《左传》《国语》等史著的作者，以及司马迁等，当属这一类。

《左传》《国语》的作者，前人（包括司马迁和班固等）都说是鲁国史官左丘明，但后人多有怀疑，或以为是左丘明一类的史官集体积累了史料，再由后代的史官编撰成书。两书都写春秋时代的历史，思想倾向比较接近，只是《左传》偏于记事，《国语》偏于记言，在内容上正好互补，故两者有"春秋内、外传"之称。

《左传》的作者虽然无法确认，其诗作也无从见识，但诗人的气质异常突出。这种诗人的气质在《左传》的思想、情感和表述形式上，都有所体现。

《左传》的思想倾向基本上是儒家的，在对历史人物、事件的描述和判断中，表现出儒家的史学观和价值观，尤其是儒家的"民本"思想几乎贯穿全书。在礼乐崩坏、时势纷乱、苛政猛于虎的现实语境下，作者对于儒家"礼治""民本"的理想充满憧憬，对于人道、礼义、诚信等理念，作者的宣扬也十分执着。因此，对于那些顺应历史潮流、民心的人和事，对于遵守传统道德的行为，都给予热情的讴歌、褒扬，反之，则予以强烈的反对和批判，劝善惩恶的精神和诗一般的激情水乳交融，给读者心灵深深的震撼。

如"文公六年"：

> 秦伯任好卒，以子车氏之三子奄息、仲行、鍼虎为殉。皆秦之良也，国人哀之，为之赋《黄鸟》。
>
> 君子曰："秦穆之不为盟主也，宜哉！死而弃民。先王违世，犹诒之法，而况夺之善人乎！《诗》曰：'人之云亡，邦国殄瘁。'无善人之谓。若之何夺之！古之王者知命之不长，是以并建圣哲，树之风声，分之采物，著之话言，为之律度，陈之艺极，引之表仪，予之法制，告之训典，教之防利，委之常秩，道之礼则，使无失其土宜，众隶赖之，而后即命。圣王同之。今纵无法以遗后嗣，而又收其良以死，难以在上矣！"君子是以知秦之不复东征也。①

此处叙述秦穆公用人殉葬之事件。殉葬是远古时代的一种非常不人道的恶俗，随着人类文明的不断进步，这种现象早在西周时期即被人们所唾弃，但秦穆公逆历史潮流而动，仍然坚持这种陋俗，《左传》作者对此表现得非常愤怒。"秦之良也"，言殉葬者的品质优良、人才宝贵；"国人哀之"，言百姓之悲哀，悲哀的不仅仅是无辜的亲人、同类被活埋，更是无良君王的残忍和暴行。继之借君子之口，谴责秦穆公"死而弃民""夺人之善"之暴行，揭示其不能为盟主之原因。同时又引用了《诗经》中的成句，指出以三良殉葬带来国家衰微的恶果。叙述之中，充满惋惜、悲叹和无奈；评述之语，谴责之中含有愤慨和诅咒，使笔端渗透情感。这段文字悲愤交加，如泣如诉，作者的思想立场非常鲜明，情感十分细腻且很充沛，充满人文情怀和对文明、人道的憧憬。

---

① （清）洪亮吉：《春秋左传诂》，李解民点校，中华书局 1987 年版，第 360—361 页。

在形式上，《左传》常常在叙史当中引入民谣、歌诗，或以诗化的语言，来加强评论的力度，增加表述的韵律和诗味。以上引文先是引用了《诗经·大雅·荡之什》中的"人之云亡，邦国殄瘁"两句，说明没有"良人"对国家的危害；继而以一大段整齐的四言句，表明贤君临终前应该做的事情，批评秦穆公与贤君格格不入。整段文字长短结合，韵散相间，情理交融，强化了叙述、评论的诗化情感表达，不具备诗人气质和才情之人，恐难写出这样的文字。

如果《国语》的作者与《左传》的作者是同一个（班）人，那么其诗人的特质就不需要论证了。为稳妥起见，这里还是要做一些讨论。

三国时吴人韦昭作《国语解》，其序云："左丘明因圣言以摅意，托王义以流藻，其渊源远大，沉懿雅丽，可谓命世之才，博物善作者也。其明识高远，雅思未尽，故复采录前世穆王以来，下讫鲁悼，智伯之诛，邦国成败，嘉言善语，阴阳律吕，天时人事，逆顺之数，以为《国语》。"[①] 此言虽然不是明指《国语》有诗的特点，但"沉懿雅丽""雅思未尽""嘉言善语，阴阳律吕"等文本特征，分明又是诗的一般特征和要素。这表明《国语》的诗性特征，前人已经或多或少地有了一些认识和感受。

如《越语》上篇之《勾践灭吴》，写越王勾践在失败后，处心积虑，励精图治，发愤图强，终于报仇雪耻的励志故事，就是一篇充满诗意的文字。

勾践为复仇卧薪尝胆的故事，千年来在民间家喻户晓，但在《国语》中并无此记载，应该是后世的文学作品敷衍而成。《勾践灭吴》的叙述文字，始看上去比较平静、委婉，但在平静、委婉的表面下其实翻滚着波涛，蕴含丰富、强烈的感情。作者对勾践的遭遇、处境有深深的不平和同情，对其励精图治、发愤图强的行为也予以充分的赞许，思想、感情的倾向非常明显。勾践对于战败的悲愤和不甘；被迫

---

① （吴）韦昭注：《国语》，明洁辑评，上海世纪出版社2008年版，第307页。

臣服于吴王、"亲为夫差前马"的屈辱；求存图强、伺机复仇的强烈欲望；数十年忍辱负重、惨淡经营的压抑与艰辛；教化亲民的良苦用心……都是一道道涌动的暗流，汇集、积蓄着巨大的情感能量。最后一举灭吴，成功复仇，就是这种情感的集中爆发。作者在叙述中有一种强烈的代入感，与勾践的情感一起起伏、收放，看似平静，实则强烈、深沉，充满感人的力量。

作者在勾践这个形象的身上，也寄托了自己的理想："葬死者，问伤者，养生者；吊有忧，贺有喜；送往者，迎来者；去民之所恶，补民之不足"；"令孤子、寡妇、疾疹、贫病者纳官其子。其达士，絜其居，美其服，饱其食，而摩厉之于义。四方之士来者，必庙礼之"。一派君民亲善、社会和谐，百姓安居乐业、上下崇礼尚义的美好景象，形象、生动地表现了儒家的仁政理想。

这些文字既整饬有序，又错落有致，朗朗上口，有一种节奏感，表现了作者语言运用上的杰出才华和诗人般的才情，正所谓"沉懿雅丽""雅思未尽"。事实上，整篇叙述都委婉、深沉，文字简朴中又充满雅致和深意，娓娓道来，具有诗一样的韵味，作者的诗人气质尽显。

司马迁的诗人气质、情怀，前面已经讨论过。他虽然没有诗作传世，但曾创作辞赋8篇，流传至今的是《感士不遇赋》。这是一篇抒情小赋，大约是司马迁晚年思想、情绪的反映。"谅才韪而世戾，将逮死而长勒"；"何穷达之易惑，信美恶之难分"；"理不可据，智不可恃"等词句，诉说了一个正直的士大夫在封建专制底下，无可奈何的命运，忧患交织，感慨深沉。赋是一种由楚辞演变而来的亦诗亦文的文体，《感士不遇赋》继承楚辞以抒情为主的特点，词句抑扬顿挫，旋律优美，情感跌宕起伏，它的特质更加趋近于诗歌，简直就是一首抒情诗。虽然司马迁的其他赋作无从感知，但单凭这一篇，我们就可以认为，司马迁岂止具有诗人的气质和抱负，即使直接称之为诗人也不为过。

以上两种不同类型的史官，分别从不同的程度、不同的角度反映了我国古代史官与诗人的密切关系。史官身兼诗人或具有诗人的气质、才情，其直接的意义首先是使历史成为人们咏唱的对象，远古先人的事迹得以在口头上传播，留存后世，惠泽后人；其次是史官与诗人两种特质的契合，令历史的叙述者既有史官的理性与冷静，又有诗人的感性和激情，在客观的叙述中包含主观的判断和比较明显的感情倾向，这些都会对后人有特别的导向和深刻的影响；再次是史官在撰史当中，将诗人的性情、诗歌的手法和形式楔入史著，使史著文本更具诗歌的灵动、活泼和优美，不再显得那么枯燥和板滞，也使遥远、生硬、冰冷的古人古事变得更加有亲近感和人情味，从而使史书展现出别样的魅力。

第二节　史传中的诗歌

在诗、史的功能逐渐明确，专门的史书正式问世以后，诗和史仍然"一往情深"，叙史中插入大量的诗歌，成为我国史著中的一道独特景致，这在先唐史传中表现得极其突出。

史传在叙事中插入诗歌，可以说是早期诗、史互通传统在新的历史环境、条件下的一种延续。从先秦叙事详尽、具体的史书《左传》《国语》开始，在记事写人中就常见诗歌的插入。之后，《国策》《史记》《汉书》《后汉书》《三国志》等，都可见大量各种各类的诗歌插入。史传中插入和收录的诗作，既是历史的组成部分，也成为史传述史的一种独特、重要的方式，承担着相当重要的叙事功能。

如果说，诗中有史笔，史中蕴诗味，是诗歌与史传之间的精神契合、交融，那么，史传在叙事中插入诗歌，则主要是形式、手段上的融通和加强。在叙史当中引诗证史、论事、抒情等，使史书兼有诗歌的特质，不但使史传的叙事、写人显得更加活泼多姿，充满情感和韵味，更具文学性和抒情性，也使得许多诗歌作品得以保存和流传，从而传唱千古。

一 史传中的诗歌种类

大体而言，史传中的诗歌有以下几种类型。

（一）民间谣谚

从前面的讨论可知，远古歌谣是诗、史互通最早的体现和载体。《左传》《国语》以降，民间歌谣在史传中仍然大量出现。谚语也是民间的口头创作，其以简单但富有诗意、音乐感的话语反映某种生活经验和人生道理，与劳动人民的生产、生活密切相关，因此，史家也乐于收录。史传中民间谣谚的插入、收录情况，在第一章"史传与民间文学"中已经做过讨论，此处暂且略过。

（二）《诗经》章句

"诗三百"本来也多是民间歌谣，但由于被周王室收录，并经过朝廷乐官（工）的润色、加工，之后又被奉为儒家的经典，官方的身份凸显，所以在这里不再将之视为民歌。在史传中出现的诗歌，也以《诗经》章句为最多。

子曰："不学诗，无以言。"由于《诗经》广泛反映了两周时期的社会生活和人们的思想状况，当中蕴含很丰富的社会和自然知识，有许多做人、做官、治国、理家等方面的经验教训可供后人参考，所以在两周时期，《诗》俨然是士人必读的政治、生活教科书。在各种政治、社交场合，人们经常用《诗》来对答，含蓄地表达自己的意见，如果不懂《诗》，不仅无法与别人交流，而且还会吃亏。正如班固所云："古者诸侯卿大夫交接邻国，以微言相感，当揖让之时，必称《诗》以谕其志，盖以别贤不肖而观盛衰焉。"[①] 而在言谈中引用《诗》的句子，也是贵族身份的象征，所以人们在各种场合引用"三百篇"的诗句，来彰显自己的身份和教养，增强自己言说的合理性和权威性，也成为一种习惯和时尚。

---

① （汉）班固：《汉书·艺文志》，中华书局 2007 年版，第 342 页。

如《左传》"襄公十六年"记，晋平公和诸侯在温地宴会，让各国的大夫赋《诗》配舞，齐国高厚赋的《诗》不得体，令晋国君臣十分恼怒，之后竟联合各国诸侯攻打齐国。又如"襄公二十七年"，齐国庆封访问鲁国，在宴会上，庆封失礼，鲁国的叔穆子就赋了"鄘风"中的《相鼠》骂他："相鼠有皮，人而无仪。人而无仪，不死何为？相鼠有齿，人而无止。人而无止，不死何俟？相鼠有体，人而无礼。人而无礼，胡不遄死？"但庆封不懂《诗》，竟然懵懵懂懂，不知所谓，成为他人的笑话。

这种引《诗》、用《诗》的风气、史实，使《左传》当中有大量引《诗》、用《诗》的场景记载。又由于史官受诗、史互通意识的支配，在撰史过程中借《诗》论事、证事，抒情言志，也引用了许多《诗经》的作品，这些都促成了《左传》中大量《诗经》作品的出现。据董治安《先秦文献与先秦文学》（齐鲁书社 1994 年版）统计，《左传》引《诗》219 条，赋《诗》68 处。另有学者称，《左传》引诗、赋诗涉及《诗经》的作品多达 132 篇。①

"庄公二十二年"记齐侯想任命流亡来齐的陈国公子完（敬仲）为卿，公子完怕此举引发齐国官员的不满和指责，引《诗》婉拒，显示自己的品格和姿态：

> 齐侯使敬仲为卿，辞曰："羁旅之臣，幸若获宥，及于宽政，赦其不闲于教训，而免于罪戾，弛于负担，君之惠也。所获多矣，敢辱高位以速官谤？请以死告。《诗》云：'翘翘车乘，招我以弓。岂不欲往？畏我友朋。'"使为工正。②

"翘翘车乘，招我以弓。岂不欲往？畏我友朋。"乃《诗经》逸诗，意为：高高的车子，用弓招呼我去，难道我不想去吗？只因怕我

---

① 张林川、周春健：《〈左传〉引〈诗〉范围的界定》，《湖北大学学报》（社会科学版）2004 年第 3 期。

② （清）洪亮吉：《春秋左传诂》，李解民点校，中华书局 1987 年版，第 251—252 页。

的朋友讥笑。敬仲以此婉拒齐侯的高官待遇。心有所欲、所想，但不敢接受，既表明了对齐侯的感激，又坦诚了自己的顾虑，拒绝得很委婉、得体。

又如"桓公十二年"，写宋公对与桓公的结盟没有诚意、反复无常，最终遭桓公和郑伯的联合攻打。作者借"君子"之口，引《诗》批评宋公的不守信，说明不守信义招致祸害是必然的：

> 公欲平宋、郑。秋，公及宋公盟于句渎之丘。宋成未可知也，故又盟于虚。冬，又会于龟。宋公辞平。故与郑伯盟于武父。遂帅师而伐宋。战焉，宋无信也。君子曰："苟信不继，盟无益也。《诗》云：'君子屡盟，乱是用长。'无信也。"[1]

平：和也。"公欲平宋、郑"，是谓桓公想促成宋、郑两国的和好，但宋公先是敷衍，后是拒绝。"君子屡盟，乱是用长"言出《小雅·巧言》，意为君子屡次结盟，动乱因此滋生。此引《诗经》批评宋公不讲信义，导致动乱、祸害。

同样是写春秋时代历史的《国语》，由于其撰写的背景、史实与《左传》都比较接近，所以当中也有相当多时人引《诗》、用《诗》的记载。《国语》中与《诗经》有关的记载共有 38 处，主要分布在《周语》（11 处）、《晋语》（13 处）、《鲁语》（11 处）、《楚语》（3 处）等部分。其中引《诗》18 处，提及《诗经》篇章者有 20 处。[2]

《国语·周语二十四》"单襄公论郤至佻天之功"记晋国打败楚国，派郤至向周王告捷。郤至大肆吹嘘自己的功劳，并欲越级提升，凌驾于其他大臣之上，执掌晋国的大权，此举被单襄公批评：

> 襄公曰："人有言曰：'兵在其颈。'其郤至之谓乎！君子不

① （清）洪亮吉：《春秋左传诂》，李解民点校，中华书局 1987 年版，第 226 页。
② 参见张社列《〈国语〉引〈诗经〉刍议》，《河北大学学报》（社会科学版）2010 年第 5 期。

自称也，非以让也，恶其盖人也。夫人性，陵上者也，不可盖也。求盖人，其抑下滋甚，故圣人贵让。且谚曰：'兽恶其网，民恶其上。'《书》曰：'民可近也，而不可上也。'《诗》曰：'恺悌君子，求福不回。'在礼，敌必三让，是则圣人知民之不可加也。故王天下者必先诸民，然后庇焉，则能长利。今郤至在七人之下而欲上之，是求盖七人也，其亦有七怨。怨在小丑，犹不可堪，而况在侈卿乎？其何以待之？"①

此处单襄公分别引用了俗语、谚语、《尚书》和《诗经》的语句，批评郤至的狂妄无礼和自以为是、野心勃勃的做派，可谓多管齐下，声色俱厉，道理也说得透彻、明白，给狂傲的郤至当头泼了一盆冷水。单襄公所引"恺悌君子，求福不回"两句，乃出自《诗经·大雅》的《旱麓》篇。该诗赞周文王修祖先之德以受福，从而成为一个温文尔雅、快乐平易的君子。引此两句，意在批评郤至既不懂礼仪，又不修福德，那样势必不得人心，招致百姓的怨恨。如此将无法应付各种复杂的事态，又如何在晋国立足、执政呢？

《战国策》主要记载战国纵横家的言行，通过纵横家的言行来反映战国时期的历史。纵横家是一批功利思想突出，传统价值观念比较淡薄的个人主义者，他们游说诸侯、互相辩驳，为各国君主、权臣出谋划策，言语辩丽恣肆，夸夸其谈，声势夺人，对于儒家温柔敦厚的诗教并不怎么认同和接受，因此，《诗经》在战国时期的政治、外交活动中不受重视，纵横家们不太热衷征引。在这种情况下，《战国策》中引用《诗经》的记载便比较少，仅有 8 处，其中逸诗竟有 5 处，引诗的情况与《左传》《国语》简直不可相提并论。引用者也多是断章取义，为我所用。

尽管如此，汉代以后，多数的史传著作仍然沿袭了《左传》《国语》的意识和习惯，引用《诗经》的现象在《史记》《汉书》《后汉

---

① 　上海师范大学古籍整理组校点：《国语》，上海古籍出版社 1978 年版，第 84 页。

书》《三国志》中也大量存在。以上几部史传所表现出来的情况，仍然显示出儒家思想以及《诗经》在两汉政治、社会生活中的受重视程度。《史记》引《诗》的情况在后文单独讨论，此处只论《汉书》《后汉书》和《三国志》三者。

西汉武帝以后，《诗》被尊为儒家经典，在国家政治、文化的层面更具权威，也更为统治者所倚重，所以在日常政治活动中引《诗》的现象颇为频繁，《汉书》《后汉书》《三国志》中相关的记载亦甚多。据昝风华的统计，《汉书》中共引《诗经》达 220 则之多，其中引"国风"47 则，"大雅"66 则，"小雅"78 则，"颂"26 则，逸诗 3 则。[①]《后汉书》中的引《诗》也有 60 多处，《三国志》则接近 30 处。这三部书的引《诗》，分布在作者的叙述和评论文字，以及书中载录的诏策、奏议、书、论、赋等文体之中。

应该说，《左传》《国语》《战国策》等先秦史传当中引《诗》的情形，在两汉以后的史传中都有所反映，此处对于相同的情形不再赘述，只论在《左传》《国语》《战国策》中没有或者极少见的引《诗》现象。《汉书》《后汉书》《三国志》中的引《诗》，一个比较突出的现象是在诏策、奏议等书面文本里引《诗》较多，比如《后汉书》引《诗》60 多处，在诏策、奏议两部分就超过 50 处。这种情形也是之前的史传没有或者极少见到的。一方面固然有《诗经》在当时受统治者所倚重的原因，另一方面恐怕也与两汉社会公文体制、种类逐渐完备，君臣、上下沟通习惯使用正规文书有关。

诏策是封建帝王下达的文件。据《文心雕龙·诏策》所说，黄帝、尧、舜时代，这类文件称为"命"，夏、商、周三代称之为"诰"，战国时代叫作"令"，秦统一以后改作"制"，汉魏以后，分为"诏书""策书""制书""戒敕"四种，合称"诏策"。先秦史传没能收录这一类正式、完整的帝王文件，当中引《诗》的情况不得而知，但在汉晋以后的史传中，收录的帝王诏策就比较多，从中可见其引用

---

① 　参见昝风华《〈汉书〉引〈诗〉初探》，《唐都学刊》第 25 卷第 5 期。

《诗经》章句的现象相当普遍，这表明《诗经》与"圣旨"参行，具有"圣旨"一般的权威和分量。

如《汉书·武帝纪》，就收录汉武帝 3 篇引用《诗经》章句的诏书：

其一

元朔元年春三月甲子，立皇后卫氏。诏曰："朕闻天地不变，不成施化；阴阳不变，物不畅茂。《易》曰：'通其变，使民不倦。'《诗》云：'九变复贯，知言之选。'朕嘉唐虞而乐殷周，据旧以鉴新。其赦天下，与民更始。诸逋贷及辞讼在孝景后三年以前，皆勿听治。"①

其二

元狩元年丁卯，立皇太子。诏曰："朕闻咎繇对禹，曰在知人，知人则哲，惟帝难之。盖君者心也，民犹支体，支体则伤心憯怛。日者淮南、衡山修文学，流货赂，两国接壤，怵于邪说，而造篡弑，此朕之不德。《诗》云：'忧心惨惨，念国之为虐。'已赦天下，涤除与之更始……"②

这两道诏书的内容都是大赦天下，前一次是因为立卫子夫为皇后，后一次是因为立刘据（卫皇后之子）为皇太子。前一诏书中所引"九变复贯，知言之选"，乃《诗经》逸诗，意谓通天地之变而不失道，择善而从；后一诏书所引"忧心惨惨，念国之为虐"，出自《诗经·小雅·十月》，该诗是一首政治讽刺诗，哀叹社会无道，人民遭灾，所引两句表达对暴政的忧虑。大赦天下，其实都包含对之前施政的一些修正之意，也是对老百姓的一些仁慈之举。这两处引《诗》都成为自己行为的一些依据或注脚。

---

① （汉）班固：《汉书》，中华书局 2007 年版，第 42 页。
② 同上书，第 43 页。

其三

元鼎五年十一月辛巳朔旦，冬至。立泰畤于甘泉。天子亲郊见，朝日夕月。诏曰："朕以眇身托于王侯之上，德未能绥民，民或饥寒，故巡祭后土以祈丰年。冀州脽壤乃显文鼎，获荐于庙。渥洼水出马，朕其御焉。战战兢兢，惧不克任，思昭天地，内惟自新。《诗》云：'四牡翼翼，以征不服。'亲省边垂，用事所极。望见泰一，修天文禅。辛卯夜，若景光十有二明……"①

这是汉武帝在甘泉（今陕西延安中部）立泰畤（古祭天神坛）祭拜天地所下的诏书，表达他承天之德，安绥百姓的诚惶诚恐之情。诏书中所引"四牡翼翼，以征不服"两句，为《诗经》逸诗，意为四马并驾齐驱，以征讨不服之地，武帝以此作为对自己的鞭策。

在《元帝纪》中，也收录有汉元帝引用《诗经》的诏书多篇，如：

其一

元帝三年四月，关东连遭灾害，元帝下诏救灾，诏曰："关东连遭灾害，饥寒疾疫，夭不终命。《诗》不云乎：'凡民有丧，匍匐救之。'其令太官毋日杀，所具各减半，乘舆秣马，无乏诸事而已。……"②

"凡民有丧，匍匐救之"两句出自《诗经·邶风·谷风》，意为邻里若有灾和难，就是爬着也要去帮救。元帝引此诗勉励各地官员奋力救灾、安民。

其二

元帝四年六月戊寅晦，日蚀，诏曰："……乃六月晦，日有蚀之。《诗》不云虖：'今此下民，亦孔之哀！'自今以来，公卿

---

① （汉）班固：《汉书》，中华书局 2007 年版，第 46 页。
② 同上书，第 71 页。

大夫其勉思天戒，慎身修永，以辅朕之不逮。直言尽意，无有所讳。"①

此处引用《诗经·小雅·十月之交》中的诗句，该诗亦写日食。古人认为日食、月食、地震等，都是上天对人类的警告，元帝引此诗，一方面是表现对于上天的敬畏，敦促自己顺天慎行，另一方面是表示对臣民的体恤。

其三

同年十月，为修建陵园而令百姓迁徙，诏曰："安土重迁，黎民之性；骨肉相附，人情所愿也。顷者有司缘臣子之义，奏徙郡国民以奉园陵，令百姓远弃先祖坟墓，破业失产，亲戚离别，人怀思慕之心，家有不安之意。是以东垂被虚耗之害，关中有无聊之民，非久长之策也。《诗》不云虖：'民亦劳止，汔可小康，惠此中国，以绥四方。'今所为初陵者，勿置县邑，使天下咸安土乐业，亡有动摇之心。"②

"民亦劳止，汔可小康，惠此中国，以绥四方"四句引自《诗经》"大雅"的《民劳》。该诗为周大夫规劝厉王勿听信奸人之言劳民祸国，这几句的意思是说人民劳苦不堪，要求稍得休养安康，希望能抚爱国人，以安定四方。元帝引此诗告诫官员，修建陵园不得扰民、劳民。

奏议是指奏启、议对一类的文体，是古代臣子对皇上，或下级对上级陈述事实、意见的上书、进言，又称疏、表、策等。

《文心雕龙·奏启》："昔唐、虞之臣，敷奏以言；秦汉之辅，上书称奏。陈政事，献典仪，上急变，劾愆谬，总谓之奏。……自汉以来，奏事或称上疏。""启者，开也。……陈政言事，既奏之异条；让爵谢恩，亦表之别干。"意为"启"和"奏"是异名而同实，"启"又是"表"所派生的枝干。

---

① （汉）班固：《汉书》，中华书局 2007 年版，第 73 页。
② 同上。

又《议对》篇云："周爰咨谋，是谓为议。议之言宜，审事宜也。……又对策者，应诏而陈政也；射策者，探事而献说也。言中理准，譬射侯中的。二名虽殊，即议之别体也。"据此可知，对策亦议之别体，两者属性相类。

此处把此类属性相类的文体统称为奏议。《汉书》《三国志》《后汉书》中，奏议一类的收录比较多，很大一部分的引《诗》也出现在此类奏议当中。

如《汉书·戾太子刘据传》记戾太子刘据杀了与他有隙的权臣江充，之后逃亡，汉武帝大为震怒。"壶关三老"之一的令狐茂（此据荀悦《汉纪》所云）上书汉武帝，认为江充不是什么好人，太子是被小人逼急了才铤而走险的，劝汉武帝停止对太子和皇孙的追杀，把这一事件的负面影响降至最低。满朝文武，莫不知太子冤屈，却无一人敢于为太子辩冤。令狐茂冒死上书，为太子鸣冤，也感动了汉武帝。其书曰：

昔者虞舜，孝之至也，而不中于瞽叟。孝己被谤，伯奇放流，骨肉至亲，父子相疑。何者？积毁之所生也。由是观之，子无不孝，而父有不察，今皇太子为汉适嗣，承万世之业，体祖宗之重，亲则皇帝之宗子也。江充，布衣之人，闾阎之隶臣耳，陛下显而用之，衔至尊之命以迫蹴皇太子，造饰奸诈，群邪错谬，是以亲戚之路隔塞而不通。太子进则不得上见，退则困于乱臣，独冤结而亡告，不忍忿忿之心，起而杀充，恐惧逋逃，子盗父兵以救难自免耳，臣窃以为无邪心。《诗》云："营营青蝇，止于藩。恺悌君子，无信谗言。谗言罔极，交乱四国。"往者江充谗杀赵太子，天下莫不闻，其罪固宜。陛下不省察，深过太子，发盛怒，举大兵而求之，三公自将，智者不敢言，辩士不敢说，臣窃痛之。臣闻子胥尽忠而忘其号，比干尽仁而遗其身，忠臣竭诚不顾鈇钺之诛以陈其愚，志在匡君安社稷也。《诗》云："取彼谮人，投畀豺虎。"惟陛下宽心慰意，少察所亲，毋患太子之非，亟罢甲兵，无令太子久亡。臣不胜惓惓，出一旦之命，待罪建章阙下。①

整篇文章从父子亲情、社稷安危入手进行辩说，入情入理，情真意切。当中两处都引用了《诗经·小雅》的诗句，前者出自《青蝇》，后者出自《巷伯》。《青蝇》篇以飞来飞去的苍蝇喻谗人、谗言，告诫统治者不要听信谗言。诗共三章，每章四句，此引第一章四句，再加第二章的末两句，劝谏汉武帝要洞察实情，不要被谗言所迷惑，做亲痛仇快的事。《巷伯》是一首被谗害者的抒愤诗，"取彼谮人，投畀豺虎"，意为把那些进谗言的坏人抓起来，去扔给豺狼虎豹吃，表现出对进谗言者的无比痛恨。这两处引《诗》，无疑增强了言说的力度和感染力，汉武帝能够幡然醒悟，相信从中也悟到了些什么。

同在这篇传记中，郎中令龚遂劝昌邑王刘贺远小人，亦引《青蝇》进言：

> 陛下之《诗》不云乎？"营营青蝇，至于藩。恺悌君子，毋信谗言。"陛下左侧谗人众多，如是青蝇恶矣。宜进先帝大臣子孙亲近以为左右。如不忍昌邑故人，信用谗谀，必有凶咎。愿诡祸为福，皆放逐之。臣当先逐矣。②

龚遂所引，与《诗经》原文的文字略有出入，但意思并无大异，当是记忆有误，又或是所据的版本不同。遗憾的是，刘贺并未能从善如流，在歧路上越走越远，"贺不用其言，卒至于废"。

《三国志·曹植传》称曹植"年十岁，诵读《诗》《论》及辞赋数十万言"，该传收入几篇曹植的奏议，当中提及《诗经》或其具体篇目者有十多处，其中引用《诗经》两处，分别是《大雅·思齐》的"型于寡妻，至于兄弟，以御于家邦"；《唐风·蟋蟀》的"无已大康，职思其忧"。《思齐》篇颂周文王之所以英明，是有圣母贤妻之故，曹

---

① （汉）班固：《汉书》，中华书局 2007 年版，第 624 页。
② 同上书，第 630 页。

植引以奉承曹丕；《蟋蟀》诫勉是诗人自己及时行乐，但须有节制，不荒废正事，曹植以之为自律。

《后汉书》中的奏议，引《诗》的现象也屡见不鲜。如《郎𫗧传》载东汉经学家、占候家，推阴阳言灾异的重要人物之一郎𫗧，被顺帝征召。他先后上奏议论"灾异"之事，陈述"便宜七事"，推荐黄琼、李固等并陈消灾之术，在奏议中频频引经据典，《易传》《老子》《孝经》《尚书》《诗经》等，无不包罗，颇为雄辩。当中有三处引用《诗经》，另有一处提及《诗经》。

论"灾异"的奏章中先是提及《诗经》："夫救奢必于俭约，拯薄无若敦厚，安上理人，莫善于礼。修礼遵约，盖惟上兴，革文变薄，事不在下。故《周南》之德，《关雎》政本。"说明学习《诗经》对于"修礼遵约""救奢""拯薄"的重要性。之后引用《诗经》："政失其道，则寒阴反节。'节彼南山'，咏自周《诗》；'股肱良哉'，著于《虞典》。""节彼南山"引自《小雅·节南山》，该诗是周大夫家父刺太师尹氏旷废职务，任用小人，贻害百姓。郎𫗧引此诗告诫顺帝要吸取教训，"选举牧守，委任三府"必须慧眼识人，择善录用，切勿信任、重用那些"竞托虚高，纳累钟之奉，忘天下之忧，栖迟偃仰，寝疾自逸"的官员。

陈"便宜七事"书奏引用《诗经》"大雅"中的《板》："敬天之怒，不敢戏豫。"《板》诗据称是周大夫讽劝同僚以刺暴君，所引两句意为顺从天意、敬畏天命。郎𫗧认为顺帝"多积宫人，以违天意，故皇胤多夭，嗣体莫寄"，故以此诗句劝之，称若能"简出宫女，恣其姻嫁，则天自降福，子孙千亿"。

荐黄琼、李固书的引诗是"大雅"中的《烝民》："赫赫王命，仲山甫将之。邦国若否，仲山甫明之。"（"赫赫王命"今本或作"肃肃王命"）《烝民》赞美周宣王使贤任能，及仲山甫才德出众，所引四句是赞扬仲山甫严格奉行王命，明辨各国的善恶是非。郎𫗧以为顺帝不得其人："陛下践祚以来，勤心庶政，而三九之位，未见其人，是以灾害屡臻，四国未宁。"劝顺帝效法宣王，"求贤者，上以承天，下以为人"。

这和前面引用《节南山》的用意相同，也算是呼应前面的观点和建议。

其他如《桓荣丁鸿列传》《杨震列传》《杜栾刘李刘谢列传》等，当中的奏议都有不少引《诗》的例子。

（三）文人诗

文人诗在史传中出现，是史传著作开辟专传记载文人作家、学者的事迹以后才有的事，所以只有在《史记》以后的史传里，才见文人诗的载录。

《史记》率先为文人作家、学者树碑立传，此后，《汉书》《三国志》《后汉书》等纷纷效仿，也为一些文人作家、学者辟有专传，记载他们的事迹，文人诗于是频频见于史传。

《史记·屈原贾生列传》记屈原事，先论其《离骚》，继而录其《怀沙》，在"太史公曰"部分又再次提到《离骚》及《天问》《招魂》《哀郢》等，对屈原的诗作有比较多的介绍。其论《离骚》云：

> 屈平疾王听之不聪也，谗谄之蔽明也，邪曲之害公也，方正之不容也，故忧愁幽思而作《离骚》。离骚者，犹离忧也。……信而见疑，忠而被谤，能无怨乎？屈平之作《离骚》，盖自怨生也。《国风》好色而不淫，《小雅》怨诽而不乱，若《离骚》者，可谓兼之矣。上称帝喾，下道齐桓，中述汤武，以刺世事。明道德之广崇，治乱之条贯，靡不毕见。其文约，其辞微，其志洁，其行廉，其称文小而其指极大，举类迩而见义远。其志洁，故其称物芳。其行廉，故死而不容。自疏濯淖污泥之中，蝉蜕于浊秽，以浮游尘埃之外，不获世之滋垢，皭然泥而不滓者也。推此志也，虽与日月争光可也。①

文学史上最早对屈原及其作品做出评价的是贾谊（见《吊屈原赋》），而对之做出全面评价并给予极高地位的是淮南王刘安（具体资

---

① （汉）司马迁：《史记》，中华书局 1959 年版，第 2487 页。

料已逸，班固《离骚序》保存一些片段）。司马迁显然是采用了刘安的观点，对屈原及其作品给予很高的评价，而且评价更加深刻、具体，在许多方面超过了刘安。他认为，由于屈原具有"志洁""行廉"的伟大人格，有崇高的政治理想和主张，才能使《离骚》有深厚、丰富的思想内容，再加上它独特的艺术成就，使它千秋不朽，可与日月争光。此处虽然并未录其具体诗句，但向世人、后人推介《离骚》，其意义非一般载录可比。

其后，再全文收录了屈原的《怀沙》一诗：

陶陶孟夏兮，草木莽莽。伤怀永哀兮，汩徂南土。眴兮窈窈，孔静幽墨。冤结纡轸兮，离慜之长鞠；抚情效志兮，俯诎以自抑。

刓方以为圜兮，常度未替。易初本由兮，君子所鄙。章画职墨兮，前度未改；内直质重兮，大人所盛。巧匠不斫兮，孰察其揆正？玄文幽处兮，矇谓之不章；离娄微睇兮，瞽以为无明。变白而为黑兮，倒上以为下。凤皇在笯兮，鸡雉翔舞。同糅玉石兮，一概而相量。夫党人之鄙妒兮，羌不知吾之所臧。

任重载盛兮，陷滞而不济；怀瑾握瑜兮，穷不得余所示。邑犬之群吠兮，吠所怪也；诽骏疑桀兮，固庸态也。文质疏内兮，众不知吾之异采；材朴委积兮，莫知余之所有。重仁袭义兮，谨厚以为丰。重华不可牾兮，孰知余之从容！古固有不并兮，岂知其故也？汤禹久远兮，邈不可慕也。惩违改忿兮，抑心而自强。离湣而不迁兮，愿志之有象。进路北次兮，日昧昧其将暮。含忧虞哀兮，限之以大故。

乱曰：浩浩沅、湘兮，分流汩兮。修路幽拂兮，道远忽兮。曾唫恒悲兮，永叹慨兮。世既莫知吾兮，人心不可谓兮。怀情抱质兮，独无匹兮。伯乐既殁兮，骥将焉程兮？人生禀命兮，各有所错兮。定心广志，余何畏惧兮？曾伤爰哀，永叹喟兮。世溷不吾知，心不可谓兮。知死不可让兮，愿勿爱兮。明以告君子兮，吾将以为类兮。①

《怀沙》是屈原"九章"组诗中的一首，后人认为是屈原自沉前的作品——"绝命"之笔。诗歌言自己虽被放逐，不以穷困易其节操，无人知我，伏节死义而已。司马迁全文收录，表明他对此诗的欣赏和重视，也表现了他对屈原伟大人格、节操的推崇。这是史传中载录的第一首文人诗，也是《史记》中唯一一首全文收录的文人诗。

《汉书》记载西汉 220 多年的历史，其时四言诗已经式微，文人五言诗还未兴起，辞赋成了文人作家创作的主要文学体裁。所以，在《汉书》中，文人作家的作品主要是辞赋，文人诗仅有五首，而且全部都是四言诗。这五首四言诗分别是杨恽的《拊缶诗》、韦孟的《谏诗》和《在邹诗》、韦玄成的《自劾诗》和《戒示诗》。杨恽和韦孟、韦玄成诗分别载《汉书》卷 66《公孙刘田王杨蔡陈郑传》和卷 73《韦贤传》。

杨恽是司马迁的外孙，《汉书》本传称其"以材能称，好交英俊诸儒，名显朝廷，擢为左曹。霍氏谋反，恽先闻知，因侍中金安上以闻，召见言状。霍氏伏诛，恽等五人皆封，恽为平通侯，迁中郎将"②。但一生仕途比较坎坷，最后还失去爵位。失爵家居后，杨恽以财自娱，友人安定太守孙会宗与书谏戒，他内怀不服，写了《报孙会宗书》，为自己狂放不羁的行为辩解，明确表示"道不同，不相为谋"。这是汉代一篇著名的书信体抒情文，《拊缶诗》就出自该文：

田彼南山，芜秽不治，种一顷豆，落而为萁。人生行乐耳，须富贵何时！③

---

① （汉）司马迁：《史记》，中华书局 1959 年版，第 2487—2490 页。
② （汉）班固：《汉书》，中华书局 2007 年版，第 663—664 页。
③ 同上书，第 665 页。

诗歌表现了对现实失望，从而放浪自适、及时行乐的心情，与书信的抒情文字相得益彰，桀骜不驯的性格和怨望之情跃然纸上。后该书信落在汉宣帝手里，宣帝读之大为震怒，处死了杨恽、孙会宗等与之交厚者也被免了官。这可能是历史上最早的"文字狱"的案例。

东汉，文人五言诗兴起，到了建安时期趋于成熟。与此同时，文人作家的群体逐渐壮大，文学创作活动更加活跃，在社会上的影响也越来越大，这些都引起史家的关注。因此，在记载东汉历史的《后汉书》《三国志》等史传中，文人作家的传记增多，文人诗，尤其是五言诗也就随之增多。

《后汉书》是史传中记载文人作家事迹最多的一部，也是收录文人诗最多的一部，计收梁鸿、班固、仲长统、傅毅、赵壹、蔡琰（文姬）、郦炎、白狼王唐菆等人的诗作二百多首。其中以梁鸿、班固和蔡琰的作品最为著名。

梁鸿，字伯鸾，东汉初扶风平陵（今陕西咸阳西北）人，家贫博学，与妻孟光隐居霸陵山中，是著名的"举案齐眉"典故的出典者。梁鸿曾经过洛阳，见宫室侈丽，作《五噫之歌》讥讽之，因而遭统治者忌恨，遂改名换姓东逃齐鲁。后"至吴，依大家皋伯通，居庑下，为人赁舂。每归，妻为具食，不敢与鸿仰视，举案齐眉。伯通察而异之，曰：'彼佣能使其妻敬之如此，非凡人也。'乃方舍之于家"①。

且看《后汉书·梁鸿传》的相关叙述：

因出东关，过京师，作《五噫之歌》曰："陟彼北芒兮，噫！顾览帝京兮，噫！宫室崔嵬兮，噫！人之劬劳兮，噫！辽辽未央兮，噫！"肃宗闻而非之，求鸿不得。乃易姓运期，名耀，字侯光，与妻子居齐鲁之间。有顷，又去适吴。将行，作诗曰："逝旧邦兮遐征，将遥集兮东南。心惙怛兮伤悴，志菲菲兮升降。欲乘策兮纵迈，疾吾俗兮作谗。竞举枉兮措直，咸先佞兮哤哤。固

①（南朝·宋）范晔：《后汉书·逸民列传》，中华书局 2007 年版，第 813 页。

> 靡惭兮独建，冀异州兮尚贤。聊逍摇兮遨嘻，缵仲尼兮周流。傥云睹兮我悦，逐舍车兮即浮。过季札兮延陵，求鲁连兮海隅。虽不察兮光貌，幸神灵兮与休。惟季春兮华阜，麦含含兮方秀。哀茂时习逾迈，愍芳香兮日臭。悼吾心兮不获，长委结兮焉究！口嚣嚣兮余讪，嗟恇恇兮谁留？”
>
> ……初，鸿友人京兆高恢，少好《老子》，隐于华阴山中。及鸿东游思恢，作诗曰：“鸟嘤嘤兮友之期，念高子兮仆怀思，想念恢兮爰集兹。”二人遂不复见。恢亦高抗，终身不仕。①

梁鸿这几首诗创作的背景都交代得很具体，有较强的情节性和即时性。在此，诗歌就不再是单纯的史料，而是作者行为、细节的具体叙述，作者个人遭际、思想感情变化的即时写照。诗歌的创作与作者的经历、遭遇结合起来，对刻画、塑造历史人物形象直接产生作用，这与其他史传收录文人诗仅作为传主的事迹、材料有明显的不同。

《五噫歌》为汉诗中的名作，亦为后世诗选名家所推崇，宋人郭茂倩的《乐府诗集》、清代沈德潜的《古诗源》等，均予以选录。北芒（邙）山在洛阳城北郊，是封建统治者心目中的“龙舆宝地”，东汉王侯公卿的陵墓多建于此。诗歌以统治者生前骄奢淫逸于帝都，死后安富尊荣于北邙，与老百姓无穷无尽的劳苦相联系——“坟墓气派”“宫室崔嵬”既是“民之劬劳”的前因，又是“民之劬劳”的后果，发出对弊政罪孽的无尽愤慨和对劳苦大众的无限忧虑，深深地戳中了统治者的要害，因此导致他的逃亡避难。该诗连用五个“噫”字，一反古诗多用“兮”字作语气词的习惯，别开生面，开拓了诗歌感叹修辞格的新局面。这五个“噫”字，惊异中包孕悲愤之情，沉缓里带有激切之气，不仅加深了诗的间歇美、节奏美，而且增浓了诗的意蕴和情致。

《适吴诗》作于梁鸿夫妻避居齐鲁、即将去吴之时。诗歌感慨所

---

① （南朝·宋）范晔：《后汉书·逸民列传》，中华书局2007年版，第812—813页。

居之处风俗不好，谗言纷飞，而人生短促，无必要将短暂的人生耗费在这是非之乡。诗人展开想象，对适吴以后的生活、对未来充满美好的憧憬，希望异州之人贵贤尚德，能够尊重自己不同于俗的品行，使自己能够坚持独立的人格，自行其志。联系梁鸿之前曾得罪朝廷，皇帝见责追缉，本人又与世俗格格不入，诗歌可谓其现实处境、心境的真实写照，深刻揭示了他追求理想、寻找美好生活居所的心路历程。诗歌直抒胸臆，情感深沉，一个在环境压迫下，曲高和寡，处境不佳，但又不屈不挠的高士形象，仿佛就在读者眼前。

《思友诗》是作者东游，思念高恢所作。高恢，京兆人，"少好《老子》，隐于华阴山中"，与梁鸿志同道合、惺惺相惜，是一种君子之交。诗词表达了对好友的深深怀念，反映二人之间的深厚情谊。诗歌真诚直率、简洁明快。

《班固传》收录了班固的《两都赋》，赋中东都主人赠西都宾客以《明堂诗》《辟雍诗》《灵台诗》《宝鼎诗》《白雉诗》五首，前三首是四言诗，后两首是骚体。此五诗虽然是虚拟赋中人物所创作，其实应该是班固自己的作品，只不过是他根据赋中的情景，为虚构的人物量身定做而已。

蔡琰，字文姬，生卒年不详，东汉陈留郡圉县人，东汉大文学家蔡邕的女儿。初嫁于卫仲道，丈夫死去而回到自己家里。"兴平中，天下丧乱，文姬为胡骑所获，没于南匈奴左贤王，在胡中十二年，生二子。曹操素与邕善，痛其无嗣，乃遣使者以金璧赎之，而重嫁于祀。"[①] 蔡琰擅长文学、音乐、书法，是我国文学史上第一位杰出的女诗人。她的传记列于《列女传》（董祀妻传）中，当中收录其《悲愤诗》二首。其一是五言《悲愤诗》，其二是骚体《悲愤诗》。

其五言《悲愤诗》云：

> 汉季失权柄，董卓乱天常。志欲图篡杀，先害诸贤良。逼迫

---

① （南朝·宋）范晔：《后汉书·列女传》，中华书局 2007 年版，第 824 页。

迁旧邦，拥主以自疆。海内兴义师，欲共讨不祥。卓众来东下，金甲耀日光。平土人脆弱，来兵皆胡羌。猎野围城邑，所向悉破亡。斩截无孑遗，尸骸相撑拒。马边悬男头，马后载妇女。长驱西入关，迥路险且阻。还顾邈冥冥，肝脾为烂腐。所略有万计，不得令屯聚。或有骨肉俱，欲言不敢语。失意机微间，辄言毙降虏。要当以亭刃，我曹不活汝。岂复惜性命，不堪其詈骂。或便加棰杖，毒痛参并下。旦则号泣行，夜则悲吟坐。欲死不能得，欲生无一可。彼苍者何辜，乃遭此厄祸。边荒与华异，人俗少义理。处所多霜雪，胡风春夏起。翩翩吹我衣，肃肃入我耳。感时念父母，哀叹无穷已。有客从外来，闻之常欢喜。迎问其消息，辄复非乡里。邂逅徼时愿，骨肉来迎己。己得自解免，当复弃儿子。天属缀人心，念别无会期。存亡永乖隔，不忍与之辞。儿前抱我颈，问母欲何之。"人言母当去，岂复有还时。阿母常仁恻，今何更不慈？我尚未成人，奈何不顾思！"见此崩五内，恍惚生狂痴。号泣手抚摩，当发复回疑。兼有同时辈，相送告离别。慕我独得归，哀叫声摧裂。马为立踟蹰，车为不转辙。观者皆嘘唏，行路亦呜咽。去去割情恋，遄征日遐迈。悠悠三千里，何时复交会？念我出腹子，胸臆为摧败。既至家人尽，又复无中外。城廓为山林，庭宇生荆艾。白骨不知谁，从横莫覆盖。出门无人声，豺狼号且吠。茕茕对孤景，怛咤糜肝肺。登高远眺望，魂神忽飞逝。奄若寿命尽，旁人相宽大。为复强视息，虽生何聊赖！托命于新人，竭心自勖励。流离成鄙贱，常恐复捐废。人生几何时，怀忧终年岁！①

这是历史上第一篇文人作家创作的，带有自传性质的长篇叙事诗，诗歌叙述了作者被掳入胡、身陷胡地、别子归汉、含羞再嫁等一连串的不幸遭遇，抒发了满腹的悲愤，声情凄切，震撼人心，凝聚了

① （南朝·宋）范晔：《后汉书·列女传》，中华书局 2007 年版，第 824—825 页。

女诗人一生的血和泪，也反映了汉末动乱给广大人民带来的深重灾难。该诗被认为是建安文人五言诗的顶峰之作，在文学史上有很高的地位。

《三国志》记载汉末的历史，虽然曹丕、曹植、王粲、陈琳等建安诗人的事迹都有所记载，但见诸其中的诗作却寥寥无几，只有曹丕、曹植、薛综（四言诗《嘲蜀使张奉》）、薛莹（四言诗《献诗》）等人的几篇作品。

《三国志》裴松之注本之《曹植传》则收录了曹植的《责躬》《应诏》《赠白马王彪》等诗作，是收录文人诗比较集中的传记。其中《赠白马王彪》是曹植的代表作，表现他后期被迫害的压抑和悲愤之情，但它与曹丕的《广陵观兵》（见《文帝纪》）一样，都只是见于裴注而非正文之中。《责躬》《应诏》两篇则见于他的疏奏，反映诗人后期无奈的现实处境和抑郁心情。此外，该传中的《陈审举疏》还引用了骚体"国有骥而不知乘，焉皇皇而更索"两句。此两句其实出自宋玉的《九辩》，但曹植指为屈原之言，应是宋玉在诗中为屈原代言，故有此说。

（四）歌诗

这里所说的"歌诗"，是指史传中人物即席应景所唱的歌词。歌诗与民间歌谣的区别，在于它是个人的创作，作者是具体而且唯一的，不具有群众性和集体性；而与文人诗的区别，则在于它具有口头性、即时性或临场性，创作有具体的时空环境交代，是作者（歌者）在特定环境、场景下情感的表达。在史传著作中，大量歌诗的收录，对于揭示历史人物形象的心理、描写人物性格、渲染环境气氛都发挥了重要的作用。

如《左传》"隐公元年"：

> 遂置姜氏于城颍，而誓之曰："不及黄泉，无相见也！"既而悔之。……（颍考叔）对曰："君何患焉！若阙（掘）地及泉，隧而相见，其谁曰不然？"公从之。公入而赋："大隧之中，其乐

也融融!"姜出而赋:"大隧之外,其乐也泄泄!"遂为母子如初。[1]

郑庄公因母亲偏爱其弟共叔段,于是嫉恨母亲,发誓"不及黄泉,无相见也",但后又悔之。在颍考叔的斡旋之下,母子在地道里重逢,庄公既修好了母子之情,又不食言,二人乐极而歌,实在是其乐融融!庄公的善变,及其对于亲情的珍惜,与母亲冰释前嫌、和好如初的喜悦心情,都得到很好的表现。

又《国语·晋语二》:

> 骊姬告优施曰:"君既许我杀太子而立奚齐矣,吾难里克,奈何!"优施曰:"吾来里克,一日而已。子为我具特羊之飨,吾以从之饮酒。我优也,言无邮。"骊姬许诺乃具,使优施饮里克酒。中饮,优施起舞,谓里克妻曰:"主孟啖我,我教兹暇豫事君。"乃歌曰:"暇豫之吾吾,不如鸟乌。人皆集于苑,己独集于枯。"里克笑曰:"何谓苑?何谓枯?"优施曰:"其母为夫人,其子为君,可不谓苑乎?其母既死,其子又有谤,可不谓枯乎?枯且有伤。"[2]

骊姬欲杀太子申生而立自己的儿子奚齐,怕权臣里克作梗,派伶人优施到里克府上充当说客。优施且舞且歌,以树木的繁茂和枯萎来暗示奚齐得势、申生失势,里克审时度势,果然就范。优施伶人的身份特点和长袖善舞,被刻画得惟妙惟肖。

《战国策》中冯谖的"剑铗歌"和荆轲的"易水歌",在后世更是家喻户晓,广为传唱:

> 左右以君贱之也,食以草具。居有顷,倚柱弹其剑,歌曰:

---

① (清)洪亮吉:《春秋左传诂》,李解民点校,中华书局1987年版,第187—188页。
② 上海师范大学古籍整理组校点:《国语》,上海古籍出版社1978年版,第266页。

"长铗归来乎！食无鱼。"左右以告。孟尝君曰："食之，比门下之客。"居有顷，复弹其铗，歌曰："长铗归来乎！出无车。"左右皆笑之，以告。孟尝君曰："为之驾，比门下之车客。"于是乘其车，揭其剑，过其友曰："孟尝君客我。"后有顷，复弹其剑铗，歌曰："长铗归来乎！无以为家。"左右皆恶之，以为贪而不知足。

（《冯谖客孟尝君》）①

　　太子及宾客知其事者，皆白衣冠以送之。至易水上，既祖，取道。高渐离击筑，荆轲和而歌，为变徵之声，士皆垂泪涕泣。又前而为歌曰："风萧萧兮易水寒，壮士一去兮不复还。"复为慷慨羽声，士皆瞋目，发尽上指冠。于是荆轲遂就车而去，终已不顾。

（《荆轲刺秦王》）②

　　冯谖初到孟尝君门下充当食客，并不被重视，这种寄人篱下、遭人鄙视的处境，令他心生苦闷和不满；荆轲慷慨践诺，冒死上路、义无反顾的豪情壮志等，都分别从他们的歌词中唱出来，人物的心理活动、思想性格都得到生动、细腻的展示，令读者如闻其歌，如见其人，受到深深的感染。

　　相对于记载两周史事的《左传》《国语》和《战国策》来说，两汉以后的史传收录歌诗要更多一些。如《史记》《汉书》收录历史人物的歌诗都在 20 首上下，《后汉书》也有数首，唯《三国志》较为少见。收录歌诗多的原因主要有三个：一是部分史著对之前的材料兼收并蓄，从而增加了收录的数量，比如《史记》就分别收录了楚狂接舆（见《孔子世家》）、冯谖（见《孟尝君传》）、荆轲（见《刺客列传》）

---

① （汉）刘向集录：《战国策》，上海古籍出版社 1986 年版，第 395—396 页。
② 同上书，第 1137 页。

等人的歌诗，《汉书》也袭用了《史记》中项羽、刘邦、汉武帝等人的歌诗；二是《史记》《汉书》《后汉书》等，对于史事的叙述更加具体、周详，材料也更加丰富；三是这些史著更加注重对历史人物的刻画塑造，而歌诗是表现人物思想、性格的直接材料。

《史记》对于历史人物的刻画、塑造，常常借用歌辞。如《项羽本纪》写被困垓下的项羽，在四面楚歌之中，面对心爱的虞姬，慷慨悲歌："力拔山兮气盖世，时不利兮骓不逝。骓不逝兮可奈何，虞兮虞兮奈若何！"英雄气概当中交织着儿女情长，末路英雄的豪气、悲哀和痛苦，表现得淋漓尽致。

《高祖本纪》写刘邦夺得天下，由寒微布衣一变而为天子，衣锦还乡之日，在众乡亲面前踌躇满志，引吭高歌，豪气干云："大风起兮云飞扬，威加海内兮归故乡，安得猛士兮守四方！"

《留侯世家》中，刘邦欲以戚夫人子赵王如意取代太子刘盈，吕后得张良奇计，厚礼求得四位刘邦仰慕的高人隐士出山侍奉太子，制造出刘盈已经羽翼丰满的假象，令刘邦有所顾忌，不得不改变初衷。面对戚夫人的失望和泪眼，刘邦愧疚交集，以楚歌一曲尽诉无奈："鸿鹄高飞，一举千里。羽翮已就，横绝四海。横绝四海，当可奈何！虽有矰缴，尚安所施！"

这些歌辞，或渲染、烘托了气氛，增强了艺术感染力；或真实揭示了人物的内心世界和情感，使人物形象栩栩如生，呼之欲出；有的则解说了某种人情道理、社会现象，生活经验和哲理思考熔于一炉，充满情趣和智慧。这些歌辞的使用，使得《史记》充满了诗一般的激情，既生动地塑造了人物形象、丰富了叙事的手段，也表达了司马迁对历史人物的深切感慨。

《汉书》也沿用了《史记》中的一些歌诗，如项羽的《垓下歌》、汉高祖的《大风歌》《鸿鹄歌》及汉武帝的《瓠子歌》等，同时亦保持着《史记》以歌诗写人叙事的传统。如《苏武传》写苏武终于归汉，在为苏武饯行的宴席上，心情复杂的李陵且歌且舞：

　　于是李陵置酒贺苏武曰："今足下还归，扬名于匈奴，功显于汉室，虽古竹帛所载，丹青所画，何以过子卿！陵虽驽怯，令汉且贳陵罪，全其老母，使得奋大辱之积志，庶几乎曹柯之盟，此陵宿昔之所不忘也。收族陵家，为世之大戮，陵尚复何顾乎？已矣！令子卿知吾心耳。异域之人，壹别长绝！"陵起舞，歌曰："径万里兮度沙幕，为君将兮奋匈奴。路穷绝兮矢刃摧，士众灭兮名已颓。老母已死，虽欲报恩将安归！"陵泣下数行，因与武决。①

　　李陵虽为降将，但并非一个毫无礼义廉耻、忠孝之心的人，对比苏武的大义凛然、宁死不屈，他为自己的贪生怕死充满羞愧和悔恨；对于自己投降而祸及家人，他既伤感又内疚；汉朝政府对其亲属的连坐杀戮，也让他心生怨恨……这些复杂的思想、情感都在他的这一番话、这一首歌里边！这首歌辞与其说是在唱，不如说是在哭！李陵这个因意志薄弱，沦为民族罪人而悔恨交加、羞愧莫名的形象，如在眼前。

　　《后汉书》中最震撼人心的两首诗，出自《皇后纪》：

　　卓乃置弘农王于阁上，使郎中令李儒进鸩，曰："服此药，可以辟恶。"王曰："我无疾，是欲杀我耳！"不肯饮。强饮之，不得已，乃与妻唐姬及官人饮宴别。酒行，王悲歌曰："天道易兮我何艰！弃万乘兮退守蕃。逆臣见迫兮命不延，逝将去汝兮适幽玄！"因令唐姬起舞，姬抗袖而歌曰："皇天崩兮后土颓，身为帝兮命夭摧。死生异路兮从此乖，奈我茕独兮心中哀！"因泣下呜咽，坐者皆唏嘘。王谓姬曰："卿王者妃，势不复为吏民妻。自爱，从此长辞！"遂饮药而死。时年十八。②

---

① （汉）班固：《汉书》，中华书局 2007 年版，第 552 页。
② （南朝·宋）范晔：《后汉书》，中华书局 2007 年版，第 132 页。

汉末董卓为立献帝刘协，废少帝刘辩为弘农王，后更是变本加厉，必除之而后快，遂逼刘辩饮鸩毒。自知劫数难逃的刘辩与妃子唐姬饮宴诀别，席间夫妻悲歌以道冤屈和悲愤。18岁弱冠少年正在绽放的生命之花惨遭无情摧残，刹那间从万乘之尊沦为"死囚"，从而陷入天崩地裂般万劫不复的境地，令这对年轻的夫妇不解，也无力抗争，唯有无奈地哭泣。这两首诗唱出了末路帝王和王妃的痛楚和悲伤，也反映了封建统治阶级内部争权夺利的血腥现实。作为权贵人物，他们成为互相倾轧的牺牲品，是可怜、可悲的，但去掉他们身上帝王、王妃的标签，无辜的生命、爱情被野蛮绞杀，遭际又令人唏嘘，很值得同情。

史传在叙事当中插入的诗歌种类，大抵为上述几种。这些诗歌的收录，保存了大量珍贵的历史和文学资料。这些诗歌是与历史的变迁、时代的风云、文学的发展结合在一起的，它们从一个侧面反映了丰富多彩的历史，成为我们丰富多彩的文化遗产的重要部分。同时，这些诗歌往往和历史人物的生平事迹相联系，它们的插入，对于历史人物的心理刻画、形象塑造都有很大的帮助，使历史人物形象更加生动逼真，活泼亲近，如在目前。大量诗歌的插入，也丰富了史书的文学性，增强了史传的诗性特质，使枯燥、凝滞的史事变得充满活力。因此，史传中的诗歌既增加了历史的厚度和广度，又使史传充满文学的色彩和韵味。

二 史传中诗歌插入的方式

史传中插入诗歌的方式，可以从两方面来看：一是从诗歌的来源看；二是从诗歌在文本中的构成来看。前者反映的是作品著作权的归属，后者反映的则是作品在史传文本中的存在状态。

（一）从诗歌的来源看

从史传插入诗歌的来源看，主要有两种方式：一为引用；二为自拟。

1. 引用

引用是指在叙事或言论中借用他人的作品，上述史传中插入的第一、第二类诗歌，即民间谣谚和《诗经》章句，都属于引用一类。

引用其实也有两种情况：一是笔者（史官）自己引用；二是史传中的人物所引用。

如"桓公十二年"属于第一种情况：

> 公欲平宋、郑。秋，公及宋公盟于句渎之丘。宋成未可知也，故又盟于虚。冬，又会于龟。宋公辞平。故与郑伯盟于武父。遂帅师而伐宋。战焉，宋无信也。君子曰："苟信不继，盟无益也。《诗》云：'君子屡盟，乱是用长。'无信也。"①

这里是作者在叙述完事件以后，借"君子"之口对之进行直接评价，并以《诗经》诗句为佐证。"君子"是作者虚构的有名望、有权威的人物，其实是史官的代言人，"君子曰"是早期史传中的史论或论赞。所以这里的"君子"引《诗》，其实是史官自己引《诗》。

再如《孔子世家》篇末的史论，也是这一类情况："太史公曰：《诗》有之：'高山仰止，景行行止。'虽不能至，然心向往之。"这里明确是太史公的引用，表明司马迁对孔子的仰慕和尊崇。

《汉书·严朱吾丘主父徐严终王贾传》也属这类："赞曰：《诗》称'戎狄是膺，荆舒是惩'，久矣其为诸夏患也。"

《左传》"桓公十年""僖公二十八年"则属史传中人物引用：

> 初，虞叔有玉，虞公求旃，弗献。既而悔之，曰："周谚有之：'匹夫无罪，怀璧其罪。'吾为用此，其以贾害也？"乃献之。
>
> （桓公十年）②

---

① （清）洪亮吉：《春秋左传诂》，李解民点校，中华书局1987年版，第226页。
② 同上书，第224页。

楚师背酅而舍,晋侯患之。听舆人之诵曰:"原田每每,舍其旧而新是谋。"

(僖公二十八年)①

由上可见,这两种引用的主体有所不同,一是史家(叙述者),一是历史人物。引用的诗歌种类也多样,既有《诗经》章句,又有其他的歌谣等。不同的引用主体和不同的引用种类,其引用的意图、功能却大体相类。

《诗经》是经典,既是诗歌或者乐歌,又有史的特质,兼具道德、伦理和政治教化的多重功能,所以在中国古代尤其是汉代以来,有着绝对权威的地位,引用《诗经》,不仅是身份、学识、教养的体现,而且是证事、说理的权威理据。民间的谣谚是广大人民群众生活经验和处世哲学的总结,是群众智慧的结晶,具有朴实的辩证思想,能给人们以启发,也能给人以警诫。这些作品在社会上长久、广泛流传,可谓千锤百炼、短小精悍,所蕴含的道理都早已深入人心,其中许多作品堪称经典。因此,无论是《诗经》章句,还是民间谣谚,都有独特的历史、文化价值。

史传作为人类发展、进步踪迹、过程的记录,承担着总结历史经验,表达对历史事件、人物的评价,对是非善恶的辨别等功能,加上诗史同质、诗史互通的观念,引用现成的经典诗句,借作有力、有效的辅助工具,对于叙事、写人、说理、证事,都能收到事半功倍的效果。因此,史传在叙史的过程中引用《诗经》和一些家喻户晓、智慧和哲理兼具的民间谣谚,无论是从引用者的主观需要还是从作品的客观价值来看,都有其必然性和合理性。

从之前的讨论也可以知道,同样是引用,史传中引《诗》的数量、频率要大大高于其他种类的诗歌,如《左传》《汉书》引《诗》均达 200 多处,其他如《国语》30 多处,《史记》20 多处,《后汉书》

---

① (清)洪亮吉:《春秋左传诂》,李解民点校,中华书局 1987 年版,第 332 页。

60多处,《三国志》30多处,这都是别的引诗无法比拟的。

史传多引《诗经》,首要原因固然是古人尊崇《诗》的权威、神圣,以引《诗》为高贵、文雅,盛行言必引《诗》的时代风尚。而另一个很重要的原因,则是因为史官受诗、史互通意识的支配,在撰史过程中借《诗》论事、证事,抒情言志。比如在《左传》中,除了行人公卿引《诗》、赋《诗》之外,史官作者也常常喜欢用《诗》,其中以"君子曰"的方式引《诗》就多达36处,涉及诗作47篇。① 《史记》《汉书》《后汉书》的作者也常有这种习惯。再就是史传毕竟以君臣、官僚士大夫为主要叙述对象,而且三百篇很早就已经有了现成、供人学习和诵读的本子,这些人接触、学习、熟悉之,显然要比分散在民间,尤其是在社会底层的其他诗作更加方便、直接,吟唱、引用起来自然也就更加便捷和熟练。由于这几方面的原因,史传中引《诗》的现象便自然而然地多起来,从而远远多于引用其他的诗作。

2. 自拟

史传中出于历史人物之手(口)的诗作,理论上都属自拟。但自拟的情况较为复杂,这是因为史传中历史人物的诗作,究竟确实是出自本人手笔(口头),还是由史家或叙述者代拟,较难认定。

所以,史传中自拟的作品有两种情况:一种的确是历史人物自己创作的。如梁鸿是一位隐士、诗人,"博览而无不通",与妻"共入霸陵山中,以耕织为业,咏诗书,弹琴以自娱。仰慕前世高士,而为四皓以来二十四人作颂"②。可见其具有诗歌创作所需要具备的才情、习惯及条件,本人亦有诗作传世,因此,《后汉书》中记述梁鸿的几首诗歌,可以认定为其本人自拟。其他如屈原、杨恽、班固、曹丕、曹植、蔡琰、郦炎等人亦如是,他们本身都是史上著名的文人作家,也有世人公认的传世诗文,史传中所收录的他们的诗作,应该可以认定

---

① 参见石风《试论〈左传〉用诗的类型、特点及其影响》,《西安社会科学》2011年第5期。

② (南朝·宋)范晔:《后汉书·逸民列传》,中华书局2007年版,第812页。

是他们自己的创作。尤其是屈原的《怀沙》、梁鸿的《五噫歌》、曹植的《赠白马王彪》、蔡琰的《悲愤诗》等，都是文学史上的名篇佳作，读者对于诗作的作者归属，并无太多异议。

另一种则很可能是由叙述者代历史人物立言，也就是说，史传中部分历史人物的诗作，其实是史家或叙述者自己的作品。如《战国策》中插入的诗歌，则很可能是这种情况。《战国策》中的叙事，有许多"拟作""拟托"即虚拟的现象，早在宋代，晁公武《郡斋读书志》就注意到这种现象："其纪事不皆实录，难尽信。"缪文远《战国策考辨》（中华书局 1984 年版）确认该书共 495 篇，其中有 93 篇为拟托之作。马振方甚至认为"全书'拟托'之作远不止此，谓其大半是小说，似嫌太过，或待深考，说它真伪参半，则庶几近实"①。"虽然习惯上把《战国策》归为历史著作，但它的情况与《左传》《国语》等有很大不同。有许多记载，作为史实来看是不可信的。如《魏策》中著名的'唐且劫秦王'，写唐且在秦廷中挺剑胁逼秦王嬴政（即秦始皇），就是根本不可能发生的事情。这一类内容，与其说是历史，还不如说是故事。"②

由于《战国策》叙史的真实性不足，历史人物其人其事都有许多虚拟的成分，所以当中人物的诗赋亦很有可能是史家代拟。《冯谖客孟尝君》中冯谖的"长铗归来乎！食无鱼""长铗归来乎！出无车""长铗归来乎！无以为家"；《荆轲刺秦王》中荆轲的"风萧萧兮易水寒，壮士一去兮不复还"等作品，都极有可能是史家在叙述过程中，为特定时刻、特定语境下面的描述对象量身定做的，目的在于突出人物形象的个性特征，渲染一种氛围，加深读者的印象。比如说荆轲刺秦王，显然是一个极为机密的计划，其行动应是秘而不宣的，如此大张旗鼓地为其送别、壮行，简直不可思议，也不合情理，因此，"易水送别"这一史实的真实性是要大打折扣的。如此，"易水歌"是叙

---

① 马振方：《〈战国策〉之小说辨析》，《中国典籍文化》（季刊）2009 年第 3 期。
② 章培恒、骆玉明：《中国文学史》（上），复旦大学出版社 1996 年版，第 115 页。

述者所代拟的可能性，就要大大超过荆轲自拟的可能性。

至于《左传》"隐公元年"中，郑庄公母子的歌赋"大隧之中，其乐也融融""大隧之外，其乐也泄泄"；《史记》中项羽的"力拔山兮气盖世，时不利兮骓不逝。骓不逝兮可奈何，虞兮虞兮奈若何"；刘邦的"大风起兮云飞扬，威加海内兮归故乡，安得猛士兮守四方""鸿鹄高飞，一举千里。羽翮已就，横绝四海。横绝四海，当可奈何！虽有矰缴，尚安所施"；《汉书》中李陵的"径万里兮度沙幕，为君将兮奋匈奴。路穷绝兮矢刃摧，士众灭兮名已颓"等作品，其实也很难确定其是否出自历史人物之手（口）。但出于对这些史传作为信史、正史的信赖，同时后代亦有人将其中的一些诗作收入各种选本，得到后人某种程度的认同，我们姑且认定这些作品的归属是上述相关的人物。李陵出身将门、名门，接受文化教育、熏陶应略多，史载其与五言诗也有一些关系，具有一些诗情、诗才或许可信，但项羽、刘邦都是文化程度不高的粗人，有没有这样的才情、雅致实在难说。鉴于这个事实，此处姑且把这些作品看作历史人物自拟，但内心仍需保留一份疑问，不可不信，但又不可全信，这恐怕才是科学、稳妥的态度。

（二）从诗歌的文本构成看

从文本构成来看，史传中插入的诗歌可以分成内置式构成、外加式构成两种。

1. 内置式构成

内置式构成是指在史传的叙事文本中，诗歌和叙述文字表现出一种与生俱来的血肉关系，两者互相依存，共同参与史实的叙述、故事情节的经营、人物形象的刻画塑造等。上述郑庄公母子、冯谖、荆轲、项羽、刘邦等人的歌诗，都属于这种内置式的诗歌。在史传叙述的过程中，如若单有诗歌，表现不出具体、细致、详尽的史事细节；仅有叙述文字，也表现不出应有的气氛、意蕴和情趣。所以两者相辅相成，相得益彰，任何一方缺位，都会使史传的叙事、写人大为逊色。

如《冯谖客孟尝君》中，冯谖三次倚柱弹铗唱歌，既表现了他对号称"重士"的孟尝君的失望，对自己现实处境的不满和寄人篱下的屈辱、忧愤，也表现了他狂傲不羁的性格。每次弹铗唱歌，都使他的处境、待遇得到提升，也推进了情节的发展，为他之后替孟尝君"开凿三窟"做足了铺垫。该文以先抑后扬的手法来刻画冯谖的形象，三弹其铗而歌，是对人物形象的反复贬抑，为后面褒扬他备力蓄势，由此造成了前后的极大反差，给读者以深刻的印象。这对于刻画冯谖的形象、推进情节和增强叙述的趣味，都起了很重要的作用。如果没有这些歌诗的出现，人物形象将会显得苍白，故事势必会单薄、乏味许多，了无趣味。因此，这三句歌诗实在是点睛之笔。

又如《项羽本纪》中的"力拔山兮气盖世，时不利兮骓不逝。骓不逝兮可奈何，虞兮虞兮奈若何！"没有这样的一首歌，就难以表现末路英雄项羽那种拔山盖世、壮怀激烈的气质、气势，更表现不出壮志未酬、战场的失意从而导致情场失意的无奈、悲愤。表现不出项羽、虞姬之间生死不渝的深情。

刘邦的前后两首诗"大风起兮云飞扬，威加海内兮归故乡，安得猛士兮守四方！""鸿鹄高飞，一举千里。羽翮已就，横绝四海。横绝四海，当可奈何！虽有矰缴，尚安所施！"也分别表现了人物不同的心境和场面、气氛：前者写于他春风得意之时，豪气干云，踌躇满志；后者出自暮年，面对失控的局面，有心无力，愧疚交集。《大风歌》表现了刘邦衣锦还乡之时热烈、壮观的场面，渲染一种高调、昂扬的氛围；《鸿鹄歌》则反映出一种凄凉、伤感的情调，衬托出刘邦和戚夫人孤单、无助和无奈的心境。

这些诗歌完全融进了史传的叙事体系中，与叙述的文字构成一种无法割舍的血肉联系，成了叙事体系的有机组成部分。这些诗歌的加入，使相关的史传叙事更具情节性和生动性，历史故事才更加具体化、生活化，人物形象也因之血肉丰满，栩栩如生。

2. 外加式构成

外加式构成是指在史传的叙述文本里，诗歌的插入并非出自天然，与叙述文字之间没有必然的联系，是使用者为表达某种观点、理念，即席、应景信手拈来，加以利用。如果说，内置式的构成是一种情节性的构成，那么，外加式构成则是一种非情节性的构成。这种诗歌的主要功用在于证事明理、评论，所以多出现在史家的史论、论赞当中。

一般情况下，史家（叙述者）都是隐藏在史实的背后，默默地叙述，只有在特定的语境下，才直接到前面来发表意见和见解。如此，以诗证事是重要的方式和手段，所以外加式的诗歌，多数是经典，那样才有力度、权威和说服力。如《诗经》章句、民间谣谚多出现在这种场合。

如《左传》"僖公九年"：

> 冬十月，里克杀奚齐于次。书曰"杀其君之子"，未葬也。荀息将死之，人曰："不如立卓子而辅之。"荀息立公子卓以葬。十一月，里克杀公子卓于朝。荀息死之。君子曰："《诗》所谓'白圭之玷，尚可磨也；斯言之玷，不可为也。'荀息有焉！"[1]

"白圭之玷，尚可磨也；斯言之玷，不可为也"，出自《诗经·大雅》的《抑》，据称该诗为周大夫卫武公作以自儆并刺王室，后人以此诗为箴铭之祖。此四句谓白璧上的污点还可以磨掉，言语上的缺点就无法补救了。一语出口，如泼水之不可收，出现了错误便难以补救，所以要谨言慎语。荀息在晋献公临终时承诺誓死辅助奚齐，但奚齐是骊姬通过陷害太子申生及重耳、夷吾等人，以废长立幼的政变方式上位的，无论从程序上还是道义上，都缺乏正义性，所以为之尽忠、践诺，显然不值。"君子"认为荀息是为自己的错误言论付出了不该付的代价。

又如《汉书·李广苏建列传》：

> 赞曰：李将军恂恂如鄙人，口不能出辞，及死之日，天下知

---

① （清）洪亮吉：《春秋左传诂》，李解民点校，中华书局1987年版，第286页。

与不知皆为流涕，彼其中心诚信于士大夫也。谚曰："桃李不言，下自成蹊。"此言虽小，可以喻大。然三代之将，道家所忌，自广至陵，遂亡其宗，哀哉！[①]

班固此赞语，其实本自《史记·李将军列传》司马迁的论赞。司马迁、班固均对李广的事迹、行为赞赏有加，也对他遭受到不公正的待遇抱打不平。所引谚语"桃李不言，下自成蹊"是喻实至名归，尚事实不尚虚声，史家以此表明命运乖张的李广在人们心目中的真实形象，以及人们对之的真实感情。

以上两例，有没有这些诗歌、谣谚的插入，其实对事件的叙述、作者的观点立场并没有大的影响。显然，它是外加的、一种非情节性的插入，与叙述、议论也不构成必然的、有机的联系，缺少了它们，事实、观点依然如旧。它的出现，只是对史家的思想态度有所强调，表现了一种价值或道德的取向，加强议论的力度和思想的厚度。由此可见，外加式构成插入的诗歌，与内置式构成插入的诗歌，使用者及使用的方式、场合都有所不同，两者分担的职能也不一样。

第三节　《史记》与《诗经》

《史记》与《诗经》的关系，是一个古老而又常新的话题。说它古老，是因为《史记》所记的几大《诗经》学案，早在两千年前就引发了经学家的研究，至今仍然争论不休，没有定论；说它常新，是两千多年来，《史记》与《诗经》之间的话题可谓层出不穷，新见常出。这都表明，《史记》与《诗经》的关系确实非同一般。

有人统计过，"在《史记》一书中'诗'字共出现了一百二十余

---

① （汉）班固：《汉书》，中华书局 2007 年版，第 553 页。

次，其中一百余次都明确指称《诗经》"①。这表明，《史记》与《诗经》两者之间有许多交集，因而也就有许多值得讨论的问题。

一　《史记》论《诗经》

（一）"孔子删诗"说

《诗经》是我国古代第一部诗歌总集，它收集了西周初年至春秋中叶约 500 年间的 300 多个作品。关于《诗经》作品的来历、编集、成书及流传，先秦典籍并没有明确记载，因此后世众说纷纭。

如关于《诗经》作品的来历，历代都有采诗、献诗的说法。《国语·周语》："故天子听政，使公卿至于列士献诗。"《礼记·王制篇》："天子五年一巡守，二月东巡守。……命太师陈诗以观民风。"《孔丛子·巡守》："古者天子命史采诗谣，以观民风。"《汉书·艺文志》："故古有采诗之官，王者所以观民俗，知得失，自考正也。"

这些只交代了《诗经》作品的来历及采集方式，那么，这么多的诗作收集之后，又是什么人将之编辑成集的呢？

古代有多种说法。一说是周公（明人邓元锡）。周公，姬旦，西周初著名政治家。周武王的弟弟，周成王的叔叔，因采邑在周（今陕西岐山北），称为周公。武王死后，因成王年幼，由周公摄政。相传他制礼作乐，建立典章制度。战国秦汉学者将《诗经》中的《豳风·七月》《豳风·鸱鸮》《小雅·常棣》《大雅·文王》《周颂·清庙》《周颂·时迈》《周颂·酌》诸篇的著作权归诸周公名下，但后世学者多不认可。三百篇的创作时间在西周初至春秋中叶，跨越 500 多年，最晚的作品《陈风·株林》写陈国灵公与夏姬淫乱，该事件发生在《左传》宣公九年、十年，即公元前 600 年、599 年，而周公活动在西周初（公元前 1000 年前后），所以这一说法显然不可信。

另一说是孔子。这个说法出自司马迁。《史记·孔子世家》：

---

① 张晨：《试论司马迁的〈诗经〉观——兼及〈史记〉与〈诗经〉之关系》，《北方论丛》2001 年第 5 期。

古者《诗》三千余篇，及至孔子，去其重，取可施于礼义，上采契、后稷，中述殷、周之盛，至幽、厉之缺，始于衽席，故曰："《关雎》之乱以为风始，《鹿鸣》为小雅始，《文王》为大雅始，《清庙》为颂始。"三百五篇孔子皆弦歌之，以求合《韶》《武》《雅》《颂》之音。礼乐自此可得而述，以备王道，成六艺。①

班固也沿用了这一说法，《汉书·艺文志》说："孔子纯取周诗，上采殷，下采鲁，凡三百五篇。"由于《汉书·艺文志》是根据刘歆的《七略》所写，显然这也是刘歆的观点。由此可知，汉代的孔子删诗之说，颇得人们的认同，因而此说在汉以后也很有市场，影响很大。

但据《左传》"襄公二十九年"记载，吴国公子季札到鲁国去，鲁国为他举行音乐表演，唱的就是《诗经》：

> 吴公子札来聘……请观于周乐。使工为之歌《周南》《召南》。曰："美哉！始基之矣，犹未也。然勤而不怨矣！"为之歌《邶》《庸》《卫》。曰："美哉渊乎！忧而不困者也。吾闻卫康叔、武公之德如是，是其《卫风》乎！"为之歌《王》。曰："美哉！思而不惧，其周之东乎！"为之歌《郑》。曰："美哉！其细已甚，民弗堪也。是其先亡乎？"为之歌《齐》。曰："美哉泱泱乎！大风也哉！表东海者，其大公乎？国未可量也。"为之歌《豳》。曰："美哉荡乎！乐而不婬，其周公之东乎？"为之歌《秦》。曰："此之谓夏声。夫能夏则大，大之至也，其周之旧乎！"为之歌《魏》。曰："美哉沨沨乎！大而婉，险而易行，以德辅此，则明主也。"为之歌《唐》。曰："思深哉！其有陶唐氏之遗民乎！不然，何忧之远也？非令德之后，谁能若是？"为之歌《陈》。曰：

---

① （汉）司马迁：《史记》，中华书局1959年版，第1936—1937页。

"国无主，其能久乎？"自《郐》以下无讥焉。为之歌《小雅》，曰："美哉！思而不贰，怨而不言，其周德之衰乎？犹有先王之遗民焉。"为之歌《大雅》。曰："广哉熙熙乎！曲而有直体，其文王之德乎？"为之歌《颂》。曰："至矣哉！直而不倨，曲而不屈；迩而不逼，远而不携，迁而不淫，复而不厌，哀而不愁，乐而不荒，用而不匮，广而不宣，施而不费，取而不贪，处而不底，行而不流。五声和，八风平；节有度，守有序。盛德之所同也！"①

由上可见，当中的分类编排，即十五国风、大小二雅、颂等的顺序、格局，与现存的《诗经》已经大体一致。这绝非巧合，而是表明《诗》三百篇，其时已经被编辑成形。季札在鲁国观乐的时间是鲁襄公二十九年（前544），孔子其时才8岁，这个工作显然不是孔子做的，必定另有其人。

清代方玉润《诗经原始·自序》云："陈灵世去孔子尚五六十年，期间必有博学闻人、高明盛德之士，应运挺生，独能精深六义，分编四始，以成一代雅音，上贡朝廷，垂为声教。"这位"高明盛德之士"是谁，我们无法得知，但可以肯定的是，此人绝不是孔子，因此，孔子删诗的说法，是不能成立的。但后世学者对于司马迁的"孔子删诗"说是否可信，却一直争论不休。

司马迁作史，采录至为宏博，"厥协《六经》异传，整齐百家杂语"（《史记·太史公自序》）。班彪曾说："孝武之世，太史令司马迁采《左氏》《国语》，删《世本》《战国策》，据楚汉列国时事，上自黄帝，下迄获麟，作本纪、世家、列传、书、表凡百三十篇，而十篇缺焉。"②《史记·十二诸侯年表》也称："鲁君子左丘明惧弟子人人异端，各安其意，失其真，故因孔子史记具论其语，成《左氏春秋》。"

---

① （清）洪亮吉：《春秋左传诂》，李解民点校，中华书局1987年版，第6097—6100页。

② （南朝·宋）范晔：《后汉书·班彪列传》，中华书局2007年版，第394页。

可见，司马迁是接触过《左传》的，他提出"孔子删诗"之说，究竟是对《左传》季札观乐的相关记载视而不见呢，还是后人对他的表述有所误解？笔者以为是后者。

"古者《诗》三千余篇，及至孔子，去其重，取可施于礼义……"之"及至孔子"一说，其实可以理解为到了孔子的时代，《诗》三百已按"可施于礼义"的理念、原则被编辑成形，并非由孔子亲手删编。《论语》是研究孔子生平、思想最重要、最直接的资料，其中有孔子修订、使用《诗经》的记录，但没有孔子删诗的记载，如此理解也与《论语》所载吻合。范文澜认为，春秋时应用的《诗》不过 300 多篇，说孔子从 3000 多篇删成 305 篇不可靠，但孔子保持原来的文辞，删去杂芜的篇章，一些有重大历史意义的古诗篇，因孔子选诗而得以保存。① 这些立论谨慎、稳妥的概括，被较多的学者接受。

至于"古者《诗》三千余篇"的数字，也为后世许多学者质疑。早在唐初，孔颖达为五经作疏，就开始怀疑司马迁记述失实："书、传所引之诗，见在者多，亡佚者少，则孔子所录，不容十去其九，马迁言古诗三千余篇，未可信也。"②

但坚信孔子删诗的学者也认为这一数字是可信的。到目前为止，已从传世和出土文献中辑得《诗经》"逸诗"185 首，其中最近新公布的清华简《周公之琴舞》组诗，又一次性贡献 17 首《诗经》"逸诗"。虽然"近些年，随着出土文献的不断涌现和研究的不断深入，支持司马迁这一说法的证据和学者越来越多"③，但所发现的"逸诗"与司马迁称孔子所删数目的差距还相当巨大，因而，为司马迁此说"翻案"的日子恐怕仍很遥远。

（二）"发愤作《诗》"说

《史记·太史公自序》：

------

① 参见范文澜《经学史讲演录》，《范文澜历史论文选集》，中国社会科学出版社 1979 年版。

② 参见（唐）孔颖达疏《毛诗正义》（上），北京大学出版社 1999 年版，第 8 页。

③ 徐正英：《清华简〈周公之琴舞〉与孔子删〈诗〉相关问题》，《文学遗产》2014 年第 5 期。

七年而太史公遭李陵之祸，幽于缧绁。夫《诗》《书》隐约者，欲遂其志之思也。昔西伯拘羑里，演《周易》；孔子厄陈、蔡，作《春秋》；屈原放逐，著《离骚》；左丘失明，厥有《国语》；孙子膑脚，而论兵法；不韦迁蜀，世传《吕览》；韩非囚秦，《说难》《孤愤》；《诗》三百篇，大抵贤圣发愤之所为作也。此人皆意有郁结，不得通其道也，故述往事，思来者。①

这就是著名的"发愤著书说"。相同的论述也见司马迁的《报任安书》，文字略有出入。虽然这里并非专论《诗经》，但也包含了《诗经》，他认为《诗经》和所有伟大的作品一样，都是圣贤发泄愤懑的作品。这些人都是遭遇坎坷、磨难，心里有所郁结，又得不到通达，所以才叙述往事，期望将来有理解自己的人。司马迁先述自己因李陵之祸，遭遇奇耻大辱和身心巨创，然后再论古圣先贤，显然是引古人自况，表明自己的《史记》创作，与周文王演《周易》、孔子著《春秋》、屈原赋《离骚》……一样，有类似的经历、过程和动因，因而其人其作，也必将跻身于同一行列而千古不朽。后来的事实也证明的确如此。司马迁在这里讨论的，其实是一个关乎著述动力学说的问题，认为伟大作品的创作，作者的不平经历、不幸遭遇是重要的内在动因和强大的推动力，只有经历过磨难，并且能够经受得起艰难磨炼、深刻体验苦难的人，才能做出一番大事业来，这当然也包括文学的创作。

司马迁引述的这些古圣先贤，其人其事与历史事实有些出入，比如《春秋》《国语》今人多认为并非孔子、左丘明所著；韩非的《说难》《孤愤》作于入秦之前，吕不韦的《吕氏春秋》写在放逐之先，这分别在《史记》韩非、吕不韦的传记中都有明确记载。司马迁笔随情至，一泻而下，表述并不严谨，可以理解为故作破绽以抒愤，显示

---

① （汉）司马迁：《史记》，中华书局 1959 年版，第 3300 页。

他效法古人、发愤著书的激情和决心。司马迁最终从个人的悲怨中解脱出来，忍辱负重，完成了《史记》的撰述。

他发愤著书的动因及其著述行为，都对后人有极大的启发和激励。唐代韩愈"不平则鸣"、宋代欧阳修诗"穷而后工"以及"愤怒出诗人"等论断，在精神上与司马迁的论断都有传承的关系。

《诗经》的作者队伍很广泛，其中"国风"大部分是下层劳动者的作品，司马迁说"《诗》三百篇，大抵贤圣发愤之所为作也"，称"圣贤"而不避劳动人民，这也反映了他进步的历史观和人民性。劳动人民不仅能创造历史，也能创造文学和艺术，在司马迁的论述里也有这方面的表述，表明他对此事实的认同。

（三）"《商颂》宋诗"说

《诗经》中的"颂"诗是在宗庙中演唱的祭歌，内容主要是对先祖先君的歌颂，个别篇章记述了一些农业生产的状况，宗教气味比较浓厚，但也具有一定的历史价值。"颂"分《周颂》《鲁颂》《商颂》三部分，《周颂》是周初的祭歌，《鲁颂》是歌颂鲁僖公的，《商颂》则是春秋时宋国的祭歌——但汉代以来，有一批学者对此说并不认同，认为《商颂》是殷商时代的作品。两派互相争论，都没办法驳倒对方。因此，《商颂》到底是创作于春秋时代还是殷商时代，成为《诗经》研究史上的一大悬案。司马迁显然是倾向前一种观点的。

《史记·宋微子世家》：

> 襄公之时，修行仁义，欲为盟主。其大夫正考父美之，故追道契、汤、高宗殷所以兴，作《商颂》。[1]

按司马迁的记载，《商颂》是宋诗，其作者是孔子的祖先、宋国的大夫正考父，创作的动机是赞美宋襄公修行仁义的行为。因宋是商的后代，所以宋人的祭歌称"商颂"。《商颂》共五篇：《那》《烈祖》

---

[1] （汉）司马迁：《史记》，中华书局1959年版，第1633页。

《玄鸟》《长发》《殷武》。前两篇祭祀、歌颂成汤，后三篇歌颂殷高宗武丁，并述说殷商的起源，殷商先祖契的降生。汉代今文三家诗对《商颂》创作年代的看法一致，都认为《商颂》是宋诗。据一些学者的考证，司马迁的相关记述，应该来自其中的《鲁诗》（失传）。

"《商颂》为宋诗"说从清代中后期至今几百年，被多数人所信从。在这个过程中，魏源、皮锡瑞、王国维、俞平伯、郭沫若、刘大杰等近现代著名学者，都做了许多卓有成效的研究和考证，虽然对于《商颂》的作者是否为孔子的祖先正考父，意见不尽一致，但司马迁"《商颂》为宋诗"说的观点基本都得到他们的认同。当然，持相反意见的也大有人在。

假使《商颂》是殷商的作品，"那么在《易经》以前的卜辞时代，这种作品便产生了。但从文字的历史与文学思想来说，这都是不可信的"[1]。否则《诗经》是西周初至春秋中叶的作品，这为当今大多学者所认同的说法，也将被颠覆。由此看来，对于这个话题的争论仍将继续。

二　《史记》引用《诗经》

《史记》引用《诗经》（包括重复引用）多达 34 处，涉及的作品有 20 多篇（包括逸诗多篇）。《史记》引诗，也有两种情况：一是情节性的引用；一是非情节性的引用。

（一）情节性引《诗》

情节性的引《诗》是指《史记》在叙述过程中，引用《诗》句参与了情节的经营，成为情节的有机构成。

如《孔子世家》写孔子师徒被困于陈，弟子们大为不解，异常恼怒，孔子三度引《诗》，分别向子路、子贡和颜回提问同一个问题，三人都发表了自己的意见。这就是一个反映孔子及其弟子理解、运用《诗经》的故事，引用的《诗经》章句成了情节的基本线索和核心内容：

---

① 刘大杰：《中国文学发展史》，复旦大学出版社 2006 年版，第 26 页。

孔子知弟子有愠心，乃召子路而问曰："《诗》云：'匪兕匪虎，率彼旷野。'吾道非耶？吾何为于此？"子路曰："意者吾未仁耶？人之不我信也。意者吾未知耶？人之不我行也。"孔子曰："有是乎！由，譬使仁者而必信，安有伯夷、叔齐？使智者而必行，安有王子比干？"

子路出，子贡入见。孔子曰："赐，《诗》云：'匪兕匪虎，率彼旷野。'吾道非耶？吾何为于此？"子贡曰："夫子之道至大也，故天下莫能容夫子。夫子盖少贬焉？"孔子曰："赐，良农能稼而不能为穑，良工能巧而不能为顺。君子修其道，纲而纪之，统而理之，而不能为容。今尔不修尔道而求为容。赐，而志不远矣。"

子贡出，颜回入见。孔子曰："回，《诗》云：'匪兕匪虎，率彼旷野。'吾道非耶？吾何为于此？"颜回曰："夫子之道至大，故天下莫能容。虽然，夫子推而行之，不容何病，不容然后见君子！夫道之不修也，是吾丑也。夫道既已大修而不用，是有国者之丑也。不容何病，不容然后见君子！"孔子欣然而笑曰："有是哉颜氏之子！使尔多财，吾为尔宰！"①

"匪兕匪虎，率彼旷野。哀我征夫，朝夕不暇。"这几句出自《小雅·何草不黄》，兕是古书中的雌犀牛。该诗讽刺统治者征役不息，老百姓苦难不若野兽的现实。孔子借此诗考问学生对社会现实及自身处境的思考、见解，告诫弟子们要坚定自己的信念，走好自己的路，不要怨天尤人，表明"道"之不修是自己的耻辱，而"道"之不用、己之不见容则是统治者的耻辱。

《诗经》是孔子教育学生的教科书之一，所以在《仲尼弟子列传》中，也多处记载孔子或弟子引《诗》，师徒一起学习和交流：

---

① （汉）司马迁：《史记》，中华书局 1959 年版，第 1931—1932 页。

子夏问："'巧笑倩兮，美目盼兮，素以为绚兮。'何谓也？"子曰："绘后事素。"曰："礼后乎？"孔子曰："商始可与言《诗》已矣。"①

昔夫子当行，使弟子持雨具，已而果雨。弟子问曰："夫子何以知之？"夫子曰："《诗》不云乎：'月离于毕，俾滂沱矣。'昨暮月不宿毕乎？"他日，月宿毕，竟不雨。②

前一个故事出自《论语·八佾》，子夏（名商）向孔子请教对于《诗经·卫风·硕人》中"巧笑倩兮，美目盼兮，素以为绚兮"（"素以为绚兮"为逸句，不见今本《诗经》）几句的理解，孔子从绘画的手法、顺序来回答子夏："绘后事素。"意思是说先把白色底子抹好，然后再加上五彩的颜色。子夏则触类旁通："礼后乎？"——这不就是一个人先要有忠信的美德，然后再用礼来文饰吗？子夏的钻研精神和对诗意的发挥，深得孔子的赞许。

"月离于毕，俾滂沱矣"两句，出自《诗经·小雅·渐渐之石》，该篇乃出征将士感叹道途艰险，跋涉劳顿。离，落入，靠近；毕，星宿名，古人以其为主雨之星。《诗集传》："月离毕，将雨之验也。"月亮靠近毕星将雨，这是古人观察天象而得出的经验总结，孔子据之未雨绸缪，减少了许多旅途的麻烦，夫子的博学、强记，对于《诗经》的研读、领会由此可见一斑。但这毕竟是经验之谈，并非百分百灵验，所以，"他日，月宿毕，竟不雨"。这最后一笔，看似闲笔，但很有深意，也很有趣。

以上几处的引《诗》都与孔子师徒的生活、事迹有密切联系。引用的《诗经》诗句，既是故事生发的内在动因，又是情节的一部分，即叙事文本中的情节性构成。这些记载很琐细，但人物的思想、活动都反映得很真实、具体，充满生活的情趣，且可以以小见大，通过历

---

① （汉）司马迁：《史记》，中华书局1959年版，第2202页。
② 同上书，第2216页。

史人物研习《诗经》，从一个侧面反映社会历史的风貌。这反映出史传文本引《诗》更加生活化、情节化，《诗经》融入人的生活也因此表现得更加真实、具体和自然。引《诗》，参与了叙事，融进了情节，这种现象在其他史传中是没有的，或者是极少见的，非常难能可贵。

（二）非情节性引《诗》

非情节性的引《诗》，就是拿《诗经》的诗句作为议事、论证的论据或佐证，以增强言说的力度。非情节性的引《诗》，在史传中最为普遍，《史记》的引《诗》也以这种情况居多。在《史记》当中，非情节性引《诗》又可以分为历史人物引用和太史公自己引用两种。

1. 历史人物引《诗》

《春申君列传》写秦昭王征服韩、魏之后，意欲伐楚，楚春申君（黄歇）上书劝秦昭王勿做"两虎相与斗"之举。书中先后三处引《诗》，佐证自己对秦、楚、韩、魏之间关系的分析和见解，指出秦伐楚的不当和不智，就是历史人物引《诗》的著名例子：

> 天下莫强于秦、楚。今闻大王欲伐楚，此犹两虎相与斗。两虎相与斗而驽犬受其弊，不如善楚。
>
> ……
>
> 王若能持功守威，绌攻取之心而肥仁义之地，使无后患，三王不足四，五伯不足六也。王若负人徒之众，仗兵革之强，乘毁魏之威，而欲以力臣天下之主，臣恐其有后患也。《诗》曰："靡不有初，鲜克有终。"《易》曰："狐涉水，濡其尾。"此言始之易、终之难也。何以知其然也？昔智氏见伐赵之利而不知榆次之祸，吴见伐齐之便而不知干隧之败。此二国者，非无大功也，没利于前而易患于后也。吴之信越也，从而伐齐，既胜齐人于艾陵，还为越王禽三渚之浦。智氏之信韩、魏也，从而伐赵，攻晋阳城，胜有日矣，韩、魏叛之，杀智伯瑶于凿台之下。今王妒楚之不毁也，而忘毁楚之强韩、魏也，臣为王虑而不取也。

《诗》曰："大武远宅而不涉。"从此观之，楚国，援也；邻国，敌也。《诗》云："趯趯毚兔，遇犬获之。他人有心，余忖度之。"今王中道而信韩、魏之善王也，此正吴之信越也。臣闻之，敌不可假，时不可失。臣恐韩、魏卑辞除患而实欲欺大国也。①

"靡不有初，鲜克有终"出自《诗经·大雅·荡》："荡荡上帝，下民之辟。疾威上帝，其命多辟。天生烝民，其命匪谌。靡不有初，鲜克有终。"意思是说凡事都有一个很好的开始，却少有圆满的结局。春申君引此诗的意思是说，秦国做出伐楚的决定容易，但想有好的结果将会很难，因此轻率伐楚的举动是很不智的。

"大武远宅而不涉"是《诗经》逸诗，意为大军不远离自家宅地长途跋涉，那样将对自己十分不利。其实远方的楚国对秦国没有威胁，从这个意义上来说楚国是秦国的帮手，邻近的韩、魏两国才是其真正的敌人。

"趯趯毚兔，遇犬获之。他人有心，余忖度之"，出自《小雅·巧言》的第四章，顺序与原诗有出入。原顺序是："他人有心，余忖度之。趯趯毚兔，遇犬获之。"毚，狡猾。该诗讽刺周王听信谗言，酿成祸乱。以此告诫秦昭王不要被韩、魏表面上的驯服所迷惑，韩、魏两国低声下气地和秦国亲善，实际上是在欺骗秦国，居心不善。

第一处引用《诗经》和《易经》，揭示了始易终难这样一个在自然界、人类社会都常见的现象，意在叫秦王见好就收；第二处引《诗经》是要说明有王道仁义的国家能怀敌附远，建议秦国以仁义对待楚国；第三处引《诗经》，说明秦国当前要提防的是韩、魏，而不是楚国。

春申君的这篇文章，其实是讨论地缘政治的问题，引用《诗经》都是为了给自己的观点寻找论据，应该说引用的《诗经》诗句在议论中起了很重要的作用，使言说非常精辟、有力，得到了秦昭王的认可。这种历史人物引用《诗经》来议事、论证的现象，与《史记》前

---

① （汉）司马迁：《史记》，中华书局 1959 年版，第 2387—2391 页。

后其他史传的记载没有什么不同。

2. 太史公自己引《诗》

在《史记》中，司马迁自己也有引用《诗经》来抒情、议论的举动，如《孔子世家》篇末的论赞：

> 太史公曰：《诗》有之："高山仰止，景行行止。"虽不能至，然心向往之。……天下君王至于贤人众矣，当时则荣，没则已焉。孔子布衣，传十余世，学者宗之。自天子王侯，中国言"六艺"者折中于夫子，可谓至圣矣。①

"高山仰止，景行行止"，语出《诗·小雅·车辖》。景行：大道。意思是对高山要抬头瞻仰，对贤人的品德要看齐，站到同一个行列中去。司马迁将孔子比作高山，既有对其高尚品德的肯定和仰慕，也有对其学问上的推崇和折服，司马迁治史、治经，都对孔子多有效法。"高山仰止，景行行止"，道出了司马迁对孔子的由衷敬佩，也是后人对别人表达仰慕、敬佩之情时常常引用的诗句。

总而言之，《史记》的引《诗》，与以往史传有相同的地方，也有些新的现象，对写人、叙事、抒情都起了重要的作用。

三　《史记》对《诗经》史料的采用

司马迁在叙述历史尤其是殷、周时代的历史时，从《诗经》中取材甚多。可以说，《诗经》是《史记》中《殷本纪》《周本纪》两篇素材的主要来源。

（一）《史记》取材于《诗经》的原因

1. 《诗经》具有纪实性质

司马迁之所以热衷于从《诗经》取材，这首先是因为《诗经》具有浓厚的纪实性质，当中有相当多的史实、史料。如《大雅》中的

---

① （汉）司马迁：《史记》，中华书局1959年版，第1947页。

《生民》《公刘》《绵》《皇矣》《大明》等五篇周部族的史诗，就记载了周部族从其始祖后稷出生，到武王灭商这一个时期的部分史实；《商颂》中的《玄鸟》《长发》等史诗性作品，也记述了商人的部分民族史。其他一些诗篇即使称不上史诗，但也或多或少地反映了一些历史事件的细节或内容，如"大雅"中的《江汉》《常武》篇，反映周宣王平定淮夷的战争；"小雅"中的《采薇》《出车》《六月》等篇，则反映周宣王对猃狁的讨伐；而"小雅"《节南山》《正月》《十月之交》《雨无正》等批判时政的诗篇，揭露周代幽厉时期统治者倒行逆施，令老百姓怨声载道的暴政和庸政，也在一定程度上反映了社会现实等。这些史实或直接或间接地反映殷周时期政治、经济、文化、思想的发展状况，对观照、研究殷周时期的社会、历史有重要的参考价值。

《史记》是我国古代第一部纪传体的通史，司马迁的撰述可以说是一件前无古人的工作，因而很自然地存在先天不足，可资参考、使用的资料异常匮乏，所以必须使用一切可以使用的资料。既然如此，具有相当多史实、史料的《诗经》，自然便得到了太史公的青睐，使之成为《史记》素材的重要源泉。

2. 对孔子及儒家经典的推崇和信赖

在第一章我们曾经讨论过，司马迁在确定"上古五帝"的帝王谱系时，乃以儒家六艺为依据，以孔子的标准为标准，这是因为他通过对比研究各家载籍、学说之后，认为儒家经典具有最大的真实可靠性，孔子的思想、学说最为可信、权威，"考信于六义"（《史记·伯夷列传》），"折中于夫子"（《史记·孔子世家》），是他考信、取舍史料的原则和标准。司马迁在《史记》的撰述中取材于《诗经》，也是出于同样的考虑。

（二）《史记》取材于《诗经》的形式

《史记》从《诗经》中汲取了相当多的史料，如《殷本纪》中关于契、成汤等人的事迹，多来自《商颂》的《玄鸟》《长发》等篇；

而《周本纪》中关于后稷、公刘、古公亶父、季历、文王、武王等人
的事迹，则取材于《大雅》中的《生民》《公刘》《绵》《皇矣》《大
明》《文王有声》以及《鲁颂》中的《閟宫》等篇目。概而言之，《史
记》取材于《诗经》的形式，主要有以下三种。

1. 改写（翻译）

《史记》取材于《诗经》，最常见的形式是将其中的史诗改写，直
接植入其历史叙事当中。对此司马迁也直言不讳："余以《颂》次契
之事，自成汤以来采于《书》《诗》。"（《殷本纪》）由于改写是用汉代
通用的语体、文字来进行，所以这种改写其实又类似于翻译，且看
《大雅》之《生民》篇：

> 厥初生民，时维姜嫄。生民如何？克禋克祀，以弗无子。履
> 帝武敏歆，攸介攸止，载震载夙。载生载育，时维后稷。
>
> 诞弥厥月，先生如达。不坼不副，无菑无害，以赫厥灵。上
> 帝不宁，不康禋祀，居然生子。
>
> 诞置之隘巷，牛羊腓字之。诞置之平林，会伐平林。诞置
> 之寒冰，鸟覆翼之。鸟乃去矣，后稷呱矣。实覃实訏，厥声
> 载路。①

《周本纪》：

> 周后稷，名弃。其母有邰氏女，曰姜嫄。姜嫄为帝喾元妃。
> 姜嫄出野，见巨人迹，心忻然说，欲践之，践之而身动如孕者。
> 居其而生子，以为不祥，弃之隘巷，马牛过者皆避不践；徙置之
> 林中，适会山林多人，迁之。而弃渠中冰上，飞鸟以其翼覆荐
> 之。姜嫄以为神，遂收养长之。②

---

① 周振甫：《诗经译注》，江苏教育出版社2006年版，第389页。
② （汉）司马迁：《史记》，中华书局1959年版，第111页。

《史记》中的这段文字叙述姜嫄出野，踩踏神的脚印怀孕而生后稷，以为不祥弃之隘巷、山林，马牛不敢踩，飞鸟以翅膀庇护，基本史实与《生民》篇可谓一一对应，最大限度上忠实于史诗，只是记述的文体由诗歌变成了散文，这显然是对《生民》的改写。

2. 综述、概括

《史记》对于《诗经》诗史的改写，乃着眼于比较完整的史事，而且比较具写实性的诗句，在此之外的部分，则采用了综述或概括的方式。

如上述《周本纪》对于后稷的叙述，前半部分是改写《生民》，后半部分则改用了综述的手法。《生民》篇第四、五、六章叙述后稷的稼穑之道：

> 诞实匍匐，克岐克嶷，以就口食。蓺之荏菽，荏菽旆旆。禾役穟穟，麻麦幪幪，瓜瓞唪唪。
>
> 诞后稷之穑，有相之道。茀厥丰草，种之黄茂。实方实苞，实种实褎。实发实秀，实坚实好。实颖实栗，即有邰家室。
>
> 诞降嘉种，维秬维秠，维穈维芑。恒之秬秠，是获是亩。恒之穈芑，是任是负，以归肇祀。[①]

这部分诗歌篇幅较长，叙述的事实比较零散，其中有些诗句的写实性也不强，如"实方实苞，实种实褎。实发实秀，实坚实好。实颖实栗"主要是形容庄稼的丰硕，这些内容、文字并非史书之必需或相宜，所以《周本纪》将这些诗篇的内容综述为："其游戏，好种树麻、菽，麻、菽美。及为成人，遂好耕农，相地之宜，宜谷者稼穑焉，民皆法则之。"既保留史诗的基本内容，又简明扼要。

《周本纪》中关于公刘的事迹记载，其实是采自《大雅》的《公刘》篇。《公刘》共6章，篇幅也较长，述公刘自邰迁豳，初步定居

① 周振甫：《诗经译注》，江苏教育出版社 2006 年版，第 390—391 页。

并发展农业，为周代开国奠定基础，可谓周的开国史诗。而《周本纪》对于《公刘》篇史实的表述，也采用了综述的手法："公刘虽在戎狄之间，复修后稷之业，务耕种，行地宜，自漆、沮度渭，取材用，行者有资，居者有蓄积，民赖其庆。百姓怀之，多徙而保归焉。"

又如《长发》：

武王载旆，有虔秉钺，如火烈烈，则莫我敢曷，苞有三蘖，莫遂莫达，九有有截。韦顾既伐，昆吾夏桀。①

《殷本纪》："汤乃兴师，率诸侯，伊尹从汤，汤自把钺以伐昆吾，遂伐桀。""汤自把钺以伐昆吾"就是从以上诗句中概括出来的。

3. 采撷加工

改写、综述或概括都是直接使用《诗经》的诗句材料。而采撷加工，则是采撷《诗经》中的某个基本事实，加上其他典籍、传说的史料，对一个历史事件进行加工，使之明确、定型。相对于前两者的直接取材来说，这是一种间接的取材。这种方式一般是对《诗经》中表述得不是很具体、明确的故事用之。如《商颂·玄鸟》：

天命玄鸟，降而生商，宅殷土芒芒。古帝命武汤，正域彼四方。方命厥后，奄有九有。商之先后，受命不殆，在武丁孙子。武丁孙子，武王靡不胜。龙旂十乘，大糦是承。邦畿千里，维民所止，肇域彼四海。四海来假，来假祁祁。景员维河。殷受命咸宜，百禄是何。②

《玄鸟》中"天命玄鸟，降而生商"的说法并不具体，只是基本的事实。而《殷本纪》则云："殷契，母曰简狄，有娀氏女，为帝喾次妃。三人行浴，见玄鸟堕其卵，简狄取吞之，因孕，生契。"可见

---

① 周振甫：《诗经译注》，江苏教育出版社 2006 年版，第 507 页。
② 同上书，第 503—504 页。

此处关于简狄吞玄鸟卵生契的记载，基本事实来自《玄鸟》，同时也融进了其他的史料。其余如成汤平定海内、武丁复兴等史实，也或多或少有《玄鸟》所述的影子。《周本纪》中述古公亶父、季历、文王、武王等人的一些事迹，也有从《大雅》的史诗中撷取材料、再综合其他材料的情况。这种采撷加工的取材方式比之前两者更加隐蔽，材料的来源也更加丰富和复杂。

第三章

史传与古代散文

我国古代散文历史悠久，作品浩如烟海，品种繁多，文章体制五花八门。在中国古代，散文往往是相对于韵文而言的，凡不押韵的文章，都概称散文；又是相对于骈文而言的，指不重排偶、不求整齐的散体文章。其实，这两种区分都不够客观和科学，都不完全符合中国古代散文发展的实际。

事实上，对于古代散文的定义、散文文体的分类，从古至今都是一件很复杂、很困难的事情，迄今为止，也还没有哪一种定义、分类能令众人完全信服和接受。此处不想就散文的定义、分类做更多的讨论，只是按照约定俗成的一般习惯，姑且将古代诗歌、小说、戏曲之外的一些记言、记事、议论、说明、杂感、抒情、写景等的散体文章，都视之为散文。

史传其实就是一个古代散文的渊薮。除了它自身就是以散体文字叙述历史的叙事散文之外，其文本中也收录了大量的其他各体散文，为后世保存了许多珍贵的散文作品。下面结合史传的具体实际，将存在于史传文本中的各体散文分别做一些讨论，揭示其与史传的关系，及其在史传中的存在状态。

第一节　史传与叙事散文

叙事文又称叙记文、记载文、记事文、叙述文等，各种名称都离不开"叙"和"记"两个字。叙和记都是以备不忘，供事后查阅、参考，因而叙事文的种类也异常繁多，但通常我们说的叙事文，是指具有一定文学因素，反映社会生活，表达作者思想和感情的那些文章。

叙事文不仅是我国古代散文中最基本的一个种类，也是起源最早的一种体裁。我们说的叙事文虽然不等于简单的记事文字，但它们却是从简单的记事文字中孕育出来的。

最早的记事文字是殷商时期的甲骨卜辞。甲骨卜辞是刻在龟壳、兽骨上面的文字，是殷商王室占卜的记录。甲骨卜辞不仅是目前我们见到的最早的规范文字，也是记事文的萌芽，简要、短小。钟鼎铭文刻在青铜器上，直接记载了有关任命、赏赐、功德及重大历史事件，这是早期史家记事的文字，可说是后世史家之文的源头。易卦爻辞是《周易》中对卦和爻所作的说明性文字，其借自然现象、民间习俗或历史故事来象征、暗示事体的吉凶，当中也包含比较多记事的成分。总而言之，甲骨卜辞、钟鼎铭文、易卦爻辞都只是极为简单的记录，即使有较完整的句子和段落，也只能算作叙事散文的一个基本单位，是叙事散文的雏形，还不是成形的叙事文。

《尚书》是古代第一部历史文献的汇编，第一部古代散文集，它标志着我国古代散文的定型，所以被后人称为"散文之祖"。《尚书》兼具记叙和论述的性质，其中的一些篇目有很大比重的记叙成分，如《金縢》《顾命》分别记叙了周成王疑忌周公、成王死而康王即位之事；《禹贡》则记载了禹在开拓和治理中国疆土方面的贡献。这几篇文章都条理清晰，段落分明，组织严密，是我国古代最古老的叙事文。

　　从春秋到两汉这一历史时期，叙事文一直蓬勃发展，这种盛况集中体现在历史的记叙上，有学者称这个时期为"叙史时期"①，叙事性的史传散文如雨后春笋，大量涌现。如以《春秋》及其"三传"——《左传》《公羊传》《穀梁传》为代表的编年体史传散文；以《国语》《战国策》为代表的国别体史传散文；以《史记》《汉书》为代表的纪传体史传散文等。晋宋是叙事文的扩展时期，原来限于叙史的局面被打破，记叙的笔触已伸向社会生活的各个领域，但仍然涌现了《三国志》《后汉书》两部著名的史传散文。

　　这三类史传散文无论对后世的史学还是文学，都产生巨大的影响。作为先秦两汉叙事性散文的代表，此处主要从其叙事特征方面分别做一些讨论。

一　编年体史传散文

　　编年体的《春秋》是一部大事纲要，记事甚为简略，如同当今的标题新闻，文体并不规范；《公羊传》《穀梁传》重于解释《春秋》的"微言大义"，理论的阐说较多，叙述的分量不足。所以这几部史传的文学成就都不高，其文本对于后世散文的影响也不大。此处姑且略而不论。

　　《左传》是第一部叙事具体、详尽的编年体史书。作者的基本思想倾向是儒家的，民本思想贯穿全书，能从历史发展的潮流来看待新旧势力的消长，对历史事件做出比较客观的判断，表现出进步的历史观。

　　无论从史学还是文学的角度看，《左传》都是先秦编年体史传散文的代表。朱自清先生说："《左传》不但是史学的权威，也是文学的权威。"② 确实，《左传》文学成就之大，价值之高，足以为后世所师法。《左传》的文学成就体现在多个方面，而叙事艺术尤为后人称道。

---

　　① 谢楚发：《散文》，人民文学出版社1994年版，第18页。
　　② 朱自清：《经典常谈·春秋三传第六》，《朱自清古典文学论文集》（下），上海古籍出版社1981年版，第643页。

《左传》历来被誉为叙事文字之规范。古代学者如杜预、刘知几、章学诚、刘熙载等都对之做过评述。如章学诚将《左传》叙事之法分为顺序、逆叙、类叙、次叙、牵连叙、断续叙等 23 种（《论课蒙学问法》）；清代冯李骅分为 30 多种；今人张高平（台湾成功大学）亦有十几种。如此多种类的叙事手法，说明《左传》的叙事手法确实丰富多样。但这样分法也太过烦琐，有些也不具常态性或显性，不大必要，也不可取。这里只选几种具有代表性、显性的叙事手法做一些讨论。

（一）编年纪事的叙事

编年纪事的叙事，是编年体史传散文的取名之据、立身之本，体现早期史官原始记录的特点——君举必书，左史记言，右史记事，所记在竹简而积于箧，日积月累，依时间顺序经年而成。

编年体史书以年月为经，事实为纬，叙事依从时序，能对历史事件做连贯的记叙，也容易看出同时期各事件间的联系。缺点是首尾不能呼应，历史人物的生平和典章制度也无从详其原委。

如在"僖公二十八年"记叙的"城濮之战"中，有明确的时间推移，所述事件的时间节点非常清晰。在开头即有时间提示语："二十八年有春，晋侯侵曹"；又写"三月丙午"，既而写"夏四月己巳""五月癸丑""六月""冬"，又写到"二十八年春"。晋伐曹伐卫直到"夏四月戊辰"，即鲁僖公二十八年的夏天，晋、宋、齐、秦会于城濮之战，到战争胜利的最后一段，依次交代"癸酉而还""甲午，至于衡雍""五月丙午""丁未""己酉""癸亥"等。短短的一段战争后续故事的描写中，时间词出现之密集，唯编年体史书可见。作者似乎是在随时警示着事件发生的时间，使故事的时间感非常强烈。事件呈线形发展、推进，虽然记事比较连贯，轨迹清晰，但不能把时间暂时凝固起来，对事件做前因后果的完整记叙。

编年纪事是我国叙事文学的基本叙事模式，对后代史传散文、小说等的影响巨大。如《战国策》《史记》，在总的体例上虽分别是国别体和纪传体，但具体篇目的叙事方式依然是编年纪事的。《三国演义》《金瓶梅》《红楼梦》等长篇小说，情节的叙述严格按时间顺序，在总体结构上也是采用编年体。

（二）详略结合的叙事

《左传》叙事，也以剪裁得宜、安排适当见称，在该详尽的地方尽量详尽，该简略的地方又异常节省笔墨，做到详略结合，长短有致，表现出很高的剪裁和篇章结构艺术。

如"僖公二十三年"写重耳出亡，先后历经狄、卫、齐、曹、宋、郑、楚、秦八国，历时 19 年。作者并没有平摊笔墨，而是把整个过程分成两段：在狄国的 12 年为一个段落，其余七国的 7 年作为另一个段落。19 年的历程分作两大部分，显得整齐，但对每个国家的叙述长短不一，整齐当中又有参差变化，并没有给人平板、呆滞之感。

擅长叙写战争，是历来对《左传》的定评，《左传》叙事最突出的成就也在于描述战争。《左传》是先秦史传散文中叙写战争最多、最出色的一部，当中记述军事行动 400 多次，每一场战争都写得各有面目、各有特点，绝不雷同。尤其是僖公二十七年的晋楚城濮之战，僖公三十二年、三十三年的秦晋殽之战，宣公十二年的晋楚邲之战，成公二年的齐晋鞌之战，成公十六年的晋楚鄢陵之战等都是历史上著名的战例，也都写得声势浩大，错综复杂，变化多端，但又条理清楚，脉络连贯。

在战争叙述中，作者也很善于剪裁取舍，详略结合，把笔墨着重放在战前背景、布局、力量对比、人心向背，以及战后各方的反应等方面，使读者能够更好地分析胜败的原因，从中吸取历史的经验教训。

如"僖公二十八年"所记的晋楚城濮之战，是一场左右当时中国时局的南北大战，参战双方有数十万人马。史家将主要的笔墨用来叙写战前双方的一系列政治、外交的动态和战后晋文公与楚国主将子玉的不同命运、结局，以及战争对于历史格局的重新整合等，对于具体交战场面的叙述则惜墨如金。如晋国如何在政治上争取民心；外交上分化、瓦解对方的阵营，孤立楚国；军事上"退避三舍"，避敌锋芒；战略战术上避实就虚，把楚国三军各个击破等，都交代得很详尽、周到，而叙写具体的战况才区区百余字：

> 己巳，晋师陈于莘北，胥臣以下军之佐当陈、蔡。子玉以若敖之六卒将中军，曰："今日必无晋矣！"子西将左，子上将右。胥臣蒙马以虎皮，先犯陈、蔡。陈、蔡奔，楚右师溃。狐毛设二旆而退之。栾枝使舆曳柴而伪遁，楚师驰之，原轸、郤溱以中军公族横击之。狐毛、狐偃以上军夹攻于西，楚左师溃。楚师败绩。子玉收其卒而止，故不败。[1]

又如"庄公十年"记齐鲁长勺之战（后人以"曹刿论战"独立成篇叙述之），战前鲁国的政治准备——取信于民，及战后曹刿分析赢得胜利的原因，都花了较多的笔墨，但具体交战的情况也只有几十字：

> 公与之乘。战于长勺。公将鼓之。刿曰："未可。"齐人三鼓，刿曰："可矣！"齐师败绩。公将驰之。刿曰："未可。"下，视其辙；登轼而望之。曰："可矣！"遂逐齐师。[2]

这种对战争前因后果详写，具体战况略写，详略结合的手法，表明作者不是为了写战争而写战争，而是为写历史而写战争。这不仅反映了战争在历史进程中的位置，而且突出了战争的意义，及其对于后人的启示。

布局谋篇、剪裁、材料取舍方面，《左传》都给后世文学、史学

① （清）洪亮吉：《春秋左传诂》，李解民点校，中华书局1987年版，第333页。
② 同上书，第241页。

著作的创作提供了许多宝贵的经验。如《史记》的互见法,《三国演义》中对于诸葛用兵、《水浒传》中对于吴用调兵遣将的叙述,都借鉴了类似的手法,受《左传》的影响很明显。

(三)历史故事化的叙事

《左传》从简单的历史大事记蜕变成为形象生动的历史故事,可以说是史传向文学发展的一个飞跃。《左传》将一个个历史事件叙述得生动活泼,有很强的故事性和可读性。因此,郑振铎称《左传》是"一部有文学趣味的历史"。的确能够使人"寻绎不倦,览讽忘疲"(刘知几《史通·载言》)。

《左传》中所记的头一件大事就是"隐公元年"的"郑伯克段于鄢":

> 初,郑武公娶于申,曰武姜,生庄公及共叔段。庄公寤生,惊姜氏,故名曰"寤生",遂恶之。爱共叔段,欲立之。亟请于武公,公弗许。及庄公即位,为之请制。公曰:"制,岩邑也,虢叔死焉,佗邑唯命。"请京,使居之,谓之京城大叔。

> 祭仲曰:"都,城过百雉,国之害也。先王之制:大都,不过参国之一;中,五之一;小,九之一。今京不度,非制也,君将不堪。"公曰:"姜氏欲之,焉辟害?"对曰:"姜氏何厌之有?不如早为之所,无使滋蔓!蔓,难图也。蔓草犹不可除,况君之宠弟乎?"公曰:"多行不义,必自毙,子姑待之。"

> 既而大叔命西鄙、北鄙贰于己。公子吕曰:"国不堪贰,君将若之何?欲与大叔,臣请事之;若弗与,则请除之。无生民心。"公曰:"无庸,将自及。"大叔又收贰以为己邑,至于廪延。子封曰:"可矣,厚将得众。"公曰:"不义不昵,厚将崩。"

> 大叔完聚,缮甲兵,具卒乘,将袭郑。夫人将启之。公闻其期,曰:"可矣!"命子封帅车二百乘以伐京。京叛大叔段,段入于鄢。公伐诸鄢。五月辛丑,大叔出奔共。

> 书曰:"郑伯克段于鄢。"段不弟,故不言"弟"。如二君,

故曰"克"。称郑伯，讥失教也——谓之郑志——不言"出奔"，难之也。

遂置姜氏于城颍，而誓之曰："不及黄泉，无相见也。"既而悔之。

颍考叔为颍谷封人，闻之，有献于公。公赐之食，食舍肉。公问之，对曰："小人有母，皆尝小人之食矣，未尝君之羹，请以遗之。"公曰："尔有母遗，繄我独无！"颍考叔曰："敢问何谓也？"公语之故，且告之悔。对曰："君何患焉？若阙地及泉，隧而相见，其谁曰不然？"公从之。公入而赋："大隧之中，其乐也融融！"姜出而赋："大隧之外，其乐也泄泄！"遂为母子如初。[①]

郑庄公之弟共叔段得母姜氏的宠爱、纵容，野心勃勃，咄咄逼人，与庄公争权夺利，庄公欲擒故纵，表面不动声色，内里却密切注视其一举一动，待时机成熟，聚而歼之；庄公因怨恨母亲偏爱共叔段，发誓"不及黄泉，无相见也"，后又悔而见之于隧道，母子如初，其乐融融。所叙反映了统治阶级内的矛盾冲突，以及庄公的阴险和虚伪。

这段叙述细节纷繁，人物形象栩栩如生。家庭琐事、骨肉伦理与军国大事纠结在一起，平静的表象下面是即将喷发的火山，你死我活的紧张搏斗之中又见一丝人间温情。作者将人物的对话、动作、无关历史宏旨的细节都写入书中，将历史人物的个性特征刻画得非常鲜明，各具风采，如郑庄公的阴险狠毒、共叔段的愚昧张狂、姜氏的自私贪婪、颍考叔的淳厚机智等，都给人留下深刻的印象。整个事件叙述细腻，层次分明，曲折起伏，扣人心弦，使历史叙事有很强的文学性、可读性和趣味性，颇似一篇小说。这样的例子在《左传》中还有很多。

---

① （清）洪亮吉：《春秋左传诂》，李解民点校，中华书局1987年版，第184—188页。

二 国别体史传散文

国别体史传散文以《国语》《战国策》为代表。

《国语》也是记载春秋时代的历史。全书 20 篇，分别记载晋、周、鲁、齐、郑、楚、吴、越八国君臣、贵族在一些政治、外交、饮宴等场合的言论，主要通过人物的言论来反映历史，所以称为"国语"。

因《国语》和《左传》都是记载春秋的历史，两者的思想内容有些雷同，思想倾向也基本一致。而《国语》偏向记言，《左传》偏向记事，正好互相参看，互为补充，所以《左传》和《国语》有"春秋内传""春秋外传"之称。

由于《国语》由八国史事汇编而成，并非出自一人之手，所以全书的文风、体例并不统一。比如《周语》《鲁语》较为典雅，风格近似《左传》；《晋语》不乏幽默风趣之笔；《楚语》讲究修饰，行文较有气势；《吴语》《越语》则别具一格，精彩动人等。

作为"语"体的叙事文、记言散文的代表，《国语》的特点是偏重教训，重在记言，而不多记事。如鲁庄公十年的齐鲁长勺之战，《国语·鲁语上》和《左传》"庄公十年"都有记载，但《鲁语上》只记战前曹刿与鲁庄公双方的对答，"庄公十年"所载的"公与之乘，战于长勺"以下的交战状况，则一概不记：

> 长勺之役，曹刿问所以战于庄公。公曰："余不爱衣食于民，不爱牺牲玉于神。"对曰："夫惠本而后民归之志，民和而后神降之福。若布德于民而平均其政事，君子务治而小人务力；动不违时，财不过用；财用不匮，莫不能使共祀。数以用民无不听，求福无不丰。今将惠以小赐，祀以独恭。小赐不咸，独恭不优。不咸，民不归也；不优，神弗福也。将何以战？夫民求不匮于财，而神求优裕于享者也。故不可以不本。"公曰："余听狱虽不能察，必以情断之。"对曰："是则可矣。知夫苟中心图民，智虽弗

及，必将至焉。"①

这段文字纯是记言，是战前鲁国君臣间关于如何取信于民，获得民众支持而使自己立于不败之地的讨论，叙述者注重的是启示和教训，而不是事件和过程，因而长勺之战的具体战事是被忽略的，这体现了《国语》重在记言的特点。

《国语》也善于记言，简洁生动，很有个性，如《晋语九》之"董叔娶范氏"：

> 董叔将娶于范氏，叔向曰："范氏富，盍已乎！"曰："欲为系援焉。"
>
> 他日，董祁诉于范献子曰："不吾敬也。"献子执而纺于庭之槐。叔向过之，曰："子盍为我请乎！"叔向曰："求系，既系矣；求援，既援矣。欲而得之，又何请焉？"②

晋大夫董叔意欲攀附权贵，不听叔向的劝阻，娶了权臣范献子的妹妹范祁，因被范祁指控"不吾敬也"，结果被范献子捆绑且悬吊在庭中的槐树之上，受到叔向的嘲讽。仅记人物的三言两语，董叔攀龙附凤的庸俗心态及其被捆绑、悬吊时的悔恨；叔向的深谙世事和风趣幽默，便表现得活灵活现，生动逼真。故事糅合了一些夸张和想象，写得意趣横生，很具文学色彩，耐人寻味。

《战国策》32 篇，既是一部杰出的历史著作，又是一部优秀的散文集。主要通过记载战国纵横家的言行，来反映战国时代的历史，因而又称"纵横家书"。该书可能出自战国末期或秦汉之际的纵横家或习纵横术者之手，并非一人一时一地之作，所以思想内容较为驳杂，儒、道、墨、法、兵各家思想都有所反映，尤以纵横家的思想表现得最为突出。如崇尚智谋奇策，尊崇机巧权变；赤裸裸地公然宣扬追名

---

① 上海师范大学古籍整理组校点：《国语》，上海古籍出版社 1978 年版，第 151 页。
② 同上书，第 487 页。

逐利，不遗余力、不择手段谋求"金玉锦绣""卿相之尊"等，这些价值观、人生观在之前的《左传》《国语》里头，都是不曾有过的，在思想上反映出新的时代风气和特征。

《战国策》是《左传》散文的进一步发展，在人物描写、叙事手法、语言艺术等方面，都有新的变化和进步，取得了新的成就。

《战国策》和《左传》在叙事中同样重视写人，注重历史人物形象的刻画描写，但两者在叙事、写人关系的处理上是不同的。《左传》叙史以事件为重心，写人是为叙事服务的；而《战国策》则以人物为重心，叙事是为写人服务的。以事件为重心的写法，更突出史家叙事的特征，而以人物为重心的写法，则更具文学叙事的色彩。这种变化使得《战国策》在表现历史人物的个性、品质方面，投入了更多的笔墨和精力，也塑造了更多个性鲜明、生动活泼的人物形象。

《战国策》写人注重"神似"，也就是不苛求细节、外表的真实，而是注重精神实质的真实。这种"神似"的特点，具体表现在叙事写人中，就是多用夸张、虚构的手法，摄取人物性格中的典型特征，犹如现代漫画般进行勾勒、刻画，甚至是为凸显人物的典型特征，根据需要虚构一些"史事"或细节，使人物的典型性格特征表现得有根有据、合情合理，从而使人物形象更加逼真、生动。

如《冯谖客孟尝君》（齐策四）：

> 齐人有冯谖者，贫乏不能自存，使人属孟尝君，愿寄食门下。孟尝君曰："客何好？"曰："客无好也。"曰："客何能？"曰："客无能也。"孟尝君笑而受之曰："诺。"

> 左右以君贱之也，食以草具。居有顷，倚柱弹其剑，歌曰："长铗归来乎！食无鱼。"左右以告。孟尝君曰："食之，比门下之客。"

> 居有顷，复弹其铗，歌曰："长铗归来乎！出无车。"左右皆笑之，以告。孟尝君曰："为之驾，比门下之车客。"于是乘其车，揭其剑，过其友曰："孟尝君客我。"

后有顷，复弹其剑铗，歌曰："长铗归来乎！无以为家。"左右皆恶之，以为贪而不知足。孟尝君问："冯公有亲乎？"对曰："有老母。"孟尝君使人给其食用，无使乏。于是冯谖不复歌。[①]

冯谖是一个大智若愚但怀才不遇、穷困潦倒的策士，投靠号称"得士"、门下食客三千的孟尝君，却遭到孟尝君主仆的轻视和奚落。他通过弹铗唱歌这种异乎寻常的方式，来表达自己的不满和诉求，最终如愿以偿，并在后来齐国权力交替的变局中，为孟尝君保住地位立下汗马功劳。冯谖弹铗唱歌的歌词、动作、表情及其后来为孟尝君"开凿三窟"的非常规举动，深刻揭示了这个出身寒门的策士的典型特征：卑微而奇谲。由于出身寒门，他有点自卑，不敢直接而明确地提待遇和要求，也不像一些门客那样高谈阔论，显示自己的满腹经纶，从而谋得好的名声和待遇，而是从最低等的食客开始，渐渐满足；也不是通过正常的方式表达诉求，思维和行为方式异于常人。因而他常有出奇之举，许多行为、策略，都出人意料，也收到奇效。冯谖这个形象，反映了战国纵横策士的现实生态，及其以奇、以巧取胜的进取之道。

孟尝君门下有三种门客，冯谖三弹长铗而歌，冯谖为孟尝君开凿三窟，梁国使者为聘孟尝君往返三次等，都以"三"来构思情节，这个"三"既可以是实指，也可以是泛指，但无论如何，一组组性质相类的事件叠加在一起，显然是经过作者精心提炼、刻意凑合的，目的是强化某种事实，渲染某种气氛，夸张的色彩非常明显、浓厚。

《苏秦始将连横》（秦策一）写苏秦始以连横之策游说秦惠王失败，受到家人的冷遇，于是发愤自励，刻苦揣摩合纵之术，终于游说赵王成功。衣锦还乡之时，家人则换了另外一副面孔：

---

① （汉）刘向集录：《战国策》，上海古籍出版社 1985 年版，第 395—396 页。

　　说秦王书十上而说不行。黑貂之裘弊，黄金百斤尽，资用乏绝，去秦而归。羸縢履蹻，负书担橐，形容枯槁，面目犁黑，状有归色。归至家，妻不下纴，嫂不为炊，父母不与言。苏秦喟叹曰："妻不以我为夫，嫂不以我为叔，父母不以我为子，是皆秦之罪也。"

　　……

　　将说楚王，路过洛阳。父母闻之，清宫除道，张乐设饮，郊迎三十里。妻侧目而视，倾耳而听；嫂蛇行匍伏，四拜自跪而谢。苏秦曰："嫂何前倨而后卑也?"嫂曰："以季子之位尊而多金。"苏秦曰："嗟乎！贫穷则父母不子，富贵则亲戚畏惧。人生世上，势位富贵，盖可忽乎哉?!"①

　　这一篇中的"史实"，其实也有许多虚构、夸张的成分。事实上，秦惠王在位与苏秦活动的时间，相距数十年，两人不可能有交集；再就是当年由赵国去楚国，也不经过洛阳，所以说苏秦说楚而路过洛阳，父母亲属郊迎等细节，主要是出自传说和虚构。文中对于苏秦亲属"前倨而后卑"的描述也很夸张，通过这种夸张的描述，形成了强烈的前后对比，把苏秦家人市侩、势利的面孔表现得淋漓尽致，具有强烈的戏剧效果，令人忍俊不禁。前述《冯谖客孟尝君》中，冯谖初到孟尝君家，被左右奚落；薛地焚券收债"市义"等，也有虚构的成分。"《战国策》所载，大抵皆纵横捭阖谲诳相轻倾夺之说也，其事浅陋不足道"（李文叔《书战国策后》），所以不能以信史视之。虽然这些叙述都不尽合史实，不可尽信，但从文学的角度来说，作者所表露的思想感情则是真实的，人物的所作所为，是符合这个时代这类人物的特点的。这些文字深刻揭示了纵横家的境况、心态和社会的炎凉世态，文学的意味非常浓厚。

　　以第三人称全知视角叙事，也是《战国策》的一大特色。第三人

---

　　①　（汉）刘向集录：《战国策》，上海古籍出版社1985年版，第85—90页。

称全知视角叙事时，叙述者无处不在，扮演一个无所不知、无所不晓的角色。这种叙事方式，在《左传》《国语》当中都曾出现，但《战国策》使用更多、更频繁。

如《齐策一》写邹忌见徐公：

> 邹忌修八尺有余，而形貌昳丽。朝服衣冠，窥镜，谓其妻曰："我孰与城北徐公美？"其妻曰："君美甚，徐公何能及君也？"城北徐公，齐国之美丽者也。忌不自信，而复问其妾曰："吾孰与徐公美？"妾曰："徐公何能及君也？"旦日，客从外来，与坐谈，问之客曰："吾与徐公孰美？"客曰："徐公不若君之美也。"
>
> 明日徐公来，孰视之，自以为不如；窥镜而自视，又弗如远甚。暮寝而思之曰："吾妻之美我者，私我也；妾之美我者，畏我也；客之美我者，欲有求于我也。"①

夫妻（妾）在闺房中的私密对话，叙述者犹如在旁；卧榻上的自我思考，这些属于心理活动的范畴，但叙述者也能了然在目。叙述者这些全知、全晓的情形都是匪夷所思的。

又如《秦策一》写苏秦半夜读书：

> 乃夜发书，陈箧数十，得太公阴符之谋，伏而诵之，简练以为揣摩。读书欲睡，引锥自刺其股，血流至足。曰："安有说人主，不能出其金玉锦绣，取卿相之尊者乎？"②

苏秦夜深人静独处时的行为，尤其是他内心的独白，也非他人可以知晓，但《战国策》的作者竟然悉数洞见，一一道来，神奇如斯，简直就是上帝。

---

① （汉）刘向集录：《战国策》，上海古籍出版社 1985 年版，第 324—325 页。
② 同上书，第 85 页。

《左传》《国语》都有这一类第三人称的全知视角叙事，后世学者纷纷责其失实，而对《战国策》的同类现象，却未见异议。这是因为，人们并不将《战国策》视为严谨、实录的信史，故不苛求，不予置评。换言之，就是将之看作野史，亦即是看作小说，这恰恰表明《战国策》的文学性更强。事实上，《战国策》的文学成就要超过《左传》和《国语》，是先秦史传中文学色彩最突出、文学成就最高的一部。

《战国策》的文章风格向来被称作"辩丽恣肆"，在史传著作中别具一格。所谓"辩丽恣肆"，是言辞雄辩夸张，辞藻华丽有文采，说话比较随便，不受拘束。

这种文风的形成，与社会的环境、时代的风尚、精神密切相关。一方面，战国时代礼乐崩坏、诸侯割据，奴隶制度逐渐崩溃，封建制度开始确立，正在崛起的新兴地主阶级为在群雄争霸的局面中占据优势地位，争相招揽人才，以礼贤下士、得士相标榜。在这种情况下，士人纵横游说、百家争鸣的环境相对宽松，所以敢于直言不讳，直接表明自己的主张和意见，较少拘束和顾忌。而另一方面，纵横游士意欲凭借巧辞善辩竭力推销自己的主张，说服和鼓动诸侯，以达到自己的政治目的。这就促使他们各逞其才，非常注重经营、修饰自己在各种政治、外交场合的言辞，从而形成文采斐然，感情充沛，慷慨激昂，甚至夸大其词，危言耸听，富有鼓动性和煽动性的特色。由于《战国策》对纵横策士的言辞进行如实的反映，这种"辩丽恣肆"的言辞风格，就顺理成章地变成了《战国策》的文章风格。

《战国策》"辩丽恣肆"的风格具体表现为以下几个方面。

1. 铺陈夸饰

铺陈是将事物的有关方面尽可能全面而广泛地罗列、陈述；夸饰则是夸大其词，对事体进行增饰描绘，做强化处理。

战国时期的纵横游士在游说君主或互相辩驳的时候，都口若悬河，雄辩滔滔。谈到历史，总爱追溯三皇五帝，贯及古今；谈地理，都要扯上东南西北，山川湖海；论政治，则君臣内外，法术权势；论军事，则攻守进退，固险扼塞……竭尽夸张、铺排之能事，把各种事体强调到极致。如《苏秦事始将连横》（秦策一）：

> 苏秦始将连横说秦惠王曰："大王之国，西有巴、蜀、汉中之利，北有胡貉、代马之用，南有巫山、黔中之限，东有肴、函之固。田肥美，民殷富，战车万乘，奋击百万，沃野千里，蓄积饶多，地势形便，此所谓天府，天下之雄国也。以大王之贤，士民之众，车骑之用，兵法之教，可以并诸侯，吞天下，称帝而治。愿大王少留意，臣请奏其效。"①

苏秦以连横之策劝说秦惠王，怂恿他谋求吞并天下，称帝而治。当中用了一连串的夸张、铺陈，极夸秦国的地大物博，人多势众，国富兵强，罗列称霸的优越条件。被秦惠王婉拒以后，又是另外一番说辞：

> 苏秦曰："臣固疑大王之不能用也。昔者神农伐补遂，黄帝伐涿鹿而擒蚩尤，尧伐驩兜，舜伐三苗，禹伐共工，汤伐有夏，文王伐崇，武王伐纣，齐桓任战而伯天下。由此观之，恶有不战者乎？古者使车毂击驰，言语相结，天下为一，约纵连横，兵革不藏。文士并饬，诸侯乱惑，万端俱起，不可胜理。科条既备，民多伪态，书策稠浊，百姓不足。上下相愁，民无所聊，明言章理，兵甲愈起。辩言伟服，战攻不息，繁称文辞，天下不治。舌弊耳聋，不见成功，行义约信，天下不亲。于是乃废文任武，厚养死士，缀甲厉兵，效胜于战场。夫徒处而致利，安坐而广地，虽古五帝三王五伯，明主贤君，常欲坐而致之，其势不能。故以战续之，宽则两军相攻，迫则杖戟相撞，然后可建大功。是故兵胜于外，义强于内，威立于上，民服于下。今欲并天下，凌万

---

① （汉）刘向集录：《战国策》，上海古籍出版社1985年版，第78页。

乘，诎敌国，制海内，子元元，臣诸侯，非兵不可。今之嗣主，忽于至道，皆惛于教，乱于治，迷于言，惑于语，沈于辩，溺于辞。以此论之，王固不能行也。"①

以炎帝、黄帝、尧、舜、禹、商汤、周文王、周武王、齐桓公等古代君王攻伐异己而得天下的历史，说明武力攻伐的必要性，进而批评当今之"嗣主"（实质指秦惠王）"忽于至道，皆惛于教，乱于治，迷于言，惑于语，沈于辩，溺于辞"，不明前代君王之道，不懂效法先王，把游说失败的责任归咎于秦惠王。这里也是不胜其烦，极力铺陈、堆砌事实，阐述、强化自己的观点，辞采绚丽，但夸夸其谈，言过其实，弥漫着一股浮夸、繁复冗长的味道。

2. 排比骈偶

铺陈往往离不开排比，夸饰也常常伴随着骈偶。《战国策》排比、骈偶的句式甚多，前述《苏秦始将连横》中，苏秦责备："今之嗣主，忽于至道，皆惛于教，乱于治，迷于言，惑于语，沈于辩，溺于辞。"用的就是排比句；此前秦惠王婉拒苏秦的连横之策，用的也是一串排比句，如波涛滚滚，层层推进，其势难以逆转：

秦王曰："寡人闻之：毛羽不丰满者不可以高飞，文章不成者不可以诛罚，道德不厚者不可以使民，政教不顺者不可以烦大臣。今先生俨然不远千里而庭教之，愿以异日。"②

骈偶句如《秦攻赵》（赵策二）写秦攻赵，苏秦说秦昭襄王：

秦攻赵，苏子为谓秦王曰："臣闻明王之于其民也，博论而技艺之，是故官无乏事而力不困；于其言也，多听而时用之，是故事无败业而恶不章。臣愿王察臣之所谒，而效之于一时之用

———————————
① （汉）刘向集录：《战国策》，上海古籍出版社1985年版，第81页。
② 同上书，第80页。

也。臣闻怀重宝者，不以夜行；任大功者，不以轻敌。是以贤者任重而行恭，知者功大则辞顺。故民不恶其尊，而世不妒其业。臣闻之：百倍之国者，民不乐后也；功业高世者，人主不再行也；力尽之民，仁者不用也；求得而反静，圣主之制也；功大而息民，用兵之道也。"①

《武灵王平昼闲居》（赵策二）：

王曰："子言世俗之间，常民溺于习俗，学者沉于所闻。此两者，所以成官而顺政也，非所以观远而论始也。且夫三代不同服而王，五伯不同教而政。知者作教，而恐者制焉。贤者议俗，不肖者拘焉。夫制于服之民，不足与论心；拘于俗之众，不足与致意。故势与俗化，而礼与变俱，圣人之道也。承教而动，循法无私，民之职也。知学之人，能与闻迁，达于礼之变，能与时化。故为己者不待人制，今者不法古，子其释之。"②

这两段文字当中，都用了许多骈偶句，句式对称，意思或并列或正反，说理紧凑绵密，而且声情并茂，抑扬顿挫，也形成一种气势。这类句式在《战国策》中可说是俯拾即是。

3. 出言无忌

总的说来，战国时代的社会环境是比较宽松的，所以时人说话没那么多的顾忌，显得比较自由、随便。

《战国策·楚策三》：

苏秦之楚，三日乃得见乎王。谈卒，辞而行。楚王曰："寡人闻先生，若闻古人。今先生乃不远千里而临寡人，曾不肯留，愿闻其说。"对曰："楚国之食贵于玉，薪贵于桂，谒者难得见如

---

① （汉）刘向集录：《战国策》，上海古籍出版社 1985 年版，第 643 页。
② 同上书，第 660—661 页。

鬼，王难得见如天帝。今令臣食玉、炊桂，因鬼、见帝。"王曰：
"先生就舍，寡人闻命矣。"①

苏秦使楚，遭到对方冷落。见楚王后，苏秦直言不讳，当面对楚
国君臣的傲慢、办事效率低下、生活用品昂贵等问题进行了批评和抱
怨。虽然是用了比喻，言辞也比较风趣，但他的不满和讽刺是明摆着
的，楚王似乎也并不介意、恼怒。这表明楚王也还是比较开明和宽
容的。

《韩策二》写楚国进攻韩国之雍氏，韩国派使臣去向秦国求助。
其时秦国由宣太后当权，连续几个韩国使者都不肯见，最后才召见尚
靳，随即讲了一通在今人听来也是瞠目结舌的话：

> 召尚子入。宣太后谓尚子曰："妾事先王也，先王以其髀加
> 妾之身，妾困不疲也；尽置其身妾之上，而妾弗重也，何也？以
> 其少有利焉。今佐韩，兵不众，粮不多，则不足以救韩。夫救韩
> 之危，日费千金，独不可使妾少有利焉。"②

这可能是中国历史上的第一个"黄段子"，也是史传中唯一出自
女性之口的"黄段子"。宣太后以房事来打比方，表示救援韩国必须
全身心投入，才能取得应有的效果，秦国愿意承受所有的重压于一
身，但前提是要让自己获得好处。以女性、太后的身份，况且在公开
的外交场合说这话，如此不顾羞耻，恐怕是空前绝后的。这从一个侧
面反映了战国时代人们思想开放、说话无所顾忌的现实，也体现了
《战国策》文章说话随便，出言无忌的特点。简单几句话，宣太后泼
辣、刁钻、粗俗、不知羞耻的形象跃然纸上，这与两周贵族特别是女
性贵族温文尔雅的言谈举止形成鲜明的对比。

从以上的讨论可以看到，《战国策》写人叙事的手法、文章风格

---

① （汉）刘向集录：《战国策》，上海古籍出版社 1985 年版，第 538 页。
② 同上书，第 969 页。

和语言特色，都具有文学化的倾向，与平实古朴、比较严谨的《左传》《国语》有很明显的不同。所以在后世许多人看来，《战国策》更像一部文学著作而非一部史学著作。

三　纪传体史传散文

（一）纪传体史传概述

纪传体这一史书体例由司马迁所首创，其特点是以人物为中心组织史料，"以人为经，以事为纬"，通过历史人物的行为来反映历史，对历朝历代的历史事件做比较完整而详细的叙述。

司马迁的《史记》是我国古代第一部纪传体史书，叙事上自传说中的黄帝，下限历来有麟止、太初、天汉、汉武帝之末等四种说法。今本《史记》大事止于汉武帝太初四年（前101），附记则可能延至武帝征和三年（前90），总共记载了3000多年华夏民族的历史。

全书由12本纪、10表、8书、30世家、70列传等五种体例环连而成。本纪、世家、列传三体构成了以帝王为中心，公侯列旁侧，将相名臣、通儒学者、游侠义士、农工商贾等环列拱卫的庞大历史人物谱系，他们的活动构成了该书的主体内容。另外，表是简单的历史大事记；书是历朝历代的政府文件、文献，通纪历代典章制度的沿革，可视为分门别类的文化制度史。这两者是所述3000年历史的联络和补充。这五体结构，使《史记》在反映错综复杂的历史事件和纷繁的人事关系时，各篇之间既相对独立，灵活多变，又互相联系，互相补充，叙述有条不紊，全书浑然而成一个完整、有机的整体，在整体构思、布局和叙事策略方面表现出极大的创造性，令人称绝。

后来的《汉书》《三国志》《后汉书》等纪传体史书，其体例基本上承袭了《史记》，但在此基础上又略有变动。

班固（32—92）字孟坚，东汉扶风安陵（今陕西咸阳）人。青少年时期就大量阅读典籍，16岁起入洛阳太学，汉明帝时为兰台令史。后任大将军窦宪幕僚，随军出征匈奴，期间窦宪潜图弑逆，后自杀，班固被牵连入狱，最后死于狱中。班固既是史学家，也是著名的辞赋作家。明人辑有《兰台令集》。

班固为兰台令史时，即奉命撰修《汉书》。其父班彪，是两汉之交的儒学大师和历史学家，曾著《史记后传》，全书未完成即已逝世。《汉书》就是在《史记后传》的基础上写成，其中的8表和《天文志》由其妹班昭和马续补写。《汉书》取消了《史记》五体例中的"世家"（此举也为后来的《后汉书》《三国志》所效法），改"书"为"志"，因而只有四种体例：本纪（12）、列传（70）、表（8）、志（10），记自汉高祖元年（前206）到王莽地皇四年（23）共229年的历史。

陈寿，字承祚，安汉（今四川南充北）人，西晋史学家。少好学，师事史学家谯周，在蜀汉时任观阁令史，入晋后，历任著作郎、治书侍御史。晋灭吴后，集合三国时官、私撰述，著成《三国志》。书以三国并列，亦属创例。

《三国志》记汉末三国纷争的这一段历史，该书只有"纪"和"传"两种体例，并无"表""志"，所以并不是很完整、规范的纪传体，实际上是三国历史人物传记的汇集。全书共65卷，其中《魏志》30卷，《蜀志》15卷，《吴志》20卷。陈寿以曹魏为正统和叙述中心，对魏的君主称帝，事迹叙入"纪"中；蜀、吴的君主只称主，不称帝，叙入"传"中。故《魏志》前4卷称"纪"，分别叙述曹魏政权的几代君主，之后各卷才称"传"。而《蜀志》《吴志》均有"传"无"纪"。

入宋以后，宋文帝以《三国志》记事过简，命裴松之为之作注。裴松之，字世期，闻喜（今属山西）人，南朝宋代史学家，曾任国子博士、永嘉太守等职。裴注以补缺、备异、惩妄、论辩为宗旨，保存大量史料，注文较正文多出三倍的文字，开创了作注的新例。清代学者沈家本的《三国志注引书目》依《隋书·经籍志》"经""史""子""集"的四部体例，著录裴注引书共210家，其中"经"部22家，"史"部142家，"子"部23家，"集"部23家。由于有了裴松之的注解，简略的《三国志》才变得具体、丰富，更具可读性。

《后汉书》系南朝宋范晔所撰。范晔（398—445），字蔚宗，南朝宋顺阳（今河南淅川东）人，从小聪颖好学，博涉经史，尚未成年便以善著文而负盛名。后任彭城王刘义康的参军，曾官至尚书吏部郎。后因触怒刘义康，左迁为宣城太守，郁郁不得志，"乃删众家《后汉书》为一家之作"（《宋书·范晔传》）。元嘉二十二年（445）以谋反罪被杀。

范晔之前，已经有不少纪传体的东汉史，范晔以官史性质的《东观汉记》为基本史料依据，吸取各家之长，订讹考异，删繁补缺，整齐故事，写成本纪 10 卷，列传 80 卷，原计划的 10 志未及完成。今本《后汉书》里的律历、礼仪、祭祀、天文、五行、郡国、百官、舆服等 8 志，是南朝梁人刘昭从司马彪《续汉书》中取出来补进去的。较之于《汉书》，《后汉书》在体例上也有新的变化，在保留纪、传、志的基础上，取消了"表"；同时在因袭《史记》《汉书》的类传外，基于对东汉社会的深入剖析和理解，还新增了党锢、宦者、文苑、独行、逸民、方术、列女等七种类传，党锢以外的六种为后世多数纪传体史书所承袭。

《后汉书》记事起于汉光武帝刘秀起兵（23），继而建立东汉（25），终于汉献帝禅位（220），共 197 年的历史。《后汉书》一出，除袁宏《后汉纪》以外，诸家东汉史书相继散亡。《后汉书》之所以能超越众家，取得正史的地位而至不朽，与其卓越的史学价值和文学价值密不可分。

清代乾隆年间，朝廷组织编修《四库全书》，把从《史记》《汉书》直至《明史》共 24 部纪传体史书定为"正史"，亦即所谓的"二十四史"。因此，纪传体便成为历代"正史"的体例，具有独特而重要的地位。而此处讨论的《史记》《汉书》《三国志》《后汉书》等 4 部早期的史传，乃被人们合称为"前四史"，是"二十四史"中的佼佼者，在史学和文学领域都有很高的建树。

（二）纪传体史传散文的特点

在"二十四史"中，能被后人称之为"文学"（传记文学）者，也只有"前四史"及"《新五代史》中的若干篇章，其他的'正史'在中国文学史中一般很少被提及"①。由此可见，《史记》《汉书》《三国志》《后汉书》在文学上的成就是举世公认的。概而言之，这四部史传中，《史记》的文学成就最高、最突出，《汉书》居次，《后汉书》再次，《三国志》则居末。清代李慈铭谓《三国志》"意务简洁，故裁制有余，文采不足，当时人物不减秦汉之际，乃子长《史记》，声色百倍；承祚此书，黯然无华"（《越缦堂日记》）。《三国志》与《史记》比较，明显相形见绌，即使与《汉书》《后汉书》相比，也逊色许多。故此，下面姑且略而不论。

《史记》是中国历史上最伟大的史学著作，当然也就毫无疑义地成为纪传体史书的典范、代表，是历史性和文学性高度结合的完美之作，这种完美结合是空前而且绝后的，在历史上可谓前无古人，后无来者。鲁迅将《史记》誉为"史家之绝唱，无韵之离骚"（《汉文学史纲要》）。所谓"绝唱"，乃文章、著述的最高境界。清代赵翼称："司马迁参酌古今，发凡起例，创为全史。……自此例一出，历代作史者遂不能出其范围，信史家之极则也。"（《廿二史札记》）就体制而言，《史记》确实堪称"极则"，其体制之完整，十二本纪、三十世家、七十列传、十表、八书五体体例之创造性，结构之巧妙严密，都无与伦比。这固然是"绝唱"的一部分含义，但鲁迅所讲的"绝唱"并不仅限于此，还包括司马迁的撰史态度、史识、史鉴、史品、文风与文品等。而文风与文品，则关乎《史记》文学上的特质和成就，鲁迅将之与《离骚》相提并论，表明从文学的角度看，《史记》也堪与最伟大、最杰出的文学作品相媲美。

《史记》的文学成就主要表现在本纪、世家和列传这三个部分，这三种体例被统称为人物传记。《史记》的人物传记是古代叙事文的典范，它的成就可以说是全方位的，除了具有古代优秀叙事文所具备的一般特点以外，还具有众多自身独特、鲜明的特点。

---

① 韩兆琦：《史记讲座》，广西师范大学出版社 2008 年版，第 210 页。

1．"史蕴诗心"

虽然是史传叙事文，但《史记》的抒情性是很突出的，叙事、写人都表现出很强烈的抒情色彩。抒情性是诗的最主要特征之一，因此，《史记》蕴含很浓厚的诗性特质，即钱锺书先生所指之"史蕴诗心"者也。鲁迅称其"无韵之离骚"，显然也包含这层意思。关于《史记》的诗性问题，在第二章的"诗史情缘"一节中已经做过讨论，这里不再赘述。

2．类型化与多样化的结合

《史记》人物传记在叙事、写人方面，具有类型化与多样化结合的特点。此所谓之类型化，是指《史记》的人物传记本纪、世家和列传等，虽然有等级之分，名称之别，其实在本质上都属于一种类型，都是通过历史人物的活动来反映历史，这在三种体例中显然是一致的。因此，各篇虽然相对独立，但相互之间有一种内在的联系，践行着同一种功能与使命。在这种类型化的体例当中，具体的行文又表现出多样化。

首先是形式的多样化。从形式上看，《史记》的人物传记有单传、合传、类传之分。

单传是一人一篇，以某个人物为主，专述其活动和事迹，突出其主要的个性特征，时间顺序比较清晰，如《项羽本纪》《高祖本纪》之类。

合传是两个或者两个以上生平事迹联系密切的人合为一篇，如《廉颇蔺相如列传》《魏其武安侯列传》等。因为廉颇和蔺相如，两人的活动和事迹都有许多交集，而且分量也旗鼓相当，在史书中都有其一席之地，而写了其中一个，必然会涉及另一个，所以干脆合起来写成一篇。魏其侯窦婴和武安侯田蚡的情形亦如是。

类传是以类相从，将属性相同的一众人物合在一处，如《游侠列传》《刺客列传》《循吏列传》《酷吏列传》等。类传中没有中心人物，人物之间一般都没有很密切的关系，只是历史上同类人物集合成群，分别叙述汇成一篇。

其次是叙述手法的多样化。《史记》的叙述手法丰富多样，异彩纷呈，其中"宾主法""中心法""互见法"等使用最多、最具特色。

"宾主法"是在一篇当中，以叙述一个人物（通常是"传主"）的事迹为主，与此同时，也附带写进一些相关的人和事。如《项羽本纪》中，除了项羽以外，还写了许多与之相关的人物，其中的项梁、宋义二人，前者是项羽的叔父，也是项羽走上反秦斗争道路的领路人，后者是楚军当中压制、排斥项羽的顶头上司，一正一反，对早期的项羽都有重大的影响。二人在《史记》中也没有专篇传记，在此把二人写进去，不仅交代了项羽早期的人际关系，揭示他成为一代"霸王"的重要因素和曲折历程，而且也由此保留了二人的部分事迹。这二人的事迹虽然只是作为传主项羽的事迹，但其实也是对项羽形象的一种衬托，对于刻画他的性格、丰富他的形象有重要作用。

人物传记虽以叙述传主的生平事迹为己任，但也不是包罗万象、漫无目的，它也和其他文学作品一样，必须有一个明确的中心或主旨，"中心法"就是围绕这个中心来选择和组织材料，有选择地叙述他的生平、事迹。比如《廉颇蔺相如列传》，该篇的主题就是爱国主义，作品写蔺相如，只着重叙述完璧归赵、渑池会、将相和等三个事件，以突出他的爱国主义精神。蔺相如一生的事迹显然远远不止这些，但作者只选择几件既有历史意义，又能够表现主题、表现人物思想、性格的事件做重点叙述，以及明确中心，突出主旨，又避免了材料的堆砌和繁杂。

《史记》人物传记的诸多表现手法中，"互见法"是最具创造性、后世学者讨论最多的一种。"互见"，是互为参见的意思，所谓互见法，"就是将一个人的事迹分散在不同的地方，而以其本传为主；或是将一件事分散在不同的地方，而以一个地方的叙述为主"①。

前一种情形如汉高祖刘邦，他的主要生平事迹，及其雄才大略、

---

① 曹础基主编：《中国古代文学》（第二册），广东高等教育出版社 2008 年版，第 24 页。

知人善任的性格特征，都放在《高祖本纪》中来表现，而他的许多缺点、恶劣品质则在其他地方来展示。如《项羽本纪》通过范增之口道他贪财好色；《肖相国世家》《留侯世家》通过写他对功臣的猜忌，表现他的狭隘和多疑；《魏豹彭越列传》《郦生陆贾列传》写他詈骂诸侯、大臣如奴仆，其轻薄无礼、粗野无教养的无赖嘴脸跃然纸上。只有将其本传与其他人的传记对照着看，才能看到一个立体、真实的刘邦。

后一种情形可以"鸿门宴"为例子。这是农民战争推翻秦王朝后，揭开楚、汉相争序幕的一个重大事件，也是历史上的一个著名事件。这个事件涉及楚、汉双方的许多头面人物，如楚方的项羽、项伯、范增、项庄、陈平；汉方的刘邦、张良、樊哙、曹无伤等，而且其中大部分人都有属于自己的传记，但此事只在《项羽本纪》中被写得非常具体、详尽，而且紧张、激烈、扣人心弦，其他在场者的传记，相关的叙述则很简略。如在《高祖本纪》中只有寥寥数十言："亚父劝项羽击沛公。方飨士，旦日合战。是时项羽兵四十万，号百万。沛公十万，号二十万，力不敌。会项伯欲活张良，夜往见良，因以文谕项羽，项羽乃止。沛公从百余骑，驱之鸿门，见谢项羽。项羽曰：'此沛公左司马曹无伤言之，不然，籍何以生此？'沛公以樊哙、张良故，得解归。归，立诛曹无伤。"在此事件中，张良扮演了很重要的角色，但在《留侯世家》中，只是简单交代了他私见夜访告密的项伯，得知项羽"欲击沛公"之意并知会沛公，至于他在"鸿门宴"中的具体表现，则一语带过："语在项羽事中。"

《史记》的"互见法"，早在唐代就已为学者所注意，唐代史学家刘知几最早论述之。其《史通·二体》云：

> 《史记》者……若乃同为一事，分在数篇，断续相离，前后屡出。于《高纪》涉及项事，则云语在《项传》，高主项宾故。

于《项传》涉及高祖，则云事具《高纪》，项主高宾故。①

其后，宋代苏洵《嘉祐集·史论中》又云：

> 迁之传廉颇也，议救阏与之失不载焉，见之《赵奢传》；传
> 郦食其也，谋挠楚权之缪不载焉，见之《留侯传》；固之传周勃
> 也，汗出洽背之耻不载焉，见之《王陵传》；传董仲舒也，议和
> 亲之疏不载焉，见之《匈奴传》。夫颇、食其、勃、仲舒，皆功
> 十而过一者也。苟列一以疵十，后之庸人必曰："智如廉颇，辩
> 如郦食其，忠如周勃，贤如董仲舒，而十功不能赎一过。"则将
> 苦其难而怠矣。是故本传晦之，而他传发之。则其与善也，不亦
> 隐而彰乎？②

刘知几、苏洵虽然未冠于"互见法"的名称，但已经注意到《史记》的这种叙史现象。不过，两人对于这种手法的理解并不一致，刘知几是从剪裁的角度着眼，认为这是一种主次分明、详略结合，避免重复、烦琐的叙述；苏洵则从写人的角度审视，认为这是为了避免直接否定传主，而将传主一些负面的事迹置之他传交代，既维护了传主的正面形象，又不失客观和公正。后代学者关于《史记》"互见法"的论述，基本上都是这两种观点的延伸和发挥。

当代学者张大可称："互见法不仅仅是组织材料，互文相足，从本质上看，他是司马迁运用历史比较研究法的反映，司马迁在研究历史中，突出重心，而将枝叶蔓衍的材料互见他篇。"③ 这是在前人基础上做出的一种比较准确的表述。确实，司马迁的"互见法"既考虑到素材的剪裁问题，也考虑到人物形象的塑造、评价和叙史的宗旨、意图等问题，从中可以看到太史公用意、用功之深。

---

① 程千帆：《史通笺记》，中华书局 1980 年版，第 24—25 页。
② （宋）苏洵：《嘉祐集笺注》，曾枣庄、金成礼笺注，上海古籍出版社 1993 年版，第 232 页。
③ 张大可：《史记研究》，商务印书馆 2011 年版，第 288 页。

"互见法"对后代史书和小说的创作都有很大影响。如上引苏洵《嘉祐集·史论下》之语："固之传周勃也，汗出洽背之耻不载焉，见之《王陵传》；传董仲舒也，议和亲之疏不载焉，见之《匈奴传》。"可知班固《汉书》其实也以这种手法叙事。《世说新语》对王羲之亦正亦邪的各种品行的叙述，分别置于《东床坦腹》（不慕权贵的洒脱）、《谢公泛海》（气度不若谢安）、《仇隙》（素轻蓝田，设法凌辱、加害）等篇，只有这些篇目互为参看，才可以客观认识一个全面、真实的王羲之，《世说新语》也可谓深得"互见"之妙。

类型化与多样化的结合，为《史记》构筑了一个庞大、谨严而又灵活巧妙的、富有创造性的叙事体系。这个体系熔铸了司马迁史学和文学的思想、方法和学养，表现出很高的艺术功力。《史记》在史学、文学两方面都取得辉煌的成就，与此密不可分。

3. 个性化的语言

司马迁堪称一位语言大师，《史记》的语言富有个性特色，异彩纷呈，取得很高的成就，为后人津津乐道，是许多散文家学习、效仿的楷模。

（1）单行散句，参差错落。《史记》文章简洁，事实精要，单行散句，富于变化。司马迁遣词造句，有意识避免排句、偶句，避免辞赋化的语言形式，句式灵活多变，长短不拘。长者可达几十字，短者可以到三两字，甚至一个字。

如《孝文本纪》："赐天下鳏寡孤独穷困及年八十以上孤儿九岁以下布帛米肉各有数。"《大宛列传》："使壮士车令等持千金及金马以请宛王贰师城善马。"这是长句，前者 28 字，后者 21 字，一气呵成，读来让人有一股痛快淋漓、回肠荡气之感。

《项羽本纪》："当是时，楚兵冠诸侯。诸侯军救巨鹿下者十余壁，莫敢纵兵。及楚击秦，诸将皆从壁上观。楚兵呼声动天，诸侯军无不人人惴恐。"《李将军列传》："广令诸骑曰：'前！'前，未到匈奴阵二里所，止。"这里有长句，有短句，长短结合，错落有致，节奏感很强，读起来朗朗上口。

司马迁这些句式的变化，不仅仅是一种语言文字的技巧，而是根据具体环境、情事的实际而做出的变化，借此还原真实的情景和感受。如《孝文本纪》反映的是汉文帝体恤、照顾孤寡穷困老弱之举多而细，令人历数不迭，故用长句；《李将军列传》所述乃是行军途中，军中不宜高谈阔论，喋喋不休，而宜简洁快捷，故用短句。

（2）融合古今。《史记》使用的语言是汉代所通行的语言，但它又需要使用许多以古汉语载录的史料。司马迁在使用这些古奥难懂的古代史料时，往往会将之进行改造，既保留了古汉语的一些特点，又符合时人的表达及阅读习惯。如《尚书·舜典》写尧逝世："二十有八载，帝乃殂落，百姓如丧考妣，三载四海遏密八音。"《史记·五帝本纪》使用了这个材料，但转换成："尧辟位凡二十八年而崩，百姓悲哀如丧父母，三年四方莫举乐。"显然比原来平易、畅达了许多。

宋人王观国曾对司马迁转化古代汉语的贡献做过专门论述，其《学林》卷一云："司马迁好异而恶与人同，观《史记》用《尚书》《战国策》《国语》《左氏传》之文多改其正文。改'绩用'为'功用'，改'厥田'为'其田'，改'肆觐'为'遂见'，改'宵中'为'夜中'……"由此可知，司马迁对古代汉语的改造、转化做了许多的努力，使《史记》的表述融合古今，古朴而不失新鲜、平易，这对于读者的阅读和欣赏，无疑带来极大的方便，对于它的流传也有很大的帮助。

（3）生动传神，言如其人。这点讲的是《史记》中的人物语言。《史记》的人物语言极具个性化，人物语言与其身份、所处环境、教养和性格特征高度吻合，什么样的语言就出自什么人之口，绝不含糊和雷同。通过富有个性特征的语言来刻画、塑造历史人物形象，也是《史记》的重要艺术手段之一。

如《韩长孺列传》：

安国坐法抵罪，蒙狱吏田甲辱安国。安国曰："死灰独不复然乎?"田甲曰:"然即溺之。"居无何,梁内史缺,汉使使者拜安国为梁内史,起徒中为二千石。田甲亡走。安国曰:"甲不就官,我灭而宗。"甲因肉袒谢。安国笑曰:"可溺矣!公等足与治乎?"卒善遇之。①

此处写御史大夫韩安国得咎下狱,遭狱吏田甲侮辱。两个人的对话非常精彩、生动。韩安国的书卷气和含蓄、幽默的个性,田甲的粗鄙、横蛮及无赖相,都从简单的对话中得以逼真、生动的表现,两者也形成鲜明的对比,形象惟妙惟肖,栩栩如生。

再如《张丞相列传》写刘邦欲废太子刘盈,而立戚夫人之子如意,征询众大臣的意见,御史大夫周昌坚决反对,犯颜直谏:

上问其说,昌为人吃,又盛怒,曰:"臣口不能言,然臣期期知其不可。陛下虽欲废太子,臣期期不奉诏。"上欣然而笑。②

"期期"是结巴之人口齿不清所发出的声响。几句话,口吃、倔强、既急又怒的周昌形象简直呼之欲出,令人忍俊不禁。

4. 民间语言的吸收、运用

司马迁从民间文学中吸收了许多营养,在叙史当中插入民间的俗语、谚语和歌谣甚多,这不仅丰富了历史叙事,也使《史记》的语言更加新鲜活泼,富有生活气息,成为《史记》鲜明的语言特色之一。

《史记》中收录的民间的俗语、谚语和歌谣,此前已有专门的讨论,这里不再赘述,只聊举数例作为阐述本问题的例证。

俗语如:"狡兔死,走狗烹;高鸟尽,良弓藏;敌国破,谋臣亡"(《淮阴侯列传》);"天下熙熙,皆为利来;天下攘攘,皆为利往"(《货殖列传》);"长袖善舞,钱多善贾"(《范雎蔡泽列传》);"家贫思良妻,国乱思良臣"(《魏世家》)。

① (汉)司马迁:《史记》,中华书局1959年版,第2859页。
② 同上书,第2677页。

谚语如："忠言逆耳利于行，良药苦口利于病"（《留侯世家》）；"前事不忘，后事之师"（《秦始皇列传》）；"智者千虑，必有一失；愚者千虑，必有一得"（《淮阴侯列传》）；"当断不断，反受其乱"（《春申君列传》）；"尺有所短，寸有所长"（《白起王翦列传》）。

歌谣如："一尺布，尚可缝，一斗米，尚可舂。兄弟二人不能相容"（《淮南衡山列传》）；"颍水清，灌氏宁；颍水浊，灌氏族"（《魏其武安侯列传》）。

这些俗语、谚语及歌谣，都反映了某种经验、道理或思想感情，是哲理性、经验性和抒情性的完美结合。《史记》中使用了这些作品，对支撑某篇传记的主题，丰富叙述文本的语言特色，都发挥着重要的作用。同时，由于《史记》的收录，这些在民间口头流传的俗语、谚语及歌谣，得以书面、文字的形式固定于正史，从而家喻户晓，流传百世，成为后人书面或口头上的警句、格言甚至成语，永远保持无限的生命力。

以上对《史记》史传散文的特色做了几方面的讨论。总而言之，《史记》叙事文的特色是很丰富的，称之为古代叙事文的典范、楷模实不为过。《史记》对后世的叙事文创作有巨大的影响，这一点早已被举世公认。

作为《史记》纪传体的后来者，《汉书》《后汉书》在体例、叙事手法等方面无疑从《史记》那里有所继承，受惠良多，但也有一些不同于《史记》的新特点，反映出史传文的发展变化趋势。

《史通·鉴识篇》云："《史》《汉》继作，踵武相承，王充著书，既甲班而乙马；张辅持论，又劣固而优迁。然此二书，虽互有修短，递闻得失，而大抵同风，可为连类。"也就是说两者既有趋同，又各有长短，互有得失。

《汉书》叙事文不同于《史记》的地方，最突出的当然是在思想倾向方面。由于《汉书》是奉诏而作，加上班固本人思想意识的原因，所以《汉书》有比较浓厚的封建正统思想，为统治者歌功颂德、文过饰非而缺乏批判，对历史人物的评价标准以忠奸而非德才，人民性和民主精神不及《史记》。

再就是"《汉书》的文章比《史记》更具有历史文献的特征，文章的学术性质更突出"①。具体表现是《汉书》从文献、学术的角度增设了一些人物传记，对历史人物的传述也比较关注学术的事迹和源流，着力为文人学者立传，并在传记中多收文人学者的学术文章。当中除了为邹阳、枚乘、贾谊、晁错、司马相如、扬雄等著名学者分别立传以外，还专设《儒林传》一篇，文中传述儒家学者达27人之多。这么多的学者传记和学术史料、信息，使《汉书》的文章更具有学术的气息，更具有历史文献的味道。

《汉书》的这一特点，以对扬雄的相关传述最为突出。《扬雄传》分上、下两卷，洋洋数千言，篇幅之长，在《汉书》的"传"当中比较罕见，除扬雄之外，司马相如亦享有如此待遇，这表明班固对于文人学者、对于学术的重视。《扬雄传》对于扬雄的传述，侧重于其学术方面的推介和总结，既叙述了他的学术经历，又分别介绍了他的撰述。如比较完整地收录其《反离骚》《甘泉赋》《河东赋》《校猎赋》《长杨赋》《解嘲》等辞赋作品；列出了《法言》的篇章目录；著录其他著述的篇目等，罗列这些著述，颇有文献整理的意味，使传记充满学术气息。其"赞曰"则对扬雄其文、其人做了评价，或许不太客观，但颇有学术评论的性质：

初，雄年四十余，自蜀来至游京师，大司马车骑将军王音奇其文雅，召以为门下史，荐雄待诏，岁余，奏《羽猎赋》，除为郎，给事黄门，与王莽、刘歆并。哀帝之初，又与董贤同官。当成、哀、平间，莽、贤皆为三公，权倾人主，所荐莫不拔擢，而雄三世不徙官。及莽篡位，谈说之士用符命称功德获封爵者甚众，雄复不侯，以耆老久次转为大夫，恬于势利乃如是。实好古而乐道，其意欲求文章成名于后世，以为经莫大于《易》，故作

---

① 郭预衡：《中国散文史》（上），上海古籍出版社2011年版，第353页。

《太玄》；传莫大于《论语》，作《法言》；史篇莫善于《仓颉》，作《训纂》；箴莫善于《虞箴》，作《州箴》；赋莫深于《离骚》，反而广之；辞莫丽于相如，作四赋：皆斟酌其本，相与放依而驰骋云。用心于内，不求于外，于时人皆智之；唯刘歆及范逡敬焉，而桓谭以为绝伦。

王莽时，刘歆、甄丰皆为上公，莽既以符命自立，即位之后欲绝其原以神前事，而丰子寻、歆子棻复献之。莽诛丰父子，投棻四裔，辞所连及，便收不请。时雄校书天禄阁上，治狱使者来，欲收雄，雄恐不能自免，乃从阁上自投下，几死。莽闻之曰："雄素不与事，何故在此？"间请问其故，乃刘棻尝从雄学作奇字，雄不知情。有诏勿问。然京师为之语曰："惟寂寞，自投阁；爱清静，作符命。"

雄以病免，复召为大夫。家素贫，耆酒，人希至其门。时有好事者载酒肴从游学，而巨鹿侯芭常从雄居，受其《太玄》《法言》焉。刘歆亦尝观之，谓雄曰："空自苦！今学者有禄利，然尚不能明《易》，又如《玄》何？吾恐后人用覆酱瓿也。"雄笑而不应。年七十一，天凤五年卒，侯芭为起坟，丧之三年。

时大司空王邑、纳言严尤闻雄死，谓桓谭曰："子常称扬雄书，岂能传于后世乎？"谭曰："必传。顾君与谭不及见也。凡人贱近而贵远，亲见扬子云禄位容貌不能动人，故轻其书。昔老聃著虚无之言两篇，薄仁义，非礼学，然后世好之者尚以为过于'五经'，自汉文景之君及司马迁皆有是言。今扬子之书文义至深，而论不诡于圣人，若使遭遇时君，更阅贤知，为所称善，则必度越诸子矣。"诸儒或讥以为雄非圣人而作经，犹春秋吴楚之君僭号称王，盖诛绝之罪也。自雄之没至今四十余年，其《法言》大行，而《玄》终不显，然篇籍具存。①

---

① （汉）班固：《汉书》，中华书局 2007 年版，第 872—873 页。

《汉书》不同于《史记》的另一个突出表现是它的语言风格。班固是著名的辞赋作家，他将赋体的语言特点也带进了《汉书》。因此，《汉书》的文章有典雅工丽、比较书面化的特点，句式整齐、严谨，多用偶句骈语；语言藻饰、详赡，多用古字。所以不如《史记》活泼自由，通俗平易，但显得凝重庄严，雍容华贵，与《史记》相较，可谓各有千秋。

《后汉书》的叙事文相较于《史记》《汉书》，也有些新的特色，最著者当是范晔自称的"笔势纵放"（参见《宋书》本传载其狱中与诸甥侄书）。如《逸民传》的序：

> 《易》称"《遁》之时义大矣哉"。又曰："不事王侯，高尚其事。"是以尧称则天，不屈颍阳之高；武尽美矣，终全孤竹之絜。自兹以降，风流弥繁，长往之轨未殊，而感致之数匪一。或隐居以求其志，或回避以全其道，或静己以镇其躁，或去危以图其安，或垢俗以动其概，或疵物以激其清。然观其甘心畎亩之中，憔悴江海之上，岂必亲鱼鸟乐林草哉！亦云性分所至而已。故蒙耻之宾，屡黜不去其国；蹈海之节，千乘莫移其情。适使矫易去就，则不能相为矣。彼虽硁硁有类沽名者，然而蝉蜕嚣埃之中，自致寰区之外，异夫饰智巧以逐浮利者乎！荀卿有言曰，"志意修则骄富贵，道义重则轻王公"也。

> 汉室中微，王莽篡位，士之蕴藉义愤甚矣。是时裂冠毁冕，相携持而去之者，盖不可胜数。扬雄曰："鸿飞冥冥，弋者何篡焉。"言其违患之远也。光武侧席幽人，求之若不及，旌帛蒲车之所征贲，相望于岩中矣。若薛方、逢萌聘而不肯至，严光、周党、王霸至而不能屈。群方咸遂，志士怀仁，斯固所谓"举逸民天下归心"者乎！肃宗亦礼郑均而征高凤，以成其节。自后帝德稍衰，邪孽当朝，处子耿介，羞与卿相等列，至乃抗愤而不顾，

多失其中行焉。盖录其绝尘不反，同夫作者，列之此篇。①

该篇序简单交代了逸民产生的社会原因，及其历史上逸民的生态，反复申论逸民清高脱俗的节操和随顺自然、不以形役心的人生追求。文章驰骋古今，旁征博引；句式参差，颇有排比、骈偶的倾向，行文摇曳多姿，收放自如，确实笔势纵放，另有一番风味和景象。

但总体言之，《汉书》和《后汉书》两者特色之鲜明、叙事手法之创造性和丰富性等，都逊色于《史记》，因而其文学成就不能与《史记》相提并论，其对后世叙事文的影响，当然也不可同日而语。

（三）纪传体史传散文与传记

传记是一种真实而全面记载人物生平事迹的文章。明代徐师曾《文体明辨》云：

> 按字书云："传者，传（平声）也，记载事迹以传于后世也。"自汉司马迁作《史记》，创为"列传"以纪一人之始终，而后世史家卒莫能易。嗣是山林里巷，或有隐德而弗彰，或有细人而可法，则皆为之作传以传其事，寓其意；而驰骋文墨者，间以滑稽之术杂焉，皆传体也。②

这里其实说明了三个问题：其一，传记是"记载事迹以传于后世"的文章。其二，传记是从纪传体史书而来，更具体地说是从《史记》而来。其三，传记包含两类：一是纪传体史书中的人物传记（即本纪、世家、列传等）；二是不依附于正统史书，以单篇形式专为某人"作传以传其事"的文章。这类单篇传记又称杂传、史外传等。

《史记》不仅标志着纪传体史书的产生，也标志着传记文的形成，

① （南朝·宋）范晔：《后汉书》，中华书局2007年版，第809页。
② （明）徐师曾：《文体明辨序说》，罗根泽校点，人民文学出版社1998年版，第153页。

全书130篇，本纪（12）、世家（30）、列传（70）相加就占了112篇，从某种意义上来说，《史记》几乎乃由一篇篇的人物传记构成。历代的帝王将相、文人学者、市井细民、滑稽倡优等，不同阶层、身份、个性的人物，都有所记载、传述。《史记》人物传记的创作，创造性地将文学与历史联姻，塑造了一批具有鲜明个性特征的人物形象，整部《史记》简直是一道历史人物的画廊，各式各样的人物形象活动其中，跃然纸上。

《史记》的问世，也确立了纪传体史书"正史"的地位，一部"二十四史"，基本上就是以《史记》为模式的，所以，各史中的"纪"和"传"都占很大的比重，当中涌现了大量优秀的传记作品。不过，优秀的、具有文学价值的传记作品，还是以"前四史"（《史记》《汉书》《三国志》《后汉书》）为多，"前四史"之后的史书，由于与文学渐行渐远，其"纪""传"的文学因素越来越少，甚至已经不被看作传记文学作品。所以，探讨传记与纪传体史书的关系，还是以"前四史"史传散文为主。

梁启超认为《史记》研究主要有三个方面：一是研究著述体例及宗旨；二是研究古代史迹；三是研究文章技术。目的不同，阅读的重点、方法自然也不同。第三方面"研究文章技术"，显然是指文学的研究，作为文学研究的对象，他向广大读者推荐以下10篇人物传记："吾生平最爱读者则以下各篇：《项羽本纪》《信陵君列传》《廉颇蔺相如列传》《鲁仲连邹忌列传》《淮阴侯列传》《魏其武安侯列传》《李将军列传》《匈奴列传》《货殖列传》《太史公自序》。右诸篇皆肃括宏深，实叙事文永远之模范。班叔皮称：史公'善序述事理，辩而不华，质而不俚。文质相称，良史之才'。如诸篇者，洵当足之矣。学者宜精读多次，或务成诵。自能契其神味，辞远鄙倍。"（《要籍解题及其读法》之《史记解题及其读法》）

以上10篇，的确是《史记》人物传记中最优秀的作品。任公先生不愧为大学者，眼光独到，慧眼识珠。当然《史记》中的优秀篇目，并不止于此。

以突出人物的性格为要义，是《史记》人物传记的基本特征，也是其优秀的一种体现。日本学者斋藤正谦说："子长同叙智者，子房有子房风姿，陈平有陈平风姿；同叙勇者，廉颇有廉颇面目，樊哙有樊哙面目；同叙刺客，豫让之与专诸、摄政之与荆轲，才出一语，乃觉口气各不同。《高祖本纪》见宽仁之气动于纸上。读一部《史记》，如直接当时人，亲睹其事，亲闻其语，使人乍喜乍愕，乍惧乍泣，能自止，是子长叙事入神处。"（《史记会注考证》引）由此可见，《史记》人物传记的人物形象个性特征是非常鲜明的，各具风采和神韵。这种以刻画、塑造人物形象为要务的艺术追求，也为后世传记作家所效法。

《汉书》《三国志》《后汉书》等史传，也不乏优秀的传记作品。如明代卢舜治对《汉书》的人物传记就推崇备至："若东方朔之诙谐，疏广之高洁，丙、魏之持国，霍光之托孤，陈遵之游侠，赵充国之屯田，苏武之奉使，甘、陈之攘夷，言人人殊，各底其极，真如咸英韶之奏，听之者心融；青黄黼黻之彩，观之者骇。"（《汉书评林》）《后汉书》中的《党锢列传》《独行列传》《逸民列传》都写得有声有色，卓尔不凡。《三国志》中的《诸葛亮传》等，也是脍炙人口的优秀传记，在后世广为传诵。《党锢列传》中的《范滂传》曾被苏轼的母亲程氏拿来当作儿子的教科书，这个故事在历史上广为流传，也从一个侧面表明该传记之出色。

以《史记》为代表的纪传体创立、培育了人物传记这一文学种类，为后来传记文学的繁荣做出了重大的贡献。在《史记》《汉书》《三国志》《后汉书》等纪传体的影响下，汉晋以后就陆续出现了一些效仿史传的传记。如王充《论衡》的最后一篇《自纪》，可谓史上最早的自传，作者模仿史传，以第三者的口吻写出了自己一生的经历、才学、志向和节操，已初具传记的特质。晋初傅玄的《傅子》以一批名人为传述对象，是一部早期的传记著作，可惜已经散佚。《马钧传》是其中保存下来的较为完整的一篇，该文叙述能工巧匠马钧的生平事迹，突出他在机械制造方面的高超技能和建树，是一篇难得的古代科学家的传记。此后，陶渊明为其外祖父孟嘉写了《孟府君传》，萧统则写了《陶渊明传》等。

唐、宋两代，传记文学的创作渐入佳境而到达高潮。唐代古文运动兴起，古文运动提倡的复古，是要恢复先秦两汉的散文传统，而《史记》《汉书》等都是先秦两汉散文的标志性作品，所以它们当中的人物传记，是古文作家学习、效仿的主要对象。因此，此时传记的写作异常活跃，几乎所有的古文作家都热衷于传记的创作，使传记的创作无论是在质量还是在数量上，都到得到了大幅度的提高。这时候具有传记性质的作品很多，有以"传"命名的单篇人物传记，如卢藏用的《陈氏别传》，写陈子昂的生平事迹，为他被迫害而死鸣冤叫屈；李商隐的《李贺小传》写李贺之"奇"——外形奇、作诗方式奇、死之奇等，别具一格。也有以碑文、祭文、墓志铭、墓表、行状、叙（序）等形式撰写的作品。这类作品五花八门，数量可观，如韩愈有碑文、墓志铭、祭文99篇，行状2篇；柳宗元有碑文、墓志铭、祭文93篇，行状3篇；欧阳修有碑文、墓志铭、墓表109篇，行状2篇；王安石有碑文、墓志铭、祭文、哀辞、神道碑165篇，行状3篇。

这些作品都叙述人物的生平事迹，但形式、名目、写作意图不尽相同，文学成就也各异，能不能称为传记，不好一概而论。如韩愈的《张中丞传后叙》《祭十二郎文》《柳子厚墓志铭》；柳宗元的《段太尉逸事状》；欧阳修的自传《六一居士传》；苏轼的《司马温公行状》《富郑公神道碑》等，叙事都比较客观，感情真挚，人物形象个性鲜明生动，具有很高的艺术水准，无疑都是传记中的名篇佳作。但一些有固定程式的应景之作，或人情之作，特别是一些违心敷衍，只褒不贬，被人讥为"谀墓之文"的作品，恐怕要另当别论。

明清以后，传记的创作仍然盛行不衰，作家多，作品也多。此时的传记大多形象鲜明生动，手法多变，传述对象也有向下层迁移的趋势，尤其是一些有奇节异行之士，是传记作家特别偏爱的对象。如宋濂的《王冕传》，归有光的《张自新传》《先妣事略》，王猷定的《李一足传》《汤琵琶传》，魏禧的《大铁椎传》《江天一传》，黄宗羲的

《柳敬亭传》，侯方域的《李姬传》《马伶传》，方苞的《左忠毅公逸事》等著名的传记作品，写的多是下层社会的人物，所写的人物各具个性和风姿，一个个活灵活现，简直呼之欲出。这些传记作品脍炙人口，在当时或后世，都享有盛誉，为人们所钟爱。

后世传记文学的繁荣，从外部环境来说，是得益于史学和文学的分野越来越清晰，文学和史学的创作各自独立，传记脱离了史传而获得了独立发展的广阔空间。在这种情况下，传记的撰写其实已经成为一种文学创作而非叙史，传记作者也由史学家转换为文学家，因而创作队伍日益壮大，创作风气也越来越浓厚。水涨船高，传记文学的迅猛发展是理所当然的。

而从内部原因来说，以《史记》为代表的纪传体史传的开创之功、示范之效不可或缺，也无可替代，否则便成为无源之水、无本之木。纪传体史传无论在体例、立意，还是在布局谋篇、叙述手法等方面，都给后世传记以示范和影响。如《史记》纪传体一般都具有四个部分：籍贯与家世、事迹与功业、卒年与后嗣、太史公曰（论赞）。此例一开，后世传记无不效仿，传记作家大多按此套路进行写作，尽可能在作品中包含这四个方面的内容。如陶渊明的《孟府君传》，对传主的上述三项内容悉数交代以后，最后是论赞："赞曰：孔子称：'进德修业，以及时也。'君清蹈衡门，则令问孔昭；振缨公朝，则德音允集。道悠运促，不终远业。惜哉！仁者必寿，岂斯言之谬乎！"写作套路、口吻与太史公几乎如出一辙，《史记》纪传体的影响是显而易见的。清代刘海峰称赞欧阳修的《黄梦升墓志铭》也云："欧公叙事之文独得史迁风神。"这都表明欧阳修的传记文对《史记》人物传记的继承和发扬。

第二节 史传中的其他散文

除了自身以叙事文体叙史之外，史传在叙史过程中，也将大量的其他各体散文收入囊中。如抒情文、论说文、公牍文等，在史传中都琳琅满目，俯拾即是。

史家之收录各体散文，大致有两种情形：一是仅著录作品的目录或篇名，点到为止，并无具体文本和介绍；二是对作品或全文或部分收录，具体显示作者的创作经历和事迹。

一 史传中的抒情文

史传中的抒情文主要是两种：辞赋和书信。赋体、书信体等产生或盛行在汉代以后，先秦史传较少涉及。因此，辞赋和书信体的收录，便主要是两汉以后史传的事。换言之，就是《史记》《汉书》《三国志》《后汉书》这几部纪传体史书（即"前四史"），才比较多地做这方面的工作，所以对于史传中辞赋和书信的讨论，也就以"前四史"为主。

（一）辞赋

赋是介于诗歌和散文之间的一种特殊文体，有人将之视为诗歌，也有人将之视为散文，笔者取其后者。

赋兴起于汉代，由于其直接由楚辞演变而来，因此习惯上称之为辞赋，与屈原、宋玉等楚辞作家的作品混为一谈。由于笔者已将赋认定为散文，所以这里所说的辞赋，并不包括屈原、宋玉等战国诗人所创作的楚辞。又由于"前四史"叙史的下限是汉末晋前，所以此处所指的辞赋其实就是汉赋。

汉赋的发展、演变大体上经历了三个阶段：第一，骚体赋阶段；

第二，散体大赋阶段；第三，抒情小赋阶段。楚辞是抒情诗，由其演变而来的骚体赋继承楚辞的精神特质，批判现实，抒发愤懑哀怨之情；抒情小赋接近于骚体赋，讥讽时世，抒情言志——这两个阶段的赋体称之为抒情文应无疑问。散体大赋是汉赋的典型体制，刘勰《文心雕龙·诠赋》云："赋者，铺也；铺采摛文，体物写志也。"显然是就散体大赋而言，这可以说是对汉赋特点的高度概括。体物，即摹写事物；志，即情志，一般指思想、志向，当然也包括感情。《毛诗序》有云："诗者，志之所之也，在心为志，发言为诗，情动于中而形于言。"所以写"志"，其实也是述情。刘勰把"体物"认定是赋体"写志"的一种方式，道出了赋通过体物来表达思想主张，用描写景物来配合抒情的本质属性。正如清代纪晓岚所说："铺采摛文，尽赋之体；体物写志，尽赋之旨。"基于这些认识，我们亦将散体大赋视作抒情文。也就是说，汉赋是抒情或是抒情为主的文体。

事实上，即便如司马相如《子虚上林赋》那样的典型散体大赋作品，其极力描摹、夸张君王苑囿之大，游戏之乐，田猎之壮观，在歌颂王朝声威和气魄的同时，也含有对皇帝、藩王的谏讽，都有抒情的性质和意味。至于作者在主观上有多少真情实感，赋作品所产生的客观效果如何，则是另外一回事。

赋是风靡两汉 400 多年的一种纯文学体裁，此时四言诗已经式微，五言诗还未兴起，赋几乎就是文人作家唯一着力经营的文学种类，加上史家对于文人作家比较重视，所以纪传体史书对于辞赋的收录较多。

"前四史"收录辞赋的情况大致如下。

《史记》收录辞赋 7 篇，其中贾谊 2 篇，《吊屈原赋》《鵩鸟赋》；司马相如 4 篇，《子虚赋》《上林赋》《哀二世赋》《大人赋》；东方朔《答客难》1 篇。

《汉书·艺文志》著录辞赋 78 家，共 1004 篇（当中包括屈原、宋玉等战国诗人的楚辞），但实际收录仅 15 篇：贾谊《吊屈原赋》《鵩鸟赋》2 篇；司马相如《子虚赋》《上林赋》《大人赋》3 篇；东方朔《答客难》1篇；扬雄《反离骚》《甘泉赋》《河东赋》《长杨赋》《解嘲》《解难》《酒箴》7篇；汉武帝刘彻《李夫人赋》1篇；班婕妤《自伤赋》1篇。另外，枚皋《皇太子生赋》，王褒《甘泉颂》《洞箫颂》，东方朔《平乐观赋猎》，扬雄《广骚》《畔牢愁》等6篇只录篇名。

《后汉书》共录辞赋10篇：冯衍《显志》、班固《两都赋》、崔篆《慰志》、崔骃《达旨》、张衡《思玄赋》、马融《广成颂》、杜笃《论都赋》、赵壹《穷鸟赋》《刺世疾邪赋》、边让《章华赋》。只录篇名者5篇：贾逵《神雀颂》、张衡《二京赋》、王延寿《灵光殿赋》《梦赋》、崔琦《白鹄赋》。

《三国志》收录郤正《释讥》、胡综《黄龙大牙赋》2篇。张衡《二京赋》、刘劭《赵都赋》《许都》《洛都赋》、王延寿《鲁灵光殿赋》等5篇只录篇名。

费振刚、胡双宝、宗明华辑校的《全汉赋》（北京大学出版社1993年版）收录汉赋83家，293篇，其中可判为完篇或基本完篇者约100篇，存目24篇，其余为残篇。上述"前四史"收录的赋作去其重者仍有30多篇，约占今存完篇或基本完篇者1/3；收录篇名16篇，占今存目2/3。由此可见，"前四史"在保存两汉辞赋、两汉辞赋作家的事迹方面，做出了多么大的贡献。

在"前四史"中，两汉的主要辞赋作家贾谊、司马相如、东方朔、扬雄、班固、张衡、王褒、赵壹等人的生平事迹及其主要赋作，都悉数记载，骚体赋、散体大赋、抒情小赋等各体辞赋的代表作品也应有尽有。

贾谊是汉初骚体赋的代表作家，其《吊屈原赋》《鵩鸟赋》是骚体赋的代表作，均被《史记》和《汉书》收录。《吊屈原赋》是作者被贬赴长沙途中所作，"贾生既辞往行，闻长沙卑湿，自以寿不得长，又以适去，意不自得。及渡湘水，为赋以吊屈原"。贾谊觉得自己的遭遇与屈原很相似，借凭吊屈原，抒发内心的愤懑，但对屈原以身殉国的举动不以为然。赋作多用香草美人的象征手法，句中也多用

"兮"字，骚体的特征非常明显，反映了骚体向汉赋转变时的特点：

> 共承嘉惠兮，俟罪长沙。侧闻屈原兮，自沉汨罗。造讬湘流兮，敬吊先生。遭世罔极兮，乃陨厥身。呜呼哀哉，逢时不祥！鸾凤伏窜兮，鸱枭翱翔；阘茸尊显兮，谗谀得志；贤圣逆曳兮，方正倒植。世谓伯夷贪兮，谓盗跖廉；莫邪为顿兮，铅刀为铦。于嗟嘿嘿兮，生之无故！斡弃周鼎兮宝康瓠，腾驾罢牛兮骖蹇驴，骥垂两耳兮服盐车。章甫荐屦兮，渐不可久；嗟苦先生兮，独离此咎！
>
> 讯曰：已矣，国其莫我知，独壹郁兮其谁语？凤漂漂其高逝兮，夫固自缩而远去。袭九渊之神龙兮，沕深潜以自珍。弥融爚以隐处兮，夫岂从蟥与蛭蟥？所贵圣人之神德兮，远浊世而自藏。使骐骥可得系羁兮，岂云异夫犬羊！般纷纷其离此尤兮，亦夫子之辜也！瞝九州而相君兮，何必怀此都也？凤凰翔于千仞之上兮，览德辉而下之；见细德之险（微）〔征〕兮，摇增翮逝而去之。彼寻常之污渎兮，岂能容吞舟之鱼！横江湖之鳣鲔兮，固将制于蚁蝼。

（《史记·屈原贾生列传》）①

　　司马相如是汉代散体大赋的代表作家，其《子虚赋》《上林赋》在文学史上最负盛名，《史记》《汉书》亦一并收录。两篇作品虽然非同时写作，但内容相承，首尾连贯，因此被后人合而为一体，称《子虚上林赋》。作品以欲抑先扬的手法，通过描摹、夸说汉天子林苑的广大和歌舞游乐的豪奢排场、游猎场面的壮观，意欲对统治者的穷奢极欲进行讽谏，但扬之太过，抑之不足，颇有欲讽反谀的味道，但在客观上还是反映了封建帝国处在上升时期所具有的气象和面貌，仍有一定的积极意义。作品体制宏伟，结构完整，语言华丽，句式整齐、

---

① （汉）司马迁：《史记》，中华书局1959年版，第2493—2494页。

排比，读来富有音乐感；景物描写周详细致，层层渲染和夸张，极有气势。下面且举两段，以飨读者：

> 于是乎游戏懈怠，置酒乎昊天之台，张乐乎胶葛之宇；撞千石之钟，立万石之钜；建翠华之旗，树灵鼍之鼓。奏陶唐氏之舞，听葛天氏之歌，千人唱，万人和，山陵为之震动，川谷为之荡波。巴俞宋蔡，淮南《于遮》，文成颠歌。族举递奏，金鼓迭起，铿鎗铛鼛，洞心骇耳。荆、吴、郑、卫之声，《韶》《濩》《武》《象》之乐，阴淫案衍之音，鄢郢缤纷，《激楚》结风，俳优侏儒，狄鞮之倡，所以娱耳目而乐心意者，丽靡烂漫于前，靡曼美色于后。

> 若夫青琴宓妃之徒，绝殊离俗，姣冶娴都，靓庄刻饬，便嬛绰约，柔桡嬛嬛，妩媚姌嫋；揠独茧之褕袉，眇阎易以戍削，媥姺徶，与世殊服；芬香沤郁，酷烈淑郁；皓齿粲烂，宜笑的皪；长眉连娟，微睇绵藐；色授魂与，心愉于侧。

> （《史记·司马相如列传》）[①]

赵壹《刺世疾邪赋》是抒情小赋的代表作。该赋深刻揭露、批判了汉末朝政腐败、社会"溷乱"的病态现象，表达了一种强烈的愤慨和绝望之情。赋作针砭时弊，言辞尖锐犀利，感情激烈，赋体短小精悍，句式多变，骚体、四言、五言和六言交替使用，犹如一篇政论文：

> 伊五帝之不同礼，三王亦又不同乐，数极自然变化，非是故相反驳，德政不能救世溷乱，赏罚岂足惩时清浊？春秋时祸败之始，战国愈复增其荼毒，秦、汉无以相逾越，乃更加其怨酷。宁计生民之命，为利己而自足。

> 于兹迄今，情伪万方。佞谄日炽，刚克消亡。舐痔结驷，正

---

① （汉）司马迁：《史记》，中华书局1959年版，第3038—3039页。

色徒行。妪媪名势，抚拍豪强。偃蹇反俗，立致咎殃。捷慑逐物，日富月昌。浑然同惑，孰温孰凉。邪夫显进，直士幽藏。

原斯瘼之攸兴，实执政之匪贤。女谒掩其视听兮，近习秉其威权，所好则钻皮出其毛羽，所恶则洗垢求其瘢痕。虽欲竭诚而尽忠，路绝险而靡缘。九重既不可启，又群吠之猜猜，安危亡于旦夕，肆嗜欲于目前。奚异涉海之失柂，积薪而待燃。荣纳由于闪揄，孰知辨其蚩妍。故法禁屈挠于势族，恩泽不逮于单门。宁饥寒于尧舜之荒岁兮，不饱暖于当今之丰年。乘理虽死而非亡，违义虽生而匪存。

有秦客者，乃为诗曰：河清不可俟，人命不可延。顺风激靡草，富贵者称贤。文籍虽满腹，不如一囊钱。伊优北堂上，抗脏倚门边。

鲁生闻此辞，系而作歌曰：势家多所宜，咳唾自成珠。被褐怀金玉，兰蕙化为刍。贤者虽独悟，所困在群愚。且各守尔分，勿复空驰驱。哀哉复哀哉，此是命矣夫！

（《后汉书·赵壹传》）[1]

作品是作家的安身立命之本，"前四史"对于辞赋的收录，一方面，使辞赋作家的事迹更加具体，凸显了辞赋作家的身份特征和基本生态，在一定程度上反映了两汉辞赋发展的状况，为两汉文学尤其是辞赋的研究提供了许多真实、宝贵的材料。另一方面，收录辞赋也使史传增添了更多纯文学的成分，这些精神产品的加入，无疑会大大丰富史著的内容，进一步提升史著的文化品位，同时也为沉闷的史事带来一股股激情和鲜活的空气，使叙述更有韵味，更具可读性。

（二）书信

书信也是散文的一个重要组成部分。书信的内容比较广泛，形式也比较自由、多样，其中抒情色彩比较浓厚者，便是书信体抒情散文。

---

[1] （南朝·宋）范晔：《后汉书》，中华书局 2007 年版，第 770—771 页。

现存最早的书信，是《左传》中的《郑子家与赵宣子书》（文公十七年）、《子产告范宣子书》（襄公二十四年）。且看《子产告范宣子书》：

> 子为晋国，四邻诸侯不闻令德，而闻重币，侨也惑之。侨闻君子长国家者，非无贿之患，而无令名之难。夫诸侯之贿聚于公室，则诸侯贰；若吾子赖之，则晋国贰。诸侯贰，则晋国坏；晋国贰，则子之家坏。何没没也！将焉用贿！
>
> 夫令名，德之舆也。德，国家之基也。有基无坏，无亦是务乎！有德则乐，乐则能久。《诗》云："乐只君子，邦家之基。"有令德也夫！"上帝临女，无贰尔心。"有令名也夫！恕思以明德，则令名载而行之，是以远至迩安。毋宁使人谓子："子实生我"，而谓"子浚我以生"乎？象有齿以焚其身，贿也。①

书信较短，子产在信中告诫晋国权臣范宣子要减少贡品，以德治国。虽然是私人通信，但却是各国间当权人物通问陈事的来往文字，近似后代的国书。形式自由，似乎还没有什么格式规范，后来的书信才逐渐有称呼、落款之类的格式要求。

汉代书信往来更趋频繁，且多洋洋大篇，纷纭纵恣。此处的书信体抒情文，便主要着眼于两汉间私人往来、抒情意味浓厚的作品，至于一些君臣、藩王、异族酋长、同僚间涉公往来的书信不在此列。这类书信数量不多，但也留下了一些脍炙人口的名篇佳作，"前四史"中也有所收录。

这一类书信体抒情散文主要被《汉书》《后汉书》所收录。《汉书》所收的司马迁《报任少卿书》（《司马迁传》）、杨恽《报孙会宗书》（《杨敞传》）、杨王孙《报祁侯缙它书》（《杨王孙传》）；《后汉书》所收的苏竟《与刘龚书》（《苏竟传》）、朱浮《与彭宠书》（《朱浮传》）

---

① （清）洪亮吉：《春秋左传诂》，李解民点校，中华书局 1987 年版，第 567—568 页。

等，都是著名的作品，为后人津津乐道。

司马迁《报任少卿书》又名《报任安书》。司马迁因"李陵之祸"受宫刑并入狱，此文乃作于他获赦出狱之后，是给其友人任安的一封回信。"迁既被刑之后，为中书令，尊宠任职。故人益州刺史任安予迁书，责以古贤臣之义"（《司马迁传》），司马迁是以报之。书信直抒胸臆，抒发了作者满腔的悲愤和痛苦，大胆揭露了汉武帝的专制残忍，表现出了他为实现理想而甘受凌辱、坚韧不屈的战斗精神。文章写得大气磅礴，纵横跌宕，敢于放言，无所避讳，感情真挚，语言流畅，具有强烈的艺术感染力。

且看其中一段：

> 古者富贵而名摩灭，不可胜记，唯倜傥非常之人称焉。盖西伯拘而演《周易》；仲尼厄而作《春秋》；屈原放逐，乃赋《离骚》；左丘失明，厥有《国语》，孙子膑脚，《兵法》修列；不韦迁蜀，世传《吕览》；韩非囚秦，《说难》《孤愤》。《诗》三百篇，大抵贤圣发愤之所为作也。此人皆意有所郁结，不得通其道，故述往事，思来者。及如左丘无目，孙子断足，终不可用，退论书策以舒其愤，思垂空文以自见。仆窃不逊，近自托于无能之辞，网罗天下放矢旧闻，考之行事，稽其成败兴坏之理，凡百三十篇，亦欲以究天人之际，通古今之变，成一家之言。草创未就，适会此祸，惜其不成，是以就极刑而无愠色。仆诚已著此书，藏之名山，传之其人通邑大都，则仆偿前辱之责，虽万被戮，岂有悔哉！然此可为智者道，难为俗人言也。①

本段主要有两层意思：一是司马迁以古代圣贤自况，表明大凡伟大、不朽的作品，作者必经许多曲折和磨难，提出了文学理论史上著名的"发愤著书"说；二是阐明《史记》的创作宗旨："究天人之际，

---

① （汉）班固：《汉书》，中华书局 2007 年版，第 621—622 页。

通古今之变，成一家之言。"此篇书信，称得上是文学史上书信体抒情散文的开端。

司马迁外孙杨恽的《报孙会宗书》，也是一篇为后世广为传诵的文章。《杨恽传》称"恽既失爵位，家居治产业，起室宅，以财自娱。岁余，其友人安定太守西河孙会宗，知略士也，与恽书谏戒之，为言大臣废退，当阖门惶惧，为可怜之意，不当治产业，通宾客，有称（举）〔誉〕。恽宰相子，少显朝廷，一朝〔以〕晻昧语言见废，内怀不服"，写了这封回信。他以嬉笑怒骂的口吻，逐点批驳孙的规劝，为自己狂放不羁的行为辩解，还赋诗讥刺朝政。整篇文字都是牢骚怨愤，文辞犀利，其人其文都有外祖父司马迁的风格。此信得罪了宣帝，"宣帝见而恶之。廷尉当恽大逆无道，要斩"。此信便成为文字狱史上的名篇。下面是其中一段：

> 夫人情所不能止者，圣人弗禁。故君父至尊亲，送其终也，有时而既。臣之得罪，已三年矣。田家作苦，岁时伏腊，烹羊炰羔，斗酒自劳。家本秦也，能为秦声。妇，赵女也，雅善鼓瑟。奴婢歌者数人，酒后耳热，仰天抚缶而呼乌乌。其诗曰："田彼南山，芜秽不治。种一顷豆，落而为萁。人生行乐耳，须富贵何时！"是日也，拂衣而喜，奋袖低卬，顿足起舞，诚淫荒无度，不知其不可也。恽幸有余禄，方籴贱贩贵，逐什一之利。此贾竖之事，污辱之处，恽亲行之。下流之人，众毁所归，不寒而栗。虽雅知恽者，犹随风而靡，尚何称誉之有？董生不云乎："明明求仁义，常恐不能化民者，卿大夫之意也。明明求财利，常恐困乏者，庶人之事也。"故"道不同，不相为谋"。今子尚安得以卿大夫之制而责仆哉！①

朱浮，东汉初人，光武帝时拜大将军领幽州牧，守蓟城，讨定北

---

① （汉）班固：《汉书》，中华书局 2007 年版，第 665—666 页。

边；建武二年封舞阳侯。渔阳太守彭宠居功自傲，不服节制，竟然举兵进攻朱浮，朱浮以此书信对其进行斥责。文章言辞严厉，排比对偶，语甚工整，名言警句较多，也是历史上很著名的书信。下引两段，乃"亲者痛，仇者快"一成语，及著名寓言故事"白头豕"的出处。朱浮分别以之批评彭宠的不明事理，讽刺其狂妄、不知天高地厚：

> 伯通与耿侠游，俱起佐命，同被国恩。侠游谦让，屡有降挹之言；而伯通自伐，以为功高天下。往时辽东有豕，生子白头，异而献之，行至河东，见群豕皆白，怀惭而还。若以子之功论于朝廷，则为辽东豕也。今乃愚妄，自比六国。六国之时，其势各盛，廓土数千里，胜兵将百万，故能据国相持，多历年世。今天下几里，列郡几城，奈何以区区渔阳而结怨天子？此犹河滨之人捧土以塞孟津，多见其不知量也！

> 方今天下适定，海内愿安，士无贤不肖，皆乐立名于世。而伯通独中风狂走，自捐盛时，内听骄妇之失计，外信谗邪之诐言，长为群后恶法，永为功臣鉴戒，岂不误哉！定海内者无私雠，勿以前事自误，愿留意顾老母幼弟。凡举事无为亲厚者所痛，而为见雠者所快。①

后来彭宠一意孤行，走上叛逆的道路，最终落得身败名裂的下场。

二 史传中的论说文

论说文是议论说明一类文章的总称。我国古代论说文肇始于先秦的诸子散文，古代很早就有以"论"名篇的文章，如庄子的《齐物论》、荀子的《天论》等，但先秦史传记载诸子的事迹甚少，对于诸

---

① （南朝·宋）范晔：《后汉书》，中华书局 2007 年版，第 337—338 页。

子文章并无收录。萧统《文选》专列"论"为一门，所收作品，始于贾谊的《过秦论》。其后以"说"名篇者也日益增多，著名者如韩愈的《师说》、柳宗元的《天说》等。"说"与"论"并无大异，故后来将说理辨析之文都统称为论说文。

论说文按其基本内容，大体上又可以分为政论、史论和理论三种。这三种论说在史传中都收录颇多。

（一）政论文

政论文是针对社会政治形势、治国方略、国计民生等重大现实问题进行研究、分析，发表个人独特见解的文章。"政论"一名，始于东汉崔寔的《政论》，但其实这类文章在先秦诸子中就已经存在，如《管子》中的《牧民》《正世》等，就是早期的政论文。作为单篇的专题性的政治理论文章，则是始于西汉。汉初百废待兴，在政治、经济、外交等领域都面临许多问题，需要有人专门研究，以服务于新兴的政权，政论文由是兴起。贾谊的《陈政事疏》《论积贮疏》，晁错的《论贵粟疏》《言兵事疏》等，都是西汉早期典型的政论文。贾谊的《论积贮疏》又称《说积贮》《论积贮》；晁错的《论贵粟疏》又称《说文帝令民入粟受爵》《论贵粟书》。这四篇文章，都分别被《汉书·食货志》及本传收录。

此外，徐乐的《言世务书》（《史记·主父偃列传》）、宋昌的《权进代王议》（《史记·孝文本纪》）；董仲舒的《举贤良对策》（《汉书·董仲舒传》）、《又言限民名田》（《汉书·食货志》），刘向的《说成帝定礼乐》（《汉书·刘向传》），刘歆的《孝武庙不毁议》（《汉书·韦玄成传》）、《宫显君丧服议》（《汉书·王莽传》上），郦食其的《请说齐王》（《汉书·郦食其传》）；班固的《匈奴和亲议》（《后汉书·班固传》）、班勇的《西域议》（《后汉书·班勇传》）等政论文，都被史传收录在册。

以上诸政论文，以《论贵粟疏》最为著名。该文针对汉初粮食不足，百姓衣食无着的严峻现实，主张重农抑商和入粟受爵，以大力发展农业生产和积贮粮食，解决严峻的社会现实问题。文章写得很实在，有见解，有分析，也有措施，切合实际，言之有物。语言明白晓畅，朴实无华。全文较长，兹录片段于下：

> 今法律贱商人，商人已富贵矣；尊农夫，农夫已贫贱矣。故俗之所贵，主之所贱也；吏之所卑，法之所尊也。上下相反，好恶乖迕，而欲国富法立，不可得也。方今之务，莫若使民务农而已矣。欲民务农，在于贵粟；贵粟之道，在于使民以粟为赏罚。今募天下入粟县官，得以拜爵，得以除罪。如此，富人有爵，农民有钱，粟有所渫。夫能入粟以受爵，皆有余者也。取于有余，以供上用，则贫民之赋可损，所谓"损有余，补不足"，令出而民利者也。
>
> 顺于民心，所补者三：一曰主用足，二曰民赋少，三曰劝农功。今令民有车骑马一匹者，复卒三人。车骑者，天下武备也，故为复卒。神农之教曰："有石城十仞，汤池百步，带甲百万，而无粟，弗能守也。"以是观之，粟者，王者大用，政之本务。令民入粟受爵，至五大夫以上，乃复一人耳，此其与骑马之功，相去远矣。爵者，上之所擅，出于口而亡穷；粟者，民之所种，生于地而不乏。夫得高爵与免罪，人之所甚欲也。使天下人入粟于边，以受爵免罪，不过三岁，塞下之粟必多矣。①

为鼓励百姓重视农业生产，晁错主张"入粟县官，得以拜爵，得以除罪"。这样的举措如果真的操作起来，可能会带来许多社会问题，但其出发点乃为国家安危、百姓福祉着想，迫切的心情可以理解，精神可嘉。

（二）史论文

史论文对历史事件或人物做研讨，发表自己的意见和主张，旨在总结历史经验教训，为统治者提供借鉴。最早、最著名的史论文，当

---

① （汉）班固：《汉书·食货志》，中华书局 2007 年版，第 161 页。

为贾谊的《过秦论》。该文分上、中、下三篇，《史记·秦始皇本纪》收录其上、中两篇，而《陈涉世家》又引上篇的后半大段（"秦孝公据殽、函之固，拥雍州之地"——"仁义不施，攻守之势异也"）。文章总结秦亡的历史经验教训，意在告诫汉统治者引以为鉴，不要重蹈秦王朝的覆辙。贾谊认为秦之过失，主要在于"仁义不施"，不知"攻守之势异"：

> 及至秦王，续六世之余烈，振长策而御宇内，吞二周而亡诸侯，履至尊而制六合，执棰拊以鞭笞天下，威振四海。南取百越之地，以为桂林、象郡，百越之君俯首系颈，委命下吏。乃使蒙恬北筑长城而守藩篱，却匈奴七百余里，胡人不敢南下而牧马，士不敢弯弓而报怨。于是废先王之道，焚百家之言，以愚黔首。堕名城，杀豪俊，收天下之兵聚之咸阳，销锋铸鐻，以为金人十二，以弱黔首之民。然后斩华为城，因河为津，据亿丈之城，临不测之溪以为固。良将劲弩守要害之处，信臣精卒陈利兵而谁何，天下以定。秦王之心，自以为关中之固，金城千里，子孙帝王万世之业也。
>
> 秦王既没，余威振于殊俗。陈涉，瓮牖绳枢之子，甿隶之人，而迁徙之徒，才能不及中人，非有仲尼、墨翟之贤，陶朱、猗顿之富，蹑足行伍之间，而崛起什伯之中，率罢散之卒，将数百之众，而转攻秦。斩木为兵，揭竿为旗，天下云集响应，赢粮而景从，山东豪俊遂并起而亡秦族矣。
>
> 且夫天下非小弱也，雍州之地，殽、函之固自若也。陈涉之位，非尊于齐、楚、燕、赵、韩、魏、宋、卫、中山之君；锄櫌棘矜，非铦于句戟长铩也；谪戍之众，非抗于九国之师；深谋远虑，行军用兵之道，非及乡时之士也。然而成败异变，功业相反也。试使山东之国与陈涉度长絜大，比权量力，则不可同年而语矣。然秦以区区之地，千乘之权，招八州而朝同列，百有余年矣。然后以六合为家，殽、函为宫，一夫作难而七庙堕，身死人

手，为天下笑者，何也？仁义不施而攻守之势异也。（上篇）①

汉初学者陆贾曾向刘邦建言，说天下可以"逆取"，但又必须"顺守"："居马上得之，宁可以马上治之乎？且汤武逆取而以顺守之，文武并用，长久之术也。……向使秦已并天下，行仁义，法先王，陛下安得而有之？"（《史记·陆贾传》）认为施行"仁义"，才是长治久安之策。这是汉初很有代表性的观点，显然，贾谊的观点承此而来，但比陆贾们谈得更加深入、充分。《过秦论》文章富有文采，骈偶、排比句式甚多，气势磅礴，有战国纵横家的风格，是贾谊政论文的代表作，也是西汉政论文的代表作。

《过秦论》很受后世所推崇，唐代柳宗元《封建论》、宋代苏洵《六国论》、苏轼《留侯论》等，在立意、风格等方面，都受其影响。

（三）理论文

理论文即学术论文，如庄子论述相对主义哲学理论的《齐物论》，荀子阐述唯物主义天人关系的《天论》等诸如此类的文章。司马谈《论六家要旨》（《史记·太史公自序》）是史传中收录的最重要的一篇学术论文。

《论六家要旨》总结先秦诸子的学术思想，分别阐述阴阳、儒、墨、法、名、道等六家的宗旨和得失，理论上比较公允、客观。"法家"作为一个学术派别的名称，就始出自此篇。下面两段分别对儒、道两家进行论述：

> 道家使人精神专一，动合无形，赡足万物。其为术也，因阴阳之大顺，采儒、墨之善，撮名、法之要，与时迁移，应物变化，立俗施事，无所不宜，指约而易操，事少而功多。儒者则不然。以为人主天下之仪表也，主倡而臣和，主先而臣随。如此，则主劳而臣逸。至于大道之要，去健羡，绌聪明，释此而任术。

① （汉）司马迁：《史记》，中华书局1959年版，第280—282页。

夫神大用则竭，形大劳则散。形神骚动，欲与天地长久，非所闻也。①

司马谈认为，道家"因阴阳之大顺，采儒、墨之善，撮名、法之要，与时迁移"，也就是说兼有阴阳、儒、墨、名、法诸家之长，又能顺应自然，与时迁移，所以"无所不宜"，而儒家却反之："儒者则不然。"司马谈对于儒家有所贬斥，而对道家较多肯定，这与汉武帝时期罢黜百家，独尊儒术的思想颇为相左，表明司马谈是一个有独立思想、不随大流的学者。

《后汉书》所收班彪之《史记论》（《班彪列传》），对司马迁《史记》的得失做评论，也是一篇比较有名的学术论文：

迁之所记，从汉元至武以绝，则其功也。至于采经摭传，分散百家之事，甚多疏略，不如其本，务欲以多闻广载为功，论议浅而不笃。其论术学，则崇黄老而薄五经；序货殖，则轻仁义而羞贫穷；道游侠，则贱守节而贵俗功；此其大敝伤道，所以遇极刑之咎也。然善述序事理，辩而不华，质而不野，文质相称，盖良史之才也。诚令迁依五经之法言，同圣人之是非，意亦庶几矣。②

这是比较早的对司马迁及其《史记》的全面评价。班彪是一位比较传统的史学家，他秉持的显然是传统儒家的观念和标准。虽然他对司马迁不"同圣人之是非"颇有微词，但对《史记》"善述序事理，辩而不华，质而不野，文质相称"仍然给予充分肯定和高度评价，称司马迁为"良史之才"。所论皆在学术讨论的范围内，言辞朴实，态度诚恳，虽然观点未必皆可取，但也不失为独立思考、各抒己见的一家之言。

---

① （汉）司马迁：《史记》，中华书局1959年版，第3289页。
② （南朝·宋）范晔：《后汉书》，中华书局2007年版，第394页。

三　公牍文

牍是古代在上面写字的木简，公牍文也就是写在木简上的公文，后来成为公事往来文件的总称。古代的公文，名目繁多，从其发送的对象看，大致可分为三类：一是用于上级对下级的，统称为诏令类；二是用于下级对上级的，统称为奏疏类；三是用于平行机构的，统称公移类。此处主要介绍一下前两类。

（一）奏疏

奏疏亦称奏对、奏启、奏状、奏札、奏折、奏策等。春秋战国时代称这种文字为"上书"，秦代改称为"奏"。汉代除保留"上书"的名称外，更有章、表、奏、议的区别，用途也有所不同。

唐以前的奏疏基本上都被清代严可均所编的《全上古三代秦汉三国六朝文》尽收囊中，史传所收录者当然也不例外。一般奏疏原来都没有篇名，《全上古三代秦汉三国六朝文》为之冠名，且附作者小传，注明作品出处。

史传中收录的各体散文，其实以奏疏为最多。史传中收录的奏疏，也都见诸《全上古三代秦汉三国六朝文》，且都集中在"前四史"中。据统计，"前四史"所收录之奏疏竟多达 315 篇，堪称大观，两汉君臣、上下之间的书面对话，几乎一览无遗。这 315 篇奏疏的具体分布情况为：《史记》22 篇，《汉书》97 篇，《三国志》105 篇，《后汉书》81 篇。

奏疏毕竟是官场文章，所以充斥着官场用语，矫揉造作、虚情假意的话语较多，较少真情实感，大多数思想陈腐，程式化的现象突出，总体而言，文学价值不大，可读性不强。但也有一些例外，如前面介绍的贾谊、晁错、董仲舒等人的论说文《陈政事疏》《论积贮疏》《论贵粟疏》《言兵事疏》《举贤良对策》等作品，其实也是奏疏，也是奏疏中的佳作。盖因其论说的性质突出且鲜明，思想深刻，见解精辟，论证严密周详，与一般陈事、言事的奏疏有较大的不同，在历史上也以论辩说理著称，故将之归到论说文中去讨论。

　　除此之外，李斯的《谏逐客书》（《史记·李斯列传》）、诸葛亮的《出师表》（《三国志·诸葛亮传》），不仅是奏疏中的精品，也是文学史上的名篇佳作，在历史上简直老少皆知，为广大读者所熟识和欣赏。

　　李斯的《谏逐客书》作于秦王政十年。其时秦王接受宗室大臣的建议，下令驱逐外国在秦的客卿，身为客卿的李斯，也在被逐之列，《谏逐客书》就是在这种背景下写成的：

　　　臣闻吏议逐客，窃以为过矣。昔穆公求士，西取由余于戎，东得百里奚于宛，迎蹇叔于宋，来丕豹、公孙支于晋。此五子者，不产于秦，而穆公用之，并国二十，遂霸西戎。孝公用商鞅之法，移风易俗，民以殷盛，国以富强，百姓乐用，诸侯亲服，获楚、魏之师，举地千里，至今治强。惠王用张仪之计，拔三川之地，西并巴、蜀，北收上郡，南取汉中，包九夷，制鄢、郢，东据成皋之险，割膏腴之壤，遂散六国之从，使之西面事秦，功施到今。昭王得范雎，废穰侯，逐华阳，强公室，杜私门，蚕食诸侯，使秦成帝业。此四君者，皆以客之功。由此观之，客何负于秦哉！向使四君却客而不内，疏士而不用，是使国无富利之实而秦无强大之名也。

　　　今陛下致昆山之玉，有随和之宝，垂明月之珠，服太阿之剑，乘纤离之马，建翠凤之旗，树灵鼍之鼓。此数宝者，秦不生一焉，而陛下说之，何也？必秦国之所生然后可，则是夜光之璧不饰朝廷，犀象之器不为玩好，郑、卫之女不充后宫，而骏良駃騠不实外厩，江南金锡不为用，西蜀丹青不为采。所以饰后宫、充下陈、娱心意、说耳目者，必出于秦然后可，则是宛珠之簪、傅玑之珥、阿缟之衣、锦绣之饰不进于前，而随俗雅化、佳冶窈窕赵女不立于侧也。夫击瓮叩缶弹筝搏髀，而歌呼呜呜快耳（目）者，真秦之声也；《郑》《卫》《桑间》《昭》《虞》《武》

《象》者，异国之乐也。今弃击瓮叩缶而就《郑》《卫》，退弹筝而取《昭》《虞》，若是者何也？快意当前，适观而已矣。今取人则不然。不问可否，不论曲直，非秦者去，为客者逐。然则是所重者在乎色乐珠玉，而所轻者在乎人民也。此非所以跨海内、制诸侯之术也。

臣闻地广者粟多，国大者人众，兵强则士勇。是以太山不让土壤，故能成其大；河海不择细流，故能就其深；王者不却众庶，故能明其德。是以地无四方，民无异国，四时充美，鬼神降福，此五帝三王之所以无敌也。今乃弃黔首以资敌国，却宾客以业诸侯，使天下之士退而不敢西向，裹足不入秦，此所谓"藉寇兵而赍盗粮"者也。

夫物不产于秦，可宝者多；士不产于秦，而愿忠者众。今逐客以资敌国，损民以益仇，内自虚而外树怨于诸侯，求国无危，不可得也。[①]

这篇上书抛开了个人的去留问题，而全从秦国的得失利弊立论。认为秦国之由弱至强，每一步都离不开客卿的作用和贡献，欲成霸业，更离不开各国客卿的帮助。文章摆事实，讲道理，言简意赅，句句切中要害，具有很强的说服力。行文纵横驰骋，很有文采，语气慷慨激昂，气势奔放，也很具感染力。后来秦王果然收回成命，这篇文章起了很重要的作用。

《出师表》最初见于《三国志·诸葛亮传》，并无篇名，今篇名为后人所加。蜀汉后主（刘禅）建兴五年（227），诸葛亮率军北驻汉中，准备北伐，这是出师前诸葛亮给后主上的表文。表中反复勉励刘禅要继承先主的遗志，亲近贤臣，远离小人，陈述自己对蜀汉的忠诚和北取中原的坚定意志。诸葛亮有前后《出师表》传世，此为前表，后人多疑后表为伪作。

---

① （汉）司马迁：《史记》，中华书局1959年版，第2541—2545页。

先帝创业未半，而中道崩殂。今天下三分，益州疲弊，此诚危急存亡之秋也。然侍卫之臣不懈于内，忠志之士忘身于外者，盖追先帝之殊遇，欲报之于陛下也。诚宜开张圣听，以光先帝遗德，恢弘志士之气；不宜妄自菲薄，引喻失义，以塞忠谏之路也。

宫中府中，俱为一体，陟罚臧否，不宜异同。若有作奸犯科及为忠善者，宜付有司论其刑赏，以昭陛下平明之理；不宜偏私，使内外异法也。

侍中、侍郎郭攸之、费祎、董允等，此皆良实，志虑忠纯，是以先帝简拔以遗陛下。愚以为宫中之事，事无大小，悉以咨之，然后施行，必能裨补阙漏，有所广益。

将军向宠，性行淑均，晓畅军事，试用于昔日，先帝称之曰能，是以众议举宠为督。愚以为营中之事，悉以咨之，必能使行阵和睦，优劣得所。

亲贤臣，远小人，此先汉所以兴隆也；亲小人，远贤臣，此后汉所以倾颓也。先帝在时，每与臣论此事，未尝不叹息痛恨于桓、灵也。侍中、尚书、长史、参军，此悉贞亮死节之臣，愿陛下亲之信之，则汉室之隆，可计日而待也。

臣本布衣，躬耕于南阳，苟全性命于乱世，不求闻达于诸侯。先帝不以臣卑鄙，猥自枉屈，三顾臣于草庐之中，咨臣以当世之事，由是感激，遂许先帝以驱驰。后值倾覆，受任于败军之际，奉命于危难之间，尔来二十有一年矣。先帝知臣谨慎，故临崩寄臣以大事也。受命以来，夙夜忧叹，恐托付不效，以伤先帝之明。故五月渡泸，深入不毛。今南方已定，兵甲已足，当奖帅三军，北定中原，庶竭驽钝，攘除奸凶，兴复汉室，还于旧都。此臣所以报先帝，而忠陛下之职分也。至于斟酌损益，进尽忠言，败攸之、祎、允之任也。

愿陛下托臣以讨贼兴复之效；不效，则治臣之罪，以告先帝之灵。若无兴德之言，则责攸之、祎、允等之慢，以彰其咎。陛下亦宜自谋，以咨诹善道，察纳雅言，深追先帝遗诏。臣不胜受恩感激。今当远离，临表涕零，不知所言。①

本表是一篇说理文，但充满感情色彩。甫一开篇，即对"先帝创业未半而中道崩殂"百感交集。文内有 13 处提及"先帝"，表达了对刘备的深切怀念和忠贞感情。在对刘禅殷切期望、谆谆而言的同时，也对自己的生平做了简单的回顾，突出对刘备的知遇之感和对蜀汉朝廷的忠贞不渝。文章言辞恳切、周详，发自内心，十分感人，为历代知识分子所推崇。

其他如《史记》中的邹阳《狱中上梁王书》（《邹阳传》）、公孙弘《上书乞骸骨》（《平津侯列传》）；《汉书》中的东方朔《上书自荐》（《东方朔传》）、司马相如《谏猎疏》（《司马相如传》）、路温舒《尚德缓刑书》；《三国志》中的曹植《求自试表》和《上责躬应诏诗表》（《陈思王传》）；《后汉书》中的蔡邕《与何进书荐边让》（《边让传》）、孔融《谏祢衡疏》（《祢衡传》）等，也都值得一读。

（二）诏令

诏令是古代帝王向臣民发布的命令、文告。诏令最早见于《尚书》，其中的"誓""命""诰"其实就是诏令。后来逐渐增多，到汉代已经很齐全了。汉代的诏令名目繁多，有诏、诰、策、制、敕、谕、命、令、檄等。此后，历代诏令的名称会有些变化，不同朝代的诏书，名同实异，或名异实同的情况都有，一种名目在不同时代也有不同的功用。

诏令绝大部分都非皇帝本人所写，如汉高祖刘邦农民出身，文化程度很低，舞文弄墨非其所能；其他各代皇帝或许文化程度稍高，但执笔为文对他们来说恐也不是一件容易的事，也未必是他们愿意做的事。所以，历朝皇帝的诏令，多出自御用文人之手（隋唐以后称这种

---

① （晋）陈寿：《三国志集解》，（南朝·宋）裴松之注，卢弼集解，钱剑夫整理，上海古籍出版社 2009 年版，第 2457 页。

御用文人为"知制诰")。能被皇帝赏识、专为皇帝捉刀的御用文人，往往是文坛高手，但他们代皇帝立言，既要揣摩皇帝的意图，投其所好，又受皇帝好恶、程式和文字等诸多因素的限制，所以写出来的文字至多只是中规中矩，优秀的散文不多。相较而言，汉代的诏令内容较为精切诚恳，文字也朴素雅重，有一些比较好的作品。

史传中也收录不少历代的诏令，尤其是"前四史"的收录较多、较全。因纪传体的"纪"专记帝王事迹，所以诏令也主要保存在这些体例当中，其中又基本上是两汉帝王的诏令。仅仅在"前四史"的"纪"体，收录的两汉诏令就几乎有200篇，其中《后汉书》约120篇，超过了《史记》《汉书》《三国志》三部的总和。这可能是东汉皇帝发布诏令比较频繁，也可能是范晔收集得比较齐全或喜欢使用这类文字史料，又或者是两种原因兼而有之。

汉高祖的《入关告谕》是诏令中不可多得的作品，该文既见于《史记》，又见于《汉书》，写得简明扼要，质朴无华，无繁缛古奥之累：

> 父老苦秦苛法久矣，诽谤者族，偶语者弃市。吾与诸侯约，先入关者王之，吾当王关中。与父老约，法三章耳：杀人者死，伤人及盗抵罪。余悉除去秦法。诸吏人皆案堵如故。凡吾所以来，为父老除害，非有所侵暴，无恐！且吾所以还军霸上，待诸侯至而定约束耳。[①]

此告谕写于汉元年十月。其时刘邦攻破秦军，进入关中，"秦王子婴素车白马，系颈以组，封皇帝玺符节，降轵道旁。诸将或言诛秦王。沛公曰：'始怀王遣我，固以能宽容；且人已服降，又杀之，不祥。'乃以秦王属吏，遂西入咸阳"（《史记·高祖本纪》）。既为安定民心，又为笼络人心，高祖乃出此告谕。虽其时刘邦还不是皇帝，但既已王关中，又接受子婴"封皇帝玺符节"，况且之后确实也做了皇

---

① （汉）司马迁：《史记》，中华书局1959年版，第362页。

帝，因此，该文其实可以作诏令视之。告谕几乎没有一句废话，似乎也没有什么体制规例，只是几句大实话，反映了其时作为农民起义军头领的刘邦质朴和务实的一面。

此后，历代皇帝的诏令就要繁缛、冗长许多。如《汉书·武帝纪》中收录的汉武帝的两篇诏令：

> 朕闻咎繇对禹，曰在知人，知人则哲，惟帝难之。盖君者心也，民犹支体，支体伤则心憯怛。日者淮南、衡山修文学，流货赂，两国接壤，怵于邪说，而造篡弑，此朕之不德。《诗》云："忧心惨惨，念国之为虐。"已赦天下，涤除与之更始。朕嘉孝弟力田，哀夫老眊孤寡鳏独或匮于衣食，甚怜愍焉。其遣谒者巡行天下，存问致赐。曰："皇帝使谒者赐县三老、孝者帛，人五匹；乡三老、弟（悌）者、力田帛，人三匹；年九十以上及鳏寡孤独帛，人二匹，絮三斤；八十以上米，人三石。有冤失职，使者以闻。县乡即赐，毋赘聚。"
>
> （元狩元年丁卯《立皇太子诏》）①

> 朕以眇身托于王侯之上，德未能绥民，民或饥寒，故巡祭后土以祈丰年。冀州脽壤乃显文鼎，获（祭）〔荐〕于庙。渥洼水出马，朕其御焉。战战兢兢，惧不克任，思昭天地，内惟自新。《诗》云："四牡翼翼，以征不服。"亲省边垂，用事所极。望见泰一，修天文禅。辛卯夜，若景光十有二明。《易》曰："先甲三日，后甲三日。"朕甚念年岁未咸登，饬躬斋戒，丁酉，拜况于郊。
>
> （元鼎五年冬至《立泰畤于甘泉诏》）②

前一篇表明立皇太子之重要与不易，并宣布因立皇太子而大赦天下、慰问抚恤孤寡鳏独老者。后一篇则可谓是"巡祭后土以祈丰年"

---

① （汉）班固：《汉书》，中华书局 2007 年版，第 44—45 页。
② 同上书，第 46 页。

的宣言，表示对百姓的关爱和对神灵的虔诚。两篇文字都引经据典，显得颇为庄重严肃。前者句式参差，稍显活泼；后者则以四言为多，较为整齐肃穆。但两篇文字都比较古奥和拗口，语气和情感也显造作，官样文章的色彩比较浓厚。这可以说体现了大部分诏令的共同特征。

诏令的文学和思想成就虽然都不高，但却包含很丰富的历史文化信息，具有独特的史学价值。通过这些文字，不仅可以了解许多历史事件，更重要的是帝王的思想意识、施政理念、品格和作风等，在这些作品中都得到一定程度的反映。虽然诏令并不出自帝王之手，但毕竟以他们的名义发布，显然得到了他们的认可，应该说基本上体现了他们的意志。因此，从中窥见的帝王形象及其内心世界，还是比较真实的。所以，诏令可以在这些方面给后人提供一些有价值的信息，也给研究者许多实实在在的帮助。

第四章

史传与小说

中国古代小说是一种多祖的文学体裁，它与神话、传说、寓言和史传等早期的叙事文体，都有渊源关系，其中与史传的关系又最为直接和最为重要。研究古代小说与史传的关系，对于认识、了解中国古代小说的发展历程，古代小说的独特性质、特征和历史地位，都很有意义。

第一节　小说与史乘的渊源

"乘"为春秋时晋国的史籍名。孟子说："晋之《乘》，楚之《梼杌》，鲁之《春秋》，一也。"（《离娄章》）孙奭疏："以其所载以田赋乘马之事，故以因名为《乘》也。"后以"史"为记载之书，故称一般史书为"史乘"。

中国的史官文化异常发达，史官文化的主要载体是史乘。先唐史传是我国古代史乘的杰出代表，在我国古代思想、文化、学术的集合、梳理、总结和培育等方面，做出的贡献尤其重大，同时，早期的史乘著作大多不存，因此，小说与史乘的渊源关系，主要表现为与史传的关系。

中国古代小说是在史传的哺育下发展、成长起来的。小说的基本因子和特质，比如叙事性（文体特征）、情节性与形象性（表现手法）、虚拟性与写实性（审美特征）等，也都是史传的基本体例特征。小说几乎全部承继了这些基因，史传的特征、印记非常明显，渊源关系一目了然。

对于古代小说与史传之间的渊源关系，我们可以从小说的文本、作者两个方面加以阐述。

一　小说脱胎于史传

（一）小说的题材与史传

最初的小说和史传是共为一体的，说史传是中国小说的母胎和温床，实不为过。小说就是在史传的母胎中，汲取乳汁及营养，慢慢地发育、生长、脱胎而出的一种文学体裁，它与史传有着割舍不断的血脉联系。

古代小说与史传的血脉关系，首先表现在题材的获取和供给上面。题材是古代小说发育、生长的胎血，也是小说赖以支撑躯体的基本血肉，由于小说与史传的天然联系，它从史传母体中获取，既是近水楼台，又是顺理成章。

我国典籍有关小说的最早记载见于《汉书·艺文志》，班固在儒家、道家、阴阳家、法家、名家、墨家、纵横家、杂家、农家之后，列小说家 15 家，后世人将此合称“九流十家”。这 15 家的作品应该说是最早的小说，可惜皆已亡佚，具体内容不得而知，但班固称：“小说家者流，盖出于稗官。街谈巷议，道听途说之所造也。”鲁迅说：“‘街谈巷议’自生于民间，固非一谁某之所独造也，探其本根，则亦犹他民族然，在于神话与传说。”① 由此可知，最初的小说，其内容主要是民间的一些传闻，也就是神话、传说一类的故事。

神话、传说也是小说的渊源之一，但相对于史乘来说，两者是更远的渊源，与小说的关系，不如史传那么亲近和直接，对于小说的影

---

① 鲁迅：《中国小说史略》，上海古籍出版社 1998 年版，第 6 页。

响和哺育，也远不及史传那样显著和自然。神话、传说之进入小说，往往要通过史传这一中介，这是因为这些早期的人们口耳相传的"历史"，被大量收录在史传著作之中，成为史传的重要内容，作为史传母体哺育下诞生、成长起来的小说，这也是它最初、最直接的题材来源。无论是自身生长、发育的需要，还是对于史传传统、特质的发扬和继承，小说都离不开史传这些乳汁的供养。因此，小说之取材神话、传说，其实也是取材于史传，是对神话、传说题材的二次使用。由此可见，神话、传说先是被历史化，继而再被小说化，成为支撑、涵养早期小说的基本素材，史传在这个过程中的每一个环节，作用都是不可或缺的。

作为小说题材的神话、传说内容，在史书中随处可见。

如《尚书·舜典》记有舜流共工、放驩兜、窜三苗、殛鲧的神话；《左传》"昭公元年"记有高辛氏二子阏伯、实沈不和，帝迁阏伯于商丘，主晨星，迁实沈于大夏，主参星的神话；"昭公七年"载尧殛鲧，鲧化黄龙的神话。《史记》的前四篇《五帝本纪》《夏本纪》《殷本纪》《周本纪》，记载的几乎都是神话时代的"历史"，与前面章节所提到的《尚书》《左传》等史著中的故事一样，都属于历史神话。历史神话兼有历史和神话的双重性质和功能，是历史小说、志怪小说都非常重视的题材。

卜筮占梦、占候望气、预测吉凶、祈祷禳祓一类巫术性质的传说故事，在史传中也比比皆是，其中尤以《左传》《国语》为最多。如《左传》中晋献公的两次卜筮在史上便很著名：

> 晋献公欲以骊姬为夫人，卜之，不吉；筮之，吉。公曰："从筮。"卜人曰："筮短龟长，不如从长。且其繇曰：'专之渝，攘公之羭。一熏一莸，十年犹有臭。'必不可。"弗听，立之。
>
> （僖公四年）①

---

① （清）洪亮吉：《春秋左传诂》，李解民点校，中华书局1987年版，第275页。

　　八月甲午，晋侯围上阳。问于卜偃曰："吾其济乎？"对曰："克之。"公曰："何时？"对曰："童谣云：'丙之晨，龙尾伏辰。袀服振振，取虢之旂。鹑之贲贲，天策焞焞，火中成军，虢公其奔。'其九月、十月之交乎！丙子旦，日在尾，月在策，鹑火中，必是时也。"

（僖公五年）①

　　"僖公四年"记晋献公为立骊姬为国君夫人，破了常规，既卜又筮，且弃"长龟"而从"短筮"，违了神旨，最终酿成大祸。"僖公五年"晋献公攻打虢国之时，根据童谣预测战况，辨妖祥之事，也见《国语·晋语二》。此处卜偃以谣谶预测战事的走势，童谣当中还包含了占星的内容。这类内容在后世的《汉书》（五行志）、《后汉书》（方术列传）等史传中，有专门的篇章记载，收集的相关传说故事更多，为许多神怪小说的创作所取材。

　　地理博物传说的内容，包括殊方绝域、山川湖泊、奇木异草、飞禽走兽、奇珍异宝之类，在史传中也层出不穷。《史记》所载夏禹治水的传说，可以说是最早的专讲山川湖泽的故事：

　　当帝尧之时，洪水滔天，浩浩怀山襄陵，下民其忧。……禹乃遂与益、后稷奉帝命，命诸侯百姓人徒以傅土，行山表木，定高山大川。……陆行乘车，水行乘船，泥行乘橇，山行乘檋。左准绳，右规矩，载四时，以开九州，通九道，陂九泽，度九山。……禹乃行相地宜所有以贡，及山川之便利。……于是九州攸同，四奥既居，九山刊旅，九川涤原，九泽既陂，四海会同。

（夏本纪第二）②

---

①　（清）洪亮吉：《春秋左传诂》，李解民点校，中华书局1987年版，第280—281页。
②　（汉）司马迁：《史记》，中华书局1959年版，第50—75页。

· 241 ·

《尚书》中的《禹贡》一篇，虽被学者考证为战国人伪作，但也汇集了丰富的地理博物资料。文中记大禹平定洪水，以高山大河划分九州疆界，并介绍各州地理、进贡物产及路线。如写扬州：

> 淮、海惟扬州：彭蠡既猪，阳鸟攸居。三江既入，震泽底定。筱簜既敷，厥草惟夭，厥木惟乔，厥土惟泥涂。……厥贡惟金三品，瑶、琨、筱、簜、齿、革、羽、毛惟木。岛夷卉服。厥篚织贝，厥包橘柚，锡贡。沿于江、海，达于淮、泗。①

后世志怪小说有地理博物一体，多写名山大川、异境奇物。史传中的这类传说故事既是小说学习、模仿的对象，也是采撷题材的宝库。

神话、传说故事不仅补充了一些"史实"，丰富了史书的内容，增加了史传的文学意味和阅读趣味，也为小说的发育、生长储备了充足的营养和食粮，使小说赖之慢慢发育、成长壮大，最终脱离母胎而成为一种与史传血脉相连、同质异体的文学体裁。大约在秦汉时期，各种小说就逐渐涌现，到了魏晋六朝时期，更如雨后春笋，蔚为大观。

"我国古代小说无疑是史乘分流的结果，产生于汉魏六朝时期的历史小说、志人小说和志怪小说，实际上不过是'史'的变种和旁支，是从史传到小说的过渡形式。"② 作为从史乘中分流的"史"的变种和旁支，小说无论如何也割断不了与史乘的渊源关系，摆脱史传的特征和印记。早期的汉魏六朝小说如此，后世的小说亦是如此。

汉魏六朝的志怪小说，无疑是从史传中获得滋养最多、最直接，与史传的渊源关系表现得最突出的对象之一。史传中的神话、传说内容，可以说是志怪小说取之不尽、用之不竭的源泉。魏晋志怪小说代表作《搜神记》的作者干宝，就明确声称其故事的来源为"考先志于

---

① （清）阮元校刻：《阮刻尚书注疏》，浙江大学出版社 2014 年版，第 301 页。
② 宁宗一：《中国小说学通论》，安徽教育出版社 1995 年版，第 544 页。

载籍，收遗逸于当时"（《搜神记序》）。这个"载籍"包括前代具有史著性质的各种文字记录，但主要还是《左传》《战国策》《史记》《汉书》等史传，许多故事都可在这些史传中找到出处，充分证明它脱胎于史传的事实。如 110 则《彭生》齐襄公出猎，遇公子彭生鬼魂变豕，人立而啼的故事，乃取自《左传》"庄公八年"；264 则《魏更赢》神射手魏更赢弯弓而不射箭，大雁便应声落地的传说，则见于《战国策》之"楚策四"；44 则《李少翁》方士为汉武帝宠妃李（王）夫人招魂，夫人的鬼魂果然姗姗而来的故事，《史记·孝武本纪》和《汉书·外戚列传》分别有载；229 则《吕望》姜太公垂钓渭水，神灵安排与周文王君臣遇合的史事，源于《史记·齐太公世家》等。这种例子在《搜神记》中可谓俯拾即是，其他志怪小说也有类似的情况。

这些传说故事在史传中，原本只是一个个叙述的片段，脱离了史传进入了小说以后，便成为一个个独立的故事，也就是一篇篇独立的小说作品。由此可见，志怪小说就是从史书中分化出来的，它最初赖以产生、独立的题材，几乎都由史传所供给。"当志怪故事完全脱离史书，取得独立地位的时候，志怪小说就产生了，因此就志怪小说的形成过程来说，就它和史书的密切关系来说，志怪小说乃史乘之支流。"[①] 志怪小说在体制上是脱离史乘而独立了，但它脱胎于史传的事实无可否认，而且它与史传的血肉联系自始至终也不曾中断。

除了神话、传说这类虚幻的材料外，现实的历史材料也是史传养育古代小说的重要资源，亦即早期小说的另一种重要题材。鉴于小说和史传有共同的写实倾向，现实的历史人物及其故事进入小说，似乎要比神话、传说更为便捷，理由也更为简单和充分，尽管这些历史人物及其故事，也或多或少地带有神怪的色彩。依傍史传题材、模仿史传的形式叙述或敷衍历史、神怪故事，也是早期小说脱胎于史传的表征之一。

早期历史题材的小说以《燕丹子》《吴越春秋》最为著名，也最

---

① 李剑国：《唐前志怪小说史》，南开大学出版社 1984 年版，第 75 页。

具代表性，这两部被称为杂史杂传体的小说，都和史传有不解之缘。

　　明代学者胡应麟称为"古今小说杂传之祖"（《少室山房笔丛·四部正讹》）的《燕丹子》（共三卷，作者不详），被当今一些学者认为是我国第一部称得上"小说"的作品。原书在明初尚存，后散佚，清代孙星衍有辑校本。关于该小说的成书年代，历来有不同说法。孙星衍认为出自先秦："其书长于叙事，娴于辞令，审是先秦古书，亦略与《左氏》《国策》相似，学在纵横、小说两家之间。"① 胡应麟则认为是汉末人所作："余读之，其文采诚有足观，而词气颇与东京类，盖汉末文士因太史《庆卿传》增益怪诞为此书，正如《越绝》等编，掇拾前人遗帙，而托子胥、子贡云尔。"②

　　尽管小说的作者、成书年代尚难以确定，但它取材于史传，是最早由史传脱胎而来的小说之一，这个事实却有据可查、可证，并已得到许多人的认同。因此，以之为例子来说明早期小说的另一种取材来源，以及小说从史乘中分流的另一种类型，显然没有问题。

　　《燕丹子》写荆轲刺秦王的故事，与《战国策》《史记》所叙述的相关史事大体相同，只不过是加入了一些荒诞不经的情节。只要将之与《战国策》之"燕策"、《史记》之"刺客列传"稍加比对，这些都很容易看出来。胡应麟除了认为小说是在司马迁《史记》"荆轲传"的基础上增益而成之外，还指出小说中所叙"乌头白""马生角""脍千里马肝""截美人手"四事，前两事乃出自司马迁《史记·刺客列传》之论赞。该赞语云："太史公曰：世言荆轲，其称太子丹之命，'天雨粟，马生角'也，太过。"而小说的叙述是：作为人质的燕太子丹要求回国，遭到秦王的拒绝，扬言乌鹊的头变白了，马长出角来，他方可回国。太子丹一声仰天长叹，感天动地，乌鹊头竟然真的变白了，马也长出了角。所叙与史实虽有些出入，且太史公对传说也不太

---

　　① （清）孙星衍：《燕丹子　西京杂记》，程毅中点校，中华书局1985年版，第1页。
　　② （明）胡应麟：《少室山房笔丛》卷三十二《四部正讹》（下），上海书店出版社2001年版，第316页。

认可，但小说的事体也确有出处，绝非无源之水。而且此情节当中还有浓厚的神异色彩，也为前面小说的神话、传说而发育、生长的相关论述，增添了更多的佐证。

又小说所叙"截美人手"事，称荆轲赞美弹琴美人玉手，太子丹即砍下装上玉盘奉呈之，为收买荆轲，无所不用其极。胡应麟认为此与"脍千里马肝"二事，皆得之应邵、王充之说，但杨义则认为乃"《汉书·地理志》所谓'宾养勇士，不爱后宫美女，民化为俗'的'燕丹遗风'所养成的强悍的想象"①。这又为小说题材、构想源出于史传增添一说。

《吴越春秋》，东汉赵晔撰，写春秋末期吴越两国争霸的历史故事。该书所述，虚实参半，既有史实，又有许多的传闻，因此，一直被人称为"杂史"。该书还间杂有不少谶纬梦卜之说，鲁迅称其"虽本史实，并含异闻"②，将之列入神话、传说一类。其实，这种特征反映的正是早期小说由史乘分离出来时的状态，基于中国古代小说流变的复杂过程及古人小说观念之包容和含混，将之称为小说并无不妥。事实上，后世以之为小说者也不乏其人，如郭希汾（郭绍虞）的《小说史略》（上海新文化书社 1933 年版）将其列入汉人小说，陆侃如、冯沅君的《中国文学史简编》（作家出版社 1957 年版）则称之为历史小说，杨义的《中国古典小说史论》也将之视为汉代最重要的几部小说之一。

《吴越春秋》的前五卷记吴事，为"内传"；后五卷记越事，为"外传"。书中以吴王夫差和越王勾践的事迹为主要内容，夫差的骄奢淫逸、昏庸狂妄与勾践的忍辱负重、发愤图强形成强烈的对照，表现出作者鲜明的倾向性。此外，小说还写到伍子胥、范蠡、文种、伯嚭、孔子等历史人物。小说的题材，基本上出自《史记》的《吴太伯世家》《越王勾践世家》《伍子胥列传》及《仲尼弟子列传》等篇目。

---

① 杨义：《中国古典小说史论》，中国社会科学出版社 1995 年版，第 16 页。
② 鲁迅：《中国小说史略》，上海古籍出版社 1998 年版，第 10 页。

由于《史记》的相关史实采自《国语》者不少，故明代钱福指它"大抵本《国语》《史记》，而附以所传闻者为之"①。将小说与《国语》和《史记》比照一下，便知此言不虚。

且看《勾践伐吴外传第十》：

> 越王曰："听孤说国人之辞：'寡人不知其力之不足以大国报仇，以暴露百姓之骨于中原，此则寡人之罪也。寡人诚更其术。'于是乃葬死问伤，吊有忧，贺有喜，送往迎来，除民所害。然后卑事夫差，往宦士三百人于吴。吴封孤数百里之地，因约其父母昆弟而誓之曰：'寡人闻古之贤君，四方之民归之若水。寡人不能为政，将率二三子夫妇以蕃。'令壮者无取老妻，老者无取壮妇。女子十七未嫁，其父母有罪；丈夫二十不娶，其父母有罪。将免者以告于孤，令医守之。生男二，贶之以壶酒、一犬；生女二，赐以壶酒，一豚。生子三人，孤以乳母；生子二人，孤与一养。长子死，三年释吾政；季子死，三月释吾政；必哭泣葬埋之，如吾子也。令孤子、寡妇、疾疹、贫病者，纳官其子。欲仕，量其居，好其衣，饱其食，而简锐之义。四方之士来者，必朝而礼之。载饭与羹以游国中，国中僮子游而遇孤，孤哺而啜之，施以爱，问其名。非孤饭不食，非夫人事不衣。七年不收，国民家有三年之畜。……以除君王之宿仇。孤悦而许之。"②

这段叙述勾践忍辱负重，发愤图强，采取各种措施发展生产，加速繁殖人口，并笼络人心，招纳四方贤士，锐意富民强国，积极为复仇积蓄能量，情节与《国语·越语上》之"勾践灭吴"简直一模一样，甚至连文字都如出一辙，显然是出自《国语》无疑。

还是在这一卷，勾践灭吴称霸之后，孔子想向他推销自己的礼乐

---

① （明）钱福：《重刊吴越春秋·序》（弘治邝璠刻本），（汉）赵晔撰，张觉校注：《吴越春秋》（附录2），岳麓书社2006年版，第306页。

② （汉）赵晔：《吴越春秋》，张觉校注，岳麓书社2006年版，第252页。

思想，但勾践认为强悍尚武的越人并不适宜孔儒的礼乐教化：

> 居无几，射求贤士。孔子闻之，从弟子奉先王雅琴礼乐奏于越。越王乃被唐夷之甲，带步光之剑，杖屈卢之矛，出死士以三百人为阵关下。孔子有顷到，越王曰："唯唯，夫子何以教之？"孔子曰："丘能述五帝三王之道，故奏雅琴以献之大王。"越王喟然叹曰："越性脆而愚，水行山处，以船为车，以楫为马，往若飘然，去则难从，悦兵敢死，越之常也。夫子何说而欲教之？"孔子不答，因辞而去。[①]

孔子卒于鲁哀公十六年（前479），勾践灭吴在鲁哀公二十二年（前473），这个让孔子死而复生，在勾践灭吴称霸后与之会面的情节，显然是虚构的。这个情节虽然荒诞，但叙述颇为生动、有趣，显示了小说的魅力。同时，作者意欲从历史理性的角度检讨勾践的霸业，表明越文化和周孔文化的异质性，也丰富了小说的文化含蕴。孔子一生周游列国，宣传和推销他的学说和主张，处处碰壁；《史记·仲尼弟子列传》也载，子贡曾一面怂恿吴王夫差伐齐，继而又与晋争强交战；另一面游说勾践趁机偷袭吴国，果然大获成功，勾践"杀夫差而戮其相。破吴三年，东向而霸"。《吴越春秋》中的这个故事虽然时空错乱，纯属子虚乌有，但所述的勾践、孔子师徒等人毕竟都是史传有载的历史人物，故事也多少有他们的影子，可以说是对史传题材的吸取和改造、利用。从这个意义上来说，它的题材还是从史传中获得，仍然能够表明它与史传的渊源关系。以这种方式来处理史传的题材，既反映了小说脱胎于史传的事实，又表现出小说挣脱史传母体束缚，向更高层次、更具独立性文体发展的趋势，从小说发展的角度来说，这是一种可喜的变化。

综上所述，无论神话、传说故事还是真实历史人物的事迹，都是

---

① （汉）赵晔：《吴越春秋》，张觉校注，岳麓书社2006年版，第286页。

小说脱胎于史传，蜕变成为一种新文体的启动因素和条件，也是后来小说赖以进一步发展、成长的供血体。古代小说就是在史传母体的孕育和滋养下，诞生、成长和壮大起来的。

（二）史传中的小说文体要素

如果说，史传题材作为古代小说孕育、生长的营养和能量，是小说脱胎于史传的内在因素，那么史传在形式上、体制上为小说提供范例和支撑，则是外在的因素。在文体上，我国小说也是师从史传，从中汲取丰富的营养，逐渐发育、成型的。

可以说，中国古代小说的所有文体要素，几乎都包含在史传当中。这些小说文体要素，最重要、最突出的是这三点：一是结构体例，二是虚构手法，三是第三人称全知视角叙事模式。

1. 结构体例

先唐史传的体例主要有三种：《春秋》《左传》为编年体，《国语》《战国策》为国别体，《史记》《汉书》《三国志》《后汉书》为纪传体。我国古代小说的结构体例主要由编年体史书和纪传体史书的体例演变而成。

编年体以年月时序为经，以事实为纬，亦即按时间的先后顺序来叙事，容易看出同时期各事件间的相互联系，事件的时间节点非常清晰。如《春秋》《左传》两书都从先到后，依次记载了鲁国隐公、桓公、庄公、闵公、僖公、文公、宣公、成公、襄公、昭公、定公、哀公 12 位君主在位期间的史事；而每一位君王的史事，亦按年限次序记述。如《左传》"隐公"部分，从隐公元年依次记到隐公十一年；"桓公"部分，从桓公元年逐年记到桓公十八年。《史记》虽是纪传体，但也有编年体的成分，"本纪、年表、世家三体均编年记事，组合义例划分时代段落，反映各个时期的历史大势，详今略古，详变略渐，时间层次极为鲜明"①。其他各体篇目，总体上也是按时间顺序来

①　安平秋、张大可、俞樟华：《史记教程》，华文出版社 2002 年版，第 100 页。

叙述历史人物的经历、事迹。

受这种史传体例的影响，我国古代小说基本上都承袭了编年体的结构体例，以类似于编年纪事的模式来叙述故事。无论短篇小说还是长篇小说，都按故事发生、发展、结局的顺序来依次叙述。在长篇小说中，有些作品中或许有一些补（插）叙或续叙的情形，但总体的叙述仍然是按事件、时间的先后顺序来进行的。如《三国演义》第七十三回在关羽攻拔襄阳、水淹七军前，就写他拒绝孙权为儿子求婚，怒斥"吾虎女安肯嫁犬子乎"；第七十六回他抵挡不住徐晃、曹仁的两面夹攻，边向荆州退却，边命马良、伊籍星夜赴成都求救；其后因吕蒙袭其后，败入麦城，又令廖化突围去上庸求援，所有这些先期的信息，都在关羽死后，玉泉山显圣以及魂追吕蒙、骂孙权、惊曹操之后，才在第七十七回之末补叙或续叙出来。尽管如此，小说编年纪事的结构体例毋庸置疑。

像《三国演义》这一类历史题材的小说无须再多赘言，即使是《金瓶梅》《红楼梦》这一类文人作家独立完成的人情小说，它们的基本叙事结构，也表现出编年体史书的体例特征，小说的情节都可以依时间顺序，排列出一个大事年表，诸如现今一些学者编制的"《金瓶梅》系年""《红楼梦》年表"之类。也就是说，它们的故事，在总的倾向上也是按编年纪事的模式来演绎的。

古代小说中也有一部分作品采用了纪传体的结构体例。纪传体叙事以人物为中心，以人为经，以事为纬，突出人在历史进程中的主体地位，注意刻画历史人物的形象。"本纪""世家""列传"等人物传记各自单独成篇，各篇具有相对独立性，由"表"或"书"作为联络和补充，从而形成一个整体，叙述错综复杂的历史事件和人物关系。采用纪传体结构体例的古代小说当然没有"表"和"书"之类的部分，只是把一篇篇相对独立的人物传记集合成统一的长篇。采用这种结构体例的小说有《水浒传》《儒林外史》等。

《水浒传》的前七十回基本上是纪传体的结构，梁山聚义、三打祝家庄以后则按编年体，但局部叙事仍然采用纪传体。前七十回简直就是分别传述梁山英雄的一篇篇人物传记，鲁智深、林冲、杨志、晁盖、宋江、武松、李逵等人，每人都分别拥有若干回的篇幅，每若干回构成一个相对独立的单元。正如金圣叹所说："《水浒传》一个人出来，分明便是一篇列传，有两三卷为一篇者，亦有五六卷为一篇者。"（《读第五才子书法》）在属于自己的若干回中，他就是叙述的中心，亦即纪传体中的"传主"，专门叙述他的故事。这些人的活动空间和人生际遇，走上梁山的原因和道路都各不相同，互相之间没有太多的交集，各单元的叙述也就单独成篇，没有太多的联系。只有上了梁山以后，众星汇集，人物关系和小说叙事结构才形成一个整体。但总的来说，作为早期的长篇小说，《水浒传》的结构是比较松散的。

《儒林外史》环绕着"儒林"这个群体，对封建社会的种种丑态进行了尖锐的抨击，对当时的政治制度、封建末世在精神道德和文化教育领域的深重危机进行了深刻的揭露，可以说是封建末世士林百态的浮世绘。

在结构上，它继承了《水浒传》的连缀式艺术结构方式，而且比《水浒传》显得更为松散。全书没有一个贯穿始终的人物，也没有一个贯穿始终的事件，正如鲁迅所说："全书无主干，仅驱使各种人物，行列而来，事与其来俱起，亦与其去俱讫，虽云长篇，颇同短制；但如集诸碎锦，合为帖子，虽非巨幅，而时见珍异。"[1] 小说的人物之间大多数根本没有关系，只是个别有一些极其薄弱的联系，作者虽然通过章、回首尾勾连式的衔接，以搭天桥式的连缀手法，把一个个各自独立的故事、一个个不相干的人物串联起来，但由于故事、人物之间缺乏关联性，使小说呈现出一种集锦式的构成，未能形成一个有机的整体。因此，从结构体例上来看，《儒林外史》俨然是一部儒林"列传"，周进、范进、严监生、严贡生、蘧公孙、匡超人、杜少卿……就是一个个的"传主"，他们事迹归属的章回，则犹如一篇篇各自独立的人物传记。这种集锦式的结构体例虽然不利于典型性格的塑造，

---

① 鲁迅：《中国小说史略》，上海古籍出版社1998年版，第156页。

但它容纳了众多个性特征非常鲜明的人物类型和千奇百怪的世间琐事，展示了封建末世五光十色的社会风情，仍然有它的独特魅力。

2. 虚构手法

在现代小说观念中，虚构是小说区别于其他叙事文体的基本特征。古代小说特别是早期小说的作者虽然受史学传统的影响，都喜欢标榜自己讲的故事为"实录"，不太愿意承认自己的作品有虚构的内容，但事实上古代小说从它汲取神话、传说的养料，脱胎于史传母体的那一刻起，就已经开始涉足了虚构的疆域。

古代小说使用虚构的手法，有一个从不自觉到自觉的过程。鲁迅说："小说亦如诗，至唐代而一变，虽尚不离于搜奇记逸，然叙述宛转，文辞华艳，与六朝之粗陈梗概者较，演进之迹甚明，而尤为显者乃在是时则始有意为小说。胡应麟（《笔丛》三十六）云：'变异之谈，盛于六朝，然多是传录舛讹，未必尽幻设语，至唐人乃作意好奇，假小说以寄笔端。'其云'作意'，云'幻设'者，则即意识之创作矣。"① 所谓"幻设"，即虚构之意。也就是说，真正在创作中自觉运用虚构，是从有意识作小说的唐传奇开始的。唐传奇以后，自觉的虚构越来越普遍，也越来越被读者所认可和接受。唐传奇、宋元话本、明清小说，除了个别作品（如历史演义）有比较多真实的内容之外，绝大部分作品的内容都是虚构的。

不管是自觉还是不自觉地运用，虚构都是小说文体的一个要素，这种要素也普遍存在于史传当中。史传中收录了大量虚构、想象的神话传说内容，将神话、传说历史化，这一点已无须多论，史传中即便是对于真实历史事件、人物的叙述，也有许多虚构的内容，简直是俯拾皆是。

如《左传》"庄公八年"：

冬十二月，齐侯游于姑棼，遂田于贝丘。见大豕，从者曰：

---

① 鲁迅：《中国小说史略》，上海古籍出版社1998年版，第44页。

"公子彭生也。"公怒，曰："彭生敢见！"射之，豕人立而啼。公惧，坠于车，伤足丧屦。①

鲁桓公夫人文姜与她的哥哥齐襄公有私情，败露后襄公指使公子彭生杀了鲁桓公，后又杀了彭生向鲁国谢罪。庄公八年冬天，襄公在贝丘打猎，竟然见到彭生的鬼魂变成豕，像人一样直立啼叫，吓得襄公坠车受伤。这个事情显然是虚构的，齐襄公荒淫无道惹得神憎鬼怒则可见一斑。

又如"僖公十年"：

> 晋侯改葬共大子。
>
> 秋，狐突适下国，遇大子，大子使登，仆，而告之曰："夷吾无礼，余得请于帝矣。将以晋畀秦，秦将祀余。"对曰："臣闻之，神不歆非类，民不祀非族。君祀无乃殄乎？且民何罪？失刑乏祀，君其图之。"君曰："诺。吾将复请。七日，新城西偏将有巫者而见我焉。"许之，遂不见。及期而往，告之曰："帝许我罚有罪矣，敝于韩。"②

申生是晋献公的太子，骊姬为了立自己的儿子奚齐为太子，陷害申生及其弟重耳、夷吾。申生自杀，重耳、夷吾流亡国外（事见"僖公四年"）。后来奚齐被里克所杀，夷吾得到秦国的支持被立为晋君（晋惠公）。但晋惠公碌碌无为，且背信弃义，积怨甚多。为争取民心，以太子之礼改葬了申生，但仍然是神人共怨。这年的秋天，狐突在曲沃遇见了申生（的鬼魂），申生告知狐突，夷吾无礼，他已请求天帝加以惩罚，将让他在韩地大败。僖公十五年，夷吾果然在韩原败于秦国，并做了俘虏。这个故事虽然编得有鼻子有眼，且也揭示了人心向背的规律，但绝对是虚构的。夷吾和重耳虽然都是狐突的外孙，

---

① （清）洪亮吉：《春秋左传诂》，李解民点校，中华书局1987年版，第238—239页。
② 同上书，第288页。

但在政治上他更倾向于重耳，所以这故事很可能就是他自己故意杜撰的，目的是为重耳回国、登位做舆论上的宣传和准备。

《战国策》中虚构的成分更多，缪文远《战国策考辨》（中华书局1984 年版）一书就认为，《战国策》共 460 篇（节），有 90 多篇（节）为全部"拟托"或部分"拟托"。所谓拟托，也就是虚拟、假托之意。基于这种事实，后世学者都把它排除在信史之外。

如《苏秦始将连横》，写苏秦以连横之策游说秦惠王（公元前337—公元前 311 在位）失败，落拓回家，"妻不下纴，嫂不为炊，父母不与言"。苏秦发愤读书，揣摩合纵之术，最后游说赵王成功，封为武安君，之后赵王又派他去游说楚国，路过老家洛阳。衣锦还乡之时，父母"清宫除道，张乐设饮，郊迎三十里。妻侧目而视，倾耳而听。嫂蛇行匍伏，四拜自跪而谢"。这篇文字就有许多虚构的成分：苏秦起先以连横之术去游说秦惠文王，现在学者多以为误，认为苏秦主要活动在秦昭王（公元前 306—公元前 251 在位）时期，其活动时间与秦惠王在位时间并无交集；又按当时的交通情况，由赵国去楚国并不经洛阳，而且，此处还将周显王"除道效劳"（元吴师道《战国策校注》）的史实，移植到其亲属身上，以亲属的前倨后恭映衬苏秦前困窘、后显达的不同际遇，讽刺社会的炎凉世态。因此，苏秦游说秦惠王，游说楚王路过洛阳，家人因畏惧其财势而殷勤恭敬等事，多系虚构之辞。

又如"秦策五"称，"文信侯欲攻赵以广河间，使刚成君蔡泽事燕，三年而燕太子丹质于秦，文信侯因请张唐相燕"，张唐不肯。而甘罗以 12 岁少年之身说服了张唐，为张唐先见赵王，又说服了赵王，完成了使命。司马迁引该事入《史记》卷七十一，说："甘罗年少，然出一奇计，声称后世，虽非笃行之君子，然亦战国之策士也。"显然也肯定其事，但梁玉绳对此就不相信，其《史记志疑》（中华书局1981 年版）云："甘罗十二为相，此世俗妄谈。"现在看来，甘罗说服张唐等事，有可能虚构，而不仅仅是"为丞相"一事。

《史记》中虚构、想象的成分也是很多的。上述梁玉绳所质疑的引《战国策》甘罗"为丞相"事算是一例，其他著名的如"鸿门宴"（《项羽本纪》），楚汉双方众多的人物聚于一堂，不仅人物形象各具特征，栩栩如生，而且情节富有戏剧性，平静、客套的表面之下是剑拔弩张，场面、气氛叙述得真实、紧张，简直令人窒息，但其事件的真实性却备受后人质疑。如其中刘邦逃酒一事，日本汉学家泷川资言（1865—1946）的《史记会注考证》引董份说："当时鸿门之宴，必有禁卫之士，诃讯出入。沛公恐不能逃酒……史固难尽信哉！""其实，史之难尽信者，何止沛公逃酒一事，全部鸿门之会，也都未可尽信。而且，就连全部《史记》，也只能传信传疑。'尽信书则不如无书'，尤其是史书，是不可能尽信的。"①

其他如《汉书》《后汉书》《三国志》等，虚构的现象也不少。当然，史家未必都意识到这些"史实"是虚假、不可靠的，而是把虚幻的内容当成"真实"来实录。这应该与思想、认识的局限有关。早期小说家的不自觉的虚构，亦与此同理。

3. 第三人称全知视角叙事模式

在第三人称全知视角叙事模式中，叙述者不参与情节，不在故事中充当任何角色，他既是故事的局外人或旁观者，但又是一个无所不在、无所不知的"上帝"式的角色，他深入故事的每一个环节，或人物的身心，对一些不可能为外人所知的隐情也了如指掌，悉数道来。我国古代小说多采用这种叙事模式，现代小说也普遍使用之。其实，这种叙事模式在史传中也早已存在，为史家所常用。

如《左传》"僖公二十四年"：

> 晋侯赏从亡者，介子推不言禄，禄亦弗及。推曰："献公之子九人，唯君在矣！惠、怀无亲，外内弃之。天未绝晋，必将有主。主晋祀者，非君而谁？天实置之，而二三子以为己力，不亦诬乎？窃人之财，犹谓之盗，况贪天之功以为己力乎？下义其

---

① 郭预衡：《中国散文史》，上海古籍出版社 2011 年版，第 340 页。

罪，上赏其奸；上下相蒙，难与处矣！”其母曰：“盍亦求之，以死，谁怼？”对曰：“尤而效之，罪又甚焉！且出怨言，不食其食。”其母曰：“亦使知之，若何？”对曰：“言，身之文也。身将隐，焉用文之？——是求显也。”其母曰：“能如是乎？与女偕隐。”遂隐而死。①

重耳（晋文公）当年流亡国外时，曾经饿得奄奄一息，随行的介子推毅然割下自己大腿上的肉，煮熟了给重耳吃，救了他一命。重耳回国登基之后，大行封赏功臣，唯独忘了救命恩人介子推。这里叙述了介子推偕母逃隐之前，母子间的对话，表现介子推不贪功、不图禄的高贵品质及其归隐的心理活动。

又如“宣公二年”，赵盾（谥宣子）因批评晋灵公失其为君之道，遭晋灵公厌恨，于是派鉏麑前往刺杀之。鉏麑因被赵盾恭谨、勤民、敬业的精神所感动，不杀赵盾反而自杀：

晋灵公不君。厚敛以雕墙。从台上弹人而观其辟丸也。宰夫胹熊蹯不熟，杀之，置诸畚，使妇人载以过朝。赵盾、士季见其手，问其故而患之。将谏……犹不改，宣子骤谏。公患之，使鉏麑贼之。晨往，寝门辟矣。盛服将朝，尚早，坐而假寐。麑退，叹而言曰：“不忘恭敬，民之主也。贼民之主，不忠；弃君之命，不信。有一于此，不如死也。”触槐而死。②

介子推母子间的私下问答及偕逃，他人显然是无从得知的；鉏麑拂晓时孤身潜伏于赵府门前，此时此地并无他人，其所见所闻、所为所思，旁人、后人也是无从得知的。但这些都堂而皇之地出现在史家的笔下，这时候的叙述者，显然都扮演了一个无所不在、无所不知的“上帝”式的角色，使用了第三人称全知视角的叙事手法。

---

① （清）洪亮吉：《春秋左传诂》，李解民点校，中华书局1987年版，第316—317页。
② 同上书，第397—398页。

钱锺书对此两段叙述有过精辟评论："上古既无录音之具，又乏速记之方，驷不及舌，而何其口角亲切，如聆謦欬欤？或为密勿之谈，或乃心口相语，属垣烛隐，何所据依？……皆生无旁证，死无对证者。注家虽曲意弥缝，而读者终不餍心息喙。纪昀《阅微草堂笔记》卷一一曰：'鉏麑槐下之词，浑良夫梦中之噪，谁闻之欤？'李元道《天岳山房文钞》卷一《鉏麑论》曰：'又谁闻谁述之耶？'李伯元《文明小史》第二五回王济川亦以此问塾师，且曰：'把它写上，这分明是个漏洞！'盖非记言也，乃代言也，如后世小说、剧本中之对话独白也。左氏设身处地，依傍性格身份，假之喉舌，想当然耳。……史家追述真人实情，每须遥体人情，悬想事势，设身局中，潜心腔内，忖之度之，以揣以摩，庶几入情合理。……《左传》记言而实乃拟言、代言，谓是后世小说、院本中对话、宾白之椎轮草创，未遽过也。"①

钱先生是从叙述手法来说明，介子推母子的对话、鉏麑的独白类似于后世小说、戏曲中的对话和宾白，乃叙述者设身处地，根据叙述需要所虚拟、代言。若从叙述角度来看，则两个故事片段的叙述都是典型的第三人称全知视角叙事。

这种叙事模式在其他史传里也多有表现，如《国语·晋语二》：

> 骊姬告优施曰："君既许我杀太子而立奚齐矣，吾难里克，奈何！"优施曰："吾来里克，一日而已。子为我具特羊之飨，吾以从之饮酒。我优也，言无邮。"骊姬许诺乃具，使优施饮里克酒。中饮，优施起舞，谓里克妻曰："主孟啖我，我教兹暇豫事君。"乃歌曰："暇豫之吾吾，不如鸟乌。人皆集于苑，己独集于枯。"里克笑曰："何谓苑？何谓枯？"优施曰："其母为夫人，其子为君，可不谓苑乎？其母既死，其子又有谤，可不谓枯乎？枯且有伤。"

---

① 钱锺书：《左传正义》（一），《管锥编》，中华书局1996年版，第164—166页。

　　优施出，里克辟莫，不飧而寝。夜半，召优施，曰："曩而言戏乎？抑有所闻之乎？"曰："然。君既许骊姬杀太子而立奚齐，谋既成矣。"里克曰："吾秉君以杀太子，吾不忍。通复故交，吾不敢。中立其免乎？"优施曰："免。"①

　　晋献公宠爱骊姬，骊姬欲以自己的儿子奚齐取代太子申生，担心大夫又是太子申生老师的里克从中作梗，其亲信优施夜里密访里克进行斡旋。在杯盏交错、且歌且舞中，里克与优施达成了保持中立的默契，完成了一桩政治交易。这种密室里天知地知、你知我知的肮脏交易，绝对是不可泄露、秘而不宣的，但密会的过程描述得如此具体、细致，叙述者简直就像是现场的当事人。

　　《战国策》中这一类叙述更多，如著名的苏秦"引锥刺股"的故事：

　　　　乃夜发书，陈箧数十，得太公阴符之谋，伏而诵之，简练以为揣摩。读书欲睡，引锥自刺其股，血流至足。曰："安有说人主，不能出其金玉锦绣，取卿相之尊者乎？"

　　　　　　　　　　　　　　　　　　　　　　　　　　（《秦策一》）②

　　夜半独自苦读，自言自语，这是其心理活动的表白，苏秦这种秘而不宣的内心秘密，他人焉能得知？

　　又如《邹忌讽齐威王纳谏》：

　　　　邹忌修八尺有余，身体昳丽。朝服衣冠，窥镜，谓其妻曰："我孰与城北徐公美？"其妻曰："君美甚！徐公何能及也。"城北徐公，齐国之美丽者也。忌不自信，而复问其妾曰："吾孰与徐公美？"妾曰："徐公何能及君也！"

---

　　① 上海师范大学古籍整理组校点：《国语》，上海古籍出版社1978年版，第288—289页。

　　② （汉）刘向集录：《战国策》，上海古籍出版社1985年版，第85页。

旦日，客从外来，与坐谈，问之客曰："吾与徐公孰美？"客曰："徐公不若君之美也！"

明日，徐公来。孰视之，自以为不如；窥镜而自视，又弗如远甚。暮寝而思之，曰："吾妻之美我者，私我也；妾之美我者，畏我也；客之美我者，欲有求于我也。"于是入朝见威王……①

邹忌为齐威王相，他现身说法，以自己的亲身经历劝说齐威王虚心纳谏，认为只有容得下批评意见，才能听得到真话，而真话才有益于施政治国。齐威王从谏，广开言路，致使齐国日盛，"燕、赵、韩、魏闻之，皆朝于齐"。邹忌从问妻、妾、客人自己与徐公谁更美，到自己的直接审视对比，再到夜间床上的自我思考，这已经属于思想过程的再现。人的思想过程，夫妻（妾）闺房的私密言语，尤其是卧榻上的自我独白，他人是无法知晓的，但叙述者如同自己的故事，无所不知，一一悉数道来。这些显然都是虚拟之辞，叙述角度也是第三人称全知视角，颇具文学意味。"结尾所记燕、赵、韩、魏朝齐之事，则是一种夸张的说法，与史实不符。"② 其实也是小说意味、文学色彩很浓的一种叙述。

我国的史学传统强调实录，对于史家处理史料来说，"录"是一种比较被动、机械的方式；而第三人称全知视角的叙事，以及前述的虚构手法，其实都属于"编"。在史传中，"编"出来的史事，就是神话、传说及民间传闻、闲话之类，它们是创作者按自己的主观需要编造而成，相对于"录"的被动和机械，"编"显然更加主动和灵活多变。因此，"编"是迥异于"录"的一种史料处理方式。标榜实录的史家，竟然有如此之多与实录传统不协调的举动，乍看起来似乎有点匪夷所思，但细加思考，并不难理解。这是因为史家并不是这类故事的原始叙述者，他们只是收集和整理者，虽然在收集、整理的过程

① （汉）刘向集录：《战国策》，上海古籍出版社1985年版，第324—326页。
② 朱东润：《〈邹忌讽齐威王纳谏〉题解》，《中国历代文学作品选》，上海古籍出版社1979年版，第117页。

中，也能秉持实录的精神、态度去处理这类材料，但也不知不觉地移植了这种"编"的方式、方法，从而在史著中出现了大量"编"的现象。应该说，"编"更具主观自觉性和能动性，也更符合文学创作的状态。因此，第三人称全知视角叙事模式、虚构手法成为小说的重要文体要素，便是情理中的事。

二　小说家与史官

由于小说脱胎于史传，小说家与史官也自然而然地有一种天然的血亲关系。

《新唐书·艺文志序》云："传记、小说，外暨方言、地理、职官、氏族，皆出于史官之流也。"① 事实上，早期一切文字的记录者，都是掌握着学术、文化的史官。同理，小说与传记都出自史官，在古代很长的一个时期里，小说家与史官，其实是一身二任，或者两位一体的。

小说家与史官的两位一体，表现为三种情形：一是史官虽无小说家之名，却有小说家之实；二是史官既有小说家之名，又有小说家之实；三是小说家以史官自我期许。

（一）史官虽无小说家之名，却有小说家之实

虽无小说家之名，却有小说家之实的史官，其身份、职业是纯粹的史官，甚至在他们（如《左传》《国语》《战国策》的作者）活动的时期，还没有小说家的名称，但他们在史著中却以小说家的手法、视角来记述史事，表现出小说家的特质，使史著具有小说的意味和成分。这就造就了一批无小说家之名，却有小说家之实的史官。

先唐史传的作者都属这一类的史官，他们并没有独立的小说作品，只是他们的撰史过程中，在某个阶段实质上进入了小说家的创作状态，使史著的部分文字具有小说的性质和特征。从前面的论述我们已经看到，史传中有大量以虚构、想象为主要成分的神话、传说，卜

---

① （宋）欧阳修、宋祁：《新唐书》，中华书局 2003 年版，第 1421 页。

筮、梦验及怪异之事，在史传文本中又都含有许多小说的文体要素，这些都是史官如同小说家一样创作的突出例子和有力证据。虽然史传作者未必是有意识、自觉地践行小说家的写作行为，但史传有许多小说的意味，却是确凿无疑的。清代学者冯镇峦云："千古文字之妙，无过《左传》，最善叙怪异事，予尝以之作小说看。"（《读聊斋杂说》）《战国策》被指有"拟托"成分的篇目有 90 多篇，缪文远先生谓其"大半是小说"（《战国策考辨》）虽未必准确，但其有许多小说的成分，却绝非虚言。其中《苏秦始将连横》一章，通篇用语多有夸饰，材料亦多虚构，诸祖耿称"视为小说传奇可矣"①。不单《左传》《战国策》可以作小说看，其他史传也多有许多小说的特征。

宋人黄震评《史记》："迁之所取，皆吾夫子之所弃，而迁之文足以绍世，遂使里巷不经之说，间亦得为万世不刊之信史。"（《黄氏日钞》卷一二《史惑》）"里巷不经之说"，即班固"街谈巷议，道听途说"之谓。由此可见，黄震也认为《史记》当中，间杂有小说的成分。郭沫若则说得更加直接："一部《史记》不啻是我们中国的一部古代的史诗，或者就是一部历史小说集也可以。"② 史书既然可以当小说看，其作者当然也是可以当作小说家看的。他们以小说家的手法传述虚妄的故事，事实上就是在做小说家所做的事，行小说家之实。

史官对于虚幻内容的传述，我们已经见怪不怪，其实，即便是对于真实历史人物、事件的叙述，史传作家也常常有小说家之举，在真实的史事当中，掺入一些虚构、夸张的传闻。如《史记》对于苏秦其人其事的记载，与史实就有很大的出入。法国汉学家马伯乐（Henri Maspero，1883—1945）曾写过《苏秦的小说》一文，指出《史记·苏秦列传》完全像篇小说，史实过于错谬。1973 年出土的《战国纵横家书》也足以证明，《史记》里关于苏秦活动的年代是错误的。个中原因应该首先归之于材料的来源——《战国策》和民间传说——两者

---

① 诸祖耿：《战国策集注汇考》，江苏古籍出版社 1985 年版，第 139 页。
② 郭沫若：《关于"接受文学遗产"》，《郭沫若全集》，人民文学出版社 1992 年版，第 247 页。

都有许多虚构、想象的不实之词；再就是司马迁本人在实录的前提下，也结合文学的手法，对历史人物、事件做一些想象以为补充。因此，司马迁叙述真人的事迹，也有小说家的手法和色彩。这种现象在《史记》中可谓比比皆是。

又如《史记·高祖本纪》：

> 高祖，沛丰邑中阳里人，姓刘氏，字季。父曰太公，母曰刘媪。其先刘媪尝息大泽之陂，梦与神遇。是时雷电晦暝，太公往视，则见蛟龙于其上。已而有身，遂产高祖。
>
> 高祖为人，隆准而龙颜，美须髯，左股有七十二黑子。仁而爱人，喜施，意豁如也。常有大度，不事家人生产作业。及壮，试为吏，为泗水亭长，廷中无所不狎侮。好酒及色。常从王媪、武负贳酒。醉卧，武负、王媪见其上常有龙，怪之。高祖每酤酒留饮，酒雠数倍。及见怪，岁竟，此两家常折券弃责。[1]

汉高祖刘邦当然是一个真实的历史人物，但这段文字的叙述，却近似小说家言，将之描绘成一个人、神合体的对象。文中首先把高祖的身世神异化：其母"梦与神遇"，"蛟龙于其上。已而有身，遂产高祖"；高祖醉卧，"其上常有龙"。把自己的身世神异化，从而使自己的统治合理化、神圣化，这是古代统治者惯用的伎俩。高祖神异降生，以及其有龙附体的说法，就属于这种情形。这部分荒诞、离奇的文字，很可能是先由某些御用文人凭空杜撰，再由司马迁收录、移入史书，但无论如何，此处用了小说家常用的虚构手法是毫无疑问的。作为一部信史，竟然有那么多虚构、想象的内容，在一些人看来是匪夷所思的。因此，有学者发出"司马迁是在写历史，还是在写小说"[2]的疑问。以小说家的笔法撰写史书是否妥当，在此姑且不论，但《史记》具有浓厚的小说意味，司马史迁具有小说家的特质，却是不争的

---

① （汉）司马迁：《史记》，中华书局1959年版，第341—343页。
② 唐德刚：《司马迁是在写历史，还是在写小说》，《中华读书报》2000年3月22日。

事实。

与此同时，司马迁也对刘邦的体貌、品性、习惯、爱好等都做了描述，寥寥数言，使具有天子容颜、气度，但又有流氓、无赖习气的刘邦形象跃然纸上。其后对于刘邦平生经历、所作所为的详细叙述，则是这个性格多重、复杂形象的具体化和细节化。司马迁对人物形象刻画之生动、传神，细节描写之细致、娴熟绝不逊色于后代的小说家。

用虚构、想象之词叙事，以生动、典型的事件、细节来凸显人物的个性，以夸张、离奇的逸闻传说来增强作品的故事性和可读性，这些都是后世小说最基本也是最突出的特征和手法。由于这些因素的大量存在，本来沉闷、枯燥的史事被叙述得生动活泼，意趣盎然，引人入胜，充满文学的意味。在这当中，以往给人严谨甚至古板印象的史官，常常表现出小说家灵动、充满情趣的特质，显示了善于编织故事，借人物、故事抒情述志的小说技法。从这个意义上来说，称他们是虽无小说家之名，却有小说家之实的史官，实不为过。

（二）史官既有小说家之名，又有小说家之实

史官既有小说家之名，又有小说家之实，这是在魏晋以后的事。魏晋以后，史官是实实在在的小说家，或者小说家是货真价实的史官，这种现象可谓屡见不鲜。魏晋的志怪、志人小说作家中，兼有史官和小说家两种身份、名实皆备者不乏其人。

魏、晋两朝的史官称著作郎或佐著作郎。著作郎于魏代始设置，属中书省，掌编纂国史。晋代著作郎改属秘书省，下置佐著作郎。《晋书·职官志》："著作郎一人，谓之大著作郎，专掌史任，又置佐著作郎八人。"可见，著作郎和著作佐郎两者职能相类，都是掌国史资料和撰述之责，只是职级不同。魏晋时期具史官和小说家双重身份且有小说作品存世者，以张华、干宝、郭璞、曹毗、孙盛等人最负盛名。

张华，字茂先，范阳方城（今河北涿州）人。父张平，曾任魏之渔阳太守，早死，以致家道中落，所以张华早年生活贫寒。《晋书》

本传说他"少孤贫，自牧羊"，但他"少自修谨，造次必以礼度。勇于赴义，笃于周急。器室弘广，时人罕能测之"。张华年少成名，颇受时人器重，成年后官运颇为亨通，先后担任过多种官职。据《晋书》本传载，张华在魏元帝时即除授佐著作郎、迁长史、兼中书郎；晋惠帝朝又任司空、领著作。可见，张华在魏、晋两朝都担任过史官之职，从事过国史的整理和撰写工作。《隋书·经籍志》录有《张华集》10卷，后佚，明人辑有《张茂先集》。

张华也是一位文学家，诗、赋、小说都颇为著名。其《博物志》是魏晋地理博物体志怪小说的代表作，内容包括山川地理、历史人物、方志博物、神仙怪异传说等，其中又以山川地理和传说两类的比重最大。《晋书》本传称作十篇，今人范宁《博物志校正》（中华书局1980年版）为目前较完备的本子，共收录正文323则，附录212则。该书在当时名气很大，对后世影响也深远，后世许多地理博物的怪异之书，作者都喜欢模仿或假托张华。

干宝，字令升，《晋书》本传称干宝是新蔡（在今河南省新蔡县）人，以往的文学史、小说史及相关的研究著作都持此说。但近年有学者考证，新蔡只是干宝的祖籍，其实他出生于吴郡海盐（今浙江海盐）。盖其祖上于汉末避黄巾之乱南渡，定居于海盐，干宝至少是干氏家族南渡后的第四代。①

干宝少勤学，博览书记，于西晋末愍帝建兴（313—356）初，以才器特出被镇东军咨祭酒华谭荐为佐著作郎，因平杜弢有功，赐爵关内侯。东晋元帝时，由中书监王导荐任史职，领国史。因家贫，补山阴令，迁始安太守。王导请为司徒右长史，迁散骑常侍。干宝的仕历中，以著作郎或领国史的业绩、官声最为卓著。曾撰有《晋记》20卷，"其书简略，直而能婉，咸称良史"（《晋书·干宝传》）。可惜已佚。

---

① 参见李剑国《新辑搜神记　新辑搜神后记·前言》，中华书局2007年版，第14、15页。

干宝是魏晋志怪小说的代表作家，其《搜神记》是魏晋志怪小说的代表作，是汉代以降各种志怪故事的集大成者，在古代小说史上占有重要地位。《搜神记》大约在北宋时即已散佚，今本《搜神记》20卷乃明代胡应麟的辑录本，该本目前以汪绍楹校注本（中华书局1979年版）最为流行。今本《搜神记》有正文464则，佚文34则，收集故事将近500则。余嘉锡《四库提要辩证》卷十八云："余谓此书似出后人缀辑，但十之八九出于干宝原书。"这说法是可信的。

《晋书》本传载："宝以此遂撰集古今神祇灵异人物变化，名为《搜神记》，凡三十卷。以示刘惔，惔曰：'卿可谓鬼之董狐。'"董狐乃春秋时代晋国史官，以史识卓越、史品端正严谨著称，刘惔此言，可见其对干宝、对《搜神记》的赞赏和推崇。应该说，作为史学家和小说家两位一体的干宝，无论在史学还是文学（尤其是小说）领域，都成绩卓著，相当出色，是魏晋时代把两种身份、两种创作结合得最为完美、成就最高者，在古代小说史上的影响非同一般。

郭璞，字景纯，河东闻喜（今山西闻喜）人，《晋书》卷七十二有其传。东晋初被宣城太守殷祐引为参军，后为著作佐郎，迁尚书郎，丁母忧后，起为王敦记室参军，因反对王敦谋逆而被杀。史称郭璞"好经术，博学有高才，而讷于言论，辞赋为中兴之冠。好古文奇字，妙于阴阳历算"。郭璞不仅是著名的文学家，还是博物家、数术家，其游仙诗最负盛名，此外，还注《山海经》《楚辞》《穆天子传》等数十万言，著有《洞林》《新林》《卜韵》等卜筮之作。

郭璞的《玄中记》是一部内容比较驳杂的志怪小说，既有古代的神话传说，也有远方异国的神异事物、民情风俗、精怪故事等。题材虽然多采自以往各书（如《山海经》等），但也做了许多加工，有自己的特色。该小说与张华的《博物志》比较相近，但神异色彩更少，故事更显平实，也是同时期同类小说的代表作之一，对后世的小说创作影响颇大。如罗贯中《平妖传》第三回，即引录小说中记"狐"的相关文字，蒲松龄《聊斋志异》的"竹青"篇，显然也从本书"姑获鸟"的记载中得到过启发。

其他如《志怪》的作者曹毗、《杂语》的作者孙盛，也都是兼有史官和小说家身份的人。曹毗乃魏国大司马曹休曾孙，《晋书·文苑》称其"少好文籍，善属辞赋"，以郡孝廉除郎中职，又举佐著作郎。孙盛的父、祖皆任过郡守，其初仕即为佐著作郎，著有《魏氏春秋》《晋阳秋》等，其中"《晋阳秋》词直而理正，咸称良史焉"（《晋书·孙盛传》）。这两人无论在史学还是在文学（小说）方面的建树，都不如前述的张华、干宝和郭璞等人，影响不能与之相提并论，故后人知之不多。

唐宋以后，史官和小说家一身二任的现象仍然继续存在。唐贞观三年，唐太宗下令将史馆从秘书省分离出来，使其取代著作局的修史之职，置于禁中使之成为独立的修史机构，史官遂称史馆修撰。唐代的许多著名学者、名流如房玄龄、魏徵、朱敬则、刘知几、吴兢、韩愈、杜牧等，都先后参与史馆工作，并担任各种修史职务。

中唐传奇作家沈既济，也曾任史馆修撰，其《枕中记》《任氏传》是唐传奇小说的名作，尤其是《枕中记》，乃著名的"黄粱美梦"的典出之处。

韩愈撰写的单篇人物传记有99篇，包括碑文、墓铭志、祭文等，如《张中丞传后叙》《柳子厚墓志铭》《曹成王碑》等，都是名篇佳作。其《毛颖传》也被一些学者视为传奇作品，如果这一观点能够成立，那么韩愈或许也算是一个曾有过史官和小说家双重身份的人。

中唐传奇作家陈鸿，乃贞元二十一年（805）进士，登太常第。曾任太常博士、虞部员外郎、主客郎中等职，撰编年史《大统记》30卷（今不传）。他的传奇小说《长恨歌传》与白居易《长恨歌》题旨相近，皆取材于唐玄宗李隆基和杨贵妃的史事而加以铺张渲染，寓有劝诫讽喻之意。陈鸿不担任具体的史职，但同时有史著和小说存世，可以看作具有史官与小说家双重身份的一个特例。

宋代史学空前繁荣，是我国古代修史机构发展的鼎盛阶段，300年间的修史机构种类繁多。宋初史馆与昭文馆、集贤院合称"三馆"。宋代传奇作家乐史，就曾被召为三馆编修，掌修史、藏书和校勘工作。太宗雍熙三年（986）迁著作郎、直史馆。曾知舒、商、黄等州，后再入馆。乐史一生著述甚丰，在史学、文学两个方面成就都很高，是北宋著名的传奇作家，今存小说有《绿珠传》《杨太真外传》《广卓异记》等，前两者都是以杨贵妃（杨玉环）的生平为题材的纪传体小说。《杨太真外传》中人事和神怪相结合，富有浪漫色彩，对后世有一定的影响。

（三）小说家以史官自我期许

小说成为独立文体以后，即使是不曾担任过史职也不从事过史学研究的纯粹的小说家，也喜欢以史官自我期许。这种自我期许除了历史的原因之外，还有现实的背景。当然，这种现实背景也是传统史学观念、小说观念所造成。

《世说新语》"轻诋"（二十四）：

> 庾道季诧谢公曰："裴郎云：'谢安谓裴郎乃可不恶，何得为复饮酒？'裴郎又云：'谢安目支道林如九方皋相马，略其玄黄，取其俊逸。'"谢公云："都无此二语，裴自为此辞耳。"庾意甚不以为好，因陈东亭《经酒垆下赋》。读毕，都不下赏载，直云："君乃复作裴氏学！"于此，《语林》遂废。今时有者，皆是先写，无复谢语。①

此载谢安以裴启叙述"失实"而否定他的小说《语林》。谢安之所以否定《语林》，其实有更复杂、更深层的人际关系方面的原因，但这些都不好明说，唯有以所录言论不实来贬斥它。可以借用"失实"的大棒来打压小说，表明时人乃以史书的尺度来观照、要求小说。基于这种观念，部分魏晋小说在《隋书·经籍志》《旧唐书·经籍志》中，都被归入"史部"，只是到了《新唐书·艺文志》才归入

---

① （南朝·宋）刘义庆：《世说新语》（第三册），（梁）刘孝标注，杨勇校笺，中华书局 2006 年版，第 754 页。

"小说家"类。这都表明，即使在隋唐五代，将小说视同于史书的观念仍然很有市场。

既然在时人心目中，小说等同于史书，小说家理所当然就与史官相类，其作品的性质、功能和定位几乎是一样的。由于这样的原因，小说家们也以史官自我期许，东晋小说家葛洪就是一个突出例子。葛洪除了创作志怪小说《神仙传》之外，还整理、编辑了志人小说《西京杂记》。其《西京杂记跋》云：

> 洪家世有刘子骏《汉书》一百卷，无首题目，但以甲乙丙丁记其卷数，先父传云，歆欲撰《汉书》，编录汉事，未得缔构而亡，故书无宗本，止杂记而已，失前后之次，无事类之辨。后好事者以意次第之，始甲终癸为十帙，帙十卷，合为百卷。洪家具有其书，试以此记考校班固所作，殆是全取刘书，有小异同耳。并固所不取，不过二万许言。今抄出为二卷，名曰《西京杂记》，以裨《汉书》之阙……①

《西京杂记》是汉代刘歆创作的一部志人小说，以西汉首都长安的史事为主要内容。曾散佚，经葛洪整理、编辑，才得以继续流传。跋文主要是交代《西京杂记》的来历，同时也表明了他整理、编辑《西京杂记》的意图。葛洪将整理《西京杂记》视作为裨补《汉书》之缺漏，以期更加全面、真实地还原历史，表明他视《西京杂记》如同史著（与《汉书》同类），并将自己的行为定位为"补史""裨阙"，是在履行史官之责。由此可知，在潜意识里他是以史官自居的。

后世的一些小说家，都喜欢在小说的结尾作"史官式"的介入，叙述者从后台走到前台，对所述故事、人物做直接评论，对读者进行教诲或劝诫。如话本小说中的"篇尾"（短篇话本）、"散场诗"（长篇话本）；《聊斋志异》中的"异史氏曰"等，虽然都是模仿史传的体

---

① （晋）葛洪：《西京杂记跋》，《燕丹子　西京杂记》，程毅中点校，中华书局1985年版，第45页。

制、史官的口吻，但也反映了小说家潜意识里以史官自居的情结。

事实上，在很长的一段时间里，古代小说家无论是否有史官的身份，都具有史官（家）和小说家的双重属性。这既是社会、历史对他们的要求和期许，也是小说家自己的心理定位。在这种情况下，小说家有一种史家的使命感，促使他们同史官一样，自觉担负起传述某部分历史，为后人提供历史经验教训的责任和义务；另外，又使得他们以撰史的态度、方式来对待小说创作，从史家的视野来审视、组织素材，在创作中遵循崇实、写实的理念，写作的体例和手法较多地因袭或仿照史传文本。唐代以后，小说与史传的分野越来越清晰，小说家的史官观念、色彩才逐渐淡薄，但两者也并非就此绝缘。

三 古代小说的史传印记

小说与史传同源，小说家与史官（家）两位一体，这种事实，使古人对于小说的认知长期以史传为依据及参照体，甚至两相混同，这使得古代小说长期地存在于史传的身影之下。因此，古代小说的创作也就自然而然地烙上了史传的印记，在思想内容和体制形式上都具有史传的特征。这些特征如影随形，在古代小说的身上普遍存在，既是我国古代小说民族性的重要体现，又是中国小说区别于西方小说的重要因素。

（一）思想内容的史传印记

我国古代小说在思想内容上的史传印记，是非常明显的。依傍史传、使用历史性的题材来敷衍故事，在小说的创作上简直是举世无双，成为我国古代小说创作的一大景观。

史传中虚幻、超现实性质的神话、传说类历史性题材姑且不论，此处单论现实性的、真实程度高的历史性题材。古代小说使用这种历史性题材，表现为两种情况：一是历史题材小说的史传印记；二是非历史题材小说的史传印记。

1. 历史题材小说的史传印记

历史题材的小说以历史故事为基本内容，演绎某一个历史阶段的时代变迁、风云变幻及人物关系，或某一个历史人物的悲欢离合、发迹变泰等，它的基本故事都对史传有所依傍和采用。如宋元白话小说中的《秦并六国评话》，大多数的故事都是由史书而来，有些甚至是直接抄自《战国策》和《史记》，其中"荆轲刺秦王"的故事，就全部采自于《史记·刺客列传》；《三国志平话》及之后的明清小说《三国演义》，取材于《三国志》；冯梦龙、蔡元放《东周列国志》的前身是《列国志传》（明嘉靖年间余邵鱼所作），演绎了春秋战国时代五百多年的历史，故事也主要根据《左传》《国语》《战国策》《史记》等史传。

这些小说可谓"博考文献，言必有据"（鲁迅《〈故事新编〉序言》），基本故事、人物都持之有据，有所依傍。一般都能够尊重主要的历史事实，在这个前提之下，补充、增添一些虚构的或民间流传的故事，这其实是历史事件的一种文学表述，在一定程度上体现了历史性与文学性的结合，除了满足广大读者的消遣娱乐以外，还起到普及历史知识的作用。这种现象在下一节还要讨论，这里暂且略过。

2. 非历史题材小说的史传印记

非历史题材小说是指历史小说以外的作品。这种小说不是讲历史故事，或主旨不在追往叙史，但也常常会嵌入史传的素材。如《汉武故事》《汉武内传》都是志怪小说，主要讲汉武帝与西王母交往的神异故事，《四库全书总目》称它"所言亦多与《史记》《汉书》相出入，而杂以妖妄之语"。盖因《史记》《汉书》多载汉武帝平生问仙寻药、求神弄鬼之事，小说把一些神怪故事附会到汉武帝的身上。作品取材于史传虽不及历史题材小说那么直接、原汁原味，但仍然有史传记载的影子，或多或少有一些依傍，小说的人物形象是史传中人物，身份、地位、思想性格与历史真实人物都有某种程度的关联和吻合。因此，史传的印记还是很明显的。

此风所至，后世许多非历史小说嵌入历史题材的现象也屡见不鲜，如唐传奇无名氏的《补江总白猿传》、蒋防的《霍小玉传》，讲的都不是历史故事，但小说当中的欧阳询、李益，都是实实在在的历史人物，小说对于他们的叙述，也都有历史的影子。

欧阳询，唐初潭州临湘人，著名书法家，"欧体"的创始人，新、旧唐书均有其传记。《新唐书·欧阳询传》称其"貌寝侻，敏悟绝人。总教以书记，每读辄数行同尽，遂博贯经史。仕隋，为太常博士。高祖微时，数与游，既即位，累擢给事中。询初仿王羲之书，后险劲过之，因自名其体。尺牍所传，人以为法。高丽尝遣使求之，帝叹曰：'彼观其书，固谓形貌魁梧邪？'"《补江总白猿传》称梁将欧阳纥带兵南征，妻为白猿所掳，待解救归来，已经怀孕，一年后生子，是为欧阳询。欧阳询容貌丑陋，其状似猕猴，但书法造诣甚高，嫉妒者杜撰了这个故事攻击、中伤他。"忌者因此作传，云以补江总，是知假小说以施诬蔑之风，其由来亦颇古矣。"①

《霍小玉传》写书生李益对妓女霍小玉始乱终弃，霍小玉忧愤而死，死后变厉鬼报复李益——每当其外出归来，卧室中总有其他男性的用品，因疑妻妾与他人有染，遂致家室不宁——负心汉受到了惩罚。唐代有两个李益，一个以诗歌著名，同时期还有一个担任太子庶子的官员名叫李益，且两人是出自陇西李氏姑臧房的同族，因此当时的人都称前者为"文章李益"，而担任太子庶子的李益称为"门户李益"。此小说讲的显然是前者。《旧唐书》本传称，李益"少有痴病，而多猜忌，防闲妻妾，过为苛酷，而有散灰扃户之谭闻于时，故时谓妒痴为'李益疾'"；辛文房《唐才子传》亦云："益少有僻疾，多猜忌，防闲妻妾，过为苛酷，有散灰扃户之谈，时称为'妒痴尚书李十郎'。"该小说便是由其怪癖渲染而成，为其怪行做注脚。可见小说中关于李益故事的叙述，也有史书的依傍，历史的印记赫然在目。

由于小说由史传脱胎而成，长期以来，人们又把小说等同于历史，把小说家当作史家，小说家又在创作中普遍使用史传的素材，这种种原因，使得古代小说不可避免地打上史官的烙印，自觉或不自觉地承担一部分史著的功能，也成为史官文化的一种载体。

---

① 鲁迅：《中国小说史略》，上海古籍出版社 1998 年版，第 45 页。

范文澜说："史官文化的主要凝合体是儒学。"（《中国通史简编》第一册）的确，《尚书》《春秋》《左传》等史书，都是儒家的经典，儒学思想的特质不言而喻，在某种意义上来说，史官就是儒学的继承者和传播者。《文心雕龙·史传》篇说孔子"就太师以正《雅》，因鲁史以修《春秋》，举得失以表黜陟，征存亡以标劝戒"；太史公马迁立志"绍明世，正《易传》，继《春秋》，本《诗》《书》《礼》《乐》之际"。其实就是表明以孔子为代表的儒学思想在史著中的体现，以及司马迁在修史过程中对于儒学思想的贯彻和发扬。既然如此，作为史官文化的主要载体，史传在思想方面对于小说的影响，就表现为儒家思想的影响，甚至以儒家的思想为主导。正如夏志清说："较佳的历史小说作者都愿信奉史官，同他们一样对历史持儒家的看法，认为是一种治乱相间周期性的更迭，是一部伟人们从事与叛乱、人欲等不时猖獗的恶势力作殊死斗争的实录。"（《中国古典小说导论》）《三国演义》的作者就是一个这样的例子。清代著名小说评点家毛伦、毛宗岗父子在评点《三国演义》时，就以大量的篇幅来分析作者的创作意图："重在严诛乱臣贼子，以附《春秋》之义。"由此可见，《三国演义》的儒家思想观念是很突出的。

孔儒的思想核心是"仁"，是指一种好的品德。从修养主体看，恭、宽、信、敏、惠是实现仁的具体要求；从血缘关系看，孝悌是为仁之本；从人我关系看，忠恕是为仁之道。孟子云："恻隐之心，仁也；羞恶之心，义也；恭敬之心，礼也；是非之心，智也。"（《孟子·告子上》）在史传中，儒家的这些思想可谓无处不在，古代小说如同史传，也热衷于儒家伦理道德、价值观念的宣传和教育，标榜劝善惩恶，忠、义、孝、悌、信、智、勇等儒家思想应有尽有。

长篇小说《三国演义》是宣扬儒家思想的典型例子。鲁迅说："欲显刘备之长厚而似伪，状诸葛之多智而近妖；惟于关羽，特多好语，义勇之概，时时如见矣。"① "长厚"者，仁厚之谓也。鲁迅肯定

---

① 鲁迅：《中国小说史略》，上海古籍出版社1998年版，第87页。

小说对于关羽"义勇"的刻画、描述，但却认为对刘备之仁厚、诸葛之多智的描述有过当之嫌。鲁迅的批评非常中肯、精辟，所指出的这种现象，也恰恰证明作者不遗余力刻意宣扬仁、义、忠、智、勇思想的事实。

毛宗岗《读三国志法》曾说："吾以为《三国》有'三奇'，可称'三绝'：诸葛孔明一绝也，关云长一绝也，曹操亦一绝也。"所谓"三绝"就是：诸葛亮智绝，关羽义绝，曹操奸绝。诸葛亮是古代忠臣与贤相的典型，他的主要性格特征是忠和智；关羽是封建时代儒将的典型，英勇盖世，忠义兼备；而曹操则是奸雄的典型，在他身上集中了封建统治者奸诈、自私、残暴等一切恶劣品质。在小说中，他是作为刘备的对立面而存在的，连刘备自己也这样认为。如第 120 回（嘉靖本，下同）《庞统献策取西蜀》刘备就声称："今与吾水火相敌者，曹操也。操以急，吾以宽；操以暴，吾以仁；操以谲，吾以忠，每与操相反。"由此可知，对曹操恶劣品质的描述，其实就是衬托刘备的忠厚仁爱，从反面肯定他儒者的品格。

小说中的关羽形象简直就是忠义的化身、儒家忠臣良将的楷模，作者处处努力突出他的忠义品格。如第 100 回《关云长义释曹操》先是分别借程昱、曹操之口赞扬关羽忠信仁义，程昱："某知云长傲上而不忍下，欺强而不凌弱，人有患难，必须救之，仁义播于天下。"曹操："五关斩将之时，还能记否？古之人大丈夫处世，必以信义为重，将军深明《春秋》，岂不知庚公之斯追子濯孺子者乎？"篇末则模仿史官直接赞扬："后来史官有诗曰：'彻胆长存义，终身思报恩，威风齐日月，名誉震乾坤，忠勇高三国，神谋陷七屯，至今千古下，军旅拜英魂。'"在作者看来，儒家的仁、义、忠、智、勇等优秀品质，关羽都一应俱全。正是得力于小说的竭力刻画、包装，加上民间的推力，使关羽这个人物形象远远超越了历史的真实，从而成为后世人们顶礼膜拜的"武圣""关帝"，几乎可与儒家的圣人孔子相提并论。

明清另一部长篇小说《水浒传》，写的是北宋时期的一场农民起义，但作者也千方百计地将事件的发展往忠义的轨道上推拉，将故事叙述当作宣扬儒家思想的平台。如小说另外的名称有《忠义水浒传》（150 回本）、《忠义水浒全书》（120 回本）等；108 条好汉会集梁山，称为"聚义"；起义军头领集会的场所称"忠义堂"；农民起义军"只反贪官、不反皇帝"的政治路线，及其后来之接受朝廷招安的行为（其实乃因忠义思想作怪所导致）等，无不是儒家思想的表现。农民起义队伍是典型的草根阶层、草莽英雄，儒家的忠义勇智信那一套，未必是他们所信奉的天条和行为准则，所以梁山英雄所表现出来的这些思想观念，其实大多是作者强加给他们的，是作者思想意识的体现，归根结底，也就是史官儒学观念的体现。

总而言之，受史官文化、观念的影响，小说家都竭力将小说向史传靠拢，一方面是想承担史传的职能；另一方面也是意欲借此抬高小说的身价和品位，扩大小说的影响力，因此，古代小说在思想内容方面处处都有史传的印记，表现出史传性的特征。在这种情况下，有人将小说视为"野史"，就不难理解了。

（二）体制形式的史传印记

由于小说脱胎于史传，小说家又刻意模仿史官的创作，所以古代小说在体制形式方面对史传也是亦步亦趋，使小说的体制形式表现出鲜明的史传特征。

1. 编年体和纪传体的叙事体例

我国古代小说大多用编年体的叙事体例，也就是按故事发生、发展的先后顺序来叙述；也有部分作品用纪传体的叙事体例，以人物为中心，"以人为经，以事为纬"，按此来编织故事——这个问题在前面"史传的小说文体要素"部分已经有过讨论，此处不再赘述。

2. 以"传""记"名篇

中国古代小说给人的最初印象，就是它多以"××传""××记"作篇名。如汉代小说《列仙传》（刘向）、《飞燕外传》（伶玄）、《西京杂记》（刘歆）、《洞冥记》（郭宪）；魏晋六朝小说《列异传》（曹丕）、《甄异传》（戴祚）、《搜神记》（干宝）、《拾遗记》（王嘉）；唐宋传奇

《柳毅传》（李朝威）、《莺莺传》（元稹）、《李师师外传》（佚名）、《离魂记》（陈玄祐）、《枕中记》（沈既济）；明清小说《水浒传》（施耐庵）、《平妖传》（罗贯中）、《西游记》（吴承恩）、《红楼梦》（曹雪芹）亦名《石头记》等，如此名篇的小说可谓不胜枚举。可以说，以"传""记"名篇是我国古代小说的一个特殊标志，这种命名现象很显然也都有史传的印记。

有学者很早就注意到这种现象，或以为古代小说以"传""记"名篇，是在模仿《左传》和《史记》——"史记"原是史书的统称，后才成为《太史公书》的专名，但无论是指一般的史书，还是专指《太史公书》，都不妨碍相关的立论；或以为是模仿《史记》（《太史公书》）中的人物传记，如"××列传""××本纪"（"纪"通"记"）等。应该说这些说法都可以言之成理，但还比较笼统，比较表面化。

从以上所列的作品可以看到，虽然都是以"传"或"记"来名篇，但当中是有差别的，一种是多篇什的合篇，规模体制以"部"或"本"作单位，汉魏六朝的短篇小说汇集和明清的大部头长篇小说，都属这一类；另一种是单篇的体制，每一篇小说就是一篇个人的"传"或"记"，唐传奇便属这一类。很显然，前一类小说的命名当是仿照《左传》和《史记》的书名，后一类则是仿照《太史公书》中人物传记的篇名。古人很重视名实相符，如果以大部头的小说模仿单篇人物传记的名篇，或以单篇的短篇小说仿照大部头的史书名篇，这种名实不符或名过其实的做法不仅会被人笑话，还会令自己的作品受人冷落，相信小说家们不会做这样的傻事。因此，不同规模体制的小说，其以"传"或"记"命名是各有所依的，多数读者也应该能够洞悉个中实情。

3. 静止化的人物形象

人物形象的静止化，是指人物形象缺少变化，思想性格凝固化。《红楼梦》之前的古代小说，其人物形象几乎都呈现出这样的态势。且不说故事篇幅短小、历时跨度也不大的短篇小说，即便是篇幅漫长、历时跨度大的长篇小说，其人物形象从登场到退场，思想性格几乎都是一成不变，没有发展变化或者是甚少发展变化。如《三国演义》的曹操、刘备、诸葛亮、关羽、张飞这些人物形象，作者善于抓住他们各自的性格特征展开描写，而且对其主要特征做了夸张和强化，虽然人物的个性鲜明，形象也有一定的概括和象征意义，但毕竟缺少发展、变化，人物思想性格凝固化，形象也概念化和符号化；《水浒传》的梁山英雄也有这种现象，上梁山之前，个个生动活泼，栩栩如生，正如金圣叹所说："《水浒传》写一百八个人性格，真是一百八样。"（《读第五才子书法》）但上了梁山以后，这些形象就基本上凝固不变了，性格没有进一步的发展、变化，甚至要比之前失色许多。世间一切事物都在发展变化中，人物形象的静止化，显然是不符合生活逻辑和客观实情的。

古代小说人物形象的刻画、塑造之所以呈现出如此态势，与史传的影响不无关系。由于史著的主旨是再现历史，而不是描写人物，所以不可能花太多的笔墨对历史人物的思想性格展开描写；况且史著所叙述的人和事，都属于"过去时"，也就是说，人的是非、善恶、贤愚、优劣都早已盖棺定论，后人对之也有了固定的认识，史官在叙述某个历史人物时，便按照这个固定的认识，抓住人物的主要特征来进行描述。因此，史传只能叙述人物的主要活动，表现他的主要性格特征，加上史书篇幅的原因，不可能让人物的思想性格有更多方面的、动态的展示。由于这诸多原因，历史人物的静止化、凝固化便在所难免。古代小说既然在体制、观念和手法等方面受史传的影响，在人物形象的刻画塑造上步其后尘，表现出史传的习惯和特征，也是自然而然的事。史传对小说的发展有许多积极的影响，但在这方面给予小说的却是负能量，只有到了摆脱史传藩篱的后世小说，这种现象才逐渐得以改变。

4. 史官式的介入

史官式的介入是指小说家在叙述完故事以后，以史官的口吻或姿态，对所述故事、人物直接发表议论，或对读者（听众）进行教诲、劝诫。这种现象在古代小说中十分常见，也是史传印记的显著标志。

史官式的评论或劝诫式言论，大体上有两种形式：一种是散文式，如唐传奇《李娃传》赞扬妓女李娃身份卑贱但品行高尚："嗟乎！倡荡之姬，节行如是，虽古今烈女，不能逾也。"《杨倡传》的最后也赞扬杨倡之义和廉："夫倡，以色事人者也，非其利则不合也。而杨能报帅为死，义也；却帅之赂，廉也。虽为倡，差足多矣。"《柳毅传》的末尾，作者李朝威感叹人、龙之灵性相通、相承："陇西李朝威叙而叹曰：'五虫之长，必以灵著，别斯见矣。人，倮也，移信鳞虫。洞庭含纳大直，钱塘迅疾磊落，宜有承焉。'"

另一种是韵文式，如唐传奇《南柯太守传》（李公佐）篇末借李肇的赞语批判热衷于追逐利禄的读书人："前华州参军李肇赞曰：'贵极禄位，权倾国都，达人视此，蚁聚何殊。'"宋元话本《错斩崔宁》中的破落户刘贵遇劫身亡，其妾陈二姐及崔宁被昏官错判冤死，作者认为这个悲剧缘于刘贵和陈二姐开玩笑不谨慎（刘贵声称十五贯钱为典当陈二姐所得），故篇尾云："善恶无分总丧躯，只因戏语酿灾危。劝君出言须诚实，口舌从来是祸基。"

其实，无论是散文式还是韵文式，古代小说中的这些评论、劝诫文字，都是模仿史传中的"论赞"而来。论赞又称"史论"，最早在《左传》中以"君子曰"的形式出现，是史官假托一个有身份、权威的人，对历史事件、人物直接发表自己的见解。如"僖公二十八年"述城濮之战后："癸亥，王子虎盟诸侯于王庭……君子谓是盟也信，谓晋于是役也，能以德攻。""庄公十九年"写鬻拳持兵器谏楚子，迫使对方接受谏劝，之后又自断双脚以谢罪，"君子曰：'鬻拳可谓爱君矣，谏以自纳于刑，刑犹不忘纳君于善。'"

《左传》中使用场合并无规律，文本位置也不固定的"君子曰"，到了《史记》的人物传记中，就发展、演变成了每篇一论且固定在传记末尾的"太史公曰"。之后的史传，都承袭这种体例，只不过是名称有所变化，如《汉书》《后汉书》皆称"赞"，《三国志》称

"评"……刘知几《史通》把史著中这些名称不一的评论文字，统称为"论赞"。这些就是小说家做史官式介入，效仿史官发表评论、见解之所本。

在明清小说中，小说家模仿史官的行为更加直接和露骨。一些长篇章回小说，在叙述完一个事件后，或在章（回）的结尾，往往都有"（有诗）赞曰""（后人有）诗曰"之类的论赞式文字，如《三国演义》第126回"张益德义释严颜"："后有赞严颜诗曰：'白发居西蜀，清名震大邦。忠心如皎月，浩气卷长江。宁可断头死，安能屈膝降？巴州严老将，天下更无双。'"甚至干脆就直接假托史官："史官亦有赞张飞诗曰：'怒气冲冠发，威声砍将头。英雄万夫勇，谈笑一时休。先主多洪福，将军用计谋。三分称大义，功业震西州。'"

蒲松龄更是以"异史氏"自称，《聊斋志异》有400多篇作品，其中约有200篇作品的末尾，都有"异史氏曰"的论赞，如《僧术》讽刺"冥中主"受贿，操控科举，其篇末云："异史氏曰：'岂冥中亦开捐纳之科耶？十千而得一第，直亦廉矣。然一千准贡，犹昂贵耳。明经不第，何直一钱！'"《镜听》抨击科举制度扭曲人的心理，导致世风日下："异史氏曰：'贫穷则父母不子，有以也哉！庭帏之中，固非愤激之地；然二郑妇激发男儿，亦与怨望无赖者殊不同科。投杼而起，真千古之快事也！'"蒲松龄在这里模仿"太史公曰"是很明显的。当然，蒲松龄的思想比较复杂，对社会现实、封建礼教、科举及神鬼佛道的态度都比较矛盾，所以，他更多的是效仿史传的形式，史传的传统、意识观念则未必都能接受。这是他与一般小说家略为不同的地方，这也反映出史传对小说的影响，尤其是思想观念的影响逐渐减弱的趋势。

在小说作品中做史官式的介入，对小说家来说是一种自我解读，也是自己思想的直白和情感的表露；对于读者来说，则是一种导读，小说家意在更直接地向读者灌输自己的道德观念和价值观念。这些文字可以帮助读者理解作品的主旨和作者的创作意图，但由于小说家、史官毕竟是封建时代的文人学者，其思想观念或多或少都有一些封建性的糟粕或局限，因此亦有可能对读者产生误导，这是需要我们警惕的。

第二节　史传与小说的互动

由于古代小说源于史传，使得史传与小说之间形成一种很特殊的互动关系。互动是一种双边、双向的活动，虽然在史传与其他种类的文学体裁之间，亦有一些这样的互动，但远没有史传与小说的互动那么频繁和密切，也远没有那么引人注目。

史传与小说的互动，主要表现在题材的互通共享上。一方面，小说脱胎于史传，在之后的发展、成长过程中，仍然不断地从史传那里获得素材；另一方面，某个阶段的小说又反哺史传，它的一些素材被史家所广泛吸收和使用，成为史著的内容，从而使小说的故事成为史实。这种双边、双向的互动共生关系，是我国古代文史一家、史传与小说不分的独特写照。

一　由史传到小说

由史传到小说，即素材由史传流向小说，或小说从史传获取素材，这种现象从小说诞生的那一刻起，就从未停止过，贯穿了古代小说的整个发展历史。这个问题在前面的论述中曾经反复涉及，只是未曾专门且全面、深入地讨论过。

古代小说从史传吸取素材，从摄取的主体来看，可以有历史题材小说和非历史题材小说之分。历史小说取材于史传，以文学的手法再现某一段历史，是吸取、使用史传题材最多、最突出者，这些无须多述。其实，取材史传不仅限于历史题材的小说，在非历史题材的小说中，这种现象也比比皆是，比如在魏晋六朝的志怪小说中，出自史传的志怪故事简直不胜枚举。且看王嘉《拾遗记》卷三之"周灵王"：

　　晋平公使师旷奏清徵，师旷曰："清徵不如清角也。"公曰："清角可得闻乎？"师旷曰："公德薄，不足听之；听之，恐将败。"公曰："寡人老矣，所好者音，愿遂听之！"师旷不得已而鼓，一奏之，有云从西北方起；再奏之，大风至，大雨随之，揲帷幕，破俎豆，堕廊瓦。坐者散走，平公恐惧，伏于廊室。晋国大旱，赤地三年。平公之身遂病。①

　　此处作者意欲讲的是一个神怪故事而非历史故事。晋平公想听"清角"之乐，师旷认为他的德行不配，听之会遭祸患，委婉拒绝。但晋平公一再坚持，师旷不得已，勉强为其演奏。但见音乐响起，暴风骤雨，飞沙走石不期而至。晋平公慌忙躲避廊室之下，狼狈不堪。之后还身患重病，晋国大旱三年。这个故事其实是出自《史记·乐书》，两者的叙述几乎一模一样。

　　在其他的志怪小说作品中，这种情形也很多见。事实表明，吸取、使用史传的题材，在古代小说中是一个普遍的现象，并无作品种类之别，只有多寡程度、方式之分。吸取、使用的作品种类、多寡程度都不是我们要讨论的主要问题，此处只讨论方式问题。

　　古代小说中，吸取、使用史传题材的方式大致有三种：一是拾贝式；二是集锦式；三是转换式。

　　（一）拾贝式

　　拾贝式是指采撷史传中的某些单一史事或某个单一片段，敷衍成为一篇小说作品。这种方式为早期的短篇小说最常用，这些短篇小说一般也是单一情节，以短小的篇幅、简洁的文字，叙述一个简单的故事，笔墨经济，点到即止，叙述的文本、特点如同寓言。

　　魏晋六朝志怪小说中，这类作品比较多。志怪小说虽然多以部集

────────────────

　　① （晋）王嘉：《拾遗记》，（梁）萧绮录，齐治平校注，中华书局1981年版，第78—79页。

的形式传世，但其实都是短篇小说的汇编，即数量不等的多篇什作品汇集成书，但篇与篇之间各自相对独立，相互之间并没有太多实质性的联系。在这些小说作品中，史传的素材也如同散贝，独立、分散在不同篇目中。如前面提到过的王嘉的《拾遗记》，所记大抵都有史实的影子，本事多与史传记载有关联，其中有十多篇可以确定乃分别采自《史记》和《汉书》等史著中的某些片段，也有一些篇目的故事有史载的影子，但小说自成篇什，所采用的史事之间呈独立、分散的拼盘式状态。

干宝的《搜神记》是魏晋志怪小说的代表作，作者宣称其创作乃"考先志于载籍，收遗逸于当时"（《搜神记序》），大量的素材采自"载籍"——其中一部分就是史传。其对于史传的素材也是拾贝式的吸取、采用。据笔者统计，今本《搜神记》（汪绍楹校注本，中华书局 1979 年版）采自史传的素材分别有：《左传》3 条、《战国策》1 条、《史记》4 条、《汉书》32 条、《三国志》5 条。[1] 也就是说，对于它之前的史传著作，除了《国语》以外，《搜神记》都有所采撷。

如出自《左传》"庄公十四年"的《蛇斗》（111 则）：

> 鲁严公时，有内蛇与外蛇斗郑南门中，内蛇死。刘向以为近蛇孽也。京房《易传》曰："立嗣子疑，厥妖蛇居国内斗。"[2]

这个史事也被《汉书》收录。《左传》将蛇之相斗，作为一个奇闻来记录，但《汉书》则把它与社会的政治相联系，认为这种现象是某种政治事件的先兆，涂上了神异、迷信的色彩。小说显然也沿用了这种说法。

《魏更赢》（264 则）：

> 楚王游于苑，白猿在焉。王令善射者射之。矢数发，猿搏矢

---

① 参见邓裕华《〈搜神记〉研究》，中国社会科学出版社 2015 年版，第 269—283 页。
② （晋）干宝：《搜神记》，汪绍楹校注，中华书局 1979 年版，第 70 页。

而笑。乃命由基。由基抚弓，猿即抱木而号。及六国时，更嬴谓魏王曰："臣能为虚发而下鸟。"魏王曰："然则射可至于此乎？"嬴曰："可。"有顷，闻雁从东方来，更嬴虚发而鸟下焉。①

这则故事出自《战国策》"楚策四"，主旨是夸耀古代射手出神入化、令人叹为观止的射术。故事虽然比较简单，情节性也并不太强，但两位神射手的英勇、神武，给人以非常深刻的印象，令人称奇叫绝。

《李少翁》（44则）叙汉武帝对于王（李）夫人的怀念，则写得缠绵凄迷，又带几分阴森恐怖，扣人心弦：

> 汉武帝时，幸李夫人。夫人卒后，帝思念不已。方士齐人李少翁，言能致其神。乃夜施帷帐，明灯烛，而令帝居他帐，遥望之。见美女居帐中，如李夫人之状。还幄坐而步，又不得就视。帝愈益悲感，为作诗曰："是耶？非耶？立而望之，偏娜娜！何冉冉其来迟？"令乐府诸音家弦歌之。②

《史记·孝武本纪》载："齐人少翁以鬼神方见上。上有幸王夫人，夫人卒，少翁以方术盖夜致王夫人及灶鬼之貌云，天子自帷中望见焉。"③

《汉书·外戚列传》也载："上念李夫人不已，方士齐人少翁言能致其神。乃夜张灯烛，设帷帐，陈酒肉，而令上居他帐，遥望见好女如李夫人之貌，还幄坐而步。又不得就视，上愈益相思悲感，为作诗曰：'是邪，非邪！立而望之，偏何姗姗其来迟！'令乐府诸音家弦歌之。上又自为作赋，以伤悼夫人……"④

汉武帝一生笃信方术、方士，两书所记，当为同一件事。《史记》

---

① （晋）干宝：《搜神记》，汪绍楹校注，中华书局1979年版，第127页。
② 同上书，第25页。
③ （汉）司马迁：《史记》，中华书局1959年版，第458页。
④ （汉）班固：《汉书》，中华书局2007年版，第987页。

称为"王夫人"招魂，《汉书》却称为"李夫人"招魂，两者所述只有一字之差，其余细节基本一致，孰是孰非，难以确证。但无论如何，《搜神记》这一故事来自于《史记》和《汉书》，却是毋庸置疑。当然，从文字上看，小说的叙述更接近《汉书》的记载。

管辂是魏代著名的卜筮大家，《搜神记》53—56 则都是有关管辂的卜筮故事，这四则故事中除 54 则之外，其余三则都出自《三国志》。如 55 则：

> 信都令家，妇女惊恐，更互有疾病，使管辂筮之。辂曰："君北堂西头有两死男子，一男持矛，一男持弓箭；头在壁内，脚在壁外。持矛者主刺头，故头重痛，不得举也；持弓箭者主射胸腹，故心中悬通，不得饮食也。昼则浮游，夜来病人，故使惊恐也。"于是掘其室中，入地八尺，果得二棺。一棺中有矛，一棺中有角弓及箭。箭久远，木皆消烂，但有铁及角完耳。乃徒骸骨，去城二十里埋之。无复疾病。①

信都县令的住宅，盖在别人的阴宅（坟墓）之上，且墙壁压住死者的身躯，造成遗骸"头在壁内，脚在壁外"的现状，从而招致死者的抗议和报复，令家人担惊受怕，轮流生病。通过风水大师管辂的"相宅"、指点，才化解了灾祸。小说意在宣扬鬼神迷信，夸耀管辂卜筮的高明、神奇，但涉及如何处理活人与死人之间的矛盾，告诫人们对死者要有充分的敬畏和尊重，否则会给自己带来灾祸，除却其迷信的成分外，也有一定积极的人文意义。

使用拾贝式吸取的小说，还处在刚刚脱胎于史传的早期状态，因此，其对于史传素材的使用，也还处在粗加工的阶段。小说家对于史传的素材，基本上是照搬、迁移，某个故事或片段由史著到了小说，其情节、形象和意蕴，都没有质的改变，文字也比较简略、粗糙，表

---

① （晋）干宝：《搜神记》，汪绍楹校注，中华书局 1979 年版，第 34 页。

现出早期小说古拙、单薄的特点。

但对于多篇目的短篇小说集来说，它撷取单一、零星的史事片段汇集成卷、成书，又是相对集中和整体的。我们知道，魏晋六朝志怪小说集大多依类辑录，每个卷目都围绕一个主题，体现一个特定的意图。如《搜神记》原书作 30 卷，当今学者都认为原先应是按"神化""感应""妖怪""变化"等专题来编排的，只是散佚以后不复本来面目，今本仅存一些影子。其中的素材尽管采自不同的史传、不同的地方，但都分门别类，聚集在同一个单元里面，服务于一定的主题，发挥它们的作用，单一、零散的材料通过这样的整合，便产生了一定的整体效应，从而增加了思想和内容的厚度和浓度。由此说来，魏晋六朝志怪小说家以拾贝式的手法采撷史传的素材，具有集腋成裘的意味。

（二）集锦式

集锦式是从不同的史著、不同的地方多点采撷，并将原来分散、零星的素材连缀、组合成为一个相互联系的、连贯的故事，形成一个比较紧密、有机的整体。如前面讨论过的《燕丹子》，就分别采用了《战国策》《史记》中的材料；《吴越春秋》则由《史记》的《吴太伯世家》《越王勾践世家》《伍子胥列传》及《仲尼弟子列传》等篇的材料，糅合《国语》的相关史料写成。

宋元讲史话本（评话或平话）也属于这一类，且表现得更加突出，不仅采撷的史著材料多，而且相互之间的融合更加有机，故事的整体性更强。如元代至治年间编刊的《全相平话五种》，包括《武王伐纣书》《乐毅图齐七国春秋平话后集》《秦并六国平话》（别名《秦始皇传》）、《前汉书续集》（又名《吕后斩韩信》）、《三国志平话》等五个长篇讲史话本，所述内容大多依据正史，糅合民间流传的故事而成。这几部平话刊本为日本东京内阁文库所存，我国藏书家未见有著录者。"全相"者，犹今所谓绣像全图。版面分上下两栏，上图下文，图占 1/3，文占 2/3。五种平话当中，除了《三国志平话》采撷比较单一（以《三国志》为本）之外，其余几部都杂取了多种史传的史料，以集锦式的手法缀合成书，堪称运用集锦式的代表。

《武王伐纣书》写商纣王荒淫无道，周文王姬昌、周武王姬发起兵伐纣，最终建立周朝的历史故事，当中穿插太子殷郊、黄飞虎、比干、姜尚等人的事迹。相关史事许多都在《尚书》的《牧誓》《武成》及《逸周书》《史记》的《殷本纪》《周本纪》《齐太公世家》等史著中有载。该平话是说话人从当中撷取素材，再加入神奇怪诞之说糅合而成，神话的成分较多。明代小说家许仲琳（一说陆西星）据此写成了长篇小说《封神演义》。

《乐毅图齐七国春秋平话后集》演绎春秋时代燕国将领乐毅伐齐的故事。书中以乐毅、孙膑为中心，描述燕、齐两国间的几次战争和统治阶级内部的矛盾，展示了春秋时代的社会历史风貌。这个平话几经后代的加工、扩充，到了明清两代，先后演变成《列国志传》（明余邵鱼）、《新列国志》（明冯梦龙）、《东周列国志》（清蔡元放）等名称的长篇历史小说，叙述的内容和时间跨度，都有不同程度的扩展。如果说，《七国春秋平话》是这个小说系列的起点，那么《东周列国志》就是它的最终定型，是明清时期写得比较好的历史通俗演义之一。

这个系列的平话和小说，都是杂采史传的题材写成，"大率是靠《左传》作底本，而以《国语》《战国策》《吴越春秋》等书足之，又将司马氏《史记》杂采补入"（蔡元放《东周列国志读法》）。由此可知，对于早期的几部史传如《左传》《国语》《战国策》《史记》等，作品都悉数采用其中的相关史料，做集锦式的处理。

当然，《乐毅图齐七国春秋平话》中也有一些情节与史实有出入。比如史上乐毅伐齐，最终复齐者乃田单，但平话却以孙膑为主，田单仅在火牛破燕时谈及，且称此乃遵孙膑之命，这种写法全与史实不符。这种将史实张冠李戴的现象，有可能是话本作家的失误，也可能是话本作家为了实现某种创作意图有意为之，是对史载的一种突破。如果是后者，则是小说家创作主体意识觉醒的一种表现，虽然这种

"突破"值得商榷。另外值得注意的是，该话本中常有"齐王性命如何""看胜负如何""救者是谁"等话语，显然是说话艺人的语气，是故事一个段落结束时设置悬念或分段、分回的痕迹，由此可以看到长篇章回体小说回目的早期形式，在该话本中已经初见端倪。

《秦并六国平话》叙述秦吞并六国、统一天下，以及后来秦王朝灭亡的故事，中间穿插"荆轲刺秦王""焚书坑儒""入海求仙"等著名事件。这是一部写"人"的书而不是写鬼怪的书，当中只有人与人之间的争斗，却没有神仙之间玄妙的布阵斗法，是一部比较纯粹的历史小说，神怪的成分极少。因此，该平话比较忠实于历史，故事大多出自史传，但又能够灵活地运用历史材料进行再创作，较少神怪玄虚的内容，文风比较朴实，接近史传的风格和特色。平话的故事多出自《战国策》和《史记》，有些情节甚至直接抄录史传，如"荆轲刺秦王"的故事，简直就是照抄《史记·刺客列传》，试看其中片段：

> 燕国有勇士秦舞阳，年十三岁，常好杀人，人不敢忤视。乃令秦舞阳为副将。轲有所待，与俱，其人居远，未来。太子迟之，疑其改悔，乃又请。荆轲怒叱太子曰："且提一匕首入不测之强秦，仆所以留者，待吾客与俱。今太子迟之，请辞决矣！"遂发。
>
> 太子及宾客知其事者，皆白衣冠以送之，至易水之上。有胡曾咏史诗为证，诗曰："一旦秦皇马角生，燕丹归北送荆卿。行人欲识无穷恨，听取东流易水声。"燕丹太子既祖取道，高渐离打筑，荆轲而歌为变徵之声，士皆流涕。又前而为歌曰："风萧萧兮易水寒，壮士一去兮不复还！"复为羽声慷慨，士皆瞋目，发尽上指冠。荆轲就车而去。①

当中"有胡曾咏史诗为证"及之下的一首诗，显然是说话人插入

---

① 《秦并六国平话》，《古本小说集成》（藏日本内阁文库），上海古籍出版社影印本，第45页。

了自己的"私货",除此之外,其余细节与《史记·刺客列传》的叙述简直如出一辙,甚至连文字都几乎一模一样。而"焚书坑儒""入海求仙"等情节,则吸取、使用了《史记·秦始皇本纪》中的史料,虽然不如"荆轲刺秦王"的采用那么完整对接,照单全收,但亦系有史为据。总而言之,该平话是杂采多书史料,缀合而成的一个长篇讲史作品。

《前汉书平话》,分上、中、下三卷,叙述汉高祖刘邦统一天下以后,与吕后屠戮功臣的故事,对封建统治者的丑恶面目、统治阶级内部的矛盾加以揭露。平话以高祖斩韩信事为主,但中卷兼记高祖杀彭越、英布,吕后害赵王如意及戚夫人等史事;下卷记吕后专权,诸吕得势,樊亢、刘泽诛诸吕等情节,至汉文帝即位,周亚夫军细柳而止。该平话的史料大部分采自于《史记》和《汉书》,也是多点杂采而成。

在古代小说中,以集锦的方式创作的作品较多,这反映出小说家取材渠道的多样性和题材的丰富性、广泛性。比较而言,集锦式与拾贝式最明显的区别主要有两点。

一是采撷的主体文本篇幅有较大的差别。采用集锦式的小说,往往都篇幅漫长,以长篇小说为多,如上述的《吴越春秋》《全相平话五种》中的讲史话本等,都是长篇、多卷目的作品,讲述的史事往往与一个历史阶段相始终。即便如《燕丹子》这样的短篇,也是情节曲折纷繁,故事跌宕起伏,篇幅较长,这些都远非魏晋六朝单一情节的志怪小说可比。

二是素材的存在状态有别。如前所述,志怪小说采用史传素材虽有集腋成裘之功效,但拾贝式采撷而来的史料都是单独存在、各自独立,相互间并无实质性的联系,即使是在多篇目的作品汇集中也是如此,无法形成一个有机的整体;而集锦式采撷造就的作品,不仅规模、容量大,素材吸取、使用的种类、数量也多,而且故事环环相扣,人物关系、情节相辅相成。小说家不是机械、随意地堆砌和凑合素材,而是依一定之规,将原本分散、零星的史料,按照自己的需要、意图，或者是按作品的主题串联、缀合成一个头绪错综复杂但基本上又浑然一体的长篇作品。如《七国春秋平话》虽然分别吸取了《左传》《国语》《战国策》《史记》等史传的众多材料，在艺术结构上也不算完善，但它俨然是一个有机整体，其中的史料基本上呈和谐、统一和融合的状态，并没有给人一盘散沙的感觉。后来由此加工而成的长篇历史小说，当然有更大的进步和完善。

由于要将不同时代、不同史家、不同思想倾向和叙述风格迥异的记载缀合成一个统一、有机的整体，集锦式对于素材的采撷和处理也显得更加复杂。如何使小说的叙事更加有条理，情节的发展、变化更加自然、合理，思想主题更加明确、突出，也就是如何将不同史著中的素材巧加剪接，处理、缀合得更加和谐、统一，赋予更丰富、深刻的文化内涵，都考验小说家对于历史的认识和理解，也反映小说家的艺术功力。从小说发展而言，以集锦式手法采集、处理史传素材的小说家，比拾贝式的小说家有明显的进步。其对于史料的主动加工和处理，表明小说家对于史传的采用不再是被动、机械地接受，而是有意识地取舍和编排，这都显示出小说家的主观能动性和主体意识。

（三）转换式

转换式是以小说比较整体地替换一部或一篇史著，将史家叙述转换为小说家叙述，将历史事件小说化，历史人物传奇化，以文学的形式和手法再现某一段历史的演进历程或某一个历史事件的生发、始末。

转换式与拾贝式的区别主要在两个方面：一是对于史传素材采撷的程度有所不同——两者虽然都是定点、单一采撷，但拾贝式只是零星吸取、使用其中的单一片段、情节，而转换式则是比较广泛、完整、全方位地博采，竭尽所能地吸取所需要的史料；二是造就的文本不同——拾贝式基本上以一个片段或情节作为一个作品，造就的是短篇小说，转换式则以众多史料、情节来构成作品，造就的多是长篇小说或分量较大、篇幅较长的短、中篇小说。

转换式与集锦式对于史传素材的采用，虽然都是量多事繁，构成一个规模、容量较大，情节连缀纷繁的作品，但前者基本上是独沽一味，专注于一个对象，较少顾及其他；后者则是多点开花，兼收并蓄，不拘一格，"博采众长"。再就是对于史传素材采集的整体性、真实性，以及素材的融合程度而言，转换式都远远胜于集锦式。

使用转换式创作的小说，可以宋元讲史话本《三国志平话》，以及以之为蓝本写成的长篇历史演义小说《三国演义》为代表。

《三国志平话》全称《新全相三国志平话》，有上、中、下三卷。由于它为后来的《三国演义》奠定了基本框架，所以也是《全相平话五种》当中最重要的一个。平话开篇的"头回"（相当于后来章回小说的"楔子"）先叙东汉光武帝时有秀才司马仲相游御园，因毁谤天公，天公命他在阴间为君，断刘邦、吕后杀戮韩信、彭越、英布一案，遂令韩信转生为曹操，彭越为刘备，英布为孙权，刘邦则为汉献帝，曹、刘、孙三分汉家天下，以报宿仇。天公以仲相治狱公平恰当，赐其投生司马懿荡平三国，一统天下。整个三国纷争的故事，由此桩公案带起。正文述事，从刘、关、张桃园结义始，至诸葛亮去世终。虽然对于历史故事能持比较现实的态度，极少神仙鬼怪的内容，但整个叙事的结构，仍扯上一个因果报应的俗套。全书由历史故事和民间传说连缀而成。其中的历史故事，基本上都出自《三国志》。平话以小说的形式替换了史著，对《三国志》的历史记载转换成文学的叙述。当然，囿于讲史艺人思想及艺术的水平，这种转换还是很初步、不完善的，还显得比较粗糙。

三国故事，早在隋唐的傀儡戏"水饰"中被常演不衰，如《曹瞒浴谯水击水蛟》《刘备乘马渡檀溪》等，都是当时著名的节目。到了宋代，讲说三国故事，在各种民间讲唱技艺中已经很普遍。苏轼《东坡志林》卷一记："王彭尝云：涂巷小儿薄劣，其家所厌苦，辄与钱令听古话。至说三国事，闻刘玄德败，颦蹙有出涕者，闻曹操败，即喜唱快。"① 其时三国故事讲说之普遍及其受欢迎的程度，由此可见一斑。

鲁迅曾经精辟地分析过这种现象的原因：一是当时英雄辈出，事迹感人，为听众所爱；二是取材不简不繁，便于讲说。"说《三国志》者，在宋已甚盛，盖当时多英雄，武勇智术，瑰伟动人，而事状无楚汉之简，又无春秋列国之繁，故尤宜于讲说。"② 鲁迅此言，一则表明当时说话艺人讲三国故事，皆本于《三国志》；二则揭示了三国故事采集单一、定点而丰富，区别于春秋列国故事记载多头，源出多端，因而采集复杂、纷繁的特点。

按胡士莹先生的讲法，当年在书场里讲说《三国志》故事的，应该有多种流派和版本③，今本《三国志平话》只是其中一种，也是目前能看到的唯一一种。它是罗贯中创作《三国演义》的蓝本之一，《三国演义》的主要情节，在该平话中已粗具轮廓，也确立了基本的思想倾向。

《三国演义》最早的本子是明嘉靖刻本，书名题《三国志通俗演义》，分二百四十回，每回用七言单句作标题。卷首题曰"晋平阳侯陈寿史传，后学罗本贯中编次"，明确交代小说的取材、所本乃陈寿所著史传《三国志》。叙事"起于汉灵帝中平元年'祭天地桃园结义'，终于晋武帝太康元年'王濬计取石头城'，凡首尾九十七年（184—280）事实，皆排比陈寿《三国志》及裴松之注，间亦仍采平话，又加推演而作之；论断颇取陈裴及习凿齿孙盛语，且更盛引'史官'及'后人'诗"④。《三国演义》的篇幅，比《三国志平话》已增加了近10倍，显然，它对于《三国志》所载内容的吸收、转换更具整体性，小说的内容也更加充实、丰富。当然，它在艺术上的成就，也远非平话可以相比拟。

---

① （宋）苏轼：《东坡志林》，中华书局1981年版，第7页。
② 鲁迅：《中国小说史略》，上海古籍出版社1998年版，第86页。
③ 参见胡士莹《话本小说概论》（下册），中华书局1980年版，第704页。
④ 鲁迅：《中国小说史略》，上海古籍出版社1998年版，第87页。

《三国演义》堪称古典长篇历史演义小说的代表作。《新列国志》可观道人序云："自罗贯中《三国志》一书以国史演为通俗演义百余回，为世所尚。嗣是效颦日众，因而有《夏书》《商书》《列国志》《两汉》《残唐》《南北宋》诸刻，其浩瀚与正史分签并架。"由此可知其问世后，在社会上影响、轰动的程度，而其"以国史演为通俗演义"的创作实践，其实也是运用转换式手法取材史传，以自己丰富的生活经验和高度的艺术才能进行创造性创作的杰出范例。

《三国志》是一部纪传体的史书，无表志。全书共65卷，其中《魏志》30卷，《蜀志》15卷，《吴志》20卷。陈寿原以曹魏为正统和叙述中心，对魏的君主称帝，叙入纪中；蜀、吴的君主只称主，不称帝，叙入传中。故《魏志》前四卷称纪，分别叙述曹魏政权的几代君主，而《蜀志》《吴志》均有传无纪。这种以曹魏为中心，各国的记事明显不对称、不平衡的叙事格局，在《三国演义》中有了巨大变化，形成了三足鼎立、以蜀汉为叙事中心的新格局。

这种调整和转换，首先反映了儒家仁政思想、正统观念在小说中的渗透和张扬，具体表现就是小说有着明显的"拥刘反曹"的思想倾向。"拥刘反曹"的思想既包含作者对仁政、暴政两种政治模式的认识和态度，又反映了动乱时代"人心思汉"的民族意识和民族感情，在一定程度上代表了人民的意愿，具有一定的合理性和进步性。罗贯中以仁政思想、正统观念作为《三国演义》的主导思想，并以之来取舍、组织素材，串联、统贯小说的全部情节，臧否事件、人物，使小说中心突出、主题鲜明、布局平衡，具有一种特别的审美特质。

《三国志》中的魏、蜀、吴"三志"本来各自独立，后世才合为一书，故结构比较松散，叙事较为简略，历史事件、人物之间都有相对的独立性，没有太多的交集，情节之间没有太密切、有机的关联。《三国演义》将史家这些孤立、松散、简略的叙事，转换成相互连贯、关联和丰富、细腻的小说家叙事，基本上以编年纪事的叙述方式，将史传素材重新编排、串联，从而缀合成为一个规模宏大的、结构严密的有机整体。经过这样的转换，孤立、板滞的史事便变得更加灵动和富有生气，历史事件更具连贯性、故事性和趣味性，展现出文学的魅力。

《三国志》相对独立、分散、简略的史官叙事，各种矛盾、冲突并没有得到充分凸显，叙述显得沉闷，缺乏起伏和波澜，了无气氛和激情，《三国演义》将之转换成从头到尾矛盾不止、冲突剧烈、高潮迭起的文学叙事。全书大体上可以赤壁之战硝烟散去，三国鼎立局面的形成（前 100 回）为界，分为前后两大部分。前部分叙述魏、蜀、吴三大集团在天下大乱、群雄角逐的环境中产生和壮大的过程，后部分（共 140 回）则写三国纷争的历史，直到晋的统一。前部分反映的是各路军阀之间的矛盾，总的特点是矛盾错综复杂，各自心怀鬼胎，明争暗斗，大浪淘沙，强存弱汰；后部分反映的是三国之间的矛盾，故事的主线是反映魏、蜀、吴之间的钩心斗角，其中又以曹魏、刘蜀之间的斗争为中心。三国之间的矛盾形成这样的格局：魏、蜀之间——始终有战无和；蜀、吴之间——有战有和，以和为主；魏、吴之间——有战有和，以战为主。小说就是在这样的矛盾、斗争格局下面展开叙述，以文学的形式和手法去再现这段群雄并起、风云变幻、错综复杂的历史，叙述有条不紊，情节丰富多彩，引人入胜，紧扣读者的心灵。

遵循统一、鲜明的题旨，按照各种矛盾、冲突的格局和人事关系，对史事、史笔进行高度审美化的剪接、转换和点化，使《三国演义》形成了一个主题突出、结构严密、人物形象个性鲜明、情节发展及推进从容不迫的叙事体制，在艺术上达到了空前的高度，堪称古代小说史上的奇迹。因此，《三国演义》不仅是转换式吸取、运用史传素材的典范，也是长篇历史小说的典范，在中国小说史上有着重要的地位。

拾贝式、集锦式和转换式，既是古代小说吸取史传素材进行创作的三种基本方式，也可以说是古代小说脱胎于史传，走向独立的三个阶段。但这三个阶段是一个阶梯式、按顺序由低向高递进的过程，但各自的起止时限又并非纯粹依时序可以划定。拾贝式的志怪小说如

《搜神记》《拾遗记》之类，盛行于魏晋六朝，而集锦式的小说如《燕丹子》《吴越春秋》等，却早在汉代就已经出现，转换式的《三国志平话》等，又与其他集锦式的平话同时流行于宋元时期，这都说明从拾贝式到集锦式，再到转换式，古代小说的这种发展、进步，并不是以时间为迁移，而是由小说内部发展的进程为迁移，由小说家的识见及其创作的自觉性和能动性来决定。这也从一个侧面反映了中国古代小说发展、演变的复杂性和曲折性。

二 由小说到史传

史传的素材进入小说，这是史传与小说互动的一个方面。另一个方面便是小说的内容为史家所青睐、重视，从而被采用、收录，成为史传的内容，小说的叙述遂变为史传的记载。这可以说是小说对于母体史传的一种反哺。小说反哺史传的现象，主要表现在汉晋以后的史书中，被后世史家重视并被广泛采撷的小说，可以《搜神记》《世说新语》为代表。

（一）从《搜神记》到史著

《搜神记》堪称小说与史传互动的典范，它一方面从前代的史传中大量吸取素材，另一方面它的许多故事又成为后世史书的内容。前一种现象在前文已经讨论过，此处我们探讨一下后一种现象。

《搜神记》是一部收集"古今怪异非常之事"（干宝《进搜神记表》）的志怪小说，志怪故事为后世史家所吸收、采用，与早期的神话、传说素材进入史传，乃源于同样的认知和心理。正如鲁迅所说："盖当时以为幽明虽殊途，而人鬼乃皆实有，故其叙述异事，与记载人间常事，自视固无诚妄之别矣。"①

《世说新语·排调篇》载："干宝向刘真长叙其《搜神记》，刘曰：'卿可谓鬼之董狐。'"《晋书》本传亦载："宝以此遂撰集古今神祇灵异人物变化，名为《搜神记》，凡三十卷。以示刘惔，惔曰：'卿可谓

---

① 鲁迅：《中国小说史略》，上海古籍出版社1998年版，第24页。

鬼之董狐。'"

刘惔字真长，东晋名士，清谈家，性格简傲高贵，清明远达，有风度才气，有知人之明。董狐乃春秋时晋国史官，以史识卓越、传述客观严谨、书法不隐著称。孔子也曾赞曰："董狐，古之良史也，书法不隐。"（《左传·宣公二年》）刘惔称干宝为董狐，显然是认为《搜神记》叙述的真实性、可信度都很高，这无疑也是后世史家多从当中吸取材料的重要原因。

后世从《搜神记》征用素材最多的正史，一为《后汉书》，二为《晋书》。下面分而论之。

1.《后汉书》之征用《搜神记》

据笔者统计，《后汉书》征用《搜神记》的材料凡 32 则，其中有 17 则集中在它的"五行志"部分，余者分散在其他的人物传记。[①]

下面是《搜神记》被《后汉书》"五行志"收录的两则，第 165《京师谣言》：

> 灵帝之末，京师谣言曰："侯非侯，王非王，千乘万骑上北芒。"到中平六年，史侯登踐至尊，献帝未有爵号，为中常侍段珪等所执，公卿百僚，皆随其后，到河上，乃得还。[②]

第 168《荆州童谣》：

> 建安初，荆州童谣曰："八九年间始欲衰，至十三年无孑遗。"言自中兴以来，荆州独全，及刘表为牧，民又丰乐，至建安九年当始衰。始衰者，谓刘表妻死，诸将并零落也。十三年无孑遗者，表又当死，因以丧败也。[③]

---

① 参见邓裕华《〈搜神记〉研究》，中国社会科学出版社 2015 年版，第 276—282 页。
② （晋）干宝：《搜神记》，汪绍楹校注，中华书局 1979 年版，第 88 页。
③ 同上书，第 89 页。

《后汉书》（志第十三）分别载："灵帝之末，京都童谣曰：'侯非侯，王非王，千乘万骑上北芒。'案，到中平六年，史侯登蹑至尊，献帝未有爵号，为中常侍段珪等数十人所执，公卿百官皆随其后，到河上，乃得来还。此为非侯非王上北芒者也"；"建安初，荆州童谣曰：'八九年间始欲衰，至十三年无孑遗。'言自中兴以来，荆州无破乱，及刘表为牧，民又丰乐，至此逮八九年。当始衰者，谓刘表妻当死，诸将并零落也。十三年无孑遗者，言十三年表又当死，民当移诣冀州也。"①

稍加比对，就可以很清楚地发现，两处所录简直一模一样，连文字都几乎如出一辙，《后汉书》征用《搜神记》的材料毋庸置疑。这两则民谣（童谣）都属于所谓"时政谣"一类，直面社会现实，批评时政，言辞当中暗示时局的走势，后来也果然一语成谶，所言皆成为事实，所以被人抹上神秘的色彩，将之视为"谣谶"，《后汉书》在"五行志"中收录了它们，显然也是此意。

再如16则《刘根》：

> 刘根，字君安，京兆长安人也。汉成帝时，入嵩山学道，遇异人，授以秘诀，遂得仙，能召鬼。颍川太守史祈以为妖，遣人召根，欲戮之。至府，语曰："君能使人见鬼，可使形见，不者加戮。"根曰："甚易。借府君前笔砚书符。"因以叩几。须臾，忽见五六鬼，缚二囚于祈前。祈熟视，乃父母也。向根叩头，曰："小儿无状，分当万死。"叱祈曰："汝子孙不能光荣先祖，何得罪神仙，乃累亲如此！"祈哀惊悲泣，顿首请罪。根默然忽去，不知所之。②

刘根乃汉代著名方士，在民间已成为一个神仙人物，葛洪的《神仙传》也把他收入其中，而且增益了许多事迹。本篇写刘根施展召鬼

① （南朝·宋）范晔：《后汉书》，中华书局2007年版，第969—970页。
② （晋）干宝：《搜神记》，汪绍楹校注，中华书局1979年版，第6页。

术，令颖川太守史祈父母的鬼魂显形，迫使滥施淫威的太守俯首认罪。世上本就没有鬼魂，使鬼魂显形，若不是讹传，就是方士运用了某种魔术。这或许是刘根的法术高超，也或许是民间敷衍的力度大，才有了这么一个神奇的故事。在封建社会，老百姓常常借鬼神仙道来嘲弄、惩罚权势人物，从中获得心理的快感和满足，相信刘根就是在这种心理需求下，被人们加工、塑造出来的历史人物形象。

《搜神记》的这则故事，也被《后汉书·方术传》收录：

> 刘根，颖川人也，隐居嵩山中。诸好事者自远而至，就根学道。太守史祈以根为妖妄，乃收执诣郡，数之曰："汝有何术，而诬惑百姓？若果有神，可显一验事，不尔，立死矣。"根曰："实无他异，颇能令人见鬼耳。"祈曰："促召之，使太守目睹，尔乃为明。"根于是左顾而啸，有顷，祈之亡父祖近亲数十人，皆反绑在前，向根叩头曰："小儿无状，分当万死。"顾而叱祈曰："汝为子孙，不能有益先人，而反累辱亡灵！可叩头为吾陈谢。"祈惊惧悲哀，顿首流血，请自甘罪坐。根嘿而不应，忽然俱去，不知在所。①

《后汉书》中关于刘根的传记仅此一段，事迹也仅如《搜神记》所记，基本上是把《搜神记》的记载照单全收。所不同者，只是干宝说刘根为京兆长安人，而范晔却称其为颖川人，两者所载有些出入。

2.《晋书》之征用《搜神记》

《晋书》是纪传体晋代史，130卷，由唐人房玄龄等撰。修于唐贞观十八年至二十年（644—646），修撰者凡21人，唐太宗也写了宣帝、武帝两纪和陆机、王羲之两传后论，故旧本亦题"御撰"。该书辞藻绮丽，多记异闻，对史料的鉴别取舍，不甚严谨，"竞为绮艳，不求笃实"，是它的缺点。但因诸家晋史已不存，仍有它的价值，对

---

① （南朝·宋）范晔：《后汉书》，中华书局2007年版，第806页。

于研究晋代的历史、文化，仍然是值得参考的宝贵材料。

《晋书》问世，后于《文心雕龙》一百来年，不在刘勰所论的"史传"范围之内。但从文、史发展的历程来看，《晋书》与刘勰所论的"史传"也是前后紧邻，相隔其实并不遥远。在此期间，虽然文、史之间渐行渐远，但仍然若离若连，一下子难以清楚分隔。况且，"史传"之谓，本来就不是一个很严格的概念，史传与一般史著之间，也并非泾渭分明。因此，小说与史传的互动及其与其他史著的互动，在本质上无大的差别。小说与《晋书》的互动，其实是小说与史传互动的一种延续，在此将之纳入讨论的范围，这也更能体现小说与史传之间互动的广泛性。

《晋书》"多记异闻"，所以对《搜神记》的志怪故事也颇为青睐，征用的材料计有 17 则，分别叙述了晋代名士羊祜、贾充、淳于智、郭璞、吴猛、王祥、阮瞻、颜含等人的奇异故事。

上述诸人中，又以郭璞的故事被收录最多。郭璞（276—324），字纯景，河东闻喜（今山西闻喜）人，是西晋末、东晋初著名学者、诗人和方士。《晋书》卷七十二称："璞好经术，博学有高才，而讷于言纶。好古文奇字，妙于阴阳算历。……然性轻易，不修威仪，嗜酒好色，时或过度。"他工诗善赋，是游仙诗的代表诗人；精通训诂，曾注释《周易》《山海经》《尔雅》《方言》及《楚辞》等古籍；擅天文、历算、卜筮之术。

西晋末，郭璞为避战乱，携亲朋好友南渡，先后任宣城太守殷佑参军、丹阳太守王导参军，最后为王敦的记室参军。王敦欲谋反，郭璞用卜筮劝阻，称谋反必败，因而被王敦杀害。王敦谋反平定之后，郭璞被追赐为弘农太守。

《搜神记》收录郭璞的故事多达 7 则，均与卜筮有关，而《晋书》就收录了其中 5 则。且看《搜神记》61 则《郭璞》（一）：

> 郭璞，字景纯，行至庐江，劝太守胡孟康急回南渡，康不从。璞将促装去之，爱其婢，无由得，乃取小豆三斗，绕主人宅

散之。主人晨起，见赤衣人数千围其家，就视则灭，甚恶之。请璞为卦。璞曰："君家不宜畜此婢，可于东南二十里卖之，慎勿争价，则此妖可除也。"璞阴令人贱买此婢，复为投符于井中，数千赤衣人一一自投于井。主人大悦。璞携婢去。后数旬而庐江陷。①

郭璞预知庐江形势危殆，事先离去，得以逃离劫难，其卜术固然高明，但以巫术加骗术，赚得胡孟康家的婢女，却非君子所为。《晋书》称其"性轻易，不修威仪，嗜酒好色，时或过度"，盖非虚言。此故事被《晋书》卷七十二收录，文字稍加充实，叙述更为细致，人物形象也更加丰满、生动。

晋代另一位名士阮瞻，是著名的无鬼论者，《晋书》卷四十九记其与鬼魅辩论有鬼、无鬼之事：

> 瞻素执无鬼论，物莫能难，每自谓此理足可以辩正幽明。忽有一客通名诣瞻，寒温毕，聊谈名理。客甚有才辩，瞻与之言良久，及鬼神之事，反覆甚苦。客遂屈，乃作色曰："鬼神，古今圣贤所共传，君何得独言无！即仆便是鬼。"于是变为异形，须臾消灭。瞻默然，意色大恶。后岁余，病卒于仓垣，时年三十。②

鬼魅冒充客人，造访阮瞻，与之辩论"鬼神之事"，理穷词亏，无法折服阮瞻，最后竟然原形毕露，阮瞻也被惊吓致病，岁余而卒。一个"无鬼"论者竟然被"鬼"吓病致死，这么一个荒诞故事，显然是"有鬼"论者刻意杜撰出来的，目的是阻吓社会上有"异端"思想、不信神鬼的人。这个故事其实出自《搜神记》的 378 则《阮瞻》，两处的用意基本一致，叙述的情节和文字也如出一辙。

《搜神记》中怪异的故事，有些或许是真人真事，但更多的是真

---

① （晋）干宝：《搜神记》，汪绍楹校注，中华书局 1979 年版，第 37 页。
② （唐）房玄龄等：《晋书》，中华书局 1974 年版，第 1364 页。

人假事，对于《后汉书》《晋书》来说，收录这些怪异故事，固然有其史学价值，但更多的是文化、文学方面的价值。鬼神、迷信和方术观念，都是古人思想意识的一部分，是现实心理、渴求的一种曲折反映。所以，收录这些故事，能真实反映当时社会人们的思想和文化意识，精神风貌。同时，幻想、荒诞的神异故事，也表现出丰富的想象力，使史著也充满瑰丽、奇特的浪漫色彩和意味，增强了它的文学性和趣味性。而那些带有时政性质的民谣，更给史书的叙事带来了无穷的诗意，沧桑感、悲剧感陡然而生。

（二）从《世说新语》到史著

《世说新语》原名《世语》，作者刘义庆是南朝宋代开国皇帝刘裕的侄儿，其父刘道邻是刘裕的二弟。宋朝建立以后，刘裕幼弟刘道规被封为临川王，因其早逝无嗣，遂以刘义庆过继为嗣，袭临川王。刘义庆爱好文学，喜与文士交结，故身边招聚了一批有名望、有才学的文人学士，《世说新语》就是由他组织身边的文人学士编撰的。除此之外，刘义庆还撰有《幽明录》《宣验记》两部与《世说新语》题材迥异的志怪小说。

《世说新语》是魏晋六朝志人小说的代表作，内容主要是记录魏晋名士的逸闻轶事，是研究魏晋风流的极好史料。对于魏晋名士的种种活动如清谈、品题；种种性格特征如栖逸、任诞、简傲；种种人生的追求、嗜好等，都有生动的描写。据此可以了解那个时代上层社会的风尚。全书原 8 卷，刘孝标注本分为 10 卷，今传本皆作上、中、下三卷，每卷又分上下，分为德行、言语、政事、文学、方正、雅量等 36 门，共计 1131 条。

《世说新语》成书仅在晋亡之后十余年，编撰者对于魏晋特别是晋代的历史比较亲近、熟悉，所以魏晋时期的许多真实情况在书中都有所反映，正如刘叶秋先生所说："《世说新语》未可直以小说视之，其于魏晋社会政治、哲学、宗教、文学以及士人之生活风貌、心理状态莫不有真实的记录。"① 一方面，该书中的许多材料，其实来自《史记》《汉书》和《三国志》，而另一方面，它又被后世的史书广为采用，可以说它也是小说与史传互动的一个典型例子。

《世说新语》被唐人编修的《晋书》吸纳最多。当代学者高淑清对《晋书》采用《世说新语》的情况做过比较全面、深入的研究，其云："《晋书》共设十四个类传，其中十个类传采用了《世说新语》的条目。合而计之，列传共采入 130 人、307 条。采用《世说新语》的人数约占《晋书》列传所立人物的 17%。而且不只是一个人采用 1 条，有的传，一个人多至十余条。如《王戎传》采用 12 条、《顾恺之传》采用 11 条等。除列传外，《晋书》的帝纪部分又采入 3 人，5 条。列传与帝纪共采入 133 人，312 条。而今本《世说新语》所收共 1130 条本文，唐修《晋书》引用的 312 条，约占《世说新语》条目的 28%。"②

澳大利亚学者萧虹更认为，"《晋书》总共有 474 条轶事与《世说新语》的相似，占后者总数 1131 条的 41%"；"它意味着《世说新语》有近半的内容被唐代史家认定为确凿无疑的史实，即使他们并不是把这些事件从《世说新语》原封不动照搬下来"③。

高淑清说的是"采用"，萧虹说的是"相似"，两位学者的说法虽然不是一回事，但也都证明《晋书》取材《世说新语》之广、之多。一部小说被史书采用了数百条材料，这种情况可以说是空前绝后的。

前述《世说新语·排调篇》记干宝向刘惔出示《搜神记》，刘惔称其为"鬼之董狐"一事，后被《晋书·干宝传》所袭用，是其中一个著名例子，下面再看几例。

《新亭对泣》（言语三十一）：

> 过江诸人，每至美日，辄相邀新亭，藉卉饮宴。周侯中坐而

① 刘叶秋：《古典小说笔记论丛》，南开大学出版社 1985 年版，第 60 页。
② 高淑清：《〈晋书〉取材于〈世说新语〉之管见》，《社会科学战线》2001 年第 1 期。
③ 萧虹：《〈世说新语〉整体研究》，上海古籍出版社 2011 年版，第 231 页。

叹曰："风景不殊，正自有山河之异！"皆相视流泪。唯王丞相愀然变色曰："当共戮力王室，克复神州，何至作楚囚相对！"[1]

新亭，在今南京市的南面。晋室东渡后的一些名士，每遇好日子，就互相邀约，在新亭这个地方聚集，边赏花边饮酒。有一次，周侯（周颛）在中间坐着，叹道："风景跟往昔一样，可是江山却换了主人。"大家听了都相视流泪，只有丞相（王导）怒气豪迈，说："应当共同合力效忠朝廷，最终光复祖国，怎么可以哭哭啼啼，如同亡国奴一样呢！"过江诸人的亡国之痛和王导不甘做亡国奴的豪气，在此都得到很逼真、生动的表现，后以"新亭对泣"表怆怀故国之意。此篇被《晋书·王导传》（卷六十五）采用，文字基本相同：

> 过江人士，每至暇日，相邀出新亭饮宴。周颛中坐而叹曰："风景不殊，举目有江河之异。"皆相视流涕。惟导愀然变色曰："当共戮力王室，克复神州，何至作楚囚相对泣邪！"众收泪而谢之。[2]

再如《郗超举贤》（识鉴二十二）：

> 郗超与谢玄不善。苻坚将问晋鼎，既已狼噬梁、岐，又虎视淮阴矣。于时朝议遣玄北讨，人间颇有异同之论。唯超曰："是必济事。吾昔尝与共在桓宣武府，见使才皆尽，虽履屐之间，亦得其任。以此推之，容必能立勋。"元功既举，时人咸叹超之先觉，又重其不以爱憎匿善。[3]

郗超（336—378），字景兴，一字嘉宾，高平金乡（今山东）人，

---

① （南朝·宋）刘义庆：《世说新语》（第一册），（梁）刘孝标注，杨勇校笺，中华书局2006年版，第80页。
② （唐）房玄龄等：《晋书》，中华书局1974年版，第1747页。
③ （南朝·宋）刘义庆：《世说新语》（第二册），（梁）刘孝标注，杨勇校笺，中华书局2006年版，第363页。

东晋大臣，是东晋开国功臣郗鉴之孙，书圣王羲之的夫人是他的亲姑姑。郗超其人的特别之处，在于他的人品没法定性，难以把他归结为君子还是小人。他是介于君子与小人之间的第三类人，在他身上，高尚与卑劣、残忍与温情并存，让人又爱又恨。此条记他摒弃个人恩怨，力挺谢玄领衔北讨苻坚，谢玄果以"淝水之战"一战成名，功勋卓著，名垂青史。此处反映出郗超识人的慧眼，和识大体、顾大局，唯才是举的襟怀，表现他的正面品质和形象，令人称道。此条亦被《晋书·谢玄传》（卷七十九）采用。

《世说新语》"记言则玄远冷峻，记行则高简瑰奇"①，写人记事皆精妙绝伦，意蕴遥深，趣味无穷。《晋书》被后人认为是一部粗糙、谬误百出的史书，正是由于从《世说新语》吸取大量真实、生动的故事，才使得它的史实得到充实和丰富，文学性、趣味性和生动性也得到加强。如果没有《世说新语》史料的加入，它会更加不堪。由此可见，小说对于史著的反哺效果是显著的。

唐代以后，文言小说分为三支：一为笔记小说（包括志怪小说和纪实性的轶事小说）；二为内容无所不包的野史笔记；三为以"幻设"为主要特征的传奇小说。前两者被鲁迅统称为"杂俎"，体制与《西京杂记》和《世说新语》一脉相承，在性质上也"以备史官之阙"（李德裕《次柳氏旧闻序》），这些小说都或多或少为后世史家所采用。即使是纯粹"幻设"的传奇小说，也有被后世书收录的情况，如《谢小娥传》（李公佐）、《吴保安传》（牛肃）两篇，就被宋人修撰的《新唐书》分别收入《列女传》和《忠义传》。

但纵观整个古代小说发展的历史，以及小说与史书之间题材的互动，由史传进入小说的现象为常态，自始至终连绵不绝且丰富多彩；而由小说进入史传则显得逊色许多，除了《搜神记》《世说新语》两部魏晋六朝的志怪、志人代表作分别为《后汉书》《晋书》比较多地采用之外，其他小说和史著之间互动的规模、密度都不可与之并论。

---

① 鲁迅：《中国小说史略》，上海古籍出版社 1998 年版，第 38 页。

由此可见，小说对于史传的依赖程度，远比史传对小说的依赖程度高。这也恰恰表明，两者的地位、关系是不对等的，小说始终依傍着史传，充当史传附庸的角色。小说只有摆脱对史传的依赖，才能摆脱史传在精神上、体制上对自己的束缚，拥有一片真正属于自己的广阔天空。

第五章

史传与古代戏曲

从文体上来说，戏曲文本是一种代言体的文学形式；从表演上来说，它则是由文学、音乐、舞蹈、绘画、雕塑、表演等多种文艺形式组成的综合性艺术形式（京剧简化为唱、念、做、打的有机统一）。关于中国戏曲的形成时间，历来众说纷纭，有人认为戏曲形成于先秦；有人认为汉代的百戏便是戏曲艺术；有人认为唐代的参军戏可谓真正意义的戏曲；有人认为真正的戏曲始于宋元杂剧。

王国维的《宋元戏曲考》首次给戏曲艺术以科学定义："必合言语、动作、歌唱以演一故事。"按此定义，我国古代戏曲的成熟不会在宋元之前。

先秦的巫觋和优孟（楚之乐人）衣冠，只是歌舞、调谑，不演故事。如《诗经》里的"颂"，《楚辞》里的"九歌"，只是祭神时，巫觋合舞而歌的唱词。从春秋战国到汉代，在娱神的歌舞中逐渐演变出娱人的歌舞，但仍没有故事；"优"人的表演，只是调笑、取乐，没有具体的情节和明确的主题，也并非"演一故事"；汉代的百戏（即以竞技为主的"角抵"）虽有故事的成分，但演绎故事甚简，仍属于歌舞。所以先秦巫觋和优人的表演，以及汉代的百戏，只是孕育了戏曲的萌芽，还不是戏曲。

隋代水上表演的杂戏"水饰"，唐代以问答方式表演的"参军戏"和扮演生活小故事的歌舞"踏摇娘"等，或以歌舞为主，或以调谑为主，与代言体的综合艺术之间还有一段距离，正如王国维所说，唐五代以前的歌舞戏和参军戏，"或以歌舞为主，而失其自由；或演一事，而不能被以歌舞。其视南宋金元之戏剧，尚未可同日而语也"（《宋元戏曲史·上古至五代之戏剧》）。这些歌舞戏和参军戏可称是戏剧的雏形。

作为我国戏曲重要发展阶段的宋金杂剧，则在隋唐的歌舞戏、参军戏基础上，有了质的飞跃。宋杂剧产生于北宋的都城汴京（今河南开封），入金以后被称为"院本"。所谓院本，乃"行院之本"，即行院演出之底本，"行院"是艺人的别称。[1]"院本、杂剧，其实一也。"（陶宗仪《南村辍耕录·院本名目》）其体制与宋杂剧大体相同。宋金杂剧不再是一般意义的"杂戏"或"百戏"，而是歌舞戏、滑稽戏、说唱、杂艺等各种艺术形式及其戏剧元素的整合。正是因为多种形式、元素的整合，使得这种通俗的艺术形式脱颖而出，形成独立的艺术格局。宋金杂剧从乐曲、剧本结构到演出体制，都为元代杂剧打下了基础，它是元杂剧的早期形态。

大致在金章宗时期（1190—1208），宋金杂剧开始向成熟的戏曲转化，成熟、完备的戏曲形态步入文学的殿堂。由于北曲杂剧兴盛于元蒙灭金，入主中原以后，故通常被称为元杂剧，因为其中使用北曲歌唱、表演，亦有人称之为"元曲"。元杂剧具备了戏曲艺术的基本品质，有完整的剧本创作，从而成为有元"一代文学"：剧本中有言语（对白）、歌唱（唱词和曲目）和动作（提示），即如王国维所言："合言语、动作、歌唱以演一故事。"同时，杂剧演出有独立的专门场所——勾栏瓦舍，演出体制也日益完备。

在北曲杂剧形成的前后，浙江、福建一带，演唱故事的村坊小曲和里巷歌谣吸收唐宋大曲等戏曲和音乐的元素，也形成了南戏。南戏

---

① 参见卜键主编《元曲百科大辞典》，学苑出版社1992年版，第677页。

是"南曲戏文"的简称，它是具有南方特色的一种新兴的戏曲艺术形式，发祥地在浙江温州一带。南戏在体制上与北杂剧不同：它不受四折的限制，也不受一人唱到底的限制，有开场白交代情节，多是大团圆的结局；风格上大都比较缠绵，不像北杂剧那样慷慨激昂；在形式上比较自由，更便于表现生活。

南戏在南宋时就已经有了《赵贞女》《王魁》一类完整的剧目，同时出现了像九山书会、永嘉书会等专门从事剧本写作的组织，创作和演出都已经专业化和规模化。从现在能见到的南戏剧本《张协状元》看，这时南戏已把歌唱、表演、故事融为一体。南戏与北曲杂剧遥相呼应，标志着中国古代戏曲正式进入成熟的形态。

我国古代戏曲的流变，在史传中有不同程度的反映。在中国古代戏曲的形成、发展过程中，史传也担当了相当重要的角色。史传记载了蕴含戏曲萌芽的先秦巫觋歌舞、优孟衣冠一类的活动，以及汉代的百戏，反映了早期优伶的一些生活状态，为后世的戏曲创作、研究提供了珍贵的资料；史传的一些叙事手法、风格、思想观念也影响戏曲，其创作从中得到许多启发和营养；史传更是古代戏曲题材的重要宝库，后代许多戏曲的创作，都广泛吸收史传的素材，尤其是历史题材的剧目，更是直接取材于史传。因此，史传与古代戏曲之间的密切联系，也很值得研究。

第一节　史传中的倡优

虽然说，古代戏曲的完备、成熟在宋元时期，但其实艺人古而有之，史传有不少关于艺人的记载。

古代称以乐舞戏谑为业的艺人为俳优，又称倡优。《说文解字》："优，饶也，从人忧声；一曰倡也。"段玉裁注："倡者，乐也，谓作妓者，所谓俳优也。《左传》陈氏、鲍氏之圈人为优，《晋语》公之优曰施。"《说文解字》又云:"俳,戏也。从人,非声。"段玉裁注:"以其戏言之谓之'俳',以其音乐言之谓之'倡',亦谓之'优',其实一物也。""俳"字最初指滑稽戏、杂戏,后又指以演这种滑稽戏、杂戏为业的人,和"优"同义。一般而言,倡优指专事歌舞、演奏一类的艺人,俳优则指以诙谐嘲弄来逗人乐的一类。

古代又称乐人为"伶",据说此称乃取自黄帝时掌管宫中演奏的乐官伶伦之名。《国语·周语下》:"伶人告知。"韦昭注:"伶人,乐人也。"伶后又指演戏之人,如名伶、优伶等。孟浩然《教坊歌儿》诗:"去年西京寺,众伶集讲筵。"诗中之"伶",即指演戏艺人。

由此可见,古代的"优""倡""俳""伶"作为一种职业,其性质大体上是相通的,都是以音乐、舞蹈、杂技、耍笑等方式娱乐他人,从事这一类职业的人,都被称为"倡优""俳优""优伶"等。因此,在一般情况下,这三种称呼的含义是一致的。

在早期,作为给皇帝贵族、达官贵人提供消遣、娱乐的对象,倡优的社会地位非常低下。先秦时,犯罪的人往往被充作奴婢,而他们的子女则多被迫学习伎艺以充任优倡。另外,优倡队伍中也有许多侏儒、聋盲之人,一方面,是他们身体上的先天缺陷,使他们缺乏后天的劳动力,无法从事其他的职业,只好以鼓、吹、戏、乐为生;另一方面,他们生理上的缺陷,也是统治者逗笑、取乐之资。

春秋战国以后,礼乐崩坏,森严的等级制度有所动摇,蓄优伶自乐不再是统治阶级的专利,民间也有了以音乐、舞蹈、杂技、滑稽耍笑为谋生手段的职业优伶。而且由于伎艺的发展和谋生的促使,涌现出许多伎艺精湛的民间高手,如齐国高唐(今山东高唐)的绵驹,是春秋时期著名的民间歌唱家和舞蹈家,他伎艺高超,弟子众多,被后人奉为歌圣、"音神"。《孟子·告子》:"绵驹处于高唐而齐右善讴。"《乐府诗集》也云:"齐人绵驹居高唐,善歌,齐之右地亦传其业。"战国时期韩国(今河南新郑)的民间歌女韩娥,不但容貌美丽,而且嗓音优美,歌唱非常有感染力,是史上著名典故"余音绕梁"的当事者:"昔韩娥东之齐,匮粮,过雍门,鬻歌假食。既去而余音绕梁,三日不绝，左右以其人弗去。"（《列子·汤问》）战国时代秦国的秦青、薛谭等，也都是著名的民间歌唱家。

由于早期的史官主要记载君主身边的史事，"左史记言，右史记事"，所以不太关注民间艺人，因此，以上民间艺人其人其事，大多不被正统史传所载录，而主要在民间、后世的一些典籍中流传和保存。但他们的存在，客观上促进了民间文艺的发展，也促使优伶越来越职业化、社会化，音乐、舞蹈、杂技、耍笑等精神产品的生产和消费，也越来越大众化和世俗化，在社会日常生活中的影响日益增大。在这种情况下，优伶的地位有所提高，尤其是宫廷中的优伶，其活动或职能已经不再局限于调笑、娱乐，有些人在政治事务中，也发挥了独特而微妙的作用。这些都自然地引起史家的注意，于是在史传的叙事中，也时不时会见到部分倡优的身影。

一　史传中的宫廷名伶

宫廷名伶，主要是就其艺术上的造诣、影响而言，是指演艺业务上的出类拔萃者。春秋战国时期，各诸侯国都涌现出许多造诣深厚的宫廷优伶，他们以宫廷乐师的身份在活动。这些乐师因其高超的伎艺和良好的品格、职业操守，赢得了世人的尊崇，享有很高的声望，世人称之为"师"，如晋国的师旷、卫国的师涓、郑国的师文等，都是当时名闻遐迩的宫廷乐师。史传对这些著名优伶也有一些记载。

师旷，字子野，春秋末期晋国杨邑（今山西洪洞）人，主要活动在晋悼公、晋平公执政时期。在晋悼公初年担任过伶人的总管，后又被委以太宰之职。他是一位宫廷盲人乐师，故自称"盲臣""瞑臣"。师旷禀性刚烈正直，不趋炎附势，博学多才，善于辞令，尤精音乐；善弹琴，辨音力极强，艺术造诣很高，以"师旷之聪"闻名于世。据说，圣人孔子也曾经拜他为师学习乐律。

师旷在后世也有很高的知名度，很多典籍都提到师旷的名字和业绩，如《孟子·离娄》："师旷之聪，不以六律，不能正五音。"《淮南子·泛论训》："譬犹师旷之施瑟柱也，所推移上下者，无尺寸之度，而靡不中音。"在明清的琴谱中,《阳春》《白雪》《玄默》等曲目,都题为师旷所作。

师旷在音乐、政治两个领域都具有很高的才能和造诣,《左传》及后世的典籍中不乏这方面的记载。师旷通晓南北方的民歌和乐器调律,据说能以乐声呼风唤雨,甚至能以乐声破阵退敌。如"襄公十八年":

> 晋人闻有楚师,师旷曰:"不害。吾骤歌北风,又歌南风。南风不竞,多死声。楚必无功。"董叔曰:"天道多在西北,南师不时,必无功。"叔向曰:"在其君之德也。"①

鲁襄公十八年(前555),楚国进攻郑国,晋平公发兵援救郑国,强敌当前,师旷说:不要紧。我反复歌唱北方的曲调,又歌唱南方的曲调。南方的曲调没有力气,有许多象征死亡的声音,楚军一定无功而还。于是,师旷随军奏乐高歌,果然,晋军在雄壮、强劲的北风(乐)激励下,斗志昂扬,一往无前,而楚军闻到死气沉沉、了无生气的南风(乐),竟落荒而逃,大败而归。这就是成语"南风不竞"的出处,后人以之比喻竞争对手没有比拼能力。

其实,文末董叔说的"天道"、叔向说的"君德",即人心天意的归属、道义的比拼,这才是战争胜败的决定原因。凭音乐战胜强敌,此处的记载显然有夸张的成分。但音乐中包含道义、教化的因素,这些因素对人的作用是毋庸置疑的。积极、健康的音乐使人振奋、昂扬向上,反之,便使人颓废、消极沉沦。因此,去除神秘的成分,师旷以乐曲退敌,也有一定的合理和可信之处。《左传》的相关记载,应该说更偏重于写意,而不是写实,以此表明师旷在音乐上的造诣,不止于精通技巧,更难能可贵的是他深谙音乐的功能与奥妙,懂得音乐艺术对于人的精神、灵魂的作用,这是他区别于一般优伶的特别

---

① (清)洪亮吉:《春秋左传诂》,李解民点校,中华书局1987年版,第546—547页。

之处。

关于师旷神奇的音乐才能，《史记·乐书》也有所记载。晋平公会见卫灵公时，不听师旷的劝阻，执意要让卫国伶人师涓演奏商纣王的"亡国之声"，听完之后，意犹未尽，坚持让师旷演奏更悲切的乐曲，师旷不得不从命：

> 平公曰："音无此最悲乎？"师旷曰："有。"平公曰："可得闻乎？"师旷曰："君德义薄，不可以听之。"平公曰："寡人所好者音也，愿闻之。"师旷不得已，援琴而鼓之。一奏之，有玄鹤二八集乎廊门；再奏之，延颈而鸣，舒翼而舞。平公大喜，起而为师旷寿。反坐，问曰："音无此最悲乎？"师旷曰："有。昔者黄帝以大合鬼神，今君德义薄，不足以听之，听之将败。"平公曰："寡人老矣，所好者音也，愿遂闻之。"师旷不得已，援琴而鼓之。一奏之，有白云从西北起；再奏之，大风至而雨随之，飞廊瓦，左右皆奔走。平公恐惧，伏于廊屋之间。晋国大旱，赤地三年。听者或吉或凶。夫乐不可以妄兴也。①

悲切的乐曲非但不能使人快乐，反而会祸害国家，司马迁基本上也持相同的观点。但故事对于师旷的奏乐，做了非常神奇、夸张的描述：竟令玄鹤集乎廊门，载歌载舞；又使风起云涌，暴雨飞瓦。师旷伎艺之高超，本事之大，只能用"神"来形容。事实上，师旷在民间，的确已经被神化。

师旷虽然身为乐师，但他具有很高的政治素养，其政治业绩并不逊于音乐的成就。《左传》"襄公十四年"载，卫献公昏聩暴虐，被卫国老百姓驱逐，晋悼公认为卫国百姓犯上作乱，太过分了。而师旷却说，这恐怕是卫献公太过分了，老百姓才有此举：

> 师旷侍于晋侯。晋侯曰："卫人出其君，不亦甚乎？"对曰：

---

① （汉）司马迁：《史记》，中华书局1959年版，第1236页。

"或者其君实甚。良君将赏善而刑淫，养民如子，盖之如天，容之如地。民奉其君，爱之如父母，仰之如日月，敬之如神明，畏之如雷霆，其可出乎？夫君，神之主而民之望也。若困民之主，匮神乏祀，百姓绝望，社稷无主，将安用之？弗去何为？……"①

师旷认为，好的君主应该是奖励善良惩罚邪恶，爱护百姓如同儿女，庇护他们如同天一般高大有力，容纳他们如同地一般宽厚慈爱。而百姓拥戴他就好像父母，敬仰他就好像日月，崇拜他就好像神灵，畏惧他就好像雷霆，这样的君主，百姓怎会赶走他呢！君主就是主持祭神、给百姓带来希望的，如果君主昏庸暴虐，样样匮乏而令老百姓绝望，为什么不把他赶走呢！师旷在此论述了为君之道、君民之间的互动，大胆提出老百姓有选择君主的权利，表现出浓厚的民本思想和情怀。齐景公也曾向师旷问政，师旷提出"君必惠民"的主张，这与上述的观点相一致。这些都表明，师旷确非一个一般的伶人，反倒更像一个思想家和政治家。他在历史上的影响，已经远远超出了音乐和娱乐。

春秋时期的另一名宫廷名伶师涓，是卫国人，活动于卫灵公在位时期，以善弹琴著称。

东晋王嘉《拾遗记》载，师涓"能写列代之乐，善造新曲，以代古声，故有四时之乐。春有《离鸿》《去雁》《应苹》之歌；夏有《明晨》《焦泉》《朱华》《流金》之调；秋有《商飚》《白云》《落叶》《吹蓬》之曲；冬有《凝河》《流阴》《沉云》之操。此四时之声，奏于灵公，公沉湎心惑，忘于政事"②。

由此可见，师涓的创作是很丰富的。但其所作，令卫灵公"沉湎心惑，忘于政事"。大臣蘧伯玉劝谏卫灵公说，师涓献给你的乐曲，都是一些靡靡之音，不合风雅。这些乐曲只能使人沉溺于安逸享乐，

---

① （清）洪亮吉：《春秋左传诂》，李解民点校，中华书局 1987 年版，第 535 页。
② （晋）王嘉：《拾遗记》，（梁）萧绮录，齐治平校注，中华书局 1981 年版，第82 页。

消磨意志，不能催人奋发向上，有所作为。如果大王允许他继续这样演奏下去，必将于国家、朝廷有害无益。卫灵公从谏如流，于是停止歌舞而亲政务，从而得到老百姓的赞扬。师涓也很后悔自己的乐曲有违雅正的精神，失却为臣之道，从此退而隐迹。

师涓听力非凡，能听别人所不能听的声音；记忆力也超强，对于乐曲可以过耳不忘。《韩非子·十过》载，师涓随卫灵公出访晋国，到了濮水边上一个叫桑间的地方住了下来。夜半时分，卫灵公仿佛听到濮水上有人弹琴，琴声时隐时现，但左右侍从个个都说没有听见。灵公命人把师涓找来，师涓在琴桌旁坐下，整夜伏耳静听，果得一"新曲"：

> 卫灵公将之晋，至濮水之上，税车而放马，设舍以宿。夜分，而闻鼓新声者而说之。使人问左右，尽报弗闻。乃召师涓而告之，曰："有鼓新声者，使人问左右，尽报弗闻。其状似鬼神，子为我听而写之。"师涓曰："诺。"因静坐抚琴而写之。师涓明日报曰："臣得之矣，而未习也，请复一宿习之。"灵公曰："诺。"因复留宿。明日而习之，遂去之晋。晋平公觞之于施夷之台。酒酣，灵公起，曰："有新声，愿请以示。"平公曰："善。"乃召师涓，令坐师旷之旁，援琴鼓之。[1]

师涓听到并记下的这个"新声"，就是被师旷称为"亡国之音"并欲制止演奏的曲子。该曲其实是由纣王的乐官师延所作，是在纣王时代流行的"靡靡之音"。纣王整日耽于歌舞酒色，不问政事，导致亡国身死，被天下人耻笑，师延也抱着琴逃到濮水边上，最终投河自杀。师涓和卫灵公在濮水边上听到的这个乐曲，或为师延的鬼魂所演奏，所以作为凡人的一众侍从皆无从听闻。

这个故事也被《史记·乐书》所载录。司马迁与韩非子一样，批

---

① （清）王先慎：《韩非子集解》，中华书局 1998 年版，第 62—63 页。

判靡靡之音祸国殃民的思想、意图是很明显的。但其中也反映了师涓的天赋异禀和非凡的音乐才能。他能听见鬼神的乐声，而且完整地记录，仅用一宿的练习，即可完美地演奏，这不仅需要天赋、才能，还需要专注和毅力。这正是他在音乐上有突出造诣的基本条件。

总而言之，师涓是一个纯娱乐性的宫廷名伶，他有非凡的音乐才能，但比较片面地追求音乐的娱乐性、艺术性，不太注重音乐的思想性，政治、教化的意识都不强，其人其曲的格调、境界都不能与师旷比肩，在历史上的影响也不能相提并论。

师襄，是春秋时鲁国的乐官，善弹琴、击磬。他的音乐才华出众，造诣很高，在当时名气很大，所以许多名人都愿拜他为师学艺。《史记·孔子世家》载孔子曾跟他学琴：

> 孔子学鼓琴师襄子，十日不进。师襄子曰："可以益矣。"孔子曰："丘已习其曲矣，未得其数也。"有间，曰："已习其数，可以益矣。"孔子曰："丘未得其志也。"有间，曰："已习其志，可以益矣。"孔子曰："丘未得其为人也。"有间，有所穆然深思焉，有所怡然高望而远志焉。曰："丘得其为人，黯然而黑，几然而长，眼如望羊，如王四国，非文王其谁能为此也！"师襄子辟席再拜，曰："师盖云《文王操》也。"[1]

郑国著名的宫廷乐师师文，也是师襄的学生。据《列子·汤问》记载，师文初学琴时，师襄手把手地教他调弦定音，可是他学了三年，竟然无法弹奏成一个完整的乐章：

> 郑师文……从师襄游。柱指钩弦，三年不成章。师襄曰："子可以归矣。"师文舍其琴，叹曰："文非弦之不能钩，非章之不能成。文所存者不在弦，所志者不在声。内不得于心，外不应于器，故不敢发手而动弦。且小假之，以观其所。"无几何，复

---

① （汉）司马迁：《史记》，中华书局1959年版，第1925页。

见师襄。师襄曰："子之琴何如?"师文曰:"得之矣。请尝试
之。"于是当春而叩商弦以召南吕,凉风忽至,草木成实。及秋
而叩角弦以激夹钟,温风徐回,草木发荣。当夏而叩羽弦以召黄
钟,霜雪交下,川池暴沍。及冬而叩徵弦以激蕤宾,阳光炽烈,
坚冰立散。将终,命宫而总四弦,则景风翔,庆云浮,甘露降,
澧泉涌。师襄乃抚心高蹈曰:"微矣,子之弹也!虽师旷之清角,
邹衍之吹律,亡以加之。彼将挟琴执管,而从子之后耳。"①

孔子和师文,师襄的这两个学生,对音乐都非常痴迷,自我要求
很严格,艺术上的追求很执着,目标、志向高得出乎老师意料。两人
的学艺过程,可以说是殊途而同归。

在师襄看来,孔子悟性很高,技巧的掌握进步神速,因而常催着
师襄为其加练新的曲目。但孔子学艺在乎精而不在乎多,他专注于
《文王操》一个曲目的学习、钻研,全情投入,从弹奏的技巧到领会
作品的内涵,进而深入曲作者的内心世界,揣摩他的创作意图,体验
作者的伟大胸襟和深厚思想感情,一步一步地循序渐进,渐入佳境,
从而全面、深刻地领略到艺术的精髓。

而三年弹不成一个完整乐章的师文,师襄误以为他没有悟性,甚
至要求他退学。其实,师文是对艺术有深深的敬畏感,对于学习非常
虔诚和惶恐,认真、严格得近乎苛刻,所以在短期内未能显示出学习
的效果。但假以时日,他的伎艺便突飞猛进,对于乐曲的弹奏简直出
神入化,到了炉火纯青的地步,连师襄也自叹不如。

作为一名宫廷名伶,在先唐史传中,关于师襄的记载,更多地在
他的音乐教育上面。作为一名乐师,教育、培养出了孔子、师文这样
杰出的学生,也足以令他引以为傲,名垂千秋万世。

钟仪,春秋时楚国人,世代都是宫廷琴师。楚、郑交战的时候,
钟仪被郑国所俘虏,后献给了晋国。晋景公到军中视察,发现了这个

---

① 杨伯峻:《列子集解》,中华书局1979年版,第175—177页。

特殊的囚徒，于是给他一张琴，命他演奏，其所弹奏的都是南方楚国的曲调。晋侯被他不凡的音乐才华所折服，也被他高尚的精神、情操所感动。为了促进晋楚两国的和平关系，晋侯就把钟仪送回了楚国。《左传》"成公九年"对此有记载：

> 晋侯观于军府，见钟仪，问之曰："南冠而絷者，谁也？"有司对曰："郑人所献楚囚也。"使税之，召而吊之。再拜稽首。问其族，对曰："伶人也。"公曰："能乐乎？"对曰："先父之职官也，敢有二事？"使与之琴，操南音。公曰："君王何如？"对曰："非小人之所得知也。"固问之，对曰："其为大子也，师保奉之，以朝于婴齐而夕于侧也。不知其他。"公语范文子，文子曰："楚囚，君子也。言称先职，不背本也。乐操土风，不忘旧也。称大子，抑无私也。名其二卿，尊君也。不背本，仁也。不忘旧，信也。无私，忠也。尊君，敏也。仁以接事，信以守之，忠以成之，敏以行之。事虽大，必济。君盍归之，使合晋、楚之成。"公从之，重为之礼，使归求成。[①]

作为一个俘虏、囚徒，钟仪在晋侯面前不卑不亢，举止从容得体。先是坦诚交代自己的身世（乐官世家），表示对子承父业的执着和忠诚；接着为晋侯即席演奏乡土南音；最后很诚恳、得体地回答景公关于楚君的提问。范文子认为钟仪是个君子：举称先人的职官，不背弃根本，这是仁；演奏本乡本土的乐调，不忘故国，这是信；举出楚君做太子时的谦虚、敬业，没有阿谀之心，这是忠；直呼二卿（婴齐、侧）的名字，尊重国君，这是敏。忠、信、仁、敏皆备，这样的人是可以成大事的。于是范文子竭力劝说景公放钟仪回去，以促成晋楚两国的友好邦交，景公欣然同意。

钟仪由一个宫廷乐师不幸成为俘虏、囚徒，身份卑微，处境艰

---

① （清）洪亮吉：《春秋左传诂》，李解民点校，中华书局 1987 年版，第 459—460 页。

难，但他不忘根本，不卑躬屈膝或丧失人格尊严、失守道德人伦的底线，坚持为人处世之道，可谓德艺双馨，值得后人称道。

类似上述的宫廷名伶，在史传中还有不少。戏曲的基础在于音乐，其萌芽出自早期的乐舞，这些宫廷名伶，以其对于音乐、歌舞的创作、表演、研究及教育和培养乐舞人才，或直接或间接地影响后世的戏曲，在古代戏曲史上，留下了他们辛勤耕耘的印迹，也留下一笔笔珍贵的财富。他们的作品乃至人品、艺品，深深影响着后世一代代的伶人。

二　史传中的劝谏优伶

早期的优伶在历史叙事中，最突出、最著名的事迹莫过于"优谏"。所谓优谏，是指古代优伶以独特的方式来劝谏君主，干预朝政，影响君主的施政。

在春秋战国时期，由于优伶是调笑、娱乐之人，人们都把他们的言论当成"戏言"，所以当时宫廷上有一个约定俗成的规矩，就是对于优伶的言语不会太过当真，对其失当的言行也不必认真追究。《国语·晋语二》："优施曰：'我优也，言无邮。'"韦昭注："邮，过也。""邮"为"尤"的假借字，指罪过。优施，晋献公的宠优，他讲的意思是：我是优伶，无论怎么说话、说些什么都是无罪的。由于这种原因，宫廷中一些有政治意识的优伶，常常借助自己特殊的身份，将要劝谏的内容，巧妙地隐藏在诙谐的语言、机智的谈锋之中，对君主或达官贵人进行劝谏，这就形成了中国古代一种非常独特的优谏传统。

司马迁是最早在正史中为优伶树碑立传的人，《史记·滑稽列传》载录了一批史上著名的滑稽调笑之士，其中就包括劝谏优伶，如春秋时代的优孟，秦始皇时代的优旃，汉武帝时期的郭舍人、东方朔等。《滑稽列传》甫一开篇即云："孔子曰：'六艺于治一也。《礼》以节人，《乐》以发和，《书》以道事，《诗》以达意，《易》以神化，《春秋》以义。'太史公曰：'天道恢恢，岂不大哉！谈言微中，亦可以解纷。'"认为滑稽调笑之士的言行也符合天道，将其作用与"六艺"相提并论。之后，太史公又云："优孟摇头而歌，负薪者以封；优旃临槛疾呼，陛楯得以半更。岂不亦伟哉！"对劝谏优伶毫不吝啬赞美之词。

的确，劝谏优伶机智聪敏，能言善辩，善于缘理设喻，察情取譬，借事托讽。他们借助自己身份的独特优势，不拘常礼，不轨常规，常常正话反说，若正若反，嬉笑怒骂，滑稽诙谐，寓庄于谐，以异乎寻常的方式、言辞对君主进行劝谏，收到一般臣僚的劝谏无法达到的奇效，从而成就一段段历史上的美谈。

古代最著名的优谏事件，出自春秋时期楚国的优孟。优孟是楚庄王的乐臣，身长八尺，以诙谐多智、口才雄辩闻名，常以谈笑讽谏楚庄王。《史记·滑稽列传》载有两则他讽谏楚庄王的故事，其一是"优孟谏马"，其二是"优孟衣冠"，两则优谏故事在史上都堪称佳话。

"优孟谏马"是说楚庄王有一匹爱马，给它配上了漂亮的马鞍，建造华丽的马厩，为它特制一副辒车状的卧床，喂食优质的枣脯，结果马由于太肥而病死了。庄王非常伤心，欲以大夫的规格厚葬之。群臣纷纷劝谏庄王，庄王大怒，声称："有谁敢以马谏者，罪至死！"在群臣噤若寒蝉之际，优孟登台：

> 楚庄王之时，有所爱马，衣以文绣，置之华屋之下，席以露床，啖以枣脯。马病肥死，使群臣丧之，欲以棺椁大夫礼葬之。左右争之，以为不可。王下令曰："有敢以马谏者，罪至死。"优孟闻之，入殿门，仰天大哭。王惊而问其故。优孟曰："马者王之所爱也。以楚国堂堂之大，何求不得，而以大夫礼葬之，薄，请以人君礼葬之。"王曰："何如？"对曰："臣请以雕玉为棺，文梓为椁，楩枫豫章为题凑，发甲卒为穿圹，老弱负土，齐、赵陪位于前，韩、魏翼卫其后，庙食太牢，奉以万户之邑。诸侯闻之，皆知大王贱人而贵马也。"王曰："寡人之过一至于此乎！为之奈何？"优孟曰："请为大王六畜葬之，以垅灶为椁，铜历为棺，赍以姜枣，荐以木兰，祭以粳稻，衣以火光，葬之于人腹

肠。"于是王乃使以马属太官，无令天下久闻也。①

　　优孟仰天大哭，一副悲伤欲绝状。庄王问其何故，优孟说，我是为大王的马而哭。这匹马既然是大王的心肝宝贝，凭我堂堂楚国，想要什么而得不到呢！想要如何办而做不成呢！仅仅以大夫之礼埋葬它，规格也太低了。我想劝大王以人君的规格来安葬它，但又怕大王不肯接受，所以唯有痛哭。

　　楚庄王给爱马以大夫的待遇，以大夫的礼节来埋葬一匹马，这本身就是一个很荒唐的举动。优孟顺着庄王的思路，建议以人君的礼制规格来葬马，故意把庄王的荒唐举动进一步放大，更加凸显"贱人而贵马"的不近情理和不合时宜，这才使庄王意识到自己的错误和荒谬。优孟正话反说，假悲真怒，假哭真谏，表演逼真，言辞生动，诙谐当中透出机智，令人捧腹。

　　"优孟衣冠"的故事是说，楚相孙叔敖一生廉洁奉公，为国家尽心尽力，辅佐楚庄王成就霸业，但死后其儿子穷困潦倒，生活无着，楚庄王却不管不顾。优孟从衣着、举止、神态都模仿孙叔敖，逼真的程度简直就是孙叔敖复活。楚庄王感念孙叔敖的旧情，欲以优孟为相，优孟以孙叔敖身为楚相，但人一走，茶就凉，身后儿子生活无着为由而坚决拒绝。庄王觉察到自己不体恤下属的错误，马上封了土地给孙叔敖的儿子，用以供奉祭祀孙叔敖：

　　　　楚相孙叔敖……病且死，属其子曰："我死，汝必贫困。若往见优孟，言'我孙敖之子也'。"居数年，其子穷困负薪，逢优孟，与言曰："我，孙叔敖子也。父且死时，属我贫困往见优孟。"优孟曰："若无远有所之。"即为孙叔敖衣冠，抵掌谈语。岁余，像孙叔敖，楚王及左右不能别也。庄王置酒，优孟前为寿。庄王大惊，以为孙叔敖复生也，欲以为相。优孟曰："请归

───────────

① （汉）司马迁：《史记》，中华书局1959年版，第3200页。

与妇计之，三日而为相。"庄王许之。

三日后，优孟复来。王曰："妇言谓何？"孟曰："妇言慎无为，楚相不足为也。如孙叔敖之为楚相，尽忠为廉以治楚，楚王得以霸。今死，其子无立锥之地，贫困负薪以自饮食。必如孙叔敖，不如自杀。"因歌曰："山居耕田苦，难以得食。起而为吏，身贪鄙者余财，不顾耻辱。身死家室富，又恐受赇枉法，为奸触大罪，身死而家灭。贪吏安可为也！念为廉吏，奉法守职，竟死不敢为非。廉吏安可为也！楚相孙叔敖持廉至死，方今妻子穷困，负薪而食，不足为也！"于是庄王谢优孟，乃召孙叔敖子，封之寝丘四百户，以奉其祀。后十世不绝。①

这个故事和前面的"谏马"故事一样，优孟的举动都有表演的成分，但此"衣冠"故事更具有代言性和戏剧性。

优孟的表演其实可分为两个段落：第一个段落是模仿孙叔敖，在这个过程中，他不再是以自己的身份、面目来活动，而是以孙叔敖这一特定、具体的对象来活动，其言谈举止便有了代言的性质，表演的内容是生活情景，即孙叔敖生前情景的再现，使人物有了舞台形象的特征和意味。正是由于优孟表演得精湛、逼真，才勾起庄王对孙叔敖旧情的感念，面对犹如孙叔敖复生的优孟，令他萌生加封对方为相的想法。

第二个段落仍然是代言，这次是优孟以自己的身份为妻子代言。他虚拟妻子的言语，来数落楚相的"不足为"和"不敢为"，委婉、曲折地对庄王的行为提出了批评。如果说前一阶段是以形象直接代言，那么后一阶段则是以假托间接代言，假借妻子的名义说出自己欲表达的意思。之后还附上一大段的唱词，以犹如旁白的形式申明自己的观点，强化思想感情。

两个段落互相衔接，互相配合，形成了一个完整的演出过程或体

---

① （汉）司马迁：《史记》，中华书局 1959 年版，第 3201—3202 页。

制。这显然是优孟经过精心策划，自编、自演的结果。优孟把宫廷交际圈当成一个舞台，以代言对象（而不是自己）的角色、身份示人，整个过程有形象、情节、言辞（唱词）和动作，已经初显戏曲的特征和意味，演出也收到了很好的效果，达到了预期的目的。应该说，这是戏曲萌芽时期的一个突出案例。

明代胡应麟云："优令戏文，自优孟抵掌孙叔，实始滥觞。汉宦者传，脂粉侍中，亦后世装旦之渐也。魏陈思傅粉墨，椎髻胡舞，诵俳优小说，虽假以逞其豪俊爽迈之气，然当时优家者流，妆束因可概见。而后世所为副净者，有自来矣。唐制如《霓裳》等舞，度数至多，而名号妆束，不可深考。《乐府杂录》：'开元中，黄幡绰、张野狐善弄参军。'参军即后世副净也。'范传康、上官唐卿、吕敬迁三人善弄假妇人。'假妇人即后世装旦也。至后唐庄宗，自傅粉墨，称李天下，大率与近世同，特所搬演，多是杂剧短套，非必如近日戏文也。"①

胡应麟对戏曲起源和发展问题的探讨，着眼于戏曲整体的"登场搬演"，认为戏曲起源于古代俳优的谈谐和模拟（扮演）、"妆束"，这种观点未必正确，但他认为优孟模拟孙叔敖，是伶人扮演、模仿之滥觞，却是值得肯定的。"优孟衣冠"确实开了古代人物登场扮演的先河，虽然没有正式的剧场，但优孟为别人代言、模仿别人而不是自己来行动，确实是在"扮演"。作为古代戏曲要素之一的歌舞，在战国时代的楚国就已经相当发达，当时流传于楚国的"九歌"，就是巫觋在祭神场合表演的歌舞，其中已有一些迎送的情节或意味，闻一多称之为"雏形的歌舞剧"②。从以歌舞娱神、乐神的巫歌巫舞到"优孟衣冠"，实现了由祀神歌舞向人物（角色）模仿（扮演）的跨越，催生了古代戏剧的萌芽，在古代戏曲史上有重要意义。

优旃是一名侏儒倡人，先后活动于秦始皇、秦二世两代：

---

① （明）胡应麟：《少室山房曲考》，程炳达、王卫民《中国历代曲论释评》，民族出版社 2000 年版，第 166 页。
② 闻一多：《什么是九歌》，《神话和诗》，华东师范大学出版社 1997 年版，第 139 页。

优旃者，秦倡侏儒也。善为笑言，然合于大道。秦始皇时，置酒而天雨，陛楯者皆沾寒。优旃见而哀之，谓之曰："汝欲休乎？"陛楯者皆曰："幸甚。"优旃曰："我即呼汝，汝疾呼应诺。"居有顷，殿上上寿呼万岁。优旃临槛大呼曰："陛楯郎！"郎曰："诺！"优旃曰："如虽长，何益，幸雨立。我虽短也，幸休居。"于是始皇使陛楯者得半相代。始皇尝议欲大苑囿，东至函谷关，西至雍、陈仓。优旃曰："善，多纵禽兽于其中，寇从东来，令麋鹿触之足矣。"始皇以故辍止。二世立，又欲漆其城。优旃曰："善。主上虽无言，臣固将请之。漆城虽于百姓愁费，然佳哉！漆城荡荡，寇来不能上。即欲就之，易为漆耳，顾难为荫室。"于是二世笑之，以其故止。居无何，二世杀死，优旃归汉，数年而卒。[①]

优旃以调笑的方式，先是劝谏秦始皇体恤下属，减撤寒雨中站岗值勤的人员，又劝其放弃劳民伤财、扩大苑囿的计划；后是阻止秦二世以油漆涂城墙的荒唐举动。优旃劝谏的性质、效果与优孟谏马、优孟衣冠类似，诙谐有趣，令人捧腹，但其劝谏仅限于语言，动作性不强，代言性更不曾有，所以其表演性、戏剧性均不及优孟的劝谏故事。

上述几例是优伶劝谏成功的个案，但史上也不乏失败的个案。事实上，优伶劝谏的成败，既与优伶劝谏艺术、手段的高下，以及掌握的时机有关，亦与君主的气度和见识相连。

《国语·周语下》中记载周天子的乐官伶州鸠谏阻周景王铸无射（我国古代十二音律之一）乐钟，便是一个失败的例子。事件的原委是这样的：周景王为了享乐，欲铸造巨型的无射乐钟，单穆公劝谏说，眼下民生凋敝，国家资用不足，还是不要搞这些劳民伤财的事项为好。周景王不听，再问伶州鸠，伶州鸠借助"五音和谐"之说来比喻施政，劝谏周景王息民保政，让这项于民生无益的工程"下马"。

---

① （汉）司马迁：《史记》，中华书局 1959 年版，第 3202—3203 页。

但周景王不听劝谏，一意孤行，终于铸成了大钟：

二十三年，王将铸无射，而为之大林。单穆公曰："不可……"王弗听，问之伶州鸠，对曰："臣之守官弗及也。臣闻之，琴瑟尚宫，钟尚羽，石尚角，匏竹利制，大不逾宫，细不过羽。夫宫，音之主也。第以及羽，圣人保乐而爱财，财以备器，乐以殖财。故乐器重者从细，轻者从大。是以金尚羽，石尚角，瓦丝尚宫，匏竹尚议，革木一声。夫政象乐，乐从和，和从平。声以和乐，律以平声。金石以动之，丝竹以行之，诗以道之，歌以咏之，匏以宣之，瓦以赞之，革木以节之，物得其常曰乐极，极之所集曰声，声应相保曰和，细大不逾曰平。如是，而铸之金，磨之石，系之丝木，越之匏竹，节之鼓而行之，以遂八风。于是乎气无滞阴，亦无散阳，阴阳序次，风雨时至，嘉生繁祉，人民和利，物备而乐成，上下不罢，故曰乐正。今细过其主妨于正，用物过度妨于财，正害财匮妨于乐，细抑大陵，不容于耳，非和也。听声越远，非平也。妨正匮财，声不和平，非宗官之所司也。夫有和平之声，则有蕃殖之财。于是乎道之以中德，咏之以中音，德音不愆，以合神人，神是以宁，民是以听。若夫匮财用，罢民力，以逞淫心，听之不和，比之不度，无益于教，而离民怒神，非臣之所闻也。"王不听，卒铸大钟。

二十四年，钟成，伶人告和。王谓伶州鸠曰："钟果和矣。"对曰："未可知也。"王曰："何故？"对曰："上作器，民备乐之，则为和。今财亡民罢，莫不怨恨，臣不知其和也。且民所曹好，鲜其不济也。其所曹恶，鲜其不废也。故谚曰：'众心成城，众口铄金。'三年之中，而害金再兴焉，惧一之废也。"王曰："尔老耄矣！何知？"

二十五年，王崩，钟不和。①

──────────
①　上海师范大学古籍整理组校点：《国语》，上海古籍出版社1978年版，第122—131页。

《左传》"昭公二十一年"也记载了这个事件，表达的意思与《国语》相近，但记载比较简略。

伶州鸠指出，君王制作乐器，百姓非常高兴，这才是和谐，而花费了大量的财物令民众疲惫，从而心生怨恨，就不是和谐。百姓喜欢的事情，很少有不成功的；百姓都厌恶的事情，很少有不失败的。果然，大钟铸成的第二年，景王便死去，大钟原本所谓"和谐"的乐声也确实变得不和谐了。

优州鸠所言，不仅仅是一篇劝谏的文字，而且还是一篇比较高深的音乐专论。伶州鸠除了阐述音乐和政治、民生、道德的关系之外，还从专业角度，向周景王阐释了深奥的乐律理论、乐律与天象四时的关系等。伶州鸠的劝谏之所以没有成功，除了周景王心态、取向和识见的原因之外，恐怕也与他劝谏的方式、风格有关。他的理论艰深晦涩，一般人都听得云里雾里，对周景王来说，无异于对牛弹琴。虽然他侃侃而谈，但不仅不诙谐、风趣，反而冗长、沉闷，而且只顾自说自话，旁若无人，丝毫没有照顾到对方的心理、情绪，这和优孟的劝谏形成鲜明的对照。因此，从优伶表演的角度来看，这么沉闷、乏味、不在乎观众（听众）反应的长篇"独白"，实在是乏善可陈，这样，其劝谏失败也就不难理解了。尽管如此，优州鸠敢于犯颜直谏，也充分表现了一个优伶的正直、良知和勇气，这种品格和精神，还是难能可贵，值得肯定的。

优州鸠关于"五音和谐"与政通关系的论述，类似的观点也常见诸先秦诸子如孟子、荀子等人的文字，实属先贤哲人、学界精英的言论。因此，有后世者怀疑《国语》此载的真实性，认为作为一个优伶、乐工，优州鸠不可能有这样缜密的语言和长篇大论，这恐怕是《国语》作者的借题发挥；① 亦有学者怀疑伶州鸠语中的天象资料是晚出的伪史料，大率出于后世兵家言，并非周初原始观测的记录。② 这

---

① 参见刘兆祥《先秦野史》，海潮出版社 2012 年版，第 296 页。
② 参见张富祥《〈国语·周语下〉伶州鸠语中的天象资料辨伪》，《青岛大学学报》2005 年第 5 期。

些问题都值得我们去进一步深入思考和探讨。

由上可知，优伶劝谏，是与君主的昏庸、腐败、荒唐相联系的。这种现象的出现，在一定程度上反映了君主专制，臣民言路不通、民意不达的政治现实。在这种情况下，部分优伶"不务正业"，偶尔介入某种政治事务，也偶有积极的成果。虽然这种政治介入是浅层次的，对于改变这种专制、腐败的政治现实，影响历史的格局和进程，作用微不足道，但也颇有政治润滑剂的意味，在一定程度上缓和了一些矛盾和冲突。由于优谏的过程，是优伶与君主间的互动，优伶和君主的特殊身份，游戏般的劝谏方式，君主被"戏弄"的过程，之后无奈"就范"的结局，都充满戏剧性和喜剧精神，因此在历史上为人们津津乐道。

上述优孟、优旃等优伶，其劝谏的言行符合"大道"，阻止了君主各种不当、不智的行为，避免或减少了许多荒唐可笑的历史闹剧，毫无疑问具有积极、正面的意义。这些劝谏优伶的故事，除了让时人、后人领略到优伶的机智、诙谐，看清楚统治者的愚昧、荒唐本质之外，还对后世戏曲产生了深刻的影响。后代戏曲中的插科打诨一类滑稽表演，其源头之一便是劝谏优伶的这种方式、言行。

后代戏曲或为调节气氛，增加趣味；或为吸引、集中观众的注意力，演出当中多间杂有滑稽表演，即所谓"打诨"，又称"插科打诨""撒科打诨""打诨发科"……"滑稽表演，可追溯到先秦优孟等艺人的时期。唐代参军戏也以滑稽为特色，宋杂剧亦如此。……打诨的对话和表演，实际上已是演员演技的一个重要方面。"① 这表明，插科打诨乃后代戏曲表演中重要的组成部分，而早期劝谏优伶的滑稽举动和劝谏方式，可谓开了后代戏曲中这一类表演的先河，因而劝谏优伶的行为方式，在古代戏曲史上有其独特而重要的意义。

---

① 卜键主编：《元曲百科大辞典》，学苑出版社 1992 年版，第 695 页。

三 史传中的干政优伶

春秋战国时期，统治集团内部矛盾重重，政治秩序相当混乱，利益冲突不断，宫廷斗争异常激烈。为了争权夺利，各个利益集团的手段、花样层出不穷，优伶也被派上了用场。一些人利用优伶的特殊身份及其活动于王亲国戚、达官贵人身边的有利条件，使之进行一些拉拢、串通、游说、撮合之类的政治活动，服务于自己的政治目的，这就出现了干政优伶。

干政优伶与劝谏优伶既有相同之处，也有本质的差异。首先是两者的行为都关乎政治，但比之于劝谏优伶，干政优伶对于政治事务的介入，层次更深，由于干政优伶的介入，从而影响朝廷决策、时局走势甚至宫廷权力变更的现象在史上时有发生。

其次是劝谏优伶多出自公心，立足于国家利益，言行更具正面价值，而干政优伶则有更具体、固定的政治主子或利益相关者，效力特定的政治小圈子，追名逐利的个人目的性更强。干政优伶其实已沦为了部分权贵的私人鹰犬，政治斗争、宫廷阴谋的一种特殊工具。

最后是劝谏优伶多属品性刚直、自尊自爱之士，而干政优伶多是品行不端、利欲熏心、阿谀奉承之徒。

史上最著名的优伶干政故事，发生在春秋时期的晋国。事件中的优施是晋国伶人，深得晋献公的宠爱，后与献公夫人骊姬私通，从而成为她的心腹和政治上的同盟。骊姬是晋献公讨伐骊戎（古族，在今陕西临潼一带）时俘获的美姬，献公不顾众人的反对续立为夫人。她想让自己的亲子奚齐取代太子申生，便与优施勾结，实施她的政变阴谋。优施为骊姬出谋划策，先谗害申生及公子重耳、夷吾等，后又在宴会中且歌且舞，暗示和威逼大夫里克依从骊姬。《左传》"僖公四年"只记载了这个事件的前半截（骊姬谗害申生），但未涉及优施，《国语·晋语二》则对此事件的记载更为完整，且突出了优施在事件中的作用：

　　骊姬告优施曰："君既许我杀太子而立奚齐矣，吾难里克，奈何！"优施曰："吾来里克，一日而已。子为我具特羊之飨，吾以从之饮酒。我优也，言无邮。"骊姬许诺乃具，使优施饮里克酒。中饮，优施起舞，谓里克妻曰："主孟啖我，我教兹暇豫事君。"乃歌曰："暇豫之吾吾，不如鸟乌。人皆集于苑，己独集于枯。"里克笑曰："何谓苑？何谓枯？"优施曰："其母为夫人，其子为君，可不谓苑乎？其母既死，其子又有谤，可不谓枯乎？枯且有伤。"

　　优施出，里克辟莫，不飧而寝。夜半，召优施，曰："曩而言戏乎？抑有所闻之乎？"曰："然。君既许骊姬杀太子而立奚齐，谋既成矣。"里克曰："吾秉君以杀太子，吾不忍。通复故交，吾不敢。中立其免乎？"优施曰："免。"①

　　里克是晋国大夫，又是太子申生的老师，在当时也是一个位高权重，说话颇有分量的人物。虽然骊姬摆平了年老昏庸的晋献公，同意废太子申生以立奚齐，但认为里克很难对付，很担心过不了他这关。优施献计说，你为我准备丰盛的酒菜，我去请里克喝酒（以游说他妥协），我有信心立马使他就范。我是个戏子，即使话说错了、说过头了也没有关系。

　　于是优施在里克府上，陪其夫妇喝酒。喝到半醉时，优施起身跳舞，边舞边唱道："一心想侍奉好国君啊，却不知如何才能愉快而且闲适。这个人真是笨啊，他还不及鸟雀乌鸦聪明。别人都争先恐后往草木丰盛的地方去了，他却独自留恋那枯朽的枝丫。"

　　里克大概也听出了话里有话，却装作不懂，笑着问："什么叫草木丰盛的地方？什么叫枯朽的枝丫？"优施说："母亲是国君的夫人，儿子将要做国君，不就是草木丰盛的地方吗？另一个母亲死了，儿子又被人说坏话，不就是枯朽的枝丫吗？这枯枝还会折断呢。"

---

　　① 上海师范大学古籍整理组校点：《国语》，上海古籍出版社 1978 年版，第 286—287 页。

优施走后，里克饭也不吃就睡下了。半夜时分，他召来优施，问道："刚才你说的话是开玩笑呢，还是听到了什么风声？"优施说："确有其事。国君已经答应骊姬杀掉太子改立奚齐，计划已经定了。"里克说："如果要我顺从国君杀死太子，我不忍心。如果和往常一样仍与太子交往，我也不敢，采取中立的态度大概可以免祸吧？"优施说："可免。"第二天，里克便托病不朝。

里克的妥协，实际上纵容了骊姬一方的阴谋活动，使之更加肆无忌惮，加快了政变的步伐。一个月后，晋国的宫廷政变终于发生了，骊姬逼太子申生自杀，重耳、夷吾等众公子逃亡国外，奚齐果然做了太子。但多行不义必自毙，骊姬所为已犯众怒，献公刚死，奚齐就被里克所杀，继而骊姬妹妹所生的卓子被立为太子，旋亦被杀，骊姬最终被诸臣处死。这场动乱直到公元前 636 年，公子重耳回晋国即位为君（即晋文公）才告结束。

在这场宫廷政变中，政治角力和宫廷淫乱、血腥与暧昧、暴力与色情纠集在一起，演绎了一出错综复杂的历史闹剧。骊姬对权欲和淫欲的放纵，里克的投机与自保，优施的卖身求荣、助纣为虐，都记诸史册，任由后人评说。作为伶人的优施，虽然不是宫廷政变的主谋，却绝对是拉拢、收买里克，为骊姬扫除障碍的这桩政治交易中的主角。他狡诈、阴险而且充满自信，确信自己在短时间内能摆平里克。在杯盏交错之际，他以优伶的身份和专长，且歌且舞，话里有话，始以暗示的方式对里克晓以利害，威逼利诱；后将骊姬政变的阴谋、献公的默许和盘托出，造成大局已定、任谁也无力回天的迹象，最终迫使里克束手就范。在夜幕中、灯影下，做了一件一般政客、说客所不能做的事。

优施可谓早年集优伶与政治掮客为一体的人物。他先是凭借自己的色艺私通骊姬，后又与骊姬同流合污、沆瀣一气，为她的阴谋政变鞍前马后地奔走效力，在干政、乱政中起了重要的、无可替代的作用。因此，无论是在自己的人生舞台上，还是在历史政治舞台上，优施都扮演了不光彩的角色。后世戏曲中的乱臣贼子、帮闲小丑等一类的反面形象，或多或少都有优施的影子。

《左传》"襄公十四年"记载了另外一件优伶干政的个案：

> 卫献公戒孙文子、宁惠子食，皆服而朝。日旰不召，而射鸿于囿。二子从之，不释皮冠而与之言。二子怒。
>
> 孙文子如戚，孙蒯入使。公饮之酒，使大师歌《巧言》之卒章，大师辞。师曹请为之。初，公有嬖妾，使师曹诲之琴，师曹鞭之。公怒，鞭师曹三百。故师曹欲歌之，以怒孙子，以报公。公使歌之，遂诵之。
>
> 蒯惧，告文子。文子曰："君忌我矣，弗先。必死。"并帑于戚而入，见蘧伯玉，曰："君之暴虐，子所知也。大惧社稷之倾覆，将若之何？"对曰："君制其国，臣敢奸之？虽奸之，庸如愈乎？"遂行，从近关出。
>
> 公使子蟜、子伯、子皮与孙子盟于丘宫，孙子皆杀之。四月己未，子展奔齐，公如鄄。使子行于孙子，孙子又杀之。公出奔齐，孙氏追之，败公徒于河泽，鄄人执之。①

师曹是春秋时卫国的乐师，曾经因为教卫献公的宠妾学琴，鞭打过对方，却被献公"偿还"了 300 鞭。师曹对此怀恨在心，伺机报复。

事件中的孙文子，名林父，春秋中期卫国卿大夫，谥号为"文"，故后世史料中多称之"孙文子"。卫献公沉迷于田猎，荒芜朝政，且对待臣僚傲慢无礼，而孙文子有才，为人也比较强悍，因而君臣矛盾日深，对立逐渐加剧。

一日，献公约孙文子、宁惠子二人共同进餐，二人穿戴朝服，随时候命。结果献公完全忘记了这回事，竟然去园林里打猎，直至日落还不归。孙、宁二人跟到园里，献公不摘下皮帽就直接跟两位重臣说

---

① （清）洪亮吉：《春秋左传诂》，李解民点校，中华书局 1987 年版，第 532 页。

话（这有违当时的礼节），使二人感到受了侮辱，非常恼怒。

后孙文子回到他的封邑戚地，派儿子孙蒯入朝请命。卫献公在宴请孙蒯的酒席上，让太师歌唱《巧言》的最后一章。《巧言》是《诗经·小雅》中的一篇，是一首政治讽喻诗，讥刺周王为佞人的谗言所惑，招致祸乱，同时痛斥了进谗者的厚颜无耻。其最后一章云：

> 彼何人斯？居河之麋，无拳无勇，职为乱阶。既微且尰，尔勇伊何。为犹将多，尔居徒几何。[①]

这几句诗是骂人的：那个人呀，他算什么？住在河岸水草边，没有力气没有勇，一切祸乱由他降。小腿生疮脚又肿，你的勇气在哪里？阴谋诡计实在多，多少党徒你豢养？

卫献公借此诗指桑骂槐、斥责孙文子的意图是很明显的，所以太师认为在这种场合歌唱之，会激化君臣双方的矛盾，也令冲突公开化，大概是他不愿看到这种君臣之间互相争斗、两败俱伤的情形出现，因而婉拒。而师曹对献公的用意也心知肚明，他痛恨自己当初被鞭笞，好不容易碰到一个报复献公的机会。于是他自告奋勇，主动请缨来歌唱这一章，意欲借此激怒孙家父子，从而引发君臣内讧，令献公难堪。唱完之后，唯恐孙蒯听不清楚歌词，师曹还特意"诵"了一遍，因为"诵"是有节奏的，诵和读都比"歌"容易听懂一些。师曹居心之不良，可见一斑。果然，孙文子由此感觉到卫献公忌恨他，已经容不下自己，于是为争取主动，他率先发难，发兵攻打献公，将其赶走。

晋悼公和师旷曾经讨论过卫献公被驱逐一事，师旷认为献公不是一个好君主，他被驱逐，完全是咎由自取："夫君，神之主而民之望也。若困民之主，匮神乏祀，百姓绝望，社稷无主，将安用之？弗去何为？"（《左传》"襄公十四年"）而孙文子的举动，究竟是出于公心

---

① 周振甫：《诗经译注》，江苏教育出版社 2006 年版，第 294 页。

还是私心，有多少正义性，也很难说。总之，这君臣二人孰是孰非，历史自有公论，在此暂且不谈，单论优伶师曹。

在卫国的这场内讧中，师曹其实并没有明确的政治立场。由于三百鞭的切肤之痛，他痛恨卫献公，这是毋庸置疑的，但也不见得他同情、支持孙文子。作为一个宫廷乐师，献公与孙文子双方孰是孰非，孰胜孰败，似乎都不是他所关心的事，也不会给他带来直接的实质性的利或害，他只是想挑起事端，在本就剑拔弩张的紧张关系上火上浇油，让双方彻底公开交恶，大打出手，而自己则做一个幸灾乐祸的旁观者，出一口恶气。因此，师曹既不是政变的主角，也不是事态发展的操控者，实际上只起了推波助澜的"引爆手"的作用。

卫献公荒废朝政，又傲慢无礼，轻薄下属，其之所以被驱逐，应该说有历史的必然性，但师曹这个并没有明确政治意识和立场的优伶，却成了乱政的推手，则充满了偶然性和戏剧性。其实，历史往往就是在必然和偶然之中演绎，充满风险、机遇和变数，任何微小的因素和细节，都可能影响历史的走势。师曹虽然不是一个政治人物，但他心思之缜密，意图之阴险而隐蔽，表演之卖力，给人留下了深刻的印象。在不知不觉之中，师曹促成了一起政变，引爆了一场内讧和战乱，使自己的行为、声名与这一桩历史公案捆绑在一起，这不知是他的幸运，还是他的悲哀。

历史上的优伶干政，还有另外一种特殊的情形，就是优伶因色艺而得到统治者的宠幸，从而变身成为后妃，搅乱宫廷，干扰朝政。汉武帝的李夫人、汉成帝的赵皇后（赵飞燕）姐妹就是突出例子。李夫人和赵飞燕姐妹的故事，《史记》（仅记李夫人）、《汉书》均有记载，后经民间野史、文学作品的传播、渲染，简直是家喻户晓。

李夫人就是历史上著名的"一顾倾人城，再顾倾人国"的绝色美女。她出身倡优之家，父母兄弟都是优伶。其兄李延年是著名的伶人，能歌善舞，会作曲，因此成为汉武帝的男宠。正是因为李延年的大力推介，李夫人才被汉武帝所知悉、宠幸。

《汉书·外戚传》：

孝武李夫人，本以倡进。初，夫人兄延年性知音，善歌舞，武帝爱之。每为新声变曲，闻者莫不感动。延年侍上起舞，歌曰："北方有佳人，绝世而独立，一顾倾人城，再顾倾人国。宁不知倾城与倾国，佳人难再得！"上叹息曰："善！世岂有此人乎？"平阳主因言延年有女弟，上乃召见之，实妙丽善舞。由是得幸，生一男，是为昌邑哀王。李夫人少而蚤卒，上怜悯焉，图画其形于甘泉宫。

······

初，李夫人病笃，上自临候之，夫人蒙被谢曰："妾久寝病，形貌毁坏，不可以见帝。愿以王及兄弟为托。"上曰："夫人病甚，殆将不起，一见我属托王及兄弟，岂不快哉？"夫人曰："妇人貌不修饰，不见君父。妾不敢以燕媟见帝。"上曰："夫人弟一见我，将加赐千金，而予兄弟尊官。"夫人曰："尊官在帝，不在一见。"上复言欲必见之，夫人遂转乡唏嘘而不复言。于是上不说而起。夫人姊妹让之曰："贵人独不可一见上属托兄弟邪？何为恨上如此？"夫人曰："所以不欲见帝者，乃欲以深托兄弟也。我以容貌之好，得从微贱爱幸于上。夫以色事人者，色衰而爱弛，爱弛则恩绝。上所以挛挛顾念我者，乃以平生容貌也。今见我毁坏，颜色非故，必畏恶吐弃我，意尚肯复追思闵录其兄弟哉！"及夫人卒，上以后礼葬焉。其后，上以夫人兄李广利为贰师将军，封西海侯，延年为协律都尉。[①]

一首"北方有佳人"被后世广为传唱，不知迷醉了多少人；"倾城倾国"，可谓迄今为止形容美女的顶级的词语。作为一名倡优，完全是凭色艺即"容貌之好""妙丽善舞"得宠，李夫人深深明白这一

---

① （汉）班固：《汉书》，中华书局2007年版，第986—987页。

点，所以在病入膏肓之时，她始终以被蒙面，坚决拒绝武帝见一下她因病变得憔悴甚至丑陋的面容。"夫以色事人者，色衰而爱弛，爱弛则恩绝。上所以挛挛顾念我者，乃以平生容貌也。今见我毁坏，颜色非故，必畏恶吐弃我，意尚肯复追思闵录其兄弟哉！"让汉武帝永远保存对她的最美好印象，从而时刻怀念她，并因此爱屋及乌，恩及她的家人兄弟，这就是李夫人最真实的想法，也是她有心计的表现。果然，"其后，上以夫人兄李广利为贰师将军，封西海侯，延年为协律都尉"。

这里的优伶干政，表现为优伶凭色艺获得特殊身份之后，为自家人谋求高官厚禄，攫取政治上的资源和利益，以裙带关系影响、干扰朝廷的人事安排，也为朝廷埋下了政治隐患。当然，这种现象的产生，封建统治者也难辞其咎。司马迁在《史记·大宛列传》中，称汉武帝"欲侯宠姬李氏，拜李广利为贰师将军"。对汉武帝的做法不以为然，也对李广利的拜将颇为不屑。

后来的事实表明，凭借李夫人的关系上位的李家兄弟，给汉武帝带来了极大的麻烦，也给汉帝国造成了极大的危害。身为贰师将军的李广利，既无才又无德。初与李陵一道讨伐匈奴，当李陵陷入重围时，竟然贪生怕死，坐视不救，致使李陵弹尽粮绝，全军覆没；后又率军与匈奴作战，胡乱指挥，屡战屡败，令汉军损失甚大；最后还因兵败，投降了匈奴，成了可耻的叛将。李夫人的另一个兄弟李季，则"坐奸乱后宫"，与宫人淫乱，被汉武帝诛杀，并因此导致李家被灭族。史书虽未见李季的具体官职，但能够随便出入宫廷，与宫人厮混，没有一定的身份，是不可能做到的，想必汉武帝也给了他一个相当的官职或身份，才"引狼入室"，自酿其祸，自取其辱。

李夫人的干政，其实也可以归入后妃干政一类。但她出身卑微，乃以倡优的身份，纯凭色艺而成为后妃，又以此作为受宠、干政的唯一资本，带有明显的权色交易色彩，与一般由政治联姻、家族联姻而衍生的后妃干政又有所不同。其干政的结果是，为兄弟谋取到非分的利益，而干扰了朝政，导致国家利益遭受巨大损失，最终却又把兄弟、家人送上了断头台。这种血腥、诡异的遭际既令人唏嘘，又发人深思！

汉成帝刘骜的宠妃赵飞燕、赵合德姐妹俩，干政所介入的程度及其在历史上的影响，比之李夫人更是有过之而无不及。

赵氏姐妹都是舞者出身，也都因美貌被招入宫，得到成帝的宠幸。后世坊间对于赵氏姐妹的出身、经历、美貌有很多渲染，但这类言说文学的成分居多，史著的相关记载其实比较简单。

《汉书·外戚传》：

> 孝成赵皇后，本长安宫人。初生时，父母不举，三日不死，乃收养之。及壮，属阳阿主家，学歌舞，号曰飞燕。成帝尝微行出。过阳阿主，作乐，上见飞燕而说之，召入宫，大幸。有女弟复召入，俱为婕妤，贵倾后宫。[1]

入宫后"俱为婕妤，贵倾后宫"的赵氏姐妹，后又分别册封为皇后和昭仪。姐妹俩的干政之旅，即班固所指责的"赵氏乱内"[2]，也由是开启。

赵氏姐妹为了加强、巩固自己的贵宠地位，与众后妃争风吃醋，互相倾轧，把后宫搞得乌烟瘴气，人人自危。姐妹俩在宫中干政的典型事件有三：

一是陷害许皇后及班婕妤。"鸿嘉三年（公元前18年——笔者注），赵飞燕谐告许皇后、班婕妤挟媚道，祝诅后宫，詈及主上。许皇后坐废。"[3]"祝诅"即"诅祝"，是古代祈求鬼神加祸于仇敌的巫术。《尚书·无逸》："否则厥口诅祝。"孔颖达疏："诅祝，谓告神明令加殃咎也。以言告神为之祝，请神加殃谓之诅。"诬告许皇后、班婕妤"祝诅后宫，詈及主上"，无非是想自己上位，获得专宠。结果

① （汉）班固：《汉书》，中华书局2007年版，第997页。
② 同上书，第84页。
③ 同上书，第996页。

是许皇后被废，"婕妤退处东宫，作赋自伤悼"，赵飞燕旋即被立为皇后。

二是杀害皇子，令成帝无后。宫女曹晓、后宫许美人先后被御幸生子，赵氏姐妹没有子嗣，害怕许、曹二人母凭子贵，取代自己的地位，便设计杀害之，以绝后患。《汉书·成帝纪》明确记载，元延元年（前12）"昭仪赵氏害后宫皇子"。成帝死后，司隶解光上奏哀帝，揭发赵合德杀害许美人及曹宫女之子，虽然没有可靠证据证明赵飞燕参与这一罪行，然而在外人眼中，赵氏姐妹是被视为一体的，因此赵飞燕在此事上也无法完全撇清干系。班固称"飞燕之妖，祸成厥妹"①，并将"燕啄皇孙"的童谣载入其传记，表达的正是这种观点。

三是接受贿赂，与傅太后谋划立定陶王刘欣为太子。刘欣是定陶恭王之子，汉成帝之侄，年三岁嗣立为王。成帝无子，赵氏姐妹也无所出，《汉书·哀帝纪》载："时王祖母傅太后随王来朝，私赂遗上所幸赵昭仪及帝舅骠骑将军曲阳侯王根。昭仪及根见上亡子，亦欲豫自结为长久之计，皆更称定陶王，劝帝以为嗣。"《汉书·外戚传》则称："王祖母傅太后私赂赵皇后、昭仪，定陶王竟为太子。"可见，在立太子、选择储君的政治交易中，姐妹俩都有份参与，并且起了非同一般的作用。既可获得丰厚的贿赂，又为自己找到一个日后政治上的靠山，可谓一箭双雕。也正因为这一层原因，后来解光上疏欲以杀害皇子之罪弹劾赵飞燕时，已成为汉哀帝的刘欣，并不理会这一控告。

由于赵氏姐妹得宠，赵家"鸡犬升天"，一门两侯。先是成帝封其父赵临为成阳侯，后是哀帝封其弟赵钦为新成侯。一个因优伶、凭色相而兴，影响西汉后期政治将近二十年的显赫家族，就是这样制造出来的。但好景不长，成帝因纵欲暴毙，民间归罪赵昭仪，于是昭仪被朝廷追责，被迫自杀；哀帝死后，赵飞燕即被大司马王莽清算，指责她"与昭仪俱持帷幄，姊弟专宠锢寝，执贼乱之谋，残灭继嗣以危宗庙，悖天犯祖，无为天下母之仪"。由于没有了哀帝的庇护，赵飞

①　（汉）班固：《汉书》，中华书局2007年版，第1081页。

燕遂被废为庶人，当日也自杀身亡，玉殒香消。

在历史上，赵飞燕以美貌著称，她身轻如燕，后世所谓"燕瘦环肥"，指的便是她和唐代杨玉环（杨贵妃），是古代苗条、清瘦美女的典型，她的形象代表了古人的另一种审美取向。她本是历史上最著名的舞蹈家之一，艺术才华冠绝一时，但由于利欲熏心，姐妹俩都以优伶之身介入政治的角斗场，害人害己，最终落得身败名裂的悲惨结局。

古代的优伶应该是不少的，但由于史官的主要叙述对象是帝王将相，所以我们在史传中，只能见到与帝王将相关系密切的宫廷优伶，民间的优伶甚为鲜见。即使是这些被记载的宫廷优伶，也是因为他（她）们的活动、行为与某个历史事件牵连在一起，才在史著中留下其身影。也就是说，史官们不是纯粹因为乐舞伎艺、娱乐消遣的原因给这些宫廷伶人青史留名，甚至树碑立传，而是将之作为某一个历史事件的在场者、亲历者记录在案。因此，史传中记载的这部分人数量不多，事迹也较为简略，叙述的重心也不在于他（她）们的演艺活动。尽管如此，这些简略、零散的记载，仍然从某些侧面、某种程度上反映了宫廷优伶的生活状况和戏曲发展的早期形态，为我们认识、了解早期戏曲发展的历史提供了一些原始、真实的信息，是后世戏曲研究弥足珍贵的史料。

从上述的史实可以看到，三种优伶中，宫廷名伶和劝谏优伶两类，无论是从社会历史、道义的角度还是从艺术的角度来看，都具有比较正面的形象和价值，他们的人品、艺品及其艺术创作，都值得后人称道。但干政优伶一类，尽管部分人在伎艺上确有突出专长，但他们在历史上更多的是扮演了小人、小丑的角色，他们的行为或为后人所不齿，或成为人们的笑柄。本书不对这些人做过多的评述，评述的立足点在前两类优伶的身上。

宫廷名伶和劝谏优伶在音乐、表演方面都有比较高的造诣，不仅为时人特别是宫廷王侯贵族提供了娱乐、消遣，培养了乐舞方面的人才，也为后世戏曲的形成、发展做了一些初步的探索，积累了一些经验。可以说，他们都是在古代戏曲发展的道路上，某一个阶段的探索者和铺路人，在我国戏曲史上做出过独特的贡献，这一点是毋庸置疑的。

但作为宫廷优伶，这部分人显然是行业的精英，他们的作品属于"阳春白雪"之类，活动和影响也主要局限于宫廷或者上流社会，宫廷虽然为之提供相对优越的生活环境和表演场所，但也束缚了他们的艺术天赋。一方面，为颐指气使、养尊处优的王公贵族提供娱乐服务，大多数优伶的身份、地位都比较卑微，人格得不到尊重，也就缺乏了艺术追求的热情和动力；另一方面，艺术的源泉是丰富、广泛的社会生活，活动于宫廷的优伶，远离甚至失去了社会生活的这一方沃土，艺术灵感也容易枯竭。这两方面的原因，使宫廷优伶中的大部分人，都只是留下一些历史事迹，却未能留下多少艺术上的传世之作。所以，从在当时社会上的影响、对后世戏曲艺术的影响来说，史传记载的这部分宫廷优伶，不如活跃在宫廷以外的民间伶人。

与此同时，从他们的活动事迹也可以看到，这部分优伶绝不仅仅为统治者提供消遣和娱乐，以歌舞、滑稽调笑为统治者承欢凑趣，他们其实也是某些政治活动、历史事件的参与者。史实表明，他们的事迹几乎都涉及政治，或主动或被动，或深或浅地介入政治活动，反映他们的专业特长在历史事件中起的独特作用，这正是历代那么多宫廷优伶中，唯他们的事迹能被史书所记载的原因。事实上，我国的封建王朝很早就把乐舞、优伶纳入了为自己的统治服务的轨道，由于他们的身份特殊，在一定意义上，优伶也是朝臣的补充形式或变种，有些人（如师旷等）甚至还跃身成为正式的朝廷重臣，名正言顺地施展自己的政治才能，发挥政治作用。优伶与政治的捆绑，于政治、历史而言，或许可称为"人尽其才"，能充分发掘、利用他们的才能和价值，便于统治者推行风俗教化，但由于他们的行为被纳入政治的范畴，对于艺术的发展和提升而言，未必就是一件好事。

第二节　史传对古代戏曲的影响

除了记载一些著名优伶的创作与表演之外，史传对古代戏曲的影响，还表现在对古代歌舞表演的记载、史家思想对戏曲的渗透和为戏曲创作提供素材等方面。

一　史传中的乐艺表演

（一）先秦的乐艺表演

古代典籍中有许多早期歌舞表演的记载，如《吕氏春秋·古乐》：

> 昔葛天氏之乐，三人操牛尾，投足以歌八阕：一曰《载民》，二曰《玄鸟》，三曰《遂草木》，四曰《奋五谷》，五曰《敬天常》，六曰《建帝功》，七曰《依帝德》，八曰《总禽兽之极》。[1]

> 帝尧立，乃命质为乐。质乃效山林溪谷之音为歌，乃以麋置缶而鼓之，乃拊石击石，以象上帝玉磬之音，以致舞百兽。[2]

这里描述的是原始歌舞表演的情景，前者反映原始部族葛天氏之族人载歌载舞，庆祝丰收，歌颂祖先和神灵；后者记述尧的乐官质把麋鹿的皮蒙在瓦器上敲打，并拍击石片，用来模仿天帝玉磬的声音，招来百兽起舞。在这些表演中，有歌有舞，这些歌舞都是模仿自然界山川溪流的声响和原始时代的生产活动。也有简单的道具如牛（尾）、木（棒）、石片、百兽，还有简陋的乐器缶等。这些都已具备了戏剧

---

[1]　（汉）高诱注：《吕氏春秋》，（清）毕沅校，徐小蛮标点，上海古籍出版社 2014 年版，第 101 页。

[2]　同上书，第 105 页。

的某些元素，对戏剧的产生、发展无疑会有影响，相关记载也是后世音乐、戏剧研究的珍贵资料，历来被学者反复引用和研究。

这一类的记载，也屡见于史传之中。

如《尚书·舜典》载舜任命夔主持乐官，教化年轻人，使他们正直而温和，宽大而坚实，刚毅而不粗暴，简约而不傲慢：

> 帝曰："夔！命汝典乐，教胄子，直而温，宽而栗，刚而无虐，简而无傲。……"夔曰："於！予击石拊石，百兽率舞。"①

夔表示愿意敲击石磬，使扮演各种兽类的舞队依着音乐起舞。"击石拊石，百兽率舞"，其实就是原始狩猎活动的艺术表现，基本的舞姿是原始人类对动物动作的简单模仿。虽然此处只是夔对舜帝的一种承诺，不是歌舞表演的真实、直接描述，但也是他的一种愿景，这种愿景必定有现实的基础，故可视为对歌舞表演情景的一种间接描述。

而在《左传》中，对于歌舞表演真实、直接的描述，已经比较常见。这应该跟春秋时代社交活动频繁，乐舞更多地出现在各种社交场合，史书也更加注重写实有关。如"襄公十年"：

> 宋公享晋侯于楚丘，请以《桑林》，荀罃辞。荀偃、士匄曰："诸侯宋、鲁，于是观礼，鲁有禘乐，宾祭用之。宋以《桑林》享君，不亦可乎？"舞，师题以旌夏。晋侯惧而退入于房。去旌，卒享而还。及著雍，疾。卜，桑林见。荀偃、士匄欲奔请祷焉，荀罃不可，曰："我辞礼矣，彼则以之。犹有鬼神，于彼加之。"晋侯有间，以偪阳子归，献于武宫，谓之夷俘。偪阳，妘姓也，使周内史选其族嗣，纳诸霍人，礼也。②

---

① （清）阮元校刻：《阮刻尚书注疏》，浙江大学出版社 2014 年版，第 181 页。
② （清）洪亮吉：《春秋左传诂》，李解民点校，中华书局 1987 年版，第 517 页。

晋军攻克了偪阳城，将之封给宋国的向戌，向戌又转给了宋平公。宋平公在楚丘以《桑林》之舞款待晋悼公。可当舞师手擎巨大的旌旗率领乐队进场时，晋悼公竟被吓得退回到房子里面，待大旌旗撤掉之后，他才勉强观看完表演。但在回国的途中，还是因惊吓得了一场大病。晋悼公问卜，表明确有桑林之鬼。

《桑林》是古商族的巫舞，唐人孔颖达《春秋左传正义》称："是殷天子之乐名也。"据说舞乐源自成汤于桑林祈雨的巫术活动。该故事在《墨子》《荀子》《淮南子》等典籍中均有记载，但以《吕氏春秋》（季秋纪第九"顺民"）的记载最为周详：

> 昔者，汤克夏而正天下，天大旱，五年不收。汤乃以身祷于桑林曰："余一人有罪无及万夫；万夫有罪在余一人。无以一人之不敏，使上帝鬼神伤民之命。"于是剪其发，以身为牺牲，用祈福于上帝。民乃甚说，雨乃大至。[①]

商族人以这个故事为题材，创作了《桑林》的乐舞，以作国君祭神、款待贵宾之用，流传显然由来已久。作为殷商人的后裔，宋平公以《桑林》乐舞款待晋悼公，是顺理成章之举。既为巫舞，必定有鬼神的形象（演员扮演、旌旗上画的图案）、模仿神鬼的动作。由于当年成汤使用的是一种以人（身）祈雨的巫术，有向上天、神灵谢罪的意味，因此祈祷当中带有自虐甚至自残的情景。可以想见，巫舞必然保留过去表演时阴森、神秘、恐怖的气氛，晋侯也许是初次见识，所以一时难以适应，感到害怕而"退入于房"，以致后来病倒。由此可知，表演的场面想必很逼真，气氛也很紧张。当然，晋悼公的神经可能也比较脆弱。恐怖、逼真的情景竟然吓坏了一名国君，可见演出的水平很高，效果也很不错。

《左传》中有关乐舞表演的记载，最著名者莫过于"襄公二十九

---

① （汉）高诱注：《吕氏春秋》，（清）毕沅校，徐小蛮标点，上海古籍出版社 2014 年版，第 174 页。

年"的"季札观乐":

> 吴公子札来聘……请观于周乐。使工为之歌《周南》《召南》。曰:"美哉!始基之矣,犹未也,然勤而不怨矣!"为之歌《邶》《鄘》《卫》,曰:"美哉!渊乎!忧而不困者也。吾闻卫康叔、武公之德如是,是其《卫风》乎!"为之歌《王》,曰:"美哉!思而不惧,其周之东乎!"为之歌《郑》,曰:"美哉!其细已甚,民弗堪也,是其先亡乎!"为之歌《齐》,曰:"美哉!泱泱乎!大风也哉!表东海者,其大公乎!国未可量也。"为之歌《豳》,曰:"美哉!荡乎!乐而不淫,其周公之东乎!"为之歌《秦》,曰:"此之谓夏声。夫能夏则大,大之至也,其周之旧乎!"为之歌《魏》,曰:"美哉!沨沨乎!大而婉,险而易行,以德辅此,则明主也。"为之歌《唐》,曰:"思深哉!其有陶唐氏之遗民乎!不然,何其忧之远也?非令德之后,谁能若是?"为之歌《陈》,曰:"国无主,其能久乎?"自《郐》以下无讥焉。为之歌《小雅》,曰:"美哉!思而不贰,怨而不言,其周德之衰乎?犹有先王之遗民焉。"为之歌《大雅》,曰:"广哉!熙熙乎!曲而有直体,其文王之德乎?"为之歌《颂》,曰:"至矣哉!直而不倨,曲而不屈,迩而不偪,远而不携,迁而不淫,复而不厌,哀而不愁,乐而不荒,用而不匮,广而不宣,施而不费,取而不贪,处而不底,行而不流。五声和,八风平,节有度,守有序,盛德之所同也。"见舞《象箾》《南籥》者,曰:"美哉!犹有憾。"见舞《大武》者,曰:"美哉!周之盛也。其若此乎?"见舞《韶濩》者,曰:"圣人之弘也,而犹有惭德,圣人之难也。"见舞《大夏》者,曰:"美哉!勤而不德,非禹,其谁能修之?"见舞《韶箾》者,曰:"德至矣哉!大矣,如天之无不帱也,如地之无不载也。虽甚盛德,其蔑以加于此矣。观止矣!若

有他乐，吾不敢请已。"①

季札，又称公子札，春秋时代吴国贵族，吴王寿梦第四子。"季
札贤，而寿梦欲立之，季札让不可，于是乃立长子诸樊。"（《史记·吴
太伯世家》）后哥哥诸樊、余祭、余眛也先后欲让位于他，但都被他婉
拒。季札因受封于延陵（今江苏常州）一带，所以又称"延陵季子"。

季札是一位出色的外交家和思想家。公元前544年，他先后出使
鲁、齐、郑、卫、晋五国，同齐国的晏婴、郑国的子产及鲁、卫、晋
等国的重要人物会晤，高谈治国之道，评论时局大势，既宣传了自己
的主张和理念，又使中原国家了解并通好吴国。

季札重信义。一次途经徐国时，徐君非常喜爱他佩带的宝剑，难
于启齿相求，季札内心亦知其意，但因自己还要遍访列国，当时未便
相赠。待出使归来，再经徐国时，徐君已死，季札慨然解下佩剑，挂
在徐君墓旁的松树上。侍从不解。他说："我内心早已答应把宝剑送
给徐君，难道能因他死了就可以违背我的心愿吗？"此事传为千古
美谈。

《史记·吴太伯世家》比较详细地记载了季札的事迹。太史公赞
曰："延陵季子之仁心慕义无穷，见微而知清浊。呜呼，又何其闳览
博物君子也！"其中关于鲁国观乐一事的叙述，与《左传》也大体
相同。

《左传》这一段"季札观乐"的记载之所以著名，主要有以下两
个原因：

首先，因为它牵涉一桩"孔子删诗"的学术公案。史上许多人包
括司马迁、班固等都认为《诗》三百篇是由孔子删编的："古者《诗》
三千余篇。"（《史记·孔子世家》）"孔子纯取周诗，上采殷，下取鲁，
凡三百五篇。"（《汉书·艺文志》）季札在鲁国所观看到的乐舞表演，
唱的就是三百篇的作品，当时三百篇的作品和编排，与现存的《诗

---

① （清）洪亮吉：《春秋左传诂》，李解民点校，中华书局1987年版，第609—613页。

经》已经大体一致，而其时孔子才 8 岁。据此，许多学者认为孔子删编《诗经》一事不实。围绕着《诗经》是否为孔子删编，人们争论不休，沸沸扬扬，历经千年，至今还未停息。

其次，季札对歌舞表演的即席评论，可能是史上最早的系统的文艺批评，也可能是早期对于《诗经》最全面、最具体的评述。鲁国的这一次盛大演出，再次表明古代诗、乐、舞三者合一的事实。因此，季札观乐，实际上也同时观诗和舞，评乐也同时评诗和舞。事实上，后世戏曲也是文学、音乐、舞蹈（动作表演）的结合，这与早期诗、乐、舞三者合一的情形在本质上是相同的，如此说来，季札评乐又可能是最早的具有戏曲批评意味的文字。季札以深厚的感受力和卓绝的见识，揭示了礼乐之教的深远意蕴，从歌舞乐的风格考察其所体现的思想感情，从而借以辨别政治的优劣、风俗的好坏，一时语惊四座。

尽管季札"完全把文艺作品看作政治状况的反映……把文艺看作政治的"晴雨表"，把文艺与政治的关系提到一种极端化的高度，似乎政治完全可以决定文艺"①，观点比较片面，但其评论在古代文艺理论批评史上仍有重要贡献和影响。季札的观点直接影响了以孔子为代表的儒家文艺思想，其观"乐"、评"乐"的相关记载，也是后世戏曲评论、戏曲研究的重要史料。

在上述记载中，对于歌舞表演的描述其实并不具体，也不清晰，只通过季札的感受和评论来反映演出的状况和效果，当中对于季札的乐学思想有比较充分的表现，但对于演出的具体细节并不做过多、过细的描述，从头到尾几乎是一成不变的"为之歌《×》，曰：'……'""见舞《×》，曰：'……'"的表述，显得呆板和雷同，令人觉得沉闷。前一种现象当与史官叙述的意图有关，史官对于季札观乐的记载，旨在保存季札的思想和见解，所以只在乎季札的评论及其观点，并不在乎演出本身。后一种现象的原因，则可能是古代宫廷歌舞表演本来就程式化，从而导致凝固化，叙述文字的固板不变正是这种特点

---

① 张少康：《中国文学理论批评史教程》，北京大学出版社 1999 年版，第 10 页。

的反映。

(二) 汉魏六朝的乐艺表演

相较于先秦的乐艺表演，史书对于汉魏六朝乐艺表演的记载有明显的变化：

一是记载不局限于歌舞，除了歌舞以外，还有综合性伎艺如角抵百戏等的相关记载。这应与娱乐品种随社会发展而被催生、增加的现实有关。

二是歌舞记载也不再限于宫廷的"雅"乐，也有取自民间或由民间艺人表演的"俗"乐，可谓雅俗兼备。这一方面表明娱乐活动的进一步大众化、社会化，以及艺术之间的相互渗透、交融、促进（这是艺术发展、进步的必由之路），另一方面也表明史家的叙述视野更加开放，视点也更加多元。

三是既有史家对乐艺表演的现实性直接记述，也附带有其他一些文学作品如辞赋的想象性间接叙写。

四是乐艺表演不仅有优伶的职业性演出，还有非优伶、非职业的私人自乐乐人的表演。

这些变化，表明乐艺表演的内容、形式更加丰富，表演活动的范围不断扩大。先秦以来的各种典籍都有对于乐艺的记载，这种情形也在汉魏六朝的史著中得到反映。如汉赋以宫廷贵族的歌舞饮宴为能事，《史记》《汉书》《后汉书》等通过收录一些描写宫廷贵族生活的辞赋作品，也以另一种方式记载乐艺表演的相关史实。这些变化是社会文化进步的结果，也是古代戏曲艺术要素不断产生、发展、累积的表现。

两汉时期最具戏曲意味也最流行的娱乐项目是百戏，相关记载在史传中也比较多见。

百戏乃由角抵发展而来。角抵，亦作"觳抵"，是一种以竞技为主的游戏娱乐形式，大约产生于战国时期，和现代的"摔跤"相似。《史记·李斯列传》载："是时二世在甘泉，方作觳抵优俳之观。"由此可见，角抵在秦代已经是一种由俳优表演的伎艺，而且深受统治者的喜好。汉初百废待兴，奉行节俭，角抵一度被罢演，但到了汉武帝时期，奢侈、游乐之风大盛，角抵重又复炽，盛行之象比秦代有过之而无不及。这种盛况，在《汉书·武帝纪》中也有描述：武帝元丰"三年春，作角抵戏，三百里内皆观"；元丰六年"夏，京师民观角抵于上林平乐馆"。这些记载既反映了角抵演出的热烈、壮观场面，也颇有统治者与民同乐的意味。这无疑是角抵在汉代发展神速的重要因素和基础。

在这种氛围下，角抵已经跳出了角力竞技表演的单一模式，走向更丰富多样、更高级的阶段。欧阳询《艺文类聚》引《汉武故事》云："未央庭中，设角抵戏，享外国，三百里内观。角抵者，使角力相触也；其云雨雷电，无异于真；画地为川，聚石成山，倏忽变化，无所不为。"从这里可以知道，汉武帝时期的角抵，不仅是"角力相触"，而且是"云雨雷电，无异于真；画地为川，聚石成山，倏忽变化，无所不为"，已经大量吸收了其他一些杂技、魔术、幻术之类的娱乐表演艺术。

到了东汉，角抵无论是内容还是形式都得到了长足的发展和丰富，逐渐演变成为一种"糅合了举鼎、爬杆、钻刀圈、跳丸、走索、竿头戏等杂技表演，设有华美舞台背景的音乐歌舞表演，舞龙、舞怪兽、东海黄公等有简单故事情节的舞台剧表演，吞刀、吐火、画地成河等魔术幻术表演为一体的综合性演出"[1]。由于这种事实，在《后汉书》中除了"角抵（觳抵）""角抵戏"这两种在《史记》《汉书》中已有的名称之外，还有"百戏"的提法："（延平元年）十二月甲子，清河王薨，使司空持节吊祭，车骑将军邓骘护丧事。乙酉，罢鱼龙曼延百戏。"[2]"（汉安二年）赐单于阏氏以下金锦错杂具，轺车马二乘。遣中郎将持节护送单于归南庭。诏太常、大鸿胪与诸国侍子于广阳城门外祖会，飨赐作乐，角抵百戏。顺帝幸胡桃宫临观之。"[3]《辞海》

---

[1] 郑春颖：《"角抵"辨》，《社会科学战线》2011年第2期。
[2] （南朝·宋）范晔：《后汉书·孝安帝纪》，中华书局2007年版，第56—57页。
[3] （南朝·宋）范晔：《后汉书·南匈奴列传》，中华书局2007年版，第882页。

也称"角抵"一词"后来并同百戏通用"①。这些都表明，在东汉人的心目中，"鱼龙曼延百戏""角抵百戏"，其实都是百戏，也就是扩张了的角抵（戏），是时人对各种杂技、乐舞、魔术、幻术等娱乐表演的总称。

上文所谓"曼延"，又作"漫延""漫衍"，是由人扮成的百寻巨兽。"鱼龙曼延"，或称"鱼龙漫衍""漫衍鱼龙"，是一种兼具杂技、魔术、幻术及歌舞等特征的大型娱乐表演，主要情节有瑞兽舍力嬉戏、巨兽起舞、鱼龙变化、喷水成雾等。《汉书·西域传赞》："设酒池肉林以飨四夷之客，作巴俞都卢、海中砀极、漫衍鱼龙、角抵之戏以观视之。"颜师古注："漫衍者，即张衡《西京赋》所云'巨兽百寻，是为漫延'者也。鱼龙者，为舍利之兽，先戏于庭极，毕乃入殿前激水，化成比目鱼，跳跃漱水，作雾障日。毕，化成黄龙八丈，出水敖戏于庭，炫耀日光。《西京赋》云'海鳞变而成龙'，即为此色也。"

百戏无论是从它的受众还是从它的内容，都有逐渐俗化的倾向。从《汉书》"三百里内皆观""京师民观角抵于上林平乐馆"的记载可知，观看百戏的演出不再是宫廷贵族、朝廷政要、使节国宾的专利，普通百姓也有观看的机会，说明它已逐步走向社会，走向大众，成为一种君民（官民）同乐、雅俗共赏的娱乐形式。

而"巴俞都卢""海中砀极""漫衍鱼龙"等歌舞伎艺，都有鲜明的地方特色和浓厚的民间色彩。如"巴俞"是汉时巴郡、俞水（即今嘉陵江）地区的一种民间乐舞，颜师古《西域传赞》注云："巴俞之人所谓賨人也，劲锐善舞。本高祖定三秦有功，高祖喜欢其舞，因令乐人习之，故有巴俞之乐。""都卢"是都卢国民间的一种缘竿歌舞，颜师古注："晋灼曰：'都卢，国名也。'李奇曰：'都卢，体轻善缘者也。'"张衡《西京赋》也云："乌获扛鼎，都卢寻橦。""砀极"也是一种乐舞名。颜师古注引李奇曰："'砀极'，乐名也。"海中砀极，当

---

① 《辞海》，上海辞书出版社 1980 年版，第 1978 页。

是在海滨地区流行，或是在水中表演的乐舞。"令乐人习之"是民间俗乐走向宫廷，使宫廷乐舞融入俗乐的特质；而"民观角抵"是百戏走向民间，走向大众和通俗。其实角抵逐渐发展、演变成为百戏的过程，也是趋向俗化的过程。

由角抵而变为百戏，这种演变在《史记·大宛列传》中已见端倪：

> 是时上方数巡狩海上，乃悉从外国客，大都多人则过之，散财帛以赏赐，厚具以饶给之，以览示汉富厚焉。于是大觳抵，出奇戏诸怪物，多聚观者，行赏赐，酒池肉林，令外国客遍观各仓库府藏之积，见汉之广大，倾骇之。及加其眩者之工，而觳抵奇戏岁增变，甚盛益兴，自此始。①

这里明确指出在汉武帝时期，角（觳）抵已经是"出奇戏诸怪物"，即演出各种奇戏，展示种类繁多的怪物，而且每年都变化出新花样，角抵技艺的越发兴盛，就从这时开始。这些奇戏、怪物，其实是后来东汉百戏中的一部分，而"多聚观者"之谓与上述《汉书·武帝纪》所云"三百里内皆观""京师民观角抵于上林平乐馆"，也互为印证。从这些都可看到汉武帝以后，角抵演出的盛况及其发展、演变的一些轨迹。

由于百戏综合了多种表演艺术的特点和要素，因此，戏曲的意味更加浓厚，演出更加频繁，受众也越来越多，对于后世戏曲的影响是不言而喻的。

以上是史家对于乐艺的现实性的直接描述。除此之外，我们也可以在史传中，读到一些辞赋作家的虚拟性的间接描述，这类文字因作家事迹被记载、其作品被收录而得以保存于青史，流传于后世。

如司马相如的大赋名篇《子虚上林赋》，就被《史记》收录，文

---

① （汉）司马迁：《史记》，中华书局1959年版，第3173页。

中对于宫廷歌舞场面的描写，历来为人们津津乐道：

> 于是乎游戏懈怠，置酒乎昊天之台，张乐乎輵輵之宇；撞千石之钟，立万石之钜，建翠华之旗，树灵鼍之鼓。奏陶唐氏之舞，听葛天氏之歌。千人唱，万人和，山陵为之震动，川谷为之荡波。巴渝宋蔡，淮南《于遮》，文成颠歌。族举递奏，金鼓迭起，铿锵铛鍏，洞心骇耳。荆、吴、郑、卫之声，《韶》《濩》《武》《象》之乐，阴淫案衍之音，鄢郢缤纷，《激楚》结风，俳优侏儒，狄鞮之倡，所以娱耳目乐心意者，丽靡烂漫于前，靡曼美色于后。若夫青琴、宓妃之徒，绝殊离俗，姣冶娴都。靓庄刻饬，便嬛绰约，柔桡嬛嬛，妩媚姌嫋；抴独茧之褕袘，眇阎易以戌削，媥姺徶循，与世殊服；芬香沤郁，酷烈淑郁；皓齿粲烂，宜笑的皪；长眉连娟，微睇绵藐；色授魂与，心愉于侧。①

该赋也被《汉书》收录，只是文字与《史记》所录略有出入。赋作描写了汉天子上林苑的壮丽，以及汉天子游猎、歌舞的盛大规模和气势，歌颂了统一王朝的强大和声威，表现了封建帝国处在上升时期的辉煌气象。它充分体现了汉大赋笔调夸张、言辞华丽藻饰、规模宏大、叙述细腻的特点，这些特点，从这段描写宫廷歌舞演出盛况的文字也可见一斑。其叙述乐舞品种之多，规模声势之大；美姬之婀娜妖娆，服饰之绚丽多彩；表演之精彩夺目，音响之美妙悦耳等，铺陈夸饰，一气呵成，令人如痴如醉，叹为观止！本来此赋有谏讽统治者穷奢极欲的主观意图，在客观上却起了颂扬、吹捧的作用。尽管如此，这些描述对后世戏曲的创作、表演及灯光、舞美的设计，都有很好的借鉴作用。

汉赋的虚构，达到了前所未有的水平。上述引文对于歌舞的叙写，也以虚拟、想象的成分为主，但描述得相当真实，令读者如身临

---

① （汉）司马迁：《史记》，中华书局 1959 年版，第 3038—3040 页。

其境，文学色彩非常浓厚。虚拟、想象的艺术表现，与戏曲的创作、表演都有相通之处，这对后世戏曲作家的创作也必定产生影响。

司马相如以后的辞赋作家，也对歌舞乐艺的表演有较多的描述，如扬雄的《蜀都赋》、班固的《两都赋》、张衡的《二京赋》等，都以这类描写称著。其中张衡的《二京赋》对西京百戏、东京大傩表演的描写尤为详尽、精彩，是后人研究汉代百戏伎艺的最宝贵材料。因为该赋太长，《后汉书》未曾收录："衡乃拟班固《两都》，作《二京赋》，因以讽谏。精思傅会，十年乃成。文多故不载。"①扬雄的《蜀都赋》也不见于《汉志》，唯班固的《两都赋》载于《后汉书》。

《两都赋》其实是模仿司马相如《子虚》《上林》的体制，由《西都赋》和《东都赋》两部分构成。下面是《东都赋》中的一段描述：

天子受四海之图籍，膺万国之贡珍，内抚诸夏，外接百蛮。乃盛礼乐供帐，置乎云龙之庭，陈百僚而赞群后，究皇仪而展帝容。于是庭实千品，旨酒万钟，列金罍，班玉觞，嘉珍御，太牢飨。尔乃食举《雍》彻，太师奏乐，陈金石，布丝竹，钟鼓铿铮，管弦晔煜。抗五声，极六律，歌九功，舞八佾，《韶》《武》备，太古毕。四夷间奏，德广所及，《伶侏》《兜离》，罔不具集。万乐备，百礼暨，皇欢浃，群臣醉，降烟煴，调元气，然后撞钟告罢，百僚遂退。

于是圣上睹万方之欢娱，久沐浴于膏泽，惧其侈心之将萌，而怠于东作也，乃申旧章，下明诏，命有司，班宪度，昭节俭，示大素。去后宫之丽饰，损乘舆之服御，除工商之淫业，兴农桑之上务。遂令海内弃末而反本，背伪而归真，女修织纴，男务耕耘，器用陶匏，服尚素玄，耻纤靡而不服，贱奇丽而不珍，捐金于山，沈珠于渊。于是百姓涤瑕荡秽而镜至清，形神寂寞，耳目不营，嗜欲之原灭，廉正之心生，莫不优游而自得，玉润而金

---

①　（南朝·宋）范晔：《后汉书·张衡列传》，中华书局 2007 年版，第 559 页。

声。是以四海之内，学校如林，庠序盈门，献酬交错，俎豆莘莘，下舞上歌，蹈德咏仁。①

《两都赋》有明显的抑西（都长安）扬东（都洛阳）的倾向，上述引文也旨在颂扬东汉统治者去奢华，尚节俭，倡导礼乐仁德的举动，但所描写的东汉统治者的歌舞宴乐还是很奢华的（事实上，东汉统治者也很奢华，梁鸿的《五噫歌》可证），作者所写虽为虚拟、想象，但显然也有现实的影子。

以上所载，无论是史家现实的叙写，还是辞赋作家虚拟的描述，都属公众场合、职（专）业伶人的表演。除此以外，史传中也载有不少汉魏晋的私人场合，非优伶人物歌舞自娱即所谓"以舞相属"的故事。

以舞相属是汉魏晋人宴集时的一种交谊舞的形式。属（zhǔ）者，接连之谓也。以舞相属的一般情形是由主人先舞，舞毕，相属于客人，客人接而起舞为"报"（酬答）；然后再相属于下一人。假如相属之人不起舞，便会被视为失礼不敬。

《三国志·吴书》就载有一个很著名的以舞相属的故事：

> 谦性刚直，有大节，少察孝廉，拜尚书郎，除舒令。郡守张磐，同郡先辈，与谦父友，意殊亲之，而谦耻为之屈。与众还城，因以公事进见，坐罢，磐常私还入，与谦饮宴，或拒不为留。常以舞属谦，谦不为起，固强之；及舞，又不转。磐曰："不当转邪？"曰："不可转，转则胜人。"由是不乐，卒以构隙。谦在官清白，无以纠举，祠灵星，有赢钱五百，欲以臧之。谦委官而去。②

---

① （南朝·宋）范晔：《后汉书》，中华书局 2007 年版，第 401 页。
② （晋）陈寿：《三国志集解》，（南朝·宋）裴松之注，卢弼集解，钱剑夫整理，上海古籍出版社 2009 年版，第 842 页。

陶谦任舒县县令时，郡守恰是其同乡并与其父交往甚密的张磐。张磐对陶谦甚是亲近器重，愿引他为亲信，陶谦却不屑他的为人，觉得在他管辖之下是一种屈辱。有一次，张磐设宴请陶谦，并于席间以舞相属，陶谦勉为其舞。舞到该转身时，陶谦却不转身，张磐问其故，陶谦说："不可转，转则胜人。"古人把升官视作"日转千阶"。陶谦此语，言外之意是：我若一转，就不再屈居于你之下了。张磐自然能领会其弦外之音，甚为恼怒，因此记恨在心，处处为难陶谦。后来，陶谦不得不弃官出走。

又《后汉书·蔡邕传》：

> 邕前在东观，与卢植、韩说等撰补《后汉记》，会遭事流离，不及得成，因上书自陈，奏其所著十意，分别首目，连置章左。帝嘉其才高，会明年大赦，及宥邕还本郡。邕自徙及归，凡九月焉。将就还路，五原太守王智饯之。酒酣，智起舞属邕，邕不为报。智者，中常侍王甫弟也，素贵骄，惭于宾客，诟邕曰："徒敢轻我！"邕拂衣而去。智衔之，密告邕怨于囚放，谤讪朝廷。内宠恶之。邕虑卒不免，乃亡命江海，远迹吴会。往来依太山羊氏，积十二年，在吴。[①]

蔡邕被贬遇赦，回京前，五原太守王智为他举行宴会饯行。席间，王智起舞，相属蔡邕，蔡邕不应属，王智大怒，蔡邕也拂衣而去。王智乃当时朝廷里炙手可热的显官——时任中常侍的王甫之弟，他一贯倚仗其兄的权势作威作福，横行霸道，为人正直的蔡邕不屑于与之交往，于是便有意轻侮他。得罪了这个权贵，以致后来蔡邕就再也没有回京城做官的机会了。

以舞相属的表演形式，表现了参与者的风度、品性、喜怒哀乐和好恶，蕴含着很丰富的内涵，其意义已远远超越了以舞蹈交际、自娱

---

① （南朝·宋）范晔：《后汉书》，中华书局 2007 年版，第 580 页。

娱人的初衷，戏曲发展史的意义不容低估。上述《三国志》《后汉书》所记载的这两个故事，故事性相当强，戏剧冲突尽显，人物关系、情感、性格在"属舞"的过程中有相当真实、细致的表现，整个过程已颇似后代的歌舞剧。

在汉代的画像石（汉代人雕刻在墓室、祠堂四壁的装饰石刻壁画）中，也常见"以舞相属"场面的表现。如四川彭州出土的汉画像石中，主人戴冠，宽袍广袖，袖中又套窄长袖，五彩镶边，右手举起，左手作相邀状；客人亦长袍广袖，举右手，左手前伸答舞。主人旁有女侍者执便面（扇子），客人旁有男侍者，端一长案，正拟捧上酒馔。此外，还有以舞相属的连环图像等。在墓室、祠堂等处都刻上相关题材的壁画，表明汉代以舞相属的风气比较流行，这种交际方式为人们所欣赏和喜爱，无论是阳间还是阴间似乎都乐此不疲。

先秦至汉魏晋诸如此类的乐艺表演，无疑都是后代戏曲艺术的种种构件，古代戏曲的一步步形成，其实正是这些构件一个个生发、成熟、整合的过程。史传中提供了学习、借鉴的样本，可以吸收的有益养料，同时也多多少少反映了戏曲发展的一些轨迹。因此，史传中记载的这些材料，对于后代戏曲的发展有积极的促进作用，对于古代戏曲史的研究，也弥足珍贵。

二　史家思想对戏曲的影响

史学是中国文化的重要组成部分，史家思想对于中国文化的影响广泛而深远，而对中国古代文学的影响也是全方位的，一方面是古代的诗歌、散文、小说和戏曲等各种文体，无一不受史家思想的影响；另一方面是在各种具体的作品文本中，史家的各种思想都有所渗透，有所体现。单就古代戏曲而言，史家思想对其产生的影响突出表现在两个方面。

（一）风化思想

风化思想最早见于《周易》。古人对风的特征、性能的认识是：无影无状，可以无孔不入，触及万物。《周易·说卦》："巽，入也。"巽指风，风可以渗入任何间隙，"挠万物者莫疾乎风"，故为"入"。古人根据这种认识，将人文精神作用于人，对人们进行熏陶、感染，这种"润物无声"的潜移默化过程称之为"风化"。《周易·贲卦》云："刚柔交错，天文也；文明以止，人文也。观乎天文，以察时变，观乎人文，以化成天下。"

在古代，风化与教化同义，教化也称风化，是儒家礼乐思想的重要组成部分。《毛诗序》："风，风也，教也；风以动之，教以化之。"儒家最早使用"教化"概念的是荀子，《荀子·王制》篇云："论礼乐，正躬行，广教化，美风俗。"《尧问》篇又云："礼义不行，教化不成。"

由于先唐史官大部分都是正统的儒家学者，或者是儒家思想为主导的学者，所以风化、教化一类的思想也多被他们所接受和认同，因此相关的思想、表述常见于史传之中。

前述《左传》"襄公二十九年"中所载的"季札观乐"，季札认为从音乐中可以观察民风，从民风中可以体现乐教，其实就是一段跟教化有关的著名论述。

此外，《左传》"僖公二十七年"又载：

> 冬，楚子及诸侯围宋，宋公孙固如晋告急。先轸曰："报施救患，取威定霸，于是乎在矣。"狐偃曰："楚始得曹，而新婚于卫，若伐曹、卫，楚必救之，则齐、宋免矣。"于是乎蒐于被庐，作三军，谋元帅。赵衰曰："郤縠可。臣亟闻其言矣，说礼乐而敦《诗》《书》。《诗》《书》，义之府也；礼、乐，德之则也。德、义，利之本也。《夏书》曰：'赋纳以言，明试以功，车服以庸。'君其试之。"及使郤縠将中军，郤溱佐之；使狐偃将上军，让于狐毛而佐之；命赵衰为卿，让于栾枝、先轸。使栾枝将下军，先

轸佐之。荀林父御戎，魏犨为右。

晋侯始入而教其民，二年，欲用之。子犯曰："民未知义，未安其居。"于是乎出定襄王，入务利民，民怀生矣。将用之。子犯曰："民未知信，未宣其用。"于是乎伐原以示之信。民易资者，不求丰焉，明徵其辞。公曰："可矣乎?"子犯曰："民未知礼，未生其共。"于是乎大蒐以示之礼，作执秩以正其官，民听不惑，而后用之。出谷戍，释宋围，一战而霸，文之教也。①

此载春秋时期有关礼义教化的两段史实。前一段是晋楚城濮大战前夕，晋军选帅，赵衰力挺郤縠为中军主帅，推荐的理由是郤縠"说（悦）礼乐而敦《诗》《书》"。赵衰认为，礼、乐、《诗》《书》对于人的品德、能力的培养，发挥着极为重要的作用，郤縠喜爱礼、乐、《诗》《书》，接受过良好的浸润和教化，是德行、能力兼具的人才，故可担当重任。由此可见，春秋时代的政坛上就很重视礼义教化，人才之所以成为人才，教化是很重要的因素。

后一史实是记晋文公听从子犯的意见，先后对老百姓施以道义、诚信、礼义等方面的教化，使老百姓懂得道义、信用和礼义，同心同德，为己所用，最终凭借老百姓的支持打败强敌。文末史家直言，晋文公通过城濮一战而称霸诸侯，都是教化的结果。

除了相关史实的记载，史传中也屡见史家对于风化、教化之类思想、观念的直接表述。如《史记·孔子世家》："孔子以《诗》《书》、礼、乐教。"②《史记·三王世家》："传曰'青采出于蓝，而质青于蓝'者，教使然也。……传曰'蓬生麻中，不扶自直；白沙在涅，与之皆黑'者，土地教化使之然也。"③

又如《汉书·礼乐志》："古之王者莫不以教化为大务，立大学以教于国，设庠序以化于邑。教化已明，习俗已成，天下尝无一人之狱

---

① （清）洪亮吉：《春秋左传诂》，李解民点校，中华书局1987年版，第327—328页。
② （汉）司马迁：《史记》，中华书局1959年版，第1938页。
③ 同上书，第2116—2117页。

矣"；"设庠序，陈礼乐，隆雅颂之声，盛揖攘之容，以风化天下"。

汉武帝即位，举贤良文学之士对策，董仲舒在应对中，对礼乐教化做了大篇幅的论述："圣王已没，而子孙长久安宁数百岁，此皆礼乐教化之功也。……凡以教化不立而万民不正也。夫万民之从利，如水之走下，不以教化堤防之，不能止也。是故教化立而奸邪皆止者，其堤防完也；教化废而奸邪并出，刑罚不能胜者，其堤防坏也。古之王者明于此，是故南面而治天下，莫不以教化为大务。立大学以教于国，设庠序以化于邑，渐民以仁，摩民以谊，节民以礼，故其刑罚甚轻而禁不犯者，教化行而风俗美也。"①

在史传中，诸如此类的文字很多。这都表明风化思想很受史家的认同，甚至将礼乐教化作为他们考察、评判政治伦理、民情风俗的一个重要依据，也自然而然地成为史家思想的一个重要方面，对后世的思想、文化都产生了深远的影响。

古代教化的基本工具是礼、乐（诗）等上层建筑、意识形态的产品。正如《左传》中赵衰所称："《诗》《书》，义之府也；礼、乐，德之则也。德、义，利之本也。"② 礼对外，用以协调、处理各种伦理关系，乐对内，用以陶冶人的品格、性情。一个人礼乐兼修、内外皆化，才能德才兼备。"故孔子曰：'安上治民，莫善于礼；移风易俗，莫善于乐。'礼节民心，乐和民声。……乐以治内而为同，礼以修外而为异；同则和亲，异则畏敬；和亲则无怨，畏敬则不争。揖让而治天下者，礼乐之谓也。"③

由于古代戏曲是一种以音乐为本体的艺术，它的文本形式是乐曲和唱词，其外在形态与古代的"乐（诗）"一脉相承，而其内在的思想内涵又有显风俗、表人情、教人伦的成分，这与礼的精神、功能相一致。所以，礼乐教化的功能和形式，在古代戏曲中都得到很大程度的体现，戏曲很自然地就成为一种推行风化的通俗化、大众化的形

---

① （汉）班固：《汉书·董仲舒传》，中华书局2007年版，第562—563页。
② （清）洪亮吉：《春秋左传诂》，李解民点校，中华书局1987年版，第327页。
③ （汉）班固：《汉书·礼乐志》，中华书局2007年版，第137页。

式。正如陈独秀在署名"三爱"的《论戏曲》一文中所说："古代圣贤均习音律，如《云门》《咸池》《韶》《濩》《大武》等之各种音乐，上自郊庙，下至里巷，皆奉为圭臬。及周朝遂为《雅》《颂》，刘汉以后，变为乐府，唐宋变为词曲，元又变为昆曲。迄至近二百年来，始变为戏曲。故戏曲原与古乐相通者也……孔子曰：'移风易俗，莫善于乐。'孟子曰：'今之乐，犹古之乐也。'戏曲，即今乐也。"①

史传对于礼乐教化的记载，保存了许多古代的相关史实，这些史实既是后世戏曲题材的宝贵源泉，又是戏曲演绎教化故事的鲜活范例及学习和借鉴的样本，后世的许多戏曲作品尤其是取材于史传的作品，都很明显、深刻地受到它的影响。与此同时，史家对于礼、乐的性质、特征、内涵、功能及其相互关系等的论述，使礼乐教化思想通过史传这个平台得到了更广泛的传播和更全面、多样的诠释，这样也扩大了它的影响，使之更加深入人心。而后代的戏曲作家，也从中得到许多的启发，在创作中强调作品的风化作用，自觉地将有益于风化当成自己创作的追求和使命，使我国古代戏曲具有鲜明、浓厚的教化特质。

关于戏曲风化作用的论述，在后世曲论家的论著中也可谓比比皆是。如元代夏庭芝《青楼集志》云："至我朝乃分'院本''杂剧'而为二。……'院本'大率不过虐浪调笑，杂剧则不然，君臣如《伊尹扶汤》《比干剖腹》，母子如《伯瑜泣杖》《剪发待宾》，夫妇如《杀狗劝夫》《磨刀谏妇》，兄弟如《田真泣树》《赵礼让肥》，朋友如《管鲍分金》《范张鸡黍》，皆可以厚人伦，美风化。"② 这里特别强调元杂剧"厚人伦，美风化"的教化作用，文中所列举的剧目或章节、典故，其人物、本事亦多出自史传，这些剧目或剧中的人和事，都是宣扬风化的突出例子，由此可见史家风化思想对杂剧创作的影响，而这些也

① 三爱（陈独秀）：《论戏曲》，《晚清文学丛钞·小说戏曲研究卷》，中华书局 1960 年版，第 53 页。

② （元）夏庭芝：《青楼集志》，《中国古典戏曲论著集成》（二），中国戏剧出版社 1959 年版，第 7 页。

得到了夏氏的认同。

明初南戏的代表作《琵琶记》，可谓古代戏曲中风化思想体现得最突出的名作，明太祖朱元璋甚至将之与"四书""五经"相提并论，谓其像"山珍海错，贵富家不可无"①。作者高明在第一出《副末开场》中就明确指出：

> 秋灯明翠幕，夜案览芸编。今来古往，其间故事几多般。少甚才子佳人，也有神仙幽怪，琐碎不堪观。正是不关风化体，纵好也徒然。论传奇，乐人易，动人难。知音君子，这般另作眼儿看。休论插科打诨，也不寻宫数调，只看子孝共妻贤。正是骅骝方独步，万马敢争先。②

高明开门见山，把戏曲有助于风化提升到戏曲本体的高度来认识："不关风化体，纵好也徒然。"认为作品如果没有教化功用，纵有其他种种好处，也不值一提。而评判作品的教化功用，衡量的标准只有一个，就是看有没有"子孝""妻贤"等伦理道德的内容。

该剧作写蔡伯喈和赵五娘悲欢离合的故事，作品在故事演绎、人物形象塑造等方面，都贯穿着明显的风化教育的意图。蔡伯喈的忠孝、赵五娘的节孝、牛氏的贤德、张广义的仁义等，可谓忠、孝、节、义俱全，且都有比较生动的表现。

剧中的蔡伯喈即汉代著名学者蔡邕，《后汉书》卷六十（下）有其传记，称其"笃孝""博学""好辞章、数术、天文，妙操音律"。蔡邕因与董卓有交情而遭司徒王允迫害，太尉马日磾为之求情曰："蔡伯喈旷世逸才，多识汉事，当续成后史，为一代大典。且忠孝素著，而所坐无名，诛之无乃失人望乎？"③求情无果，邕遂死于狱中，

---

① （明）徐渭：《南词叙录》，《中国古典戏曲论著集成》（三），中国戏剧出版社1959年版，第240页。
② （明）高明：《琵琶记》，中华书局1960年版，第1页。
③ （南朝·宋）范晔：《后汉书·蔡邕列传》，中华书局2007年版，第581页。

"缙绅诸儒莫不流涕"，"兖州、陈留间皆画像而颂焉"。由此可见，历史上的蔡伯喈是一个以忠孝、博学、率直而著称的人物，也是一位历史名人，《琵琶记》显然以之为原型，以人物的这些基本特征为底色，把该历史人物塑造成一个艺术形象，一个宣扬风化的典型。因此，剧作无论是取材还是立意，史传的影响都是显而易见的。

　　明代统治者有感于元代的异族统治，传统的儒学思想淡化，从而导致纲纪废弛、社会矛盾激化，将伦理纲常确立为十分重要的立国方略，并加强对思想文化的控制。《大明律》明确规定：戏曲演出"不许妆扮历代帝王后妃、忠臣烈士、先圣先贤神像，违者杖一百；官民之家，容令妆扮者与同罪"；"但有亵渎帝王圣贤之词曲驾头杂剧，非律所该载者，敢有收藏传诵印卖，一时拿送法司究治"。① 统治者一方面对戏曲严加限制，另一方面又倡导、鼓励剧作家创作反映人伦、宣扬教化的作品。这种禁、倡并施，礼、法结合的文化政策，其实是要求戏曲作品要继承史传的传统，具有"正史"的品格，既要杜绝嘲弄、亵渎甚至丑化帝王圣贤等历史人物，以维护统治者和封建圣贤的尊严和权威，又要发扬史家的风化精神，从而成为劝化世人的重要载体，甚至是宣扬封建礼教的工具。

　　这些表明，后代戏曲作家受史传风化思想的影响，既有自身接受史传的熏陶、浸润，自觉、主动为之，也有时代环境的促使而被动为之。当主客观的认识和要求相互契合之后，戏曲为教化服务便成为士大夫、剧作家乃至民间艺人的创作理念。所以，把戏曲作为宣扬封建礼教的工具，这种曲论主张在明代一直占主导地位，明（宪宗）成化以后，与风化有关的戏曲创作及论述更如雨后春笋，层出不穷。如著名的通俗文学家冯梦龙就以风化为理念，进行戏曲的创作和改编。他改《灌园记》为《新灌园》，指出二者的差别在于"忠孝志节种种具

---

　　① 王利器辑：《元明清三代禁毁小说戏曲史料》（增订本），上海古籍出版社 1981 年版，第 11、14 页。

备，庶几有关风化而奇可传矣"①；吕天成在著名的曲论著作《曲品》中标举孙鑛的论曲"十要"，其中包括了戏曲从内容到形式，再到舞台演出的各方面要求，其对思想内容的要求就是"合世情，关风化"②。

入清以后，由于统治者的极力宣扬和倡导，宋明理学备受推崇，在精神领域中占据重要地位，道德回归的思潮愈演愈烈。在这种情况下，文学领域里的封建教化意识十分严重，戏曲创作更不例外。如夏纶的剧作《新曲六种》，在每部卷首都分别标明创作意图是"褒忠""阐孝""表节""劝义""式好""补恨"等。被称为昆曲传奇后期最有影响的剧作家蒋士铨，他的作品同样具有鲜明的"维持名教""笔关风化"的特点。

清代另一名大剧作家孔尚任在《桃花扇》卷首亦云："传奇虽小道，凡诗赋、词曲、四六、小说家，无体不备。至于摹写须眉，点染景物，乃兼画苑矣。其旨趣实本于三百篇，而义则《春秋》，用笔行文，又《左》《国》、太史公也。于以惊世易俗，赞圣道而辅王化，最近迫切。"③孔尚任认为，戏曲是一种兼有各种文体、绘画特征的综合性艺术，这种艺术的宗旨本于《诗经》，其义则同于《春秋》，用笔行文则与《左传》《国语》《史记》无异。"惊世易俗，赞圣道而辅王化"，实质上也是教化。戏曲这种警世易俗、辅助王化的功能，显然与儒家经典、史传的影响有密切的关系。

由于受史传风化思想的影响，后代戏曲很自然地成为史传的一种延伸，使之以通俗、大众和娱乐的形式，通过人物形象和故事（剧情），传播史家的政治、哲学和伦理思想，对观众进行道德、伦理、情操、习俗等方面的教化。从正面来看，这对于移风易俗，普及历史知识，宣传、弘扬传统文化中的积极、优秀内容，无疑有很大的推动

---

① （明）冯梦龙：《新灌园·叙》，《墨憨斋定本传奇》（上），中国戏剧出版社 1960 年影印本。

② （明）吕天成：《曲品》，程炳达、王卫民《中国历代曲论释评》，民族出版社 2000 年版，第 261 页。

③ （清）孔尚任：《桃花扇小引》，程炳达、王卫民《中国历代曲论释评》，民族出版社 2000 年版，第 484 页。

作用；但从负面来看，过分强调戏曲的风化功能，则在一定程度上使之沦为统治者进行封建教化、驯服的工具，同时也会扭曲戏曲作为文学艺术形态的文体特征，忽视戏曲文学自身的发展规律。

（二）褒贬劝惩思想

褒贬劝惩思想和风化思想是联系在一起的，这两者在史传中互相配合，相得益彰，都有突出的表现。褒贬劝惩思想反映了史家的是非、善恶和美丑观念，其对于是非、善恶、美丑的评判标准和态度，既是教化的依据，也是教化的取向和旨归。

《左传》"成公十四年"就明确指出《春秋》的褒贬劝惩思想："故君子曰：《春秋》之称，微而显，志而晦，婉而成章，尽而不污，惩恶而劝善。"

《史记·太史公自序》也有相近的表述："夫《春秋》，上明三王之道，下辨人事之纪，别嫌疑，明是非，定犹豫，善善恶恶，贤贤贱不肖，存亡国，继绝世，补敝起废，王道之大者也。"

刘勰《文心雕龙·史传》称："因鲁史以修《春秋》，举得失以表黜陟，征存亡以标劝戒。褒见一字，贵逾轩冕；贬在片言，诛深斧钺。"①

《春秋》是儒家的经典，作为儒家思想为主导思想的后世史传，也自然而然地继承了《春秋》褒贬劝惩的思想传统。如东汉学者贾逵向章帝进言，就明确指出《左传》"崇君父，卑臣子，强干弱枝，劝善戒恶，至明至切，至直至顺"②。

司马迁著述《史记》的宗旨，是要上继孔子的《春秋》："先人有言：'自周公卒五百岁而有孔子。孔子卒后至于今五百岁，有能绍明世，正《易传》，继《春秋》，本《诗》《书》《礼》《乐》之际？'意在斯乎！意在斯乎！小子何敢让焉。"（《史记·太史公自序》）所以，《史记》亦承继了《春秋》"寓褒贬、别善恶"的传统，和"微言大

① （梁）刘勰：《文心雕龙注》，范文澜注，人民文学出版社 2001 年版，第 283—284 页。
② （南朝·宋）范晔：《后汉书·贾逵传》，中华书局 2007 年版，第 367 页。

义"的叙述模式，在客观叙述历史人物、事件的过程中暗寓褒贬劝惩之意。如《五帝本纪》记舜之父瞽叟"顽"，后母"嚚"，同父异母弟象"傲"，皆欲杀舜，但舜一再挫败他们的阴谋和恶行，且"顺适不失子之道"，令居心不良者羞愧难当，无地自容，劝惩之意充斥字里行间。又周亚夫因反对废栗太子、封王信而得罪汉景帝，最终被以莫须有的罪名陷害致死，司马迁在《绛侯周勃世家》结尾处，有意无意地加了这样一笔："条侯果饿死。死后，景帝乃封王信为盖侯。"王信封侯，看似闲笔，其实暗寓褒贬之意，忠直之士与谄媚之徒如此鲜明的对比，实在是天大的讽刺！太史公的不平之情及是非评判、褒贬之意，都巧妙地寄寓在这寥寥数言之中。

受史传的影响，褒贬劝惩也成为古代戏曲的一个传统，在后世的戏曲理论和戏曲作品里，大都贯穿着这一精神。

后世曲论家对古代戏曲褒贬劝惩的传统和功用，有比较多的论述。元代杨维桢、清代李渔等人在这方面的论述都比较有代表性，影响颇大。

杨维桢，字廉夫，号东维子、铁崖，浙江诸暨人，元代后期著名文学家、书法家和曲论家，著有《东维子文集》《铁崖先生古乐府》等。杨维桢论戏曲，就十分强调要发挥戏曲"惩劝"和感化教育的作用，"使痴儿女各有古今美恶成败之劝惩"①。

其《优戏录序》云："太史公为滑稽者作传，取其'谈言微中'，则感世道者深矣！钱塘王晔集历代之优辞有关世道者，自楚优孟而下，至金人玳瑁头，凡若干条。太史公之旨，其有繇于中者乎！……优戏之伎虽在诛绝，而优谏之功岂可少乎？"② 这里论及《史记》为滑稽者（优伶）辟专传的宗旨、意义以及后世戏曲与史传的关系，既表明戏曲对于太史公"劝谏"传统的继承，又强调了戏曲褒贬劝惩的

---

① （元）杨维桢：《沈氏今乐府序》，程炳达、王卫民《中国历代曲论释评》，民族出版社 2000 年版，第 51 页。

② （元）杨维桢：《优戏录序》，程炳达、王卫民《中国历代曲论释评》，民族出版社 2000 年版，第 55 页。

功能。

其《朱明优戏序》更是指出成熟状态的戏曲，比之前的"百戏"更可贵的地方，就是不仅仅作为娱乐和消遣，更重要的是具有"讽谏"的功能："百戏有鱼龙、角抵、高絙、凤凰、都卢、寻橦、戏车、走丸、吞刀、吐火、扛鼎、象人、怪兽、舍利、泼寒、苏木等伎，而皆不如俳优侏儒之戏，或有关于讽谏，而非徒为一时耳目之玩也。"①

李渔，本名仙侣，号天徒，后改名渔，又名笠鸿、谪凡，别号笠道人、随庵主人、湖上笠翁等。祖籍浙江兰溪，生于江苏如皋，清代著名戏曲作家和戏曲理论家。其《闲情偶寄》是我国古代戏曲理论中最系统、最全面论述戏曲创作和表演的理论著作。

李渔论戏曲，也特别强调其劝惩的功用，认为戏曲应该作为一种宣传教化，教人趋善戒恶的工具："传奇一书，昔人以代木铎。因愚夫愚妇识字知书者少，劝使为善，戒使勿恶，其道无由，故设此种文词，借优人说法，与大众齐听，谓善者如此收场，不善者如此结果，使人知所趋避，是药人寿世之方，救苦弥灾之具也。"而戏曲作品具备这种功用的前提，则是作者必须有明确的是非、善恶观念："凡作传奇⋯⋯务存忠厚之心，勿为残毒之事。以之报恩则可，以之报怨则不可；以之劝善惩恶则可，以之欺善作恶则不可。"②

古代曲论家对于戏曲劝惩功用的论述和主张，一方面是源于对史传思想、传统的认识和继承。如杨维桢感叹："太史公为滑稽者作传，取其'谈言微中'，则感世道者深矣"；"历代之优辞有关世道者，自楚优孟而下，至金人玳瑁头，凡若干条。太史公之旨，其有鬶于中者乎"。李渔也十分推崇《史记》和《汉书》，并将戏曲与《史记》《汉书》及唐宋诗文相提并论："历朝文学之盛，其名各有所归，汉史、

---

① （元）杨维桢：《优戏录序》，程炳达、王卫民《中国历代曲论释评》，民族出版社2000年版，第56页。

② （清）李渔：《闲情偶寄·词曲部·结构第一》，程炳达、王卫民《中国历代曲论释评》，民族出版社2000年版，第374页。

唐诗、宋文、元曲，此世人口头语也。《汉书》《史记》，千古不磨，尚矣。"认为戏曲"乃与史传诗文同源而异派者也"①。这些都表明两人深刻了解、认同戏曲与史传的关系，并将戏曲的功能、定位比况于史传。既然如此，将史传的思想、主张平移至戏曲，倡导、强调戏曲要有"劝惩"的功能，便是很自然的事。

另一方面，这些理论和主张也有元明清戏曲创作的实际作为基础。元明清的杂剧、南戏和传奇创作蔚为大观，褒贬劝惩、教化为其最重要的主题，涌现了大量宣传劝惩教化的作品。正如清代戏曲作家梁廷枏所言："元人……杂剧为多，明以后则传奇盛行，下笔动至数十折，一人多至数本、十数本、数十本。其始大旨亦不过归于劝善、惩恶而已。"②另一位戏曲作家余治亦云："古乐衰而梨园之典兴，原以传忠孝节义之奇，使人观感激发于不自觉，善以劝，恶以惩，殆与《诗》之美刺、《春秋》之笔削无以异，故君子有取焉。"于是，余治也大量创作了此类戏曲作品："余不揣浅陋，拟善恶果报新戏数十种，一以王法天理为主，而通之以俗情，意取劝惩……彰善瘅恶，历历分明，触目惊心，此为最捷。于以佐圣天子维新之化，贤有司教育之穷，当亦不无小补也。"③

大量"彰善瘅恶"的作品和史传的传统思想相契合，加深、强化了戏曲作家、曲论家的劝惩思想和主张，这些思想、主张反过来又作用于戏曲的创作，这便使元明清的戏曲创作凸显出劝惩的色彩和取向。

被王国维称为"列之于世界大悲剧中亦无愧色"（《宋元戏曲考》）的《赵氏孤儿》和《窦娥冤》两剧，是元杂剧最杰出的悲剧作品，也是古代戏曲中褒贬劝惩思想表现得最突出、最著名的剧作。

---

① （清）李渔：《闲情偶寄·词曲部·结构第一》，程炳达、王卫民《中国历代曲论释评》，民族出版社 2000 年版，第 368 页。

② （清）梁廷枏：《藤华亭曲话》，程炳达、王卫民《中国历代曲论释评》，民族出版社 2000 年版，第 517 页。

③ （清）余治：《庶几堂今乐自序》，程炳达、王卫民《中国历代曲论释评》，民族出版社 2000 年版，第 531、532 页。

《赵氏孤儿》的作者纪君祥，元杂剧前期作家，平生所作杂剧六种，唯存《赵氏孤儿》一种，这或许可以表明该剧影响力和生命力。《赵氏孤儿》的故事见诸《左传》（成公八年）、《国语》（晋语）和《史记》（晋世家、赵世家）等史籍，刘向的《新序》、王充的《论衡》也有一些记载。诸书中记载的人物、史事都有比较大的出入，即使是《史记》《晋世家》与《赵世家》的记载也有颇多不合甚至自相矛盾之处，纪君祥剧作的故事则比较接近《史记·赵世家》，当然也吸收了各种史料和民间的传说。

《赵氏孤儿》写春秋时晋国上卿赵盾遭到权臣屠岸贾的诬陷，全家三百多口被抄斩，只有一个生下不久的婴儿被赵盾门客程婴及老臣公孙杵臼所救。屠岸贾发觉婴儿被救，下令搜杀天下半岁之内的婴儿。程婴以亲生子替换赵孤，得以保住赵氏幸存的血脉，也使天下婴儿免遭涂炭。程婴含辛茹苦、忍辱负重二十多年，把孤儿抚养成人，当他知道事件的始末和真相后，杀了屠岸贾，终于为赵家报了仇、雪了耻。

这个复仇事件在史著及其他典籍的记载中，本就有褒贬劝惩的色彩，尤其是在《史记》中，劝惩的主题更加明显，太史公把一场其实是统治阶级内部的倾轧和斗争，演绎成了一场善良与凶残、正义与邪恶的斗争。纪君祥秉承太史公的这一思想和态度，将历史事件进一步艺术化，也更加凸显故事的劝惩主题。剧作歌颂了英雄义士为了正义前仆后继的自我牺牲精神，揭露、批判了屠岸贾的凶残奸诈，正反人物形象对比鲜明。全剧透出一股磅礴的浩然正气，表现出壮烈的悲剧美，给读者（观众）的心灵以强烈的震撼。

关汉卿的代表剧作《窦娥冤》，题材源自《汉书·于定国传》和干宝《搜神记》中的"东海孝妇"故事。寡居的婆媳蔡婆和窦娥二人相依为命，淫邪凶残的恶棍张驴儿乘人之危，威逼两婆媳嫁与他两父子，遭到窦娥的严词拒绝。张驴儿本欲毒死蔡婆，却误将父亲毒死，事后竟嫁祸于窦娥。昏聩的官吏对窦娥严刑逼供，为使年迈的婆婆免受皮肉之苦，窦娥屈招被判死刑。临刑之际，窦娥满腔怨愤，指天骂地发下三桩誓愿：血逆溅素练、六月飞雪、亢旱三年，后竟一一应验。后其父窦天章任两淮提刑肃政廉访使，窦娥的鬼魂向父亲诉说冤情，奇冤终得昭雪。

《窦娥冤》写了一个善良柔弱、守贞尽孝的年轻寡妇被罪恶势力推上断头台的悲剧，成功地塑造了一个本分、孝顺又正直刚强，具有强烈反抗精神的底层女性形象，愤怒地揭露、鞭挞黑暗吏治社会里，好人被欺负、蹂躏、残害，坏人横行霸道、为非作歹，恶势力沆瀣一气、逆天而行的现实。剧中善与恶、正与邪、反抗与压迫的冲突非常尖锐、激烈，褒贬的态度十分鲜明，劝惩的意图也非常明显。作者试图通过这个感天动地的故事，以期唤回社会的道德和良知，恢复伦理秩序，挽救社会危机。所以作品一经问世，便引发了强烈的反响，之后成为一个长演不衰的剧目，在古代戏曲史上有着非常重要的地位。

从以上例子可见，古代戏曲的劝惩特质与史传有很大的关系。戏曲作家不仅在思想上受到史家劝惩思想传统的影响，而且在题材上也借用、移植了相关的史料，使戏曲作品在某种程度上成为宣扬史家褒贬劝惩思想的更加大众的通俗载体，自觉或不自觉地成为史传的一种替代品。

归根结底，褒贬劝惩思想是为教化服务的。教化和褒贬劝惩在本质上都属于伦理道德的范畴，两者的不同在于前者的内容具有肯定、不容置辩的性质和定位，官方色彩比较浓厚，而后者则有批判性和选择性的特质，民间色彩较为突出。古代戏曲的劝惩特质对于宣扬儒家的伦理道德、服务于统治者的政治教化无疑发挥着重要作用，有着浓厚的封建色彩，但由于作品或剖析人性，或针砭时弊，有着强烈、鲜明的是非、善恶、美丑对照，在泾渭分明的判断中蕴含着许多普世价值，因而有丰富的人民性，这些需要有充分的认识，并且给予肯定。

三 史传题材对戏曲的影响

史传对于后世戏曲最直观、最明显的影响，在于它们为后世的戏曲创作提供了丰富的素材，成为戏曲素材的巨大库藏。

在宋元明清的杂剧、南戏和传奇中，取材于史传的剧作不计其数，数量比之于古代小说有过之而无不及。虽然历代的史书都被取材、征用，先唐史传却是被取材最多、密度最大的。

宋元明清取材于史传的戏曲，又以杂剧为最多，成就最高。南戏以爱情婚姻和家庭生活的题材为重心，加之剧作存留极少（据钱南扬《戏文概论》和刘念慈《南戏新证》著录，宋元南戏剧目共 244 种，现存不到 1/10），当中鲜见取材于史传者。明、清两代历史题材的传奇作品不少，但取材于先唐史传的作品亦不多，名作更是寥寥无几。所以，此处对于南戏、传奇暂且略过，主要介绍取材于史传的杂剧，相信这已足以反映史传题材对后代戏曲的影响。

（一）取材于《左传》《国语》《战国策》《史记》的杂剧

由于《史记》是一部通史，比较多使用《左传》《国语》及《战国策》的史料，往往同一个历史事件，《左传》《国语》《战国策》和《史记》都分别有载，因此，后世戏曲作品中西汉以前的素材，或多或少和这四部史著的记载有关，基于这种原因，此处将四者放在一起介绍。现将相关剧目列表如下（见表 5-1）①。

表 5-1 取材于《左传》《国语》《战国策》《史记》的杂剧剧目

作　者	剧　目	剧作取材史传	存、佚状况
李子中	《弑齐君》	《左传·襄公二十五年》	散佚
狄君厚	《介子推》	《左传·僖公二十四年》	存

---

① 该表中的信息主要来源于卜键主编的《元曲百科大辞典》（学苑出版社 1992 年版）。

作　者	剧　目	剧作取材史传	存、佚状况
纪君祥	《赵氏孤儿》	《左传》《国语》《史记·赵世家》	存
李寿卿	《伍员吹箫》	《左传》《国语》《史记·伍子胥列传》	存
郑光祖	《破连环》	《战国策·齐策》	散佚
李直夫	《水淬蓝桥》	《战国策·燕策》	散佚
钟嗣成	《冯谖烧券》	《战国策·齐策》《史记·孟尝君传》	散佚
高文秀	《鸡鸣度关》	《战国策》《史记·孟尝君列传》	散佚
郑光祖	《指鹿为马》	《史记·秦始皇本纪》	散佚
高文秀	《渑池会》	《史记·廉颇蔺相如列传》	存
高文秀	《廉颇负荆》	《史记·廉颇蔺相如列传》	散佚
马致远	《戚夫人》	《史记·吕后本纪》	散佚
无名氏	《衣锦还乡》	《史记·苏秦张仪列传》	存
赵明道	《范蠡归湖》	《史记·越王勾践世家》	散佚
王廷秀	《坑儒焚典》	《史记·秦始皇本纪》	散佚
张时起	《别虞姬》	《史记·项羽本纪》	散佚
赵文敬	《武王伐纣》	《史记·周本纪》	散佚
金仁杰	《追韩信》	《史记·淮阴侯列传》	散佚
乔　吉	《黄金台》	《史记·乐毅列传》	散佚
吴弘道	《屈原投江》	《史记·屈原列传》	散佚

作　者	剧　目	剧作取材史传	存、佚状况
李寿卿	《斩韩信》	《史记·淮阴侯列传》	散佚
扬　梓	《豫让吞炭》	《史记·刺客列传》	散佚
屈恭之	《田单复齐》	《史记·田单列传》	存
钟嗣成	《斩陈余》	《史记·淮阴侯列传》	散佚
钟嗣成	《诈游云梦》	《史记·淮阴侯列传》	散佚
宫天挺	《汲黯开仓》	《史记·汲郑列传》	散佚

　　表 5-1 所列剧作 26 种，但仅存 6 种。所存的 6 个剧作之中，以前述纪君祥的《赵氏孤儿》最为著名，而与《赵氏孤儿》并称为复仇剧"双璧"的《伍员吹箫》，也是一部历史剧的杰作，在当时和后世都很知名。

　　《伍员吹箫》的作者李寿卿，太原（今山西）人，生卒年不详，元前期杂剧作家，《录鬼簿》载其曾官将仕郎、县丞等职。《录鬼簿》和《太和正音谱》载其杂剧剧目 10 种，现仅存《伍员吹箫》《临岐柳》2 种。

　　《伍员吹箫》杂剧写楚平公时，奸臣费无忌杀害伍奢全家，伍奢之子伍员（字子胥）先是逃亡郑国，郑相子产欲加害之，不得不弃郑奔吴，但吴王拒绝收留。伍员流落吴国 18 年，常于市井吹箫行乞，其间结识壮士鱄诸（一作专诸），相约攻楚，二人遂举兵同行。鱄诸生擒费无忌，伍员怒杀之，并掘墓挖出楚平公尸体，鞭尸泄愤，报了杀父之仇。剧情虽然史有所本，但更多取材于民间的平话和传说故事。该剧情节复杂，但剪裁精当、关目集中，线索整洁而不琐细；文字本色，慷慨悲凉，颇具艺术魅力。

（二）取材于《史记》《汉书》的杂剧

如同上面所述，宋元杂剧中取材于两汉史事的剧作，有些既与《史记》的记载相联系，又与《汉书》的记载相联系，个别甚至还牵涉到《后汉书》，所以此处也把取材于《史记》《汉书》的剧作集合在一起，列为表 5-2。

表 5-2　取材于《史记》《汉书》的杂剧剧目

作　者	剧　目	剧作取材史传	存、佚状况
尚仲贤	《气英布》	《史记·黥布列传》《汉书·英布传》	存
石君宝	《醢彭越》	《史记·魏豹彭越列传》《汉书·彭越传》	散佚
柯丹丘	《白日飞升》	《史记·淮南衡山列传》《汉书·淮南王传》	散佚
顾仲清	《火烧纪信》	《史记·项羽本纪》《汉书·高祖本纪》	散佚
李文蔚	《圯桥进履》	《史记·留侯世家》《汉书·张良传》	缺页
无名氏	《风魔蒯通》	《史记·淮阴侯列传》《汉书·蒯通传》	散佚
关汉卿	《救周勃》	《汉书·周勃传》	散佚
关汉卿	《三噘赦》	《汉书·张耳传》	散佚
庾无锡	《买臣负薪》	《汉书·朱买臣传》	散佚
周文质	《苏武还朝》	《汉书·苏武传》	散佚
郑光祖	《哭孺子》	《汉书·元后传》	散佚
刘君锡	《东门晏》	《汉书·疏广传》	散佚
梁进之	《于公高门》	《汉书·于定国传》	散佚
李宽甫	《问中喘》	《汉书·丙吉传》	散佚

作　　者	剧　目	剧作取材史传	存、佚状况
李文蔚	《李夫人》	《汉书·外戚列传》	散佚
武汉臣	《登坛拜将》	《汉书·韩信传》	散佚
王仲文	《辞朝归山》	《汉书·张良传》	散佚
王仲文	《韩信乞食》	《汉书·韩信传》	散佚
王廷秀	《细柳营》	《汉书·周勃传》	散佚
费唐臣	《斩邓通》	《汉书·佞幸传》	散佚
无名氏	《渔樵记》	《汉书·朱买臣传》	存

　　表 5-2 所列剧作 21 种，完整保存的仅有尚仲贤《气英布》、无名氏《鱼樵记》2 种，另有李文蔚《圯桥进履》1 种残存缺页。

　　尚仲贤，元前期杂剧作家，真定（今河北正定）人，生卒年不详，曾任浙江省务提督。《录鬼簿》著录其杂剧十多种，今仅存《气英布》《柳毅传书》《三夺槊》《单鞭夺槊》4 种，其中以《柳毅传书》最负盛名。《气英布》演楚汉战争时，汉军屡为英布所败，刘邦和张良设计招降楚将英布，英布的儿时好友随何大夫受命前往策反，但英布不为所动。恰逢楚使来英布军中，随何杀死了楚使，迫使英布降汉。之后，刘邦为煞英布的傲气，故意在洗脚的时候召见他，英布愤然离去。刘邦一面派人挽留，一面又亲自赶至军中，向英布敬酒赔礼，并封他为九江侯。英布有感于刘邦的诚意和盛情，终于归顺刘邦，成为刘邦麾下的一员骁将。剧情与《史记》《汉书》的史实大致相合，剧中写英布的英勇善战，主要由探子来描述。通过侧面的刻画来完成形象的塑造，是该剧在艺术手法上的一大特色。

　　《鱼樵记》全名《朱太守风雪鱼樵记》，明初内府本因剧本中"朱买臣"三字有影射朱皇帝之嫌，改称为《王鼎臣风雪鱼樵记》。剧演朱买臣满腹诗书文章，但甘于贫贱，49岁仍以打柴为生。丈人刘二公为逼其进取，故意让女儿玉天仙辱骂他，并向他索要休书。之后又将钱银、冬衣交给朱买臣的义兄王安道，假冒为王安道的资助以供他上京考试。朱买臣一举及第，官拜会稽太守。玉天仙求与复合，朱买臣前怨未消，坚决拒绝，后由王安道说明原委，才欢好如初。剧作乃袭用贫贱书生否极泰来的套路，但表现贫贱夫妻反目争吵，颇为真切，念白的成就尤高。剧中人物所操市井俗语非常娴熟，又生动泼辣，极具生活气息。

（三）取材于《后汉书》的杂剧

取材于《汉书》的杂剧10种，数量虽不及前两者多，但保存的剧目有5种，比例高达50%，另有李进取的《栾巴噀酒》存有曲词（见表5-3）。

表5-3　取材于《后汉书》的杂剧剧目

作　者	剧　目	剧作取材史传	存、佚状况
马致远	《汉宫秋》	《汉书·元帝本纪》《后汉书·南匈奴传》	存
张国宾	《七里滩》	《后汉书·严光传》	存
李取进	《栾巴噀酒》	《后汉书·栾巴传》	存曲词
王仲文	《董宣强项》	《后汉书·酷吏传》	散佚
宫天挺	《范张鸡黍》	《后汉书·独行传》	存
金仁杰	《蔡琰还朝》	《后汉书·列女传》	散佚
鲍天佑	《宋弘不谐》	《后汉书·宋弘传》	散佚
鲍天佑	《曹娥泣江》	《后汉书·列女传》	散佚
秦简夫	《赵礼让肥》	《后汉书·赵孝传》	存
无名氏	《连环计》	《后汉书·王允传》《后汉书·董卓传》	存

这部分剧作中最著名的作品是马致远的《汉宫秋》。马致远，名不详，字致远，号东篱，元代前期杂剧作家、散曲家，元曲四大家之一。大都（今北京）人，曾任浙江省务提督，后退隐山林，以诗酒自娱。《录鬼簿》载录其杂剧 13 种，现存 7 种，《汉宫秋》是他的代表作。

《汉宫秋》取材于汉元帝时王昭君出塞和亲的故事，除了《汉书》《后汉书》和葛洪《西京杂记》的记载以外，还采用了一些民间传说的内容。剧作写正直、美丽的民女王嫱（字昭君）被选入宫，因不肯贿赂画工毛延寿而被丑化，得不到汉元帝的宠幸。昭君自弹琵琶排遣郁闷，巧遇元帝，元帝惊为后宫第一人，大加宠幸。毛延寿畏罪逃亡到匈奴，唆使单于指名索求昭君，并以武力相逼。元帝无奈只得送昭君出塞，在灞桥洒泪惜别。昭君行至番汉交界处投水自尽，汉元帝相思不已，哀思难禁。后单于把毛延寿送回，元帝下旨杀了毛延寿以祭奠昭君。歌颂了爱国主义精神，批判了卖国求荣者的行径，曲折地反映了元代社会民族压迫的现实和被压迫民众的民族情绪。全剧曲词优美动人，抒情色彩浓厚，与《梧桐雨》合称为元代历史剧的"双璧"，在古代戏曲史上影响很大。昭君出塞的故事在民间也可以说是家喻户晓。

（四）取材于《三国志》的杂剧

三国故事很早就被搬上舞台，早在隋代，就有隋炀帝观看"水饰"（水上杂戏表演）的记载，其中有"曹操谯水击蛟""刘备跃马檀溪"等内容。宋元明清三国故事的戏曲作品虽然很多，但以元杂剧的剧目数量最多、成就最高。这些元代的三国题材杂剧，固然也有源自民间的传说故事，但大部分都是直接或间接取材于陈寿的《三国志》或《三国志注》（裴松之注）。

现存取材于三国故事的元代杂剧有 21 种：关汉卿《单刀会》《西蜀梦》；高文秀《襄阳会》；郑光祖《王粲登楼》《三战吕布》；无名氏《黄鹤楼》《博望烧屯》《连环计》《千里独行》《隔江斗智》《桃园三结

义》《单刀劈四寇》《大闹杏林庄》《单战吕布》《三出小沛》《大闹石榴园》《陈仓道》《五马破曹》《怒斩关平》《娶小乔》《掠四郡》。此外，还有三国题材的残剧、佚剧数十种，此处不再详述。

　　胡适根据现存剧本和剧目推断，将元代三国杂剧分为吕布故事、诸葛亮故事、周瑜故事、刘关张故事、关羽故事、曹植管宁小故事六种类型。当代研究者亦有其他标准的各种分类，这些研究角度不同的分类，正反映了学界对元代三国杂剧不同方位、不同层次的研究状况。关汉卿的《单刀会》是元代前期历史剧中的名作，与《赵氏孤儿》《梧桐雨》《汉宫秋》合称为"四大历史剧"，也是元杂剧中三国戏的佼佼者。

　　关羽"单刀赴会"的史料其实非常简略，《三国志·吴书·鲁肃传》载："肃邀羽相见，各驻兵马百步上，但请将军单刀赴会。"几经戏曲、小说的敷衍、增益，成了一个情节丰富、曲折跌宕，为后人津津乐道的故事。在这个过程中，关汉卿的杂剧《单刀会》也起了重要的作用。剧作写东吴鲁肃想从蜀汉的关羽手中索回战略要地荆州，但慑于关羽的韬略武功，不敢贸然直取。于是鲁肃设下计谋，邀关羽过江东赴会，意欲在宴乐当中软硬兼施，"先礼后兵"，迫使关羽就范。关羽明知鲁肃居心不善，但临危不惧，慨然应诺，单刀赴会，以过人的胆略和英雄气概，最终粉碎了鲁肃的阴谋，毫发无损地归来。剧作着力刻画了一个为维护"汉家基业"而置个人安危于度外的英雄形象，意欲借舞台上智勇兼备、叱咤风云的关羽形象，呼唤英雄主义精神，呼唤在元蒙铁蹄下忠勇神武、挺身而出的汉族英雄，有特定的现实意义和审美价值。

　　以上仅仅是元杂剧对史传的取材情况，但这已经足以反映史传对于后世戏曲创作的巨大影响。事实上，先唐史传是我国古代戏曲题材取之不尽、用之不竭的宝库。史传为后世戏曲作家提供题材的同时，其实也为他们输送了思想、观念甚至艺术构思，这些现成的材料无疑为戏曲创作提供了莫大的方便，对于一些生活积累不够深厚，人生的体验、理解不甚深切的剧作家来说，尤其如此。如何使用史传题材，也是对剧作家思想、艺术水准的一种考验。

后世戏曲作家、戏曲理论家对于历史题材的处理,大约有三种观点:一是标举实录;二是称扬虚构;三是主张虚实结合。但主张实录者,也并不完全否认虚构的存在,如一再标举实录理念的孔尚任,也坦承其历史题材剧《桃花扇》中的儿女钟情、宾客解嘲之类乃"稍有点染"①,梁启超也指证其作品与史实相出入者多达百条。称扬虚构者也并不排斥史实,认可荒诞怪异、胡编乱造。如王骥德在《曲律》中一面肯定虚构、损益缘饰不脱离史实,"多本古史传杂说,略施丹垩,不欲脱空杜撰",另一面又批评"捏造无影响之事以欺妇人、小儿"②的做法,对那些虚妄不经,既罔顾历史事实又不符合常情常理的剧作给予严厉的批评。戏曲不是史著,即使是历史题材的剧作也不同于历史,基于对戏曲艺术本体特征的体认,历史剧应虚实结合、虚实相伴的主张便应运而生:"凡为小说及杂剧戏文,须是虚实相伴,方为游戏三昧之笔。"③ 从上述的事实可知,无论是哪一种观点,都不认为虚与实之间是相互对立、排斥的,都不否认两者共存的事实,只不过是立论的角度、侧重点不同而已,在本质上没有太大的区别。元杂剧中取材于史传的作品,大多在不同程度上实践或体现了这些主张,虚实结合、虚实相间,自觉或不自觉地处理历史真实和艺术真实的关系。

大量的史传题材被搬上舞台,对于封建伦理道德的宣传、教化,显然是很有帮助的,这也是统治者乐于提倡、鼓励,历史题材剧作大量涌现的重要原因。排除政治性、封建性的诸多负面因素,不可否认历史题材的剧作通过对历史事物的艺术化描述,对历史人物形象的刻画、塑造,对于受众的人文和艺术熏陶、历史知识普及都具有积极的

---

① (清)孔尚任:《桃花扇·凡例》,程炳达、王卫民《中国历代曲论释评》,民族出版社 2000 年版,第 487 页。

② (明)王骥德:《曲律》,《中国古典戏曲论著集成》(四),中国戏剧出版社 1959 年版,第 147 页。

③ (明)谢肇淛:《五杂组》,上海书店出版社 2001 年版,第 313 页。

作用。广大受众在欣赏、娱乐的过程中，不知不觉地接受知识，其思想、气质和行为受到了潜移默化的影响。当然在这个过程中，也难免有一部分人误把艺术当成了真实，错把戏剧的内容当成了史实，这种情形在部分阅读历史题材小说的读者那里也屡有发生。这对于一般的受众（除了学术研究者和专业工作者）来说，似乎也无伤大雅，因为这不会成为主流，也不可能成为永恒。

主要参考文献

[1] （汉）司马迁：《史记》，中华书局 1959 年版。

[2] （晋）陈寿：《三国志》，（宋）裴松之注，中华书局 1959 年点校本。

[3] 《国语》，上海古籍出版社 1978 年版。

[4] （清）洪亮吉：《春秋左传诂》，李解民点校，中华书局 1987 年版。

[5] （汉）高诱注：《战国策》，上海书店出版社 1987 年版。

[6] （汉）班固：《汉书》，中华书局 2007 年版。

[7] （南朝·宋）范晔：《后汉书》，中华书局 2007 年版。

[8] （清）严可均校辑：《全上古三代秦汉三国六朝文》，中华书局 1965 年版。

[9] 刘叶秋：《魏晋南北朝小说》，上海古籍出版社 1978 年版。

[10] 袁珂：《山海经校注》，上海古籍出版社 1980 年版。

[11] 胡士莹：《话本小说概论》，中华书局 1980 年版。

[12] 钟敬文主编：《民间文学概论》，上海文艺出版社 1980 年版。

[13] 武占坤、马国凡：《谚语》，内蒙古人民出版社 1980 年版。

[14] 逯钦立：《先秦汉魏晋南北朝诗》，中华书局 1983 年版。

［15］陈蒲清：《中国古代寓言史》，湖南教育出版社 1983 年版。

［16］李剑国：《唐前志怪小说史》，南开大学出版社 1984 年版。

［17］马积高：《赋史》，上海古籍出版社 1987 年版。

［18］卜键主编：《元曲百科大辞典》，学苑出版社 1992 年版。

［19］叶舒宪：《中国神话学》，中国社会科学出版社 1992 年版。

［20］侯忠义、刘世林：《中国文言小说史稿》，北京大学出版社 1993 年版。

［21］仇春霖主编：《古代中国寓言大系》，山西教育出版社 1994 年版。

［22］石昌渝：《中国小说源流论》，生活·读书·新知三联书店 1994 年版。

［23］谢楚贵：《散文》，人民文学出版社 1994 年版。

［24］杨义：《中国古典小说史论》，中国社会科学出版社 1995 年版。

［25］谭家健：《先秦散文艺术新探》，首都师范大学出版社 1995 年版。

［26］张振军：《传统小说与中国文化》，广西师范大学出版社 1996 年版。

［27］闻一多：《神话与诗》，华东师范大学出版社 1997 年版。

［28］中国中外传记文学研究会编：《传记文学研究》，湖南文艺出版社 1997 年版。

［29］蒋伯潜、蒋祖怡：《小说与戏剧》，上海书店出版社 1997 年版。

［30］徐振贵：《中国古代戏剧统论》，山东教育出版社 1997 年版。

［31］黄镇伟：《历史的黄钟大吕——〈史记〉》，云南人民出版社 1999 年版。

［32］吴秋林：《中国寓言史》，福建教育出版社 1999 年版。

［33］陈桐生：《〈史记〉与〈诗经〉》，人民出版社 2000 年版。

［34］李零：《中国方术续考》，东方出版社2000年版。

［35］龙榆生：《中国韵文史》，钱鸿瑛导读，上海古籍出版社
2002年版。

［36］刘守华、陈建宪主编：《民间文学教程》，华中师范大学出
版社2002年版。

［37］马振方：《小说艺术论》，北京大学出版社2004年版。

［38］鲁迅：《中国小说史略》，上海古籍出版社2004年版。

［39］武占坤：《中华谚谣研究》，河北大学出版社2006年版。

［40］吕肖奂：《中国古代民谣研究》，巴蜀书社2006年版。

［41］段宝林主编：《民间文学教程》，高等教育出版社2006
年版。

［42］袁珂：《中国神话史》，重庆出版社2007年版。

［43］曹础基主编：《中国古代文学》，广东高等教育出版社2008
年版。

［44］韩兆琦：《史记讲座》，广西师范大学出版社2008年版。

［45］刘玉奇：《古代戏曲创作理论与批评》，中国社会科学出版社
2010年版。

［46］郭预衡：《中国散文史》，上海古籍出版社2011年版。

［47］刘兆祥：《先秦野史》，海潮出版社2012年版。

后　　记

　　本书已经酝酿多年，但正式动笔是在 2015 年的年初。其时春节刚过，便前往澳门，晚上授课，白天闲来无事，于是找点事来打发日子。一年多来，本书的写作几乎占用了我所有的业余时间，包括节假日。如今终于完稿，也算对这一年多的辛劳有了一个交代。

　　本书能顺利面世，责任编辑郭晓鸿博士付出了许多心血；研究生苏梓龄、肖文涵、庄云霞、王政慧等同学也为搜集、整理资料做了许多工作，借此机会一并致谢！

邓裕华

2016 年 3 月 30 日